Andreas Heßelmann
Der Tote unter der Explanada
Ein Alicante-Krimi

Bibliografische Information der
Deutschen Nationalbibliothek:
Die Deutsche Nationalbibliothek verzeichnet diese Publika-
tion in der Deutschen Nationalbibliografie;
detaillierte bibliografische Daten sind im Internet über
http://dnb.dnb.de abrufbar.

© 2012/2016 Andreas Heßelmann
Neuauflage 2018
andreas-hesselmann.de

Herstellung und Verlag:
BoD – Books on Demand, Norderstedt

ISBN: 978-3-7407-1125-2

Korrektorat: Werner Deininger
Cover-Illustration: **fotolia**

Caminante,
no hay camino, se hace camino al andar

Reisender,
es gibt keine Wege, Wege entstehen im Gehen
(Antonio Machado)

Mittwoch

Ehrlich gesagt, gerate ich immer ein wenig aus der Fassung, wenn ich an den Ort eines schweren Verbrechens oder einer Bluttat komme. Zu oft kollidieren dann für mich – durch die sichtbar gewordene Gewalt – Wirklichkeit und meine Vorstellungen über den Hergang. Vor allem, wenn ich das Ergebnis eines Mordes sehe, wie ich es vor Minuten zu Gesicht bekommen habe. Einfach unfassbar, was ein Mensch einem anderen antun kann. Kaum ein Tier auf der Welt geht so mit seiner Beute um.

Wieder hatte ich für ein paar Minuten Mühe, mich zu orientieren. Mich aufs Wesentliche zu konzentrieren oder mit der angemessenen Neutralität Prioritäten für mein Vorgehen zu setzen. Aber diese offenkundige Brutalität ging mir wirklich an die Nieren. Nicht dass mir schlecht wurde. Nein! Dafür habe ich im Verlauf der Jahre schon zu viele Tote gesehen: Mutwillig überrollte, vom Meer angespülte, aufgeblähte Körper, von Kugeln zerfetzte Racheopfer, Abgeschlachtete.

Eine Leiche erzählt in der Regel von der letzten Sekunde des Lebens. Teilt den Grund des Todes mit. Krieg, Verzweiflung, Depression, Hunger, Liebe, Gier, Hass. Durch Fundort, Lage, Wunden und verbliebene Spuren. Das ausgehauchte Leben vor mir kannte aber ein anderes Ende, technisch erzwungen, durch unvorstellbare Kaltblütigkeit. Genau diese ließ in mir eine wilde, unbestimmbare und etwas hilflose Wut hochkommen. Eine Wut, die ich kaum in Worte fassen kann, nicht ausreichend genug für Erklärungen. Hier hatte man niemanden hingerichtet, sondern aus dem Weg haben und verstauen wollen.

Ein Toter ist für mich nun mal mehr als nur erloschenes Leben, leblose Hülle oder Effekt einer Tat, die Untersuchungen, Recherchen und Ermittlungen in Gang setzt. Leider sind damit auch allzu oft viele Stücke einer von nun an nicht mehr aufklärbaren Vergangenheit verschwunden. Ich weiß, bedauernde Überlegungen gehören nicht hier hin. Sie sind nicht sehr professionell in meinem Job. Ich sollte mit mehr Distanz rangehen und mich lieber darauf konzentrieren, was ich tun kann, um den Täter zu finden. Einfach durchatmen und die Sache nüchtern betrachten, bevor ich den Nervösen markiere, der ich leider allzu oft bin.

Spuren suchen.

Zusammenhänge ermitteln.

Fälle aufklären.

Diesem *Leben* da kann ich ohnehin nicht mehr helfen. Schon vorbei. Also durchatmen. Womöglich liegt es aber ganz einfach auch daran, dass ich mir jedes Mal einbilde, all die anderen: Kollegen, Journalisten und Abstauber, wären durch Verschwörungen und Heimlichtuerei schon Stunden vor mir dagewesen und hätten sich schon alle wichtigen Stücke des gerade entstehenden Falls unter den Nagel gerissen. Jeden Fingerabdruck, jedes halbwegs taugliche Beweisstück, jede mögliche Mordwaffe, weil sie, im Gegensatz zu mir, die Toten schlichtweg als Ware betrachten. Als starken Kaffee, der die Lebensgeister weckt. Als willkommene Gelegenheit, die eigene Karriere mit einer neuen Treibstufe in ungeahnte Höhen zu befördern.

Denn kaum habe ich sie am Tatort höflich mit *¡buenas! ¿que tal?* begrüßt, präsentieren sie mir schon mindestens zwei Möglichkeiten und einen Verdächtigen, einen, der in ihre Vorstellungen und Vorurteile passt, um ihn für die eigenen Vorhaben, Artikel und Berichte zu missbrauchen; und wenn sich all diese Beteiligten zusammenrotten, verzögern sie jede Aufklärung. Weil sie unaufhörlich Einwände, Gegenargumente und Vorbehalte haben. Klassische Besserwisser. Nur mit dem falschen Beruf ausgestattet. Hätten besser Lehrer oder Politiker werden sollen. Oder gleich beides zusammen.

Ich hingegen wäre in diesem Moment am liebsten gleich mehrfach auf der Welt, multipel sozusagen, um alles zu sehen, zu notieren und überall dazwischen fahren zu können. Da mich die Umstände und das Warum, das Leben der Opfer und deren Intentionen interessieren und eben nicht mein berufliches Fortkommen. Ich war ohnehin am Ende der Leiter, wenn es darum ging, noch vor die Tür gehen zu dürfen. An Schreibtischen will ich nämlich nicht verhungern. Doch leider bin ich nicht multipel, sondern nur ein kleiner Inspector der CNP in Alicante, der den unrealistischen Ehrgeiz hat, die Welt ein wenig besser zu machen und deshalb stelle ich in meiner Naivität am Anfang zumeist auch etwas dumme Fragen, um an die höheren Ziele meines Daseins zu kommen:

„Noch mal! Was hat der gemacht?"

„Der? Wie kommst du denn darauf? Wer sagt denn, dass das nur einer war? *Die*, würde ich sagen!"

„Die? Woher weißt du? Hast du etwa schon jemanden in Verdacht?"

Mein Blick ging zu den weißen Buden. Drei von ihnen waren geschlossen, die anderen, durch einen Sichtschutz, der nicht viel taugte, von dem Geschehen abgeschnitten. Mit dem Kopf nickte ich in deren Richtung und rieb mir an der Nase herum, weil der Duft des offensichtlich alten Frittierfetts, der angebrannten Reiskörner und der wahrscheinlich nicht ganz echten Gewürze aus den provisorischen Restaurants an der Promenade, trotz des gehörigen Abstands, sogar noch hier die Schleimhäute reizte.

9

„... und von den *traficantes*, den Händlern da, hat keiner was mitbekommen. – Sensationell!", stellte ich dabei fest und schniefte in eine Hand.

„Siehst doch, dass sie es mitbekommen haben, sonst hätten wir hier Freitagnacht, spätestens am Wochenende sicher die totale Sauerei gehabt."

„Stell dich nicht so an! Ich meinte *vor* der ganzen Scheiße da", sagte ich unwirsch.

Ich versuchte mir vorzustellen, was hätte passieren können, wischte die Hand an einer Socke ab und schaute im zugleich flirrenden wie sommerlichen Spiel der Schatten zwischen den Palmen und Verkaufsständen hin und her. Pablo und Ivan von der Policía Local hatten damit begonnen, Absperrbänder an Palmen, Büschen und herumstehenden Stühlen zu befestigen. Nebendran, zehn, höchsten fünfzehn Meter weiter, saßen im Schatten der hohen Palmen und unbeeindruckt von der großen Anzahl der Polizisten die bunt gekleideten Afrikanerinnen. Lässig, zumeist schwergewichtig, Kaugummis kauend und scheinbar gelangweilt auf viel zu kleinen Klappstühlen. In ihren Händen dünne, künstliche, mit Perlen und farbigen Bändchen geschmückte Zöpfe, die sie für ein paar Euros jungen Mädchen in die Haare flechten wollten, während Mama und Papa sich gleich nebenan eine der jetzt billigen aber zuvor angeblich sündhaft teuren Sonnenbrillen anschauten. Alle geklaut oder billigste Plagiate. Das Styropor nicht wert, in dem sie nun mit den Enden der Bügel steckten. Deren Verkäufer Verwandte der schwarzen Frauen sein mochten und sich meist zwischen diesen platzierten. Seit ein paar Jahren wundere ich mich, wie viele von ihnen mit den scheißbilligen Dingern Geld verdienen wollen. So viele Köpfe und sonnenempfindliche Augen kann es doch gar nicht geben. Dennoch treiben sich mindestens zwei Dutzend von ihnen Tag für Tag am Strand und zwischen dem *Casa Carbonell, Plaza Canalejas* und hier auf der *Explanada* herum.

Irgendwann hatten sie ihr letztes Geld ausgegeben, um die richtigen Leute, auch auf unserer Seite, zu schmieren, damit sie genau in diesem Dreieck landen durften. Nachdem sie Jahre auf ihrem Kontinent herumgeirrt waren. Na ja, ganz so einfach war es für die sicher nicht gewesen, aber meine Landsleute denken ganz anders darüber, beziehungsweise genau *so*. Die meisten von ihnen glauben, Spanien würde inzwischen aufgrund der bisher regelmäßig gewährten Amnestien Einladungen aussprechen. Aber wer von denen liest schon die langen Artikel in den Tageszeitungen, die alles erklären sollen, das Leben, die Umstände, die Entbehrungen, die Flucht, und das auch noch auf Seite Weiß-Gott-Wo. Da können *El Mundo*, *El Pais* oder die hiesige *Infomación* schreiben, was sie wollen, jeder der Zeitungskäufer winkt nur ab. *Interessiert mich doch nicht.* Und ich kann mich dabei nicht einmal ausschließen.

Komischerweise hatten die Africanos nun keine Scheu vor uns, im Gegenteil, eine jüngere und nicht ganz so schwere Frau in einem gelben und buntgemusterten Kleid hatte sich vor ein paar Minuten sogar extra einige Meter dichter an das Geschehen gesetzt und schaute jetzt möglichst ungerührt, dafür umso neugieriger zu uns herüber. Sie saß etwas steif auf ihrem Klappstuhl und trug in ihren Haaren die beste Werbung, nämlich die gleichen Zöpfchen, die sie in der Hand hielt. Nur fehlte ihr jetzt die Kundschaft. Doch das war ihr, wie den vielen Polizisten, egal.

Aber wenn die Kollegen der Policía Local an anderen Tagen speziell für sie und die übrigen Ramsch-Händler von mehreren Seiten anrückten, um die Aufenthaltsgenehmigungen oder andere Papiere der *inmigrantes* zu kontrollieren, nahmen alle Reißaus. Doch genau diese Kollegen hatten im Moment etwas anderes zu tun und blickten zum Teil aus zwanzig Meter Entfernung in ein Loch, genauso umweht von den Paella-Duftwolken der ziemlich teuren Brutzelstände weiter vorne. – Unter uns, falls Sie mal wegen des Festes hierherkommen sollten und Paella oder Arroz brut essen wollen, geht das besser und vor allem preiswerter. Wir haben jede Menge Kneipen und Pinten in der Stadt. Die alten Stadtviertel sind voll davon. Und jede von ihnen kann es besser. Einen Namen verrate ich Ihnen: Juan. Hinterm Ayuntamiento. Wenn er, beziehungsweise seine Mutter, gut drauf ist, steckt er jeden in die Tasche.

Die mit kleinen Steinen in drei verschiedenen Farben gepflasterte Schneise der Explanada zwischen den Palmen betrachtend, schaute ich wieder zu der von Uniformierten belagerten Verkaufsbude zurück, der mittleren der drei. Übermorgen, in der *Nit del foc*, würden um Mitternacht Zigtausende an dieser Stelle unterwegs sein, um an dem alljährlichen Spektakel so nah wie möglich teilzunehmen und sich dabei vielleicht noch Kleider und Haare zu versengen. Weil die mehr als mannshohen Feuerteufel und Drachen trotz der Absperrungen kreuz und quer durch die Massen tanzten und durch in ihren Ärmeln versteckten Leitungen zischende Flammen versprühten. Ein Donnerschlag in dem ganzen Rauch und Qualm, verbunden mit Feuer und Geprassel, wäre im ersten Moment dann nichts Ungewöhnliches gewesen. Hätte allenfalls Erstaunen und Bewunderung hervorgerufen. Denn jedes Jahr dachten sich die Organisatoren etwas Neues aus.

Für wenige, aber im Nachhinein unerklärlich lange Minuten, nur erstaunte Reaktionen, weiter nichts. Erst die anschließende Panik aufgrund der Wirkung einer solchen Explosion, nicht der Knall, wäre überhaupt ein

Alarmzeichen für die Sicherheitskräfte gewesen. Allein bis diese sich dann organisiert hätten, wäre viel zu viel Zeit vergangen. Hätte eine riesige Anzahl von Leben gekostet. Durch ein derartiges Chaos schließlich noch schnell genug rettende Wege zu finden, unmöglich. Ich wollte mir das Ganze wirklich nicht vorstellen.

Von seinem Sockel drüben hatte mir gerade der bronzene *Canalejas* schulterzuckend und bestätigend zugenickt. Er, der ehemalige Ministerpräsident, den man vor knapp hundert Jahren wegen seines liberalen, aber zu halbherzig durchgeführten Programms einfach aus den Weg geräumt und über den Haufen geschossen hatte, weil er zwar den katholischen Pfaffen in den Hintern treten und deren Macht beschränken wollte, aber dabei die demokratischen Reformen vergaß. Trotzdem mochten ihn viele von uns. Jetzt blickte er wieder auf den *Real Club de Regatas*, den Wassersportclub und die im ruhigen Wasser dümpelnden Boote in der Marina. Mit denen er die angestrebte große Freiheit, nun jedoch draußen auf dem Meer, leicht finden könnte. Canalejas' Gesichtsausdruck schien der Feststellung schon mal zuzustimmen. *Siehste Junge, es kommt alles wieder, meine hingerichtete Leiche mal hundert und du weißt, wie es hier ausgesehen hätte. Und mit Demokratie hat das dann auch nichts zu tun.* In der Tat, weiß Gott! Eine Mordssauerei wäre dieser Anschlag gewesen, im wahrsten Sinne des Wortes. Nur, was der oder die oder wer auch immer damit bewerkstelligen wollten, ist natürlich zu so einem Zeitpunkt noch völlig unklar. Nirgendwo hing ein Bekennerschreiben mit den nötigen Erklärungen.

Aber nach allem, was in dem Loch vorgefunden wurde, war ein verheerendes Attentat geplant gewesen. Ein immenses Blutvergießen durch unvorstellbare Kaltblütigkeit. Eines mit einer gewollt großen Anzahl von Toten und Verletzten. Das war neu. Damit änderte sich die Ausgangslage. Dabei fielen mir die Berichte ein, die uns damals, während der Polizeiausbildung, in Ávila erreichten. Seinerzeit, im August 1989, flog in San Juan, einem Stadtteil von Alicante, auf dem Parkplatz des Supermarktes Pryca ein kleiner Lieferwagen in die Luft. Acht Menschen wurden in den Tod gesprengt und über zwanzig Menschen lebensgefährlich verletzt. Eine im Radio gemachte Äußerung, unbedacht herausgeplappert, führte damals zu der Annahme, es drehe sich um einen Anschlag der ETA. Wer den Parkplatz gesehen hatte, hielt diese Meldung für wahr. Dieser glich einer Verwüstung. Einem Bild aus einem Krieg, aus unserem Bürgerkrieg zu Beispiel. Stunden später war klar, nachdem in einem unfassbaren Durcheinander blutende Körper sogar in Einkaufswagen zu Ärzten gefahren worden waren, dass *lediglich* eine komplette und vollkommen ungesicherte Lieferung von Feuerwerkskörpern infolge der sommerlichen Hitze explodiert war. Aber was heißt schon *lediglich*?

Allerdings war die damals noch fälschlich genannte ETA dann Jahre später tatsächlich Schuld, als im Juli 2003 vor dem Hotel *Bahia* in der *Gravina*, unweit des *Playa Postiguet* und quasi am anderen Ende meiner Straße, ich war gerade in meine neue Wohnung gezogen und kaufte in einem der riesigen Einkaufszentren in Vistahermosa ein, fünfzig Kilo Sprengstoff für ein Chaos und zahlreiche Verletzte sorgten.

Diese Idioten kannten sich in spanischer Geschichte nicht aus, sonst hätten sie nicht ausgerechnet die Stadt und den Strand für ihre kruden Gedankenspiele ausgesucht, wo einst der Spanische Bürgerkrieg begann und durch dessen Verlauf das Schicksal vieler freiheitsliebender Menschen besiegelt wurde. Also auch oder vielmehr insbesondere, das der Basken. Auch wenn es hochgradig unvorstellbar war, fielen mir jetzt ETA, al-

Qaida und somalische Piraten auf Rachefeldzug als erstes ein und erschienen mir als Täter im gleichen Moment wieder als reiner Schwachsinn. Denn der Bürgerkrieg war seit Jahren vorbei, die ETA rastete unabhängig der damals betroffenen Ortschaften und entgegen
ihrer Versprechungen immer noch aus und Alicante
war nicht Afghanistan oder ein anderer politisch emp-
findlicher Schauplatz. Wir hatten im Moment weiter
nichts als eine gigantische Wirtschaftskrise zu überstehen. Darüber hinaus fehlten Bekennerbriefe, Videobot-
schaften oder vorherige Androhungen im Internet oder
per Telefon. Auch das heute Morgen unter der Bude ge-
fundene Waffenarsenal passte nicht. Alte spanische
Handgranaten aus Francozeiten, ein selbst gebastelter
Fernzünder, ein Kanister mit Benzin und ein kleinerer
mit einer brisanten Komposition aus Düngemittel und
Ammoniumnitrat. Zugegebenermaßen eine verdammt
explosive Mixtur, wenn man sie in die Luft jagen würde.

Das alles lag meines Erachtens ziemlich durcheinander verteilt auf dem zerteilten Körper von Jorge Duol,
eigentlich George Duol. Den aber jeder hier ohnehin
nur *Duela*, Fassdaube nannte, wie ich ziemlich schnell
erfuhr, weil er stets, ähnlich einem uralten Mann, mit
rundem Rücken weit vornübergebeugt herumgelaufen
war. Nur ohne Stock. Dabei war er nicht einmal fünfzig
geworden. Achtundvierzig, um genau zu sein. Bis vor
wenigen Tagen war er Besitzer des *Explanada Puesto 47*.
Eine der weißen Verkaufsbuden auf eine der schönsten
Promenaden Spaniens. Verkäufer von Tüchern, Kettchen, Ringen und Lederartikeln aller Art. Bis vor ein
paar Stunden kannte ich nicht mal seinen Namen. Hatte
ich nicht einmal abgespeichert, dass er ein Schwarzer
war. Obwohl ich mir unlängst an seinem Stand ein dun-
kelbraunes, aus Leder geflochtenes Armband gekauft
hatte. Weil so etwas mittlerweile jeder trug.

Vor ungefähr drei Tagen, plus minus einem, wenn ich die Verletzung am Kopf als entscheidend betrachte, meinte der Arzt, der, wie es die Vorschriften wollen, seinen Tod festgestellt hatte, was angesichts der Situation nicht sonderlich schwer gewesen war, *hat man ihm diese Wunde beigebracht,* und, weil es in diesem Moment keine Alternative gab und er dann besser in das ausgehobene Loch passte, *mit einem scharfen Gegenstand, Axt, Säge, Machete, noch habe ich keine Ahnung, etwas kleiner gehackt.* Ich betrachtete einen der abgetrennten Arme und bastelte ein paar, wahrscheinlich haltlose Vermutungen über das Geschehen zusammen. Vielleicht hatte er die Attentäter überrascht oder von dem Ganzen gewusst und etwas dagegen gehabt, vielleicht war er auch nur zu früh aufgetaucht und hatte ihr Vorhaben gestört. Es würde schwer werden, das herauszufinden.

Ich schau mir nicht gern Tote an. Auch nicht nach so vielen Jahren als Polizist, der gezwungenermaßen immer wieder mit Toten zu tun hat. Schon gar nicht, wenn sie zerstückelt sind und das Ganze aussieht, als würde ich aus dem Kühlregal ein folienverpacktes und zusammengehacktes Hühnchen holen. Abgetrennte Flügel und Schenkel, aus denen noch die Knochen ragen und obendrein noch das ganze Blut an den einzelnen Teilen klebt. Und in einem Menschen sind viele Liter davon. Leichen können mir auch nicht die Dinge erzählen wie diesem Doktor vorhin. Weder durch die Wunden, die man ihnen zugefügt hat, noch durch die angeblich sichtbaren Ursachen. All diese Details sind schlechte Zeugen für mich. Ich bin ein gewöhnlicher Inspector und kein Pathologe oder so etwas. Ich weiß, was Forensik ist, kenne ihre Bedeutung für unsere Arbeit, muss ich deswegen hart gesotten sein oder bereits ganze Theorien aufstellen können? Wie, warum und in welcher Reihenfolge? Todesursache war eine Axt, aus einer linken Hand von schräg oben geschwungen oder ähnliches?

Auch bin ich nicht durch regelmäßiges Zuschauen bei Leichenöffnungen in solchen Dingen geübt. *Ach, schauen sie sich das mal an, unterhalb der Schläfe ist noch ein frisches Hämatom. Er muss beim Fallen mit dem Kopf irgendwo aufgeschlagen sein. Ein Zeichen dafür, dass er nicht gleich tot war und noch einige Zeit gelebt hat. Leichenflecken sehen nämlich anders aus. Die gibt es nicht so isoliert.* Meine Erfahrungswerte greifen genauso wenig auf eine unglaubliche Anzahl von Toten zurück. Wir leben zwar in unsicheren Zeiten, aber Morde finden hier nicht täglich statt. Die letzten Toten, mit denen wir uns beschäftigen mussten, waren alte Menschen, die an Stränden der Umgebung leider dem heißen Wetter zu Opfer fielen. Und mit dem letzten Mord hatte meine Dienststelle nicht einmal was zu tun. Vor mir lag erst Nummer Acht der *echten* Morde in dieser Stadt des laufenden Jahres. Damit sogar zwei unter Vorjahr.

„Was ist denn das in der Hand?", fragte ich, nachdem ich mich mit einem Taschentuch vor dem Mund zu dem Arm und den nebeneinandergelegten Körperteilen hinuntergebeugt hatte und es schaffte, nicht zugleich das Gesicht des Toten anzusehen. Gerade hatten sie den Kanister mit Benzin entfernt, der darauf gelegen hatte. Ich wendete meinen Kopf hin und her und versuchte mich dabei nur auf den Inhalt der Hand zu konzentrieren, auf ein kurzes Stück geflochtenes Leder, obwohl ein Blitzlichtgewitter genau in diesem Moment jeden Quadratmillimeter des Lochinhaltes besonders gut ausleuchtete. Für mich sah es aus wie ein Armband. Eines wie ich es hatte und wie es von fast allen in den Puestos hier verkauft wurde.

„Vielleicht könnte der Herr seine Nase und Finger da wegnehmen?", meckerte mich ein wichtigtuerischer Jüngling von der Seite an und holte mich mit seinem rüden Ton aus der Welt der Toten ins Diesseits zurück. Ich musterte ihn kurz von oben bis unten und hätte fast laut gelacht. Er sah zum Piepen aus. Plastikhandschuhe an den Fingern, Plastiktüten über den Füßen und an den Kopf geklatschte Haare. Was hatte er in die reingeschmiert? Olivenöl, Bratfett oder Allzeitschleim. Dazu trug er eine Weste, die so mit Werkzeugen ausgestopft war, als sei er ein Archäologe auf Ausgrabungstour irgendwo mitten in Ägypten und keiner von der *científica*.

Kein Fall, bei dem von der Spurensicherung auch nur ein Mal dieselben Leute kamen. Dauernd hatten sie neue Hiwis, billige Jünglinge von der Uni, die mal wichtig sein wollten. Deshalb nahm ich ihn mit aller Entschlossenheit ins Visier. Zumindest den da hatte ich noch nie gesehen. Meinen Blick passte ich entsprechend an und richtete mich wieder auf. Ich feuerte mit meinen Augen eine volle Breitseite ab und deutete gleichzeitig mit unbestimmten Handbewegungen auf herumliegende Sachen.

„Vielleicht werft ihr dafür ein Auge auf das, was ihr macht und haltet es schön sauber per Kamera, Diktiergerät und Protokoll fest. So wie man das mal gelernt hat. Dass er nämlich was in der Hand hat, steht hier nicht auf eurem Zettel ...", ich warf ihm das Klemmbrett vor die Füße, das vorher auf der Theke des Verkaufsstandes gelegen hatte, „... nachher buddelt ihr ihn aus und schmeißt das Ding weg. Ach, das ist ja nur ein ..."

„Halt mal! Stopp! ¡Tranquilo! Ganz ruhig! Hier wird gar nichts weggeschmissen."

Das Bübchen richtete sich auf und guckte mich mit seinen kleinen Augen genauso angriffslustig an wie anno dazumal George Foreman, von seinem Schäferhund begleitet, die Journalisten vor seinem Kampf gegen Muhammad Ali mitten im Dschungel von Afrika. Und ich fühlte mich nun mindestens so gut wie Ali. Denn solche schlau plappernden Milchgesichter waren für mich die reinsten Banausen und die besten Aufputschmittel, um wieder Boden unter die Füße zu bekommen. Vor allem, wenn ich sehe, dass so ein Typ Plastikbeutel hat, in die er am Tatort alles zusammen, und damit meine ich *alles* zusammen, als sogenannte Spurensicherung hineinwirft. Dann kann ich die Leiche auch gleich mit dem Kot der über uns kreisenden Möwen beschmieren und behaupten, das Opfer sei auf hoher See umgebracht worden. Die halbe Portion würde nicht einmal die erste Runde überstehen.

„Wo ist Antonio?", fragte ich mit dem ungeduligsten Vibrieren in der Stimme, das ich zur Verfügung hatte.

„Was willst du denn von dem?"

„Pass mal auf mein Junge ...", fing ich an.

Sie müssen jetzt noch wissen, ich bin wahrlich kein Riese, aber dank meines seit Jahren langsam sprießenden Bauchs, der mir leider inzwischen wieder eine neue Kleidergröße beim Kauf von Hosen abverlangt und mich nun knapp über vierundachtzig Kilo wiegen lässt, bei gerade mal eins sechsundsiebzig, kann ich zu einem imposanten und einschüchternden Gegenüber werden. Hätte ich jetzt noch eine Brille gehabt, hätte ich diese, um meine Autorität zu unterstreichen, in eine Hand genommen und mit der anderen meine Nasenwurzel massiert. So durchlöcherte ich seine Stirn lediglich mit meinem Blick und sagte, „.... ich bin zwar nur ein kleiner Inspector hier in der Stadt, aber wenn ich Auszubildende duze, bin ich immer noch für diese ein Dienstgrad, den man anspricht und siezt. Und bevor du jetzt irgendeinen Blödsinn redest, sagst du mir, wo Antonio ist!"

Aber was regte ich mich auf? In eineinhalb Minuten würde der da Vergangenheit für mich sein. Sein Gesicht würde ich morgen schon nicht mehr wiedererkennen und er könnte in seiner Uni über mich herziehen, wie er wollte. Dieser Nachwuchsarchäologe musste ja nicht unbedingt wissen, dass ich im normalen Leben eher ein Weichei war, das Spinnen in der Küche oder über der Dusche mehr aus Respekt über ihr erschreckendes Aussehen als aus Wissen über ihren Nutzen leben ließ. Mein Gegenüber hatte schnell gelernt und deutete zu der Konzertmuschel schräg gegenüber, keine zwanzig Meter von uns weg. Vielleicht wollte er mich auch nur loswerden. Ich nickte leicht und tippte im Vorbeigehen Primo auf die Schulter und machte ihm ein Zeichen.

Pedro Primogénito de Madre, was übersetzt in alle Sprachen der Welt Pedro Mutters Erstgeborener heißt, schaute mich etwas irritiert an. Ein für ihn normaler Blick. Denn er erwartet in solchen Situationen immer den üblichen, meist seltsamen Kommentar von mir, während er ja ganz allein gelassen tief in den Ermittlungen steckt. Um ihm keine Chance für eine dusselige Bemerkung zu geben, las ich mit tippendem Zeigefinger, den schwarz gestickten Namenszug auf seinem Uniformblouson. *Primo* hingegen ließ er sich nur von seinen Freunden nennen, weil er seinen vollen Namen, er hieß tatsächlich so, dämlich fand. Dass er damit auch an den Gründer der Falange, *Primo de Rivera y Orbaneja*, erinnern könnte, war im schnurzegal. *Ich bin Polizist und nicht Historiker!* Jeder, der ihn hörte, fragte nämlich, ob er einen auf den Arm nehmen wollte und Pedro schüttelte den Kopf. *So machte man das manchmal bei uns in Kolumbien, wenn keiner 'ne Ahnung hat, wie der Vater heißt, muss ja was in den Papieren stehen, kann ja nicht jeder deswegen Sanchez heißen*, war dann seine Antwort, von der keiner so richtig wusste, ob sie der Wahrheit entsprach. Dabei war alles an ihm, außer seiner Mutter, nicht aus Kolumbien und sein Nachname im Endeffekt nicht schlechter als meiner: Xarneracomte. Alex mit Vorname. So heißt normalerweise auch keiner bei uns. Xarneracomte, meine ich.

Primo ist aber nebenbei nicht nur mein Kollege, sondern auch Kumpel, Kumpan und Halbbruder. Einer für dick und dünn, für Bier und Wahrheit. Für Schulterklopfen und Schienbein. Für Alltag, Beruf und manchen Sonntag. Freund wäre mir in diesem Zusammenhang schon zu wenig. Solche tragen selten Verantwortung, wenn's wirklich drauf ankommt. Du weißt ja, *falls* du Hilfe brauchst, *kannst* du mich ja anrufen, wenn du *willst*. Wissen tue ich viel, aber Sätze, die mit falls anfangen, höre ich nur – und schwups sind sie schon vergessen. Deren Inhalt kümmert mich nicht.

Seit Jahren sind wir für die meisten Stunden des Tages ein unzertrennliches Team, siamesisch veranlagt sozusagen, sowohl durch den Job auf Gedeih und Verderb aufeinander angewiesen, als auch mit Spaß an der Freud. Die haben wir vor allem nach jedem dingfest gemachten Halunken. Und das ist ein Spaß, der nie ein Ende haben wird. Da gleicht unser Beruf dem der Totengräber, der Nachschub ist gesichert. Eine Festnahme ist für uns gleichbedeutend mit einem Sieg unserer beiden FCs, Barcelona und Valencia. Es fehlen nur die Fähnchen und Schals. Dann bringen wir laut und johlend bis weit nach Mitternacht die Wirte und ihre Gäste durch unsere heldenhaften Schilderungen zur Verzweiflung und setzen uns aufgrund der Wirkung verschiedenster Glasinhalte für ein, zwei Tage außer Gefecht. Im Übrigen die einzigen Tage, an denen wir uns nicht sehen.

Während solcher Feierlichkeiten versuchen wir dann des Öfteren, unsere zweite Belohnung abzuholen. Vielmehr ich versuche es und Primo schafft es. Immer wieder. Man muss nämlich nun noch wissen, dass ein solcher Alltag uns beiden bisher keine echten, vor allem dauerhaften Liebesverhältnisse bescheren konnte. Wie auch, außer wir verliebten uns in eine attraktive Taschendiebin, Drogendealerin oder Mörderin. Die gut aussehenden Frauen in der Dienststelle waren nämlich längst in festen Händen oder sogar unter der Haube. Da will man nicht unnötig neue Gefechtsfelder eröffnen. Auch wenn alle meinten, das seien nur dumme Ausreden. Draußen liefen doch genug herum. Ja doch, wir waren ja schon dabei.

So mustern wir von unserem Platz an der Theke die Frauen für einen anstehenden Zeitvertreib und locken die eine oder andere mit einem gefüllten Glas oder einem Augenzwinkern zu uns herüber. Theoretisch haben die *chicas* freie Wahl, also auch ich eine Chance, doch in diesen Momenten wird hundertprozentig Primo ausgewählt. Zudem trägt er einen gefährlichen Virus in sich, den keine Medizin behandeln kann. So leidet er geduldig an *chicadependencia*, an Mädchensucht.

Schauen Sie sich ihn nur an, einen akkuraten, auf vier Millimeter gestutzten Vollbart, ein Kreuz wie ein Preisboxer, ein Lächeln mit so vielen zusätzlich lächelnden Fältchen, dass man beim Zählen außer Atem kommt und die Besinnung verliert – und nicht ein Gramm Fett. Auf seinem Bauch kann man sicher Kartoffeln hobeln oder die Finger weich rubbeln. Dabei tut er nichts dafür. Außer an Ostern mit anderen starken Männern die schwere Monstranz durch die schmalen, mit Kacheln gekennzeichneten Gassen und steilen

Treppen der Barrios zu tragen. *Cuesta abajo y cuesta arriba a hombros de costaleros*[1] ... Und, wie schon gesagt, ständig so freundlich zu grinsen. Ich hingegen gleiche bestenfalls einer nach oben hin, also zum Kopf hin, gleichmäßig schlanker werdenden Dorischen Säule. Bin optisch also unterlegen. Darum hat er dauernd eine weibliche Begleitung und ich – nie. Das Einzige, was mich besänftigt, ist, dass er eigentlich schon alle *guapas* der Stadt durchhaben müsste, in den nächsten Runden also ich an der Reihe sein sollte. Seine Vollzugsmeldungen versiegen nämlich allmählich und kommen nicht mehr nach jedem zweiten oder dritten Tag. Und tatsächlich sehe ich einen ganz leichten Silberstreif am Horizont und der hat nichts mit freier Wahl und den diversen Glasinhalten zu tun.

Wie auch immer, er schaffte es bislang nicht, dass am zweiten oder dritten Morgen dieselbe Schöne an seinem Frühstückstisch saß. Zum Ausgleich oder Erholen, je nachdem wie man es nimmt, steht Primo am Wochenende, wenn es denn der Dienstplan gestattet, unterhalb der Straße nach Murcia, ganz in der Nähe des ETAP-Hotels, nur ein paar Kilometer von hier entfernt, zwischen Steinen, aufgehäuften Trümmern und angeschwemmtem Müll mit seiner Angelrute in der Mündung des an 360 Tagen im Jahr ausgetrockneten Amargo am Meer und wässert wohl lediglich den Haken. Denn Geschichten über brauchbare Fänge, die er zudem noch genüsslich verspeist hätte, sind mir bis heute unbekannt. Es wären ja auch nur kleine Fische und keine Meerjungfrauen.

Das alles habe ich Ihnen jetzt aber nur erzählen können, weil ich wieder mal auf ihn warten musste. Es dauert leider immer, bis er sich von weiblichen Gegenübern

---

[1] Bergab und bergauf auf den Schultern der Träger...

fortreißen kann. Jetzt musste ihn gerade eine junge Polizistin aushalten. Und da er sich nicht umdrehte, zupfte ich ihn am Ärmel und zerrte ihn mit.

„Falls du Lust hast, kannst du mitkommen, wenn du willst?!", sagte ich im Nebenbei.

Keine drei unbeantworteten Fragen von ihm später standen wir endlich bei Antonio Sanchez, der auch tatsächlich so hieß. Seines Zeichens einziger beständiger Bestandteil der über vierzigköpfigen, untersuchenden, pathologischen Meute in der Stadt und der Einzige von denen, der fähig war, im größten Getümmel die Übersicht zu behalten, ehe die Nassauer der Staatsanwaltschaft jedes Körnchen nochmals umdrehten und für ihre Zwecke ganz anders interpretierten. Für mich war es in so einem Augenblick wichtig, seine Meinung zu hören. Denn am Ende waren wir es, die dann für die Löcher in den Leichen und deren Aufklärung zuständig waren.

Antonios Familie war prädestiniert für derlei Dinge. Er hatte es gewissermaßen in den Genen. Sein Vater war Leiter eines Institutes für forensische Chemie in Madrid und seine Mutter dort im *Hospital Universitario Ramón y Cajal* in der Chirurgie tätig. Selbst sein Bruder hatte in Palma de Mallorca, also der Stadt auf diesem Touristenfloß im Mittelmeer, keinen besseren Einfall gehabt und den gleichen Beruf gewählt wie wir. Und damit die Parallelen noch deutlicher werden, sei gesagt, der auf Mallorca hat wie Primo deutlich mehr Erfolg bei den Frauen als ich. Zum Beweis zeigte Antonio uns unlängst Bilder der Hochzeit von seinem Bruder Miguel und Inés. *Ist doch eine scharfe Braut, findet ihr nicht auch? Fast so gut wie meine Alícia.* Spätestens seit diesen Bildern finde ich lange Haare klasse. Sie geben einem schönen Gesicht den würdigen Rahmen und einer schönen Frau das angemessene Ausrufezeichen. Mit ihnen kann sie nach Lust und Laune spielen. Vorhang auf, Vorhang zu. Haare hoch. Zopf. Knoten. Verführen und verstecken. Großer Auftritt, umtoster Abgang. Am liebsten hätte ich ihm eines der Bilder abgeschwatzt, zum Träumen und Sehnsucht haben. Zum Beispiel das, auf dem ihr Kleid im Licht einiger Kerzen fast genauso golden glänzte wie die Haut in ihrem von Tränen benetztem Gesicht, denn das machte mich besonders wehmütig. Und das Warum erklärt sich im Folgenden von alleine.

Damit hätte ich auch vorerst alle wichtigen Personen, bis auf eine, erwähnt: Primo, Antonio, den alle Sunny nannten, und mich. Ich weiß, es war nun alles etwas atemlos erzählt, aber wie schon angedeutet, kommen in den ersten Minuten eines neuen Falls und vor allem eines *solchen* Falls, so viele Dinge auf einen zu, dass man selber kaum mitkommt und manches auch durcheinanderwirbelt. – Apropos *mitkommen*, wir sind während meiner Ausführungen bei dem besagten Musikpavillon *ange*kommen. Wenden wir uns also wieder dem Fall zu.

„Dein Hiwi ist nicht besonders firm in euren Tätigkeiten?", frotzelte ich und Sunny, also Antonio der Leicheninspecteur, verdrehte die Augen.

„Das liegt wohl eher daran, dass du manchmal recht erfolgreich nerven kannst, Alex."

„Na hör mal, guck dir den Inhalt seiner Plastikbeutel an. Da liegen Dinge mit wahrscheinlich wichtigen Gencodes, also Kippen und Stofffetzen, neben Straßenstaub, den keiner interessiert, und Stücken der Zündschnüre. Oder soll er gleich beim Vertuschen helfen?" Augenbrauen heben, Stirnrunzeln oder den Mund verziehen, sind neben den irritierten Blicken die zweithäufigsten Reaktionen meiner Gesprächspartner auf meine Entdeckungen, Anmerkungen und Beiträge. Sie können sich nun eine davon aussuchen, bis Sunny antwortet:

„Deine Gencodes sind schon längst auf dem Weg ins Labor und die Stücke der Zündschnüre sind Verschlussdrähte für die Tütchen. Er sammelt nur noch Vergleichsproben ein, von denen ich wie er überzeugt bin, dass sie weder mit dem Opfer noch mit dem Täter etwas zu tun haben. Umfelderfassung nennt man so was, falls du es noch nicht weißt. Damit wir eingrenzen können, wo die Täter überall herumgefuchtelt haben und wir vielleicht auch noch herauskriegen, wo sie vorher waren. – Und glaub ja nicht, dass das hier lange *dein* Fall sein wird. Die Hyänen der Staatsanwaltschaft sehe ich schon in den Startlöchern stehen. Hier ist unter Umständen politischer Zündstoff drin. Hast du dir mal die Knallbonbons angeschaut?"

Ich reagierte mit einer der anderen drei Verhaltensweisen und fügte leise zu Primo gewendet hinzu:

„Nein, aber das Teil in der Hand des Toten haben die nicht erfasst."

Während also weiterhin in den Teilen der Leiche und im Erdreich herumgestochert wurde, begannen Primo und ich mit unserem klassischen Pensum der Befragungen. Duela hatte links und rechts von seinem Stand genug Mitstreiter und Kollegen, die Souvenirs und ähnliches unter die Leute bringen wollten. Daher gab es vielleicht auch den einen oder anderen, der seinen Kommentar zu dem ganzen Wirbel loswerden wollte. Leider ist der zeitliche Aufwand, auf diese Weise an brauchbares Material zu kommen, unverhältnismäßig zeitraubend. Leider jedes Mal. Bis einem der selbsternannten Zeugen wieder ein entscheidendes Detail eingefallen ist, sind häufig genug Tage vergangen. Das kenne ich von vielen anderen Fällen. Plötzlich klingelt eine Woche später das Telefon und Señor X oder Señora Y möchte noch schnell die neueste Erinnerung mit einem ganz persönlichen Verdacht, Geschichtchen oder einem an einen Beweis grenzenden Einfall garnieren.

Ich atmete tief ein und machte ihm ein Zeichen. Dann nahm ich mir die Buden Richtung Plaza Canalejas vor, auch in der Hoffnung etwas mehr Abstand zu dem Paella-Nebel zu bekommen, und Primo die zur anderen Seite. Schon der erste Puesto war ein voller Erfolg. Ein Engländer, der vor Jahren in Alicante hängen geblieben war und sich nun optisch mit einem Cowboy-Hut und einer Fransenweste an die neue Heimat angepasst hatte, meinte voller Überzeugung: *Duela sei ein unheimlich netter Kerl gewesen, freundlich und hilfsbereit. Aber da er ja ein Schwarzer war, hat ihn sicher ein Teil seiner Vergangenheit eingeholt.*

„Die brauchen doch für ihren Krieg da unten dauernd Waffen, wahrscheinlich haben den Oppositionelle oder Geheimdienstler mit seiner eigenen Munition in die Luft sprengen wollen. – Wir wissen doch alle, was über solche Theken gehandelt wird."
Also auch über deine, dachte ich.

„Sie wissen, dass er bereits *vorher* ermordet wurde?", sagte ich.

„Ach, das ändert doch an den ganzen Tatsachen nichts."
Bevor ich mich auf eine Diskussion einlassen musste, ich hätte ja tatsächlich fragen können, was er selbst so verkauft, bedankte ich mich und tat, als wenn ich nun einen halben Roman aufschreiben müsste. Der Cowboy wuchs mit jeder Zeile, die ich vorgab zu schreiben, um einen halben Zentimeter und meinte:

„Jederzeit wieder. Gerne!"
Ich steckte den Zettel mit den notierten Sachen, die ich heute noch irgendwann einkaufen wollte, unter die anderen und lächelte den Auskunftsfreudigen an. Duela,

ein unheimlich netter Kerl, war auch an den nächsten beiden Ständen die Standardbeschreibung. Und, *der hat ja auch schon viel erlebt.*

„Ein richtiger Abenteurer war der ja. Drei Jahre durch ganz Afrika ist er gezogen. Ganz alleine. Aber bei uns hat er es ja jetzt gut. Er arbeitet auch fleißig. Ich glaub, der war noch nie krank. Stimmt's, Alfonso?" Alfonso nickte und fügte schüchtern hinzu:

„Eigentlich schade um ihn. Kann man sich gar nicht vorstellen, dass er so krumme Dinge gemacht hat. Der war doch mittlerweile Spanier wie wir." In einem Buch, das ich gelesen habe, durfte der Inspector an einer ähnlichen Stelle schreien, um sich zu beruhigen. Aber ich glaube, Sie verstehen auch so, was ich vorher mit Señor X und Señora Y meinte.

Ich ging noch eine halbe Stunde von Stand zu Stand und schrieb hier und da ein paar Sachen auf. Nur ein Mal hörte ich genauer hin, als am letzten Stand von einem Mann mit einer Aktentasche berichtet wurde und der sich erst letzte Woche länger bei Duela aufgehalten haben soll. Die etwas alternativ verkleidete Frau war die Einzige, die ihn gesehen hatte und behauptete, er hätte einen Umschlag eingesteckt. Das musste noch nichts Ungewöhnliches sein, aber ein Kettchenkäufer war der sicher nicht gewesen.

Zweihundertachtundsechzig der über sechseinhalb Millionen kleinen roten, weißen und schwarzen Steinchen hatten sie quer zu den farbigen Wellen des Mosaiks unter der Bude herausgeklopft. Damit genau die zweihundertachtundsechzig Steine, die überhaupt auf dem über sechshundert Meter langen Teilstück der Explanada fehlten und dadurch eine Fläche von circa einhundertfünf auf fünfundsiebzig Zentimeter. Die wiederum war bis zu fünfundachtzig Zentimeter tief ausgehoben worden. Den Inhalt hatten sie entweder zum Teil mitgenommen oder entsorgt. Womöglich im Hafenbecken. Denn in den Kartons und Eimern unter der Verkaufstheke waren höchstens ein Fünftel des Erdreichs beziehungsweise des Unterbaus. Mehr Platz war auch nicht vorhanden. Denn in dem Loch hatten sie Duols Beine unter einem Abwasserrohr nebeneinander gequetscht, daneben den Oberkörper mit dem Kopf. Darüber liefen irgendwelche Strom- oder Telefonleitungen. Da, wo eine Lücke war, waren die alten Handgranaten hineingestopft. Dann hatten sie noch ungefähr zwanzig Zentimeter Luft nach oben, es reichte für die Kanister und die zwei Arme, die sie jeweils an ein Ende quer zu den anderen Sachen gelegt hatten. Um die Fläche eben zu machen, waren die übrigen Löcher mit dem ausgehobenen Erdreich aufgefüllt. Darüber lag ein Holzrost und auf ihm ein Teppich. Bevor Duol angefangen hätte, seinen Verwesungsgeruch durch all das hindurch, nach oben zu verteilen, wäre er in die Luft geflogen. Keine Ahnung ob Antonio und der Archäologe dann noch hätten feststellen können, dass man ihn zuvor geviertteilt hatte.

Herausgekommen war die Sache nicht durch aufmerksame Passanten, Händler oder afrikanische Brillenverkäufer, sondern weil ein Hund am untersten Rand der Budenwände wie verrückt zu schnüffeln angefangen hatte und von den kleinen Marmorsteinchen etwas aufleckte. Als sich endlich der Hundebesitzer um seinen Köter kümmerte, begann der Hund auch noch laut zu bellen und zwischen den Passanten herumzuspringen. Das Tier ließ sich nicht beruhigen und der *amo*, ein militärisch wirkendes Herrchen rief einen Mann eines privaten Sicherheitsdienstes zu sich, der dabei war Absperrungen für die *Nacht der Feuerspucker* vorzubereiten. Als sie endlich den Hund zur Seite nehmen konnten, sahen sie eine verdächtig rötlich braune Flüssigkeit unter der weißen Wand der Bude nach draußen fließen. Keiner von ihnen traute sich das auszusprechen, was er nun dachte und erst recht nicht hinter die Wände der Bude zu schauen. Also gaben die beiden Herren ihren gerade erhaltenen Joker weiter und verständigten die nächste Dienststelle. Nachdem die ersten Polizisten das Vorhängeschloss aufgebrochen hatten, war schnell klar, was passiert war.

Von einem Laster der Stadtreinigung war mit Hochdruck Wasser zum Säubern auf die Explanada gesprüht worden, war auf der einen Seite unter die Bude gelaufen und hatte Duelas Blut in der Grube aufgeweicht und mit Verzögerung zur anderen Seite herausgespült. Der Hund, eine Terrierrasse, hatte es erschnüffelt und reagierte artgerecht. Sein Herrchen dagegen verlor allen militärischen Drill und übergab sich, als er neugierig den Polizisten über die Schulter geschaut hatte zwischen zwei Palmen zur Freude einiger speisender Gäste in der gleich danebenliegenden Bar.

Erster angewendeter Merksatz, um möglichst bald an das Ende einer Ermittlung zu gelangen, ist für Primo und mich schlicht und einfach Geheimniskrämerei. Mehrere Erfahrungen hatten dazu geführt und eine Gewohnheit daraus werden lassen. Manche der Kollegen sprudeln oftmals wie ein Brunnen und wundern sich darüber, wohin überall Wasser dann fließen kann. Daher belassen wir es bei stillem Sichten und Sammeln von Fakten und seien sie auch noch so geringfügig und unscheinbar. Wenn keiner weiß, wie weit man ist, kann keine Lösung schon falsch sein. *Decke nicht den Tisch, bevor du gekocht hast*, würde meine Mutter sagen. Häufig reicht es, sich dumm anzustellen. Denken Sie nur an das Bändchen. Frühzeitig versuchen wir mit dem, was wir zusammengetragen haben, ein erstes größeres Stück des Puzzles zusammenzusetzen. Wir halten keine Details fest, schreiben nichts auf, trotz des Blocks den ich immer dabeihabe und in unseren Berichten ist zunächst keine Zeile darüber zu lesen. Die ganzen Ergebnisse behalten wir einstweilen für uns. So kann keiner abschreiben, Anmerkungen hinterlassen oder sich mit doofen Fußnoten wichtigmachen. Wir glauben, so einen größeren Spielraum für Lösungsansätze zu haben. Wir fantasieren uns, Dank eines guten Bauchgefühls, gewissermaßen ans Ziel. Dafür setzen wir uns für ein paar Minuten ab, verlassen den Tatort und sinnieren darüber, wie wir mit dem Gesehenen, sprich unserem individuell erworbenen Wissen weitermachen.

Auch jetzt tauschten wir an dieser Stelle einfach einen Blick und gingen bei José, dem Bronzenen, über den Zebrastreifen auf die andere Straßenseite der Explanda hinüber. Rechts von ihm hatten im Parque de Canalejas die ersten Kinder die Spielgeräte erobert. Keines von ihnen interessierte sich für die Blaulichter und Polizisten, die den Kreisverkehr um die Statue bevölkerten. Die waren zu alltäglich. Sie fuhren lieber auf Plastikpferden und Kutschen im Kreis oder schaukelten sich schwindelig. Wäre ein Räumkommando mit Baggern und Lastern angerückt, hätten zumindest die Jungen neugierig geguckt. Aber die stoisch blinkenden Blaulichter der Einsatzfahrzeuge waren nicht ungewöhnlich genug. Nicht für diese modernen Kinder, die im Gegensatz zu meiner Kindheit, kaum noch Räuber und Gendarm spielen.

Drüben setzten wir uns dann auf den Rand der Promenade. Unter unseren Füßen schwappte das Wasser der Marina in seinem ständig unappetitlichen Grün. Ein paar Sekunden starrten wir auf die kaum bewegte und etwas milchig glänzende Fläche. Trotz aller Bemühungen trieb an manchen Stellen ein schimmernder Ölfilm herum. Wir beobachteten eine Plastikflasche, die zur Hälfte mit einer seltsam gefärbten Flüssigkeit gefüllt vor uns herumdümpelte, während einige kleine Fischchen versuchten, den Fuß der Flasche durchzubeißen. Der Blick von unten durch das Wasser musste wohl verlockender sein. Das Etikett verkündete eine ausländische Marke in unbekannten Buchstaben.

„Mord oder Kollateralschaden?", wollte ich von ihm wissen.

„Ich denke Letzteres. Mord funktioniert anders." Primo hob eine Hand und zielte mit seinem Zeigefinger auf eines der Boote an den Stegen und setzte ein *Poff* hinzu.

„Vielleicht hat ihn das mit dem Nitro gestört oder mit dem Fernzünder. Möchte zu gern wissen, wie die an das Zeug gekommen sind."

„Manchmal bist du wirklich ein Einfaltspinsel aus grauer Vorzeit. Schon mal was von Internet gehört?", maulte er.

„Ach, und da kann man das so einfach bestellen? Warum gibt's dann eigentlich noch 'ne Rüstungsindustrie? Wenn Hans Wurst das Zeug doch schon ganz alleine herstellen und vertreiben kann."

„Weil Hans Wurst zwar vielleicht einen Keller hat, um das Zeug zu lagern, aber keine Technik für ein sauberes Nitrieren besitzt. Die brauchst du nämlich, wenn du deine Dynamitstangen oder Nitratzünder selber machen willst."

Ich verzog mein Gesicht. Im gleichen Moment rammte er mir seinen Ellbogen in die Seite und zeigte auf die Bootsstege.

„Ich zeig dir was!"

Ein Mundwinkel versuchte in seinem Gesicht ein Grinsen und ich kapierte sofort. Tat zumindest so. Das ist eine relativ nützliche Verhaltensweise, wenn man mit Primo zusammenarbeitet.

„Also auf", entgegnete ich daher wie selbstverständlich, schaute zu den Fresstempeln auf der anderen Seite der Marina hinüber und wir gingen mit zackigem Schritt über die L-förmige Mole zu dem kleinen Wärterhäuschen, das fast an deren Ende gegenüber den Fisch-Restaurants stand. Unterwegs rätselte ich über Primos Einfall, den er mir nun zeigen würde. Keine zehn Minuten später war mir noch nichts eingefallen, aber dafür hatten wir ein kleines, volierenartiges Ding erreicht. Voll verglast. Es war höchstens doppelt so groß wie der Rettungszylinder, den sie letztes Jahr bei dem Grubenunglück in Chile gebraucht hatten. Wie praktisch! Bei der aktuellen Hitze ein Traum von Arbeitsplatz. Ein Typ von der *policía portuaria* ignorierte uns, als wir an ihm und seinem trockengelegten Aquarium vorbeigingen. Er zog es stattdessen vor mit einer Hand als Schirm vor seinen Augen zu dem Aufgebot der Uniformierten vor den Puestos zu stieren. Als wir das Ende des Stegs erreicht hatten, waren wir wieder bis auf achtzig Meter an unseren vorherigen Sitzplatz herangekommen. Wir waren zwar nahezu einen Kilometer gelaufen, aber bis auf diese wenigen Meter fast im Kreis.

„Allein die Distanz verwischt den Weg jedes Typen, der von hier zur Explanada läuft", meinte Primo und deutete mit ausgestrecktem Arm auf die Strecke, die wir zurückgelegt hatten.

„Und was soll der deiner Meinung nach hier gemacht haben?"

„Zum Beispiel einen Knopf drücken. Da drüben liegt immerhin der Empfänger von einem Fernzünder."

„Ach."

„Tu doch nicht so! Der Laden fliegt in die Luft und drei Sekunden später rennen alle um ihr Leben. Und wahrscheinlich nicht in die Richtung, die er gerne hätte. Da mischt er sich lieber hier unter die Leute und Tschüss."

„Er könnte aber auch mit dem Boot wegfahren, wenn du das meinst", wendete ich ein.

„Niemals!", widersprach er vehement, „der ist zu Fuß weg. Erstens ist jedes Boot hier fein säuberlich registriert. Ankunft, Eigner, Abfahrt, was weiß ich. Und zweitens würde es daher auffallen, wenn einer zur gleichen Zeit rausfährt, spätestens vorne bei der Ausfahrt. Dann wäre der Pier dort ruck zuck mit Polizisten voll. Wenn du den verschlafenen Kerl da gleich fragst, bestätigt der dir nichts anderes, als dass alle Boote sauber gemeldet sind und seit Tagen hier liegen. – Nein, das hatten die ganz einfach vor. Bei dem ganzen Zinnober, hopsenden Drachen und so, wäre der unbehelligt hierhergekommen, hätte seine Fernbedienung gedrückt und genug Zeit gehabt, in dem Chaos ganz gemächlich zu verschwinden."

„Und?", meine Begeisterung über diese Feststellung hielt sich in Grenzen.

„Wie und?"

„Für diese Erkenntnis habe ich nun Blasen an den Füßen."

„Warts ab!"

Primo machte einen Schritt nach vorne und bückte sich neben einen der Poller runter. Dann fuhr er mit einer Hand unter dem Rand des hölzernen Stegs zwischen zwei Booten entlang. Auf den Knien vorwärtskriechend untersuchte er mehrere Zentimeter der Unterseite. Derweil sinnierte ich über seine turnerische Einlage. Gerade als ich zu dem Ergebnis kam, sie sei total bescheuert, sprang er auf und hielt ein schwarzes Teil in seiner Hand.

„Nä, Primo, das war jetzt zu einfach. Das hast du vorher dahin getan."

Wild an meine Schläfe tippend wendete ich mich ab und ging schon in Richtung des immer noch neugierigen Hafenpolizisten.

„¡Alto! Stopp! Schau's dir wenigstens an."

Ich blieb mürrisch stehen und drehte mich mit einer abfälligen Handbewegung um. Das Ding in seinen Händen war nicht die vermutete Fernbedienung, sondern ein kleiner hohler Kasten mit zwei Leisten. Sah eher nach einer flachen Minischublade aus, die unter die Bohlen des Stegs geschoben werden konnte. Auf deren Boden lag ein Schlüssel. Was sollte das nun wieder? Das Gesicht verziehend schaute ich ihn an.

„Gehört Julio, 'nem Bekannten, ich hatte nur keine Ahnung mehr, wo genau er es montiert hatte. Der Schlüssel passt zur Tür auf seinem Boot. Wenn er einen übern Durst hat, pennt er schon mal hier seinen Rausch aus. Ist auf jeden Fall besser, als durch die Stadt zu torkeln. Das Ding ist kaum zwei Zentimeter hoch, fällt also selbst vom Wasser kommend kaum auf."

„... und du nutzt es für deine Schäferstündchen", stellte ich fest.

„Das ist überhaupt noch eine Idee, dann brauch ich vorher nicht mehr zu Hause aufzuräumen", grinste er zurück.

„Meinst du etwa, dein Julio hat etwas damit zu tun?", ich sah zur Explanada hinüber. Primo schob die kleine Box wieder an Ort und Stelle. Danach schaute er einem kleinen Katamaran hinterher, der zwischen uns und der Kaimauer drüben mit Motorkraft Richtung Meer schipperte.

„Dafür ist er trotz seiner gelegentlichen Sauferei zu anständig. Aber der Idiot ist leider auch total gutgläubig. Vielleicht hat er seinen Kahn in den letzten Tagen einem als Schlafstätte angeboten, damit der mal in Ruhe... na du weißt schon. Wir sollten ihn mal fragen."

„Immer noch zu einfach. Was hältst du davon, wenn unser Attentäter beim Knopfdrücken einfach aus einem Fenster im Hotel Maritimo geguckt hätte. Liegt direkt dahinter. Oder vom Tryp Gran Sol mit bester Aussicht? Oder sogar mitten unter den Zuschauern stand? Dann brauchte er den Kilometer erst gar nicht zu laufen."

Er schüttelte den Kopf.

„Stell dich nicht so an. Die Namen der Gäste haben wir seit Stunden auf einer Liste, auch die von denen man weiß, dass sie erst morgen oder übermorgen anreisen werden. Die Dinger sind seit Monaten ausgebucht. Spontan kann da also keiner übernachten. Und zwischen all den Menschen wäre das Risiko sowieso zu groß gewesen, irgendein Simpel schaut dir nämlich immer über die Schulter. Du sagst doch immer, dass in solchen Fällen alles viel einfacher ist. Jetzt würde es passen, alles andere wäre zu viel Organisation, hätte zu viele Mitwisser, zu viel Risiko. Dann kannst du auch die ganzen Anwohner filzen. Viel Spaß in den kommenden Tagen."

„Also gut, nehmen wir mal an, der Sprengmeister sitzt auf dem Boot und ist ein guter Bekannter deines Julios. Glaubst du etwa, der könnte uns den Namen verschweigen, wenn wir ihn in die Mangel nehmen?"

„Auch den Namen des Freundes vom Freund des Freundes?"

Er musterte mich siegesgewiss.

„Ich sag doch Julio ist zu leichtgläubig. Wer hier schon mal erfolgreich und in Ruhe seine Liebste vögeln konnte, gibt den Tipp doch gerne weiter."

Ich beharrte auf meiner Meinung:

„Zu einfach, um wahr zu sein! – Mich wundert, dass noch keiner das Boot geklaut hat."

Primo verzog den Mund, zuckte mit den Schultern und meinte:

„Den Kahn? Ganz bestimmt nicht. Skipper achten aufeinander und der da vorne ist ja nicht immer so blind wie heute. – Abgesehen davon, weiß ich nicht, ob der überhaupt fünfzig Meter Fahrt übersteht."

Diesmal verzog ich den Mund.

Es war tatsächlich ein Armband. Vielmehr ein Teil davon. Der Verschluss und knapp zwei Zentimeter geflochtenes Leder. Echte Designerware. Ein elegantes Stück. Nichts Billiges. So eines hatte ich bei Duela nicht erstanden. In Sunnys Dienststelle drehte ich später das durchsichtige Tütchen in meinen Händen hin und her und betrachtete den Bajonettverschluss. Sunny meinte, es bestünde Hoffnung, dass man da noch Spuren finden würde. Zur Abwechslung hob *ich* die Augenbrauen und runzelte die Stirn. Diese kriminologischen Untersuchungen waren für mich immer noch eine Wunderwelt. Ich legte das Teil auf eine schwarze Ledermappe auf seinem Schreibtisch und fotografierte mit meinem altertümlichen *Nokia* das mit sichtlich äußerster Gewalt abgerissene Stück. Unsere Mädels in der Abteilung lasen so viele Modeblätter, dass sie bestimmt eine Ahnung hatten, wo man solche Sachen in unserer Stadt erstehen könnte. Oder nach hartnäckigem Suchen im Internet fände man wenigstens die dahinterstehende Marke heraus. Dann schaute ich zu Sunny rüber und meinte:

„Lass das aber nicht deinen Lehrling machen."

Er drehte sich um und stemmte mit einem breiten Grinsen seine Hände in die Hüfte.

„Ach, du meinst Doctor Ortega. Der Mann ist wirklich gut. Ein toller Pathologe. Meine Chefin Señora Conde und ich sind glücklich, dass er nicht dem Ruf gefolgt und nach Valencia oder Madrid gegangen ist. Seine Arbeit über forensische Daktyloskopie ist wirklich lesenswert. Und seine Aufklärungsquote vom letzten Jahr kann sich wirklich sehen lassen."

Irgendein verrückt gewordener Insektenschwarm hätte nun leicht eine neue Heimat gefunden. Ich schaute ihn mit offenem Mund an und erwiderte lediglich:

„Der?"

Sunnys Antwort war ein Nicken, Schulterzucken und:

„Tut mir leid."

Meine Ration an Fettnäpfchen hatte ich für heute bereits durch. Aber ich wollte mich nicht geschlagen geben.

„Hat er auch schon was zu dem Bändchen hier gesagt?"

Ich schwenkte wieder das Plastiksäckchen hin und her.

„Alex. Nerv nicht! Wir haben Stofffetzen, Blutspuren, Haare, Hautpartikel, Finger- und Schuhabdrücke, Lacksplitter, Metallspäne, tausende angefasster Souvenirs und was weiß ich gefunden. Womöglich alles tatrelevant. Dazu hochexplosives Material von zweifelhafter Herkunft. Das Ganze auch noch vollkommen unprofessionell zusammengestöpselt. Dein Bändchen kommt daher vielleicht erst nächste Woche dran."

Beim letzten Satz grinste er.

„Aber ...", versuchte ich erneut, „... so ein Teil trägt nicht jeder."

„Glaubst du etwa, die haben Kundenlisten? Oder videografieren jeden, der so'n Scheiß kauft, um beim nächsten Kauf was passendes oder einen Ölwechsel als Kaufprämie anzubieten. Du darfst dich gerne darum kümmern. – Aber lass es hier, ja?"

Hatte ich schon das mit den unaufhörlichen Einwänden, Gegenargumenten und Vorbehalten erwähnt?

Primo hatte nicht unbedingt mehr Erfolg gehabt, sondern nur mehr Zeit verbraucht. Als ich nach ihm sah, bevor ich Sunny den Besuch abstattete, war er keine zwei Buden weitergekommen. Mit einem Blick war mir klar, dass es dauern würde. Ich hatte keine Lust zu warten und war deshalb schon vorgegangen. Er war nämlich an einem Stand hängengeblieben, in dem gut sichtbar der ansehnliche Grund für sein verzögertes Eintreffen stand. *Chicadependencia.*

Endlich von der Explanada zurück, erstattete er Bericht. Duela hatte demnach äußerst wichtige und unbedeutende Beziehungen. Stammkunden und Touristen. Als ich Primos Augen sah, konnte ich mir denken, was wohl wichtig gewesen sein könnte. Ohne auf mein Grinsen einzugehen, setzte er sein Referat fort:

„Ich hab mal die bisherigen Aussagen zusammengefasst. Das Meiste kennst du ja auch schon. Was bei den von mir befragten Budenbesitzern noch auffällt: alle anderen haben jemanden, der aushilft. Ehepartner, Kinder, Verwandte oder Freunde. Er hingegen war immer allein am Stand. Ein echter Einzelgänger. Nicht mal einer seiner Landsleute, also dieser *negros*, hatte so guten Kontakt, dass er eine Hilfe hätte sein können. Montags und dienstags hatte er je nach Saison schon mal zu oder machte erst am frühen Abend auf. An den übrigen Tagen öffnete er manchmal eine halbe Stunde später als die anderen. Aber das war es dann auch schon fast. Einmal im Jahr ließ er für eine Woche die Bude zu und fuhr angeblich zu Verwandten in der näheren Umgebung. Da sollten wir bei den anderen Verkaufsständen nachhaken."

„Dann mal los."

„Drei Stände weiter arbeitet eine junge Frau. So ein südamerikanischer Typ ...", er fuhr mit seinen Händen in der Luft die Konturen einer Frau nach und wackelte mit dem Hintern. Es entsprach ungefähr dem, was ich beim Vorbeigehen kurz gesehen hatte. Primo pfiff durch die Zähne, „... eine echte Granate."

„Na, sie wird doch nicht beteiligt sein?"

„Blödmann! Cristina heißt sie, kommt wie ich aus Kolumbien. Die hat mir das im Grunde alles erzählt."

„Du kommst ja auch aus der kolumbianischsten Stadt Kolumbiens, ¿no? Ich hoffe du hast ihr keine Lügen aufgetischt? Oder warum hast du so lange bei ihr gebraucht?"

„Immerhin heißt mein Geburtsort Cartagena, schon vergessen?"

Ich schüttelte lachend den Kopf und hatte schon die Türklinke in der Hand, als mir einfiel:

„Wann sagte der Arzt, sei Duela umgebracht worden? Vor drei Tagen, oder?"

Primos Nicken übersah ich und meinte:

„Demnach Sonntag. Am nächsten Tag hätte er also geschlossen, beziehungsweise erst nachmittags aufgemacht. Ich sag dir, es war von Sonntag auf Montagnacht. Nicht ganz drei Tage her. Normalerweise hätten sie für ihr Vorhaben ein paar Stunden Zeit gehabt, ohne dass er etwas mitbekommen hätte, aber aus irgendeinem Grund kam er noch mal zurück. Vielleicht hatte er etwas vergessen und sie dann gestört, und dann musste alles ganz schnell gehen. Zu schnell." Dann ging ich raus und fügte hinzu: „Anschließend schauen wir uns mal seine Wohnung an, ich habe dem zuständigen Verwaltungsrichter schon Bescheid gesagt."

Primo spricht über Kolumbien, als sei er erst letzte Woche hierhergekommen. Dabei war er in Kolumbien noch gar nicht auf der Welt. Entschuldigen Sie, das klingt verworren, ich weiß, aber das war so: Seine Mutter, eine echte Kolumbianerin, arbeitete auf einem Frachter unter kolumbianischer Flagge. Das war seinerzeit in zweierlei Hinsicht schon außergewöhnlich genug. Denn erstens kamen die meisten Frachter damals aus Panama oder Liberia und zweitens waren so gut wie nie Frauen an Bord. Offiziell. Irgendwie hatte sie sich aber auf dem Gemüsekahn durchgesetzt. Nur, die Geschichte war die, auch Primos Vater hatte auf diesem Schiff gearbeitet. Das heißt, bis zu dem Zeitpunkt, als er anheuerte, war das eigentlich gar nicht sein Vater, auch nicht als – wie soll ich sagen – vorhersehbarer, auch nicht als Mann seiner Mutter, und schon gar nicht als Freund, Verehrer oder Lover. Zu seinem Vater wurde er erst auf dem Schiff, nach einer lauten und versoffenen Nacht. Als auch sie schwach geworden war. Trotzdem, Mann seiner Mutter wurde der Typ nie. Alles klar bis hierhin?

Als es herauskam, sie legte dummerweise immer wieder eine Hand auf den Bauch und atmete schwer, lag der Kahn zum Löschen der Ladung in Alicante und man brauchte einen Arzt. Eine Komplikation führte nämlich dazu, dass sie ins Krankenhaus musste und eine Schlamperei, dass der Frachter vier Tage später weg war. Das war am 22. November 1975. Zwei Tage nach Francos Tod. Alle hatten damals etwas anderes zu tun, als eine junge schwangere Frau wieder aufs Schiff zu bringen und nach Kolumbien zu schippern. Knapp ein halbes Jahr später kam Primo ausgerechnet in Cartagena auf die Welt. Dort hatte man ihr als Zwischenstation eine Unterkunft bei anderen Landsleuten von ihr besorgt. Eigentlich wollte man sie mit dem nächsten Bananendampfer zurücktuckern. Aber nachdem man sie irgendwie vergessen hatte, fand sie dort im Büro einer Werft für ein paar Monate ein wenig Arbeit. Die reichte gerade, um für die folgende Zeit über die Runden zu kommen. Das war in Cartagena, Region Murcia, Luftlinie circa hundertfünfzig Kilometer von hier entfernt. Deshalb erzähle ich nämlich das Ganze. Weil nicht in Cartagena, Region Bolivia in Kolumbien, weiß Gott wie viele Kilometer weg. Ich hoffe auch Sie sind nun verwirrt genug. Und damit es so bleibt, begegnen wir dem Namen der Stadt noch öfters.

Im letzten Monat wurde Primo jedenfalls fünfunddreißig.

Der zweite Merksatz für zielführende Maßnahmen ist: nehme nie das Telefon ab, ohne vorher auf das Display geschaut zu haben. Ist die Nummer unbekannt, lass den Hörer liegen. Eigentlich ganz einfach. Aber ich bin prädestiniert dafür, ohne Kontrolle solchen Automatismen zu verfallen. Sie sind leider zu gut in mir verankert. Immer wieder halse ich mir damit zusätzliche Arbeit auf oder wird in einem bestehenden Fall von oben quergeschossen. Doch dieses Mal hatte ich Glück gehabt. Ich brauchte allerdings zwei Sekunden, da ich die Nummer auf dem Display des Handapparates mit meinem Ohr nicht lesen konnte. Solana war dran und verstellte nur ihre Stimme. Sie spielte das Hauptkommissariat. Dabei war sie bloß ein paar Wände von mir entfernt und in der Zwischenstation beschäftigt. Ablage, Organisation, rechte Hand der linken und ziemlich mitleidlos.

„Du weißt, dass der Cobre-Bericht immer noch fehlt?"

Womit wir doch beim Inhalt des zweiten Merksatzes wären.

Ich sagte ja: mitleidlos.

Der Cobre-Bericht fehlte nicht, sondern ich hatte ihn noch nicht zurückgegeben. Aus purer Neugier hatte ich ihn mit nach Hause genommen. Verbotenerweise. Vor drei Monaten. Weil mich interessierte, wie dreist sechs Mann in einem nördlichen Industriegebiet wertvolles Kupfer aus einer Fabrik demontieren wollten und meinten, es anschließend zu Geld machen zu können. Dabei ist dreist eine sehr freundliche Umschreibung. Blöd würde viel besser zutreffen. Auf manche Ideen muss man erst mal kommen. Auf dem Dach stehen und Ofenrohre oder ähnliches absägen. Toll. Die von der *seguridad ciudadana* hatten denen dann aber einen Strich durch die Rechnung gemacht.

Zu Hause las ich deren Aussagen. Sie waren wirklich nicht besonders intelligent. Einige ihrer Sprüche zählten deshalb mittlerweile in unseren Büros zu den Klassikern. Ich amüsierte mich köstlich. Bis zu dem Zeitpunkt als ich nach meiner Dose Bier griff. Der Anfang meines nun anstehenden Untergangs. Bierdosen haben nämlich bisweilen die Eigenschaft, nachdem man sie aus dem Kühlschrank geholt hat, nach einiger Zeit außen anzulaufen und dadurch nass und vor allem glitschig zu werden. Ich habe alles versucht und die Blätter mit dem Fön bearbeitet, sie auf eine warme Herdplatte gelegt und mit meinem alten Bügeleisen bearbeitet. Der Erfolg war, dass drei Seiten, wie Fliesen an einer Wand, hartnäckig miteinander verklebt blieben und das abschließende Blatt mit den Unterschriften aussah als stamme es aus dem Jahre 1448. Das alles konnte ich natürlich Solana nicht erzählen und suchte deshalb nach einer Ausrede, die das Ganze bis zu meiner Pensionierung aufschieben würde.

„Ich habe die Blätter zum Mangeln geben müssen", erwiderte ich so spontan wie möglich und hoffte, dass ich durch ein Lächeln in meiner Stimme unschuldig klang, „druck ihn dir doch noch mal aus. Der ist doch im System."

„Wäre er, wenn du ihn nicht mitgenommen hättest. Also?"

„Ehrlich gesagt, müsste ich ihn jetzt suchen und du weißt doch wie ... ich steck gerade auch noch in so einem beschissenen Fall, da ..."

„Wir haben Mittwoch, Freitagnachmittag muss ich ihn abgelegt haben. Dein Chef, der auch meiner ist, möchte ihn am Montag zu einer Tagung über städtische Sicherheitsmaßnahmen und Prävention mitnehmen. Alles klar?"

„Ach, *cariño*, Schätzchen, das kannst du doch ..."

„Freitagnachmittag." Klack.

An dem zweiten Merksatz werde ich arbeiten müssen.

„Hast du noch von der Sepia", fragte ich Juan, während Primo und ich einen Tisch von draußen nach innen trugen. Seit mehr als einem halben Jahr verunstaltete ein Gerüst das Gebäude in der San Agustin, in dem Juans kleines Restaurant war. Denn wir hatten keine Lust aus unserem Essen Mörtel zu fischen, der gerade ziemlich großzügig und ohne Rücksicht in die brüchigen Stellen der dunkel gewordenen Außenwände verteilt wurde. Juan nickte nur und schaute, die Arme in die Seite gestemmt, von außen seinen Bau an.

„Drei Monate haben die gesagt, drei. Spätestens im März ist alles fertig. - Jetzt haben wir fast Juli", er hob seinen Kopf, wurde lauter und wedelte mit einem Finger nach oben, „und nun habe ich die Trottel noch die ganze Saison am Hals", er drehte sich zu uns und stampfte mit böser Miene in seine gute Stube zurück, „mit oder ohne Reis?", zischte er im Vorbeigehen.
Sie erinnern sich an meinen Tipp? Dann wissen Sie es, mit Reis, schmutzigem Reis, natürlich. Arroz brut.

Fünf Minuten später hatte Primo die eigentlich zur

44

Sepia gedachten Brotscheiben und selbstgemachte Aioli fast alleine aufgefuttert. Er hat halt keine Zeit und kann wie bei den Mädchen nicht abwarten. Wenn es etwas zu verspeisen gibt, wird es verspeist.

„Hast du gesehen wie dilettantisch das ganze Zeugs verkabelt war?", meinte er mit vollem Mund, wischte sich mit einem Handrücken über die Lippen und schaute prompt einem hübschen Po hinterher, der draußen zwischen zwei Beinen und einem höchstens achtzehnjährigen Oberkörper vorbeiging, „entweder hatten die keine Ahnung oder wollten nicht."

„Aber dafür lag genug für einen mächtigen Wumms in dem Loch drin. Das macht mich wiederum stutzig. Eine der Handgranaten hätte schon gereicht, damit der Kanister mit Benzin hochgeht und die nötige Hitze fabriziert. Vielleicht war es absichtlich stümperhaft, aber … Allein diesen Knaller ohne Probleme hierherzubekommen ist schon ein Wunder. – Und was sollte sonst die Show mit der zersägten Leiche. Ist 'n bisschen viel für nichts. Findest du nicht?"
Er lehnte sich auf seinem Stuhl nach hinten und glotzte mit immer länger werdenden Hals hinaus, um möglichst lange die zugegebenermaßen schöne Ansicht des verlängerten Rückens, genießen zu können und meinte, mit einem verräterischen Singsang in der Stimme:

„Außer, sie wären sich nicht einig gewesen. Vielleicht lieg ich ja auch falsch und die halbe Stadt wäre in die Luft geflogen. Aber für mich war das ein etwas seltsames Sammelsurium in dem Loch. Um die Welt in die Luft zu sprengen, brauchst du nur drei, vier Apotheken, ein paar Zutaten aus 'nem Chemielabor einer Schule und das Internet. ¡por Dios! Was für ein Hintern! Wir wissen doch, wie man's richtig macht."
Der Duft von frisch angebratenem Knoblauch wehte hinter der Theke hervor und ließ ihn den Po vergessen.

Wir verstummten und schnüffelten wie hungrige Wölfe aus irgendeinem Kinofilm. Ein Zischen verriet den nun brutzelnden Reis. Juans Mutter vollführte in ihrer Ecke mit flinken Händen ihr Pfannenballett. Plötzlich lugte sie daraus zu uns hervor.

„Gemüse? Schwarz? Scharf? Ihr seid doch sonst nicht so still."

„Alles", antworteten wir im Chor ohne hinzusehen, „du hast doch noch nie gefragt."
Primo fuhr fort:

„Welche Probleme haben wir gerade, dass ein solcher Anschlag einigermaßen logisch wäre?"

„Arbeitslosigkeit. Finanzkrise. Herumlungernde Jugendliche."

„Passt das zusammen?"
Passen tut so etwas in den seltensten Fällen. Und für solche Logik reicht nie ein Problem allein. Und manche Intelligenzbolzen versuchen mit den verrücktesten Ideen, alles im Nachhinein zu vertuschen und erregen damit erst den Verdacht.

Weiter kamen wir mit unseren Gedanken nicht, denn Juan stellte zwei köstlich duftende und dampfende Teller vor uns ab. Unter seinen Armen hatte er links und rechts noch zusätzlich Gläser und eine Flasche Wein geklemmt. Als er sie öffnete, klatschte draußen eine Fuhre Gips genau auf die Stelle herunter, an der vorher unser Tisch gestanden hatte und der Po vorbeigegangen war. Primo ärgerte sich jetzt bestimmt über die entgangene Möglichkeit, den lebensrettenden Sanitäter zu spielen.

Derweil ging Juan raus und warf den Korken am Gerüst hoch. Es sah drollig aus, denn sein Bauch hüpfte unter dem Hemd gegen die Richtung.

„Idioten!"
Er schlurfte wieder zu uns.

„Wenigstens abends haben wir Ruhe", polterte er.
Wir grinsten beide und ich wendete mich wieder zu Primo.

„Du hast selbst von Kollateralschaden gesprochen, also was hast du im Sinn?"
Nichts! Denn die Sepia war schlicht und ergreifend ein Gedicht. Zwang zu einer Pause. Zart, scharf und mit einer schwitzenden Oberfläche. Der Arroz komplettierte alles perfekt. Ich trank einen Schluck des eiskalten Weins. Ein einfacher, aber süffiger Tropfen. Gefährlich um diese Tageszeit. Zumal ich beim Schlucken allzu oft an die Kombination von Durst und Bier denke. Immer noch schielte ich fragend zu Primo hinüber. Er genoss wie ich seinen Bissen, bevor er meinte:

„Das eine muss das andere nicht ganz ausschließen. Ich rätsel nur über die Hintergründe. – Und mir scheint, von deinen drei Genannten passt keiner so richtig."

„Andere aber auch nicht: Prostitution, Drogen, Kindesentführung."

„Vielleicht sollten wir uns mal die *afrikanos* vornehmen. Möglicherweise war einer sauer, weil das Boot mit der Freundin untergegangen ist."

„Und Duela soll damit dann was zu tun haben?"
Ich schaute Primo etwas ungläubig an und trank mein Glas leer, das heißt eine vermeintliche Bierdose. Der Schluck war entsprechend. Die Wirkung in einigen Sekunden sicher auch.

„... zu tun *gehabt* haben. Wer weiß. Was hat der eine Typ zu dir gesagt? Die verkaufen doch alles über die Theke. Warum also auch nicht ein Boot für die Flucht. Und du siehst doch selbst, wie die uns jedes Mal alle anglubschen, wenn wir da antanzen."

„Na, jetzt sei mal nicht so despektierlich", entgegnete ich und war stolz, dieses Wort zu kennen, „aber du hast recht. Immerhin könnte es sein, dass sie über sein

Leben Bescheid wissen.“

Ich wischte mir mit einer Hand über meinen Onepack und schaffte es gerade noch, nicht zu rülpsen. Im selben Moment stellte Juan die kleine Flasche mit dem grünlich schimmernden und selbst angesetzten *orujo de hierbas* vor uns ab, zusammen mit zwei kleinen Gläsern.

„Trinkt einfach 'nen *orujito*. Das hilft. Wisst ihr doch?! Nach drei, vier Gläschen waren mir die auf dem Gerüst manchmal auch egal.“

Wenn ich aus den Fenstern meiner kleinen Dachwohnung über der *Calle Mayor* schaue, sehe ich leider trotz der Nähe nicht das Meer. Dieser Blick wird weiter vorne von hohen Gebäuden verwehrt, zum Beispiel von dem aus Ziegeln und Wandmalereien bestehenden *Edificio Monaco* und dem von Türmchen behüteten *Casa Carbonell*. So blicke ich vielmehr in den Canyon einer engen Straßenschlucht, der einem krümmeligen Schnitt in eine Mandeltorte ähnelt – wobei die Krümmel die zahllosen Tische und Stühle der Restaurants unten darstellen – und die Schnittflächen zum Teil herrschaftliche Häuser aus dem 19. Jahrhundert sind. Und gegenüber sehe ich genau auf ein Hotel, eines mit fünf Sternen. Das beste Haus in der Stadt. Ein vor ein paar Jahren stilvoll restauriertes Gebäude. Ein ehemaliges Kloster aus uralten Zeiten. Mit hohen Fenstern und kleinen Balkonen.

Manchmal öffnen die Putzfrauen die Fenster zum Lüften und ich kann hineinschauen. Wären keine Gitter vor meinen Fenstern und ich könnte mich deshalb weit genug hinauslehnen, hätte ich auf diese Weise gut und gerne im linken Teil sechs Zimmer einwandfrei unter Kontrolle. Drei oben und drei unten. Aber es wäre jedes Mal ein echtes, turnerisches Unterfangen, da ich mir aus dicken Holzbohlen breite Fensterbänke und damit wunderbare Ablagen montiert habe, die dieses Vorhaben ziemlich erschweren. Zumal diese mit allerlei Krimskrams und einer wuchernden Grünlilie vollgestellt sind. Deswegen schließe ich die Flügel im Sommer nur selten. Das fliegende Ungeziefer respektiert trotzdem meine Entscheidung, ohne es leben zu wollen. Für so viel Leben ist meine Wohnung auch zu klein, denn sie ist unter dem Dach so geschnitten, dass den Viechern und mir ohnehin nur noch gerade mal etwas mehr als vierzig Zentimeter hohe Fenster zur Verfügung stehen. Ungefähr auf Höhe meiner Knie. Eher Durchlüftungsscharten als Blickverführer. Darüber hinaus mit Gittern versehen. Ich lebe also eingesperrt. So wandert mein Blick, nachdem ich mich bücke, auch nur gelegentlich an manchen Abenden und meist sonntags zu den drei linken Fenstern im obersten Stock.

Nein, ich bin auch nicht neidisch, wenn ich in diese Zimmer sehe, aber schön und hell ist es da drüben doch. Mit einer kaum sichtbaren Klimaanlage kann man sogar einen heißen Sommer angenehm gestalten. Und sauber ist es dort. Das krieg ich nicht so hin. Mann, da kostet eine Nacht ohne Frühstück den Lohn von mehr als vier Tagen. Eine Woche also knapp mein Monatsgehalt. Und dann hab‘ ich noch keinen Krümel gegessen. Unvorstellbar. Manchmal vergessen die Leute, wie ich, die Fenster, die Vorhänge zu schließen. Seltsam, wie sie sich dann alles vergessend, obwohl sie nicht zu Hause sind, in fremden Zimmern verhalten und ich sie dabei beobachten kann. Bei allem.

Zum Beispiel, wenn sie sich streiten und mit wedelnden Armen und Händen, wie übergeschnappt durch den Raum springen. Ihre Körper dabei durch die Gegend werfen und mit Sachen in der Luft herumfuchteln, als würde in diesem Augenblick ein Erdbeben der

Stärke 9 unter dem Haus wüten. Dann fliegen auch noch Kissen, Bücher, Zeitungen, Kleidungsstücke und Schuhe. Hinterlassen dabei Narben und Andenken an den Wänden und Möbeln der fremden Räume. Ihre Münder klappen während dieser ganzen Zeit lautlos auf und zu wie riesige Fischmäuler und verteilen Spuckefäden. Für die Worte, die kaum zehn Meter von mir entfernt hinter den verschlossenen Glastüren fallen, eigentlich geschrien werden, brauche ich dann keinen Ton. Keine Mimik und Gestik. Die auch so sichtbare Wut und Entrüstung, implodierte Liebe und explodierter Hass reichen. Ich verstehe jede Silbe.

Oder zum Beispiel, wenn sie halbnackt zwischen Bad und Bett hin und herlaufen und etwas suchen. Mit ihrem Mobiltelefon flirten oder sich für die Nacht fertigmachen. Oder alles zusammen. Manchmal ein anmutiges Bild. Insbesondere, wenn eine junge Frau sich nach dem Duschen im gut sichtbaren und hell erleuchteten Bad abzutrocknen beginnt und danach ihr Aussehen in einem der Spiegel überprüft. Aber häufig gehe ich in die Küche, weil ich kein Spanner sein will und hole mir eine Dose Bier aus dem Kühlschrank. Auch deshalb, weil es nur selten eine junge Frau ist, die zum Handtuch greift, sondern meist ein feister Vertreter oder dicker Tourist. In diesen Augenblicken gibt es nichts, worauf ich neidisch sein müsste. Mein Bauch hat dann doch noch nicht die Dimensionen, wie die drüben auf der anderen, von fünf Sternen behüteten Seite. Mein Zwei bis Drei-Sterne-Bauch ist gewölbt genug und reicht mir vollkommen.

Oder, wenn sie voller überschäumender Emotionen und unlenkbarer, nahezu berstender Gefühle übereinander herfallen und im gedimmten, erdnussbraunen Licht der Lampen sich und die nicht zugezogene Gardine vergessen. Auch das ein im Grunde genommen schöner Anblick, ursprünglich und animalisch, aufregend und wollüstig, egoistisch und selbstlos, dem ich aber im Allgemeinen genauso wenig Gesellschaft leisten möchte. Also hole ich mir wieder eine Dose Bier, knipse das Licht aus und lese nebenan in meinem möbellosen Eckzimmer auf dem Boden hockend meine Krimis weiter, weil ich selbst zu Hause nicht genug davon bekommen kann und weil die Bullen in ihnen in haarsträubender Geschwindigkeit bald jeden Fall aufklären und auch noch häufig genug mit ihrer Angehimmelten ein Happy End erleben dürfen. Das ich Minuten vorher, eifersüchtig auf das fremde Glück, hätte beobachten können. *Das* macht mich neidisch. Jedes Mal. Aber für diese Vorstellung bräuchte ich nicht das Kino auf der anderen Seite. Die Funktionsweise des Dargebotenen ist mir als solches genug und hinlänglich bekannt.

Jetzt war meine Dose Bier wieder leer und ich legte *Eugenio Fuentes' El interior del bosque*[2] zur Seite. Gerade an der Stelle, als der dusselige Kerl seine Freundin in der anbrechenden Dunkelheit mitten im Wald alleine lässt, um neue Batterien für die Taschenlampe zu holen. Ich ahnte, was passieren würde und wusste, dass ich mich dafür stärken musste. Immerhin war ja bereits ein Mord geschehen. Manche Typen denken wirklich keine drei Meter weit und riskieren in den dunkelsten Wäldern der Welt das Leben ihres hübschen Herzblatts. Obwohl jeder weiß, dass in ihnen Teufel, Hexen und Mörder auf ihre Opfer warten. Echt, das Milchgesicht im Buch hatte sie nicht mehr alle.

An Mónica denkend stand ich auf und ging zu dem schmalen Fenster. Der leichte Wind, der keine Kühlung brachte, hatte es wieder zugeweht. Ein anderes Buch

---

[2] Eugenio Fuentes, Mörderwald, Klett-Cotta Verlag

zwischen den Rahmen und den Flügel drückend schaute ich automatisch hinüber und sah einen Typen in 203 auf dem Bett liegen. Beleuchtet von dem bläulichen Geflackere eines Fernsehers und nur von einer weiten, weißen Shorts bekleidet, die im Widerschein fluoreszierend leuchtete und prächtig ausgefüllt war. An dem Zucken und Flimmern aus dem Kasten konnte ich nicht erkennen, ob der Inhalt des Filmes dazu passte. Aber ich durfte davon ausgehen, da seine Hand wenige flimmernde Momente später unter den Bund seiner Hose wanderte und – ich hatte wieder mal genug. Das da kannte ich. Denn ich halte den Rekord für einsame Stunden. Ich drehte mich um und dachte immer noch an Mónica.

Mónica. – Ach ja! Sehen Sie! Woher sollten Sie es auch wissen? *Sie* habe ich noch nicht vorgestellt. Allerdings fällt mir das auch ein wenig schwer, da ich sie selber kaum kenne. Was könnte ich Ihnen also von ihr erzählen? Sie ist hübsch. Ja, klar, wie sollte es auch anders sein. Trotz Bauch bin ich Spanier und damit Südländer, also Heißsporn genug, um auf so etwas zu achten. Auch wenn Mónica meist sehr traurig und niedergeschlagen wirkt. Ihr Job zählt nun auch nicht zu den Traumberufen, sondern eher zu den *Hauptsache-ich-hab-was*. Besonders in diesen Zeiten, in der Krisen sich überholen als seien sie Qualifikanten für Formel-1-Rennen. Und dass sie ein paar Jahre jünger ist als ich, also vielleicht Ende Dreißig und sie lange feste blonde Haare hat. Dick wie Stroh, bilde ich mir jedenfalls ein. Weil, natürlich hab' ich die noch nie angefasst. Wo denken Sie hin? Meistens trägt sie diese ohnehin zu einem Zopf geflochten unter einer Mütze, selbst im Sommer. Liegt natürlich an dem Dreck, den alle hier hinterlassen, gerade jetzt während der Hogueras. – Bei jedem *bon dia!* oder *hola! com va?* von ihr läuft mir ein Schauer über den Rücken, ihre Stimme klingt rau und ein wenig brüchig. Das klingt anziehend und unsicher zugleich. Erinnert mich an Hanna, Musicalstar und Popsängerin in einem, und ihren Song *Como en un mar eterno, ... quiero ser yo libre amor.* An manchen Abenden nudelt die CD bei mir im Repeat und Shuffle Modus. Müssen Sie sich unbedingt mal anhören! Von mir aus im Internet.

Über ihre Figur kann ich kaum was sagen. Nur, dass sie kein Hungerhaken ist. Das gefällt mir. Bis auf wenige Ausnahmen, bisher zwei oder drei, sehe ich sie ansonsten in der städtischen, grün gelben Signal-Uniform des Ayuntamientos, da sie bei der Stadtreinigung arbeitet und wohl genau für das Viertel zuständig ist, in dem ich lebe. Also für die Innenstadt. Denn hier sehe ich sie für mehr oder weniger lange Sekunden nahezu täglich. Vermutlich haben sie Mónica wegen ihres Aussehens für die Reinigung der mit Imbissen, Restaurants und Cafés vollgestopften Straßen angestellt, damit die Gäste und Touristen nicht nur die schönen Sachen zweifelhaften Alters auf ihren Tellern entdecken.

Manchmal, wirklich nur manchmal, ergibt es sich, dass wir morgens ein paar harmlose Worte oder Sätze wechseln. Im Grunde genommen sogar leider erst seit ein paar Monaten, obwohl sie hier schon ziemlich genau vier Jahre für Sauberkeit sorgt. So gestatte ich mir also neuerdings einen Gruß, ein *Bon di* oder so zu sagen. Schuld daran war an einem überraschend warmen Tag eine unnachahmliche Bewegung von ihr, die mir bis dahin noch nie aufgefallen war. Kein Wunder, ich hatte auch nie richtig hingesehen. Aber wenn im Januar jemand eine dicke Jacke öffnet, diese auszieht und die darunter getragene Weste aufschlägt und schnauft, dann schaut man doch hin, oder? Vielleicht wegen des ungewohnten Geräuschs oder der Kälte, vielleicht, weil das kein Kerl, sondern eine Frau war.

Ich sah genau in dem Moment hoch, als sie sich mit dem Unterarm den Schweiß von der Stirn wischte und ich gerade meinen obligatorischen Orangensaft vor dem Eingang des italienischen Restaurants trank, das sich unten in dem Haus befindet, in dem ich wohne. Für den Bruchteil einer Sekunde wirkte sie wie ein Malocher. Tatsächlich wie ein Mann. Einer, der breitbeinig zähen, heißen Teer auf einer neuen Straße verteilte und gleich auf sie spucken würde, weil es so schön zischte. Ihr Shirt war nass verschwitzt und klebte zwischen ihren Brüsten auf der Haut. Es war ein aufreizendes Bild, keine drei Meter von mir entfernt, eines, das nicht zu Ich-bin-nur-ne-Straßenreinigungsfrau passte. Denn vor allem war sie eine verdammt gutaussehende Frau, die man nicht als städtische Putzkraft erwarten würde. Gerade deswegen schien sie häufig mit sich und der Welt unzufrieden zu sein oder sich in ihrer Haut nicht wohl zu fühlen. Es musste also mehr dahinterstecken. Irgendwann wollte ich ihre Geschichte herausfinden. Während ich mit dem Glas in der Hand, an den Kasten mit der Speisekarte gelehnt, sie anschaute, fragte ich sie deshalb, diesmal ernst gemeint: *¿Qué tal?* Wie geht's?

Der Blick damals ging mir tagelang nicht aus dem Kopf und mit einem Mal wollte ich ihre Geschichte so schnell wie möglich erfahren und sie näher kennenlernen. Haha, denken Sie jetzt, näher kennenlernen wollen, im dafür geeignetsten Abstand von null bis einem Zentimeter. Ja, ja, machen Sie sich nur lustig. Aber ich war ja bisher noch nicht mal auf einen Meter herangekommen. Also: obwohl ihr Lächeln müde wirkte, leuchteten ihre Augen wie zwei große, frisch erblühte Blumen. Seitdem weiß ich, dass sie grüne Augen hat und seitdem schaffe ich immerhin schon Gespräche von fast fünf Minuten Länge mit ihr. Leider nur manchmal, wirklich nur manchmal.

In ihnen bin ich dann seltsamerweise kein neugieriger Inspector, der gelernt hat, Fragen zu stellen, sondern wie ein siebzehnjähriger Junge, der seine Stimme nicht im Griff hat, herumstottert und unter Kontrollverlust seiner Hände leidet. Und bedauerlicherweise bin ich in all diesen Jahren nicht viel älter und reifer geworden, wenn es darum geht, eine einfache Einladung oder ähnliches auszusprechen. Meine Mutter sagte mir zwar vor einigen Wochen, als ich bei ihr in Campello war und ihr mein frisch entstandenes Leid erzählte, wie es funktionieren könnte: *Mein Gott Junge, das ist doch kein Porzellanpferdchen von Lladró, sondern eine gestandene Frau, wenn ich dich richtig verstanden habe. Und gerade die wollen richtig angefasst werden. Mit beiden Händen. So schnell gehen die nicht zu Bruch. Das kannst du mir glauben. Oder hast du Seiten an dir, die ich nicht kenne?*

Obwohl ich seitdem jeden Satz dafür von vorne bis hinten überlege, klingt jeder, den ich halblaut vor mir hersage, immer nur tollpatschig. *Na, wieder unterwegs bei uns? – Gut, dass so schönes Wetter ist. – Ja, ja, die Idioten verdrecken wahrscheinlich zu Hause auch ihr Wohnzimmer und werfen da alles auf den Teppich.* Verhöre kann ich wirklich - auch mit der nötigen Ungeduld - ganz gut führen, aber im Alltag eine normale Frage zu stellen, habe ich nie gelernt. Ich hoffe, in den nächsten Wochen wird sich dies endlich ändern. Es ist nur eine Sache des Mutes. Das weiß ich jetzt. Man hat es mir gesagt. Ich habe nämlich inzwischen einen Trainer und deshalb pauke ich es mir jeden Morgen vor dem Spiegel ein.

Denn obwohl er keine Ahnung von meinem Gefühlsleben haben konnte, meinte Kio, einer der vielen Afrikaner hier, der davon lebte, afrikanische Souvenirs zu verkaufen und der ein lustiger, selbsternannter Zauberer mit einem Zylinder auf dem Kopf ist, nachdem er wieder einmal mit seinen kleinen Holzfiguren einen kleinen Veitstanz vor dem Haus vollführt hatte, vor ein paar Tagen: *gàmzoo, Mann, immer allein. Du musst dir eine matshe, eine Frau, suchen. Hab Mut, sprich eine an und stell ihr einfach,* jetzt klimperte er mit seinen Augen und kippte mit einer Hand mehrmals seinen Zylinder an der Stirn nach vorne, *die richtige Frage. Du wirst sehen, ihre Antwort ist guuuut.*

Donnerstag

Primos Notrufe dulden kein allzu langes Zögern. Mehrere Stufen in unserem Treppenhaus auf einmal nehmend sprang ich diese herunter. Ein immer wieder halsbrecherisches Unternehmen, besonders in den Kurven und in meinem Alter. Ich weiß, mein Gewicht tut natürlich sein Übriges und das im ganzen Haus vernehmbar. Aber das Ganze hat oft genug einen guten Grund. In der Hoffnung, deswegen wieder gehört worden zu sein, sprang ich mit beiden Füßen von der sechstletzten Stufe auf den Boden vor die Eingangstür und versuchte dabei so entschlossen auszusehen wie *Fele Martinez* in einer Szene von *Los Minutos del Silencio,* als er in einem Dorf in Andalusien den rätselhaften Tod eines Häftlings in einer Kaserne der Guardia Civil untersuchte. Ein sinnloses Unterfangen, erstens war er ein wesentlich sportlicherer Kerl als ich, wenn auch mit weniger Haaren, und zweitens hätte ich dabei fast die Haustüre nach außen gedrückt und meine Knie zermalmt. Mit der Schulter fing ich mich an der Wand ab. Der nächste blaue Fleck war garantiert. Ich rieb mir die betreffende Stelle in der Hoffnung, es würde helfen, knallte die Tür hinter mir zu und rannte fast in Carlotta hinein, die wöchentlich mit ihrem alten, schäbigen Einkaufswägelchen durch die Straße lahmte. Gerempelt zu werden war nichts Besonderes für sie. Daher schaute sie nicht einmal auf, sondern murrte einfach weiter vor sich hin und sortierte irgendwelche Sachen, Dinge, die eigentlich eher Müll waren, in ihren löchrigen Plastiktüten hin und her und hängte diese wieder über den ramponierten Griff des Wägelchens. Dann zupfte sie ihr Kopftuch zurecht und schlurfte ein paar Schritte weiter vor den Eingang des Hostals Mayor. Dort zerrte sie ihre Kleiderschichten die Beine hinauf und setzte sie sich auf die Stufe des Eingangs. Ein armseliger Anblick. Das, was an Klamotten sichtbar war, gehörte schlichtweg entsorgt. Sie machte sich erneut über den Inhalt einer Tüte her. Aus deren Tiefe zog sie einen angebissenen und braun gewordenen Apfel heraus. Ungeschickt und etwas unfein biss sie hinein.

Sie bettelte nie jemanden an. Schaute nie auf die Teller, die vor den Gästen auf den Tischen herumstanden. Aber es gab hin und wieder jemanden, der ihr etwas zusteckte. So wie ich. Ihr Dank war leuchtende Augen und kindliche Sprachlosigkeit. So etwas rührt mich. Denn sie gehört zu denen, die auch ohne Wirtschaftskrisen von der Gesellschaft ausgespuckt werden und die noch tiefer in den Strudel geraten, wenn wir uns durch die aktuellen *Entbehrungen* unserer Wirtschaftskrise, schon fast wie sie zu fühlen beginnen.

Ich ging zu Mario in das bereits erwähnte italienische Restaurant drei Stockwerke unter mir. Er hatte den obligatorischen Orangensaft bereits auf die Theke gestellt. Mein donnernder Treppenabgang hatte mich demnach laut genug angekündigt. Doch statt dem Glas schnappte ich mir mit einer hektisch grüßenden Hand eines der belegten Brötchen und ging wieder hinaus.

Carlotta war sicher gut über die siebzig, aber als ich ihr das *panecillo* reichte, stand sie nahezu flott wie ein junges Mädchen auf. Manche Dinge in seinem Leben macht man nicht nur aus Mitleid, sondern auch für die Ergriffenheit, die man bei sich selber verspürt.

Erst in der folgenden Woche hatte ich vielleicht die nächste Gelegenheit. Ich kehrte zu Mario zurück. Der frisch gepresste Orangensaft stand nun auf dem Tischchen neben dem Schild *Cada dia desayuno desde 3,50 €*. Wie nahezu jeden Morgen. Nur muss ich dann keinen lebensmüden Kaskadeur nachäffen. Es reicht für gewöhnlich, immer zur selben Zeit zu kommen. Mit dem Glas in der Hand lehnte ich mich wieder an die Mauer neben der Leuchtreklame. So viel Zeit musste sein. Mario stand neben mir. Zusammen beobachteten wir Carlotta und die übrigen Passanten.

Eine ganze Menge von ihnen standen wie fast jeden Morgen in einer Schlange vor dem Eingang des *secretaría de estado de seguridad social*, dem Büro der Sozialversicherung rechts von mir, darauf wartend, ihre Rente zu regeln, Kindergeld zu beantragen, unnütze Formulare auszufüllen oder sinnlose Anträge für eine finanzielle Hilfe in die Welt zu verschicken. Ja, Gelder wurden bisweilen auch noch ausgezahlt. Die wahren Bedürftigen gingen dabei aber lange leer aus. Carlotta hatte ich ohnehin nie in diesen Schlangen stehen sehen. Sie war mittlerweile mit ihrem übervollen Wägelchen längst weitergehumpelt. Dafür hüpften jetzt ein paar dusselige Tauben aufgeregt vor den Beinen der Wartenden herum, als gäbe es im nächsten Moment die große Speisung. Vermutlich hatten sie meine Zuwendung gesehen.

Ich trank den letzten Schluck, klopfte auf Marios Schulter und hörte im gleichen Moment den Besen und das klackende Klappern von Mónicas grüner Müll-schaufel. Dann zählte ich bis vier, bei gefühlten sieben hatte ich mich umgedreht und stand ihr hoffentlich im Weg, sie allerdings war doch erst an der anderen Ecke. Dennoch schaute sie hoch.

„Ach du", meinte sie tonlos, „du hast echt 'nen feinen Job, kannst immer ausschlafen."

Ich verzog mein Gesicht und sie nahm das städtische Käppi ab, wischte sich mit dem Unterarm über die Stirn und schaute in den Himmel. Ihre Haare hatte sie wie in den Tagen zuvor zu einem engen, aber dicken Zopf ge-flochten, den sie unter einem Netz auf dem Kopf zu-sammengerollt hatte. So wirkte ihr wieder sehr müdes Gesicht zwar streng, aber trotzdem noch anziehender. Langsam ließ ich meinen Blick sinken. Trotz der Hitze trug sie wieder die blöde, steife grüngelbe Weste, die sie wie ein Panzerschrank verhüllte. Sexy sah anders aus. Dafür glitzerten auf dem hellen Flaum ihres Armes nun die Schweißperlen wie funkelnder Diamantenstaub. Wie damals, vor ein paar Monaten.

„Von wegen feiner Job", entgegnete ich, „heute Nacht war ich erst um zwei im Bett."

Von meiner leider nur in der Theorie erlebten und da-her unbefriedigten Begegnung mit ihr, kurz vor meinen Träumen, hätte ich gern etwas mehr erzählt, aber sie hätte das garantiert nicht wissen wollen. Und für eine passende Einladung auf Julios Boot war es gefühlte Jahre zu früh.

„Werden eure Mörder erst um diese Zeit flügge?"

„Wie man's nimmt, zumindest passieren dann die meisten Straftaten."

Sie schaute mich unbeteiligt und gleichzeitig dankbar für die kleine Unterbrechung ihres Tagesablaufs mit großen Augen an. Dann schob sie ihr Käppi wieder über den Kopf und ließ den Besenstiel in einer Hand herunterrutschen bis die Bürstenspitzen das Pflaster erreichten.

„Komm, ich spendier dir 'nen Saft", rutschte es mir plötzlich mutig geworden über die Lippen. Und: manche Dinge in seinem Leben macht man nicht aus Ergriffenheit, sondern weil man zu feige ist, bestimmte Gefühle zuzugeben. Darüber hinaus sollte Kios Aufforderung auch eine Chance erhalten. Auf jeden Fall durfte Mónica noch nicht gehen, Primo würde ich es schon erklären können, „... die Hitze haut einen doch um."
Und ehe sie widersprechen konnte, schnippte ich mit den Fingern in Richtung von Mario, der uns natürlich die ganze Zeit beobachtet hatte und unter seiner Theke sicher wieder eine Euromünze ins Wettglas warf, weil er dachte, jetzt endlich käme der Moment.

Vor ein paar Wochen hatte ich morgens nämlich den Fehler gemacht und auch ihm von ihr erzählt. Falsch! Er hatte uns beide zusammenstehen sehen und verdammt geschickt gefragt. Als er nämlich einen Kaffee nach draußen brachte und anschließend wieder an mir vorbeiging, sah er mein Gesicht, das ihm alles verriet. Was blieb mir anderes übrig, als zu sagen, *ja doch, die tät mir schon gefallen.* Seine Art der Neugierde hätte jedem Polizisten zu Ehre gereicht. Womöglich wäre es im ein oder anderen Fall gar nicht so schlecht, ihn zu einem Verhör mitzuschleppen. Die erste Handvoll Fragen wäre schon beantwortet, bevor der Vernommene überhaupt bemerkt hätte, dass sie gestellt worden waren.

Das einzige Gute an diesem Morgen damals war, dass ich einen der seltenen Termine mit dem Chef hatte. Sonst wäre ich aus seiner Umarmung mit unzähligen Gratulationen, gutgemeinten Tipps und einer Liste möglicher Hochzeitsgäste nicht herausgekommen. Wahrscheinlich hätte er mich sonst noch dazu verdonnert, zusammen mit ihm die ersten Servietten zu falten.

So blieb es bei dem beim Klimpern einer Euro-Münze. Vor ein paar Tagen hat er mir erzählt, ich solle mich beeilen, denn er hätte bereits knapp hundert zusammen und er wolle es noch erleben, dass wir sie miteinander auf den Kopf hauten. *¡Hombre!* Treib dich selber, dachte ich, wer bei mir Druck erzeugt, erntet nur eine an Dummheit grenzende Sturheit.

Aber heute überraschte ich mich selber und ließ ihr keine Möglichkeit, sich zu wehren. Fünf Sekunden später stand Mario neben mir, gab mir das extra große Glas und bewunderte sie, dicht neben mir stehend, mindestens genauso wie ich. Ich reichte es ihr rüber und er klopfte mir Augen zwinkernd auf die Schulter. Mein Arm schoss ausgestreckt nach vorne. Als wollte ich ein gefährliches Tier füttern. Plötzlich war ich wieder feige geworden und hatte wohl Angst, Mario könnte Zeuge von unerlaubten Dingen werden oder sie mich mit einem unheilbaren Virus anstecken. Und gefragt, wie von Kio, dem *hàtsàbiibii*, dem Zauberer, empfohlen, hatte ich natürlich auch nicht. Hunderteins. Kein freundschaftliches Schulterklopfen wert.

Ein Auto brauche ich in Alicante nicht, um in unser Polizeirevier in der *Médico Pascual Pérez* zu kommen. Egal wie ich fahren würde, eine Viertelstunde bis zwanzig Minuten wären rum. Wohlgemerkt ohne dann einen Parkplatz gefunden zu haben. Zumal es auch keinen vernünftigen Stellplatz in der Nähe meiner Wohnung gab. Seit ich hier arbeite, gehe ich somit zu Fuß oder nehme das Rad, das immer im kleinen Flur des Hauseingangs gleich hinter der Tür steht, und sitze nach fünfzehn Minuten an meinem Schreibtisch. Diesmal freilich an Primos. Er hatte mich ja angerufen. Und mit der gewöhnlich gewichtigen Miene schaute er mich nun an.

„Und? Weißt du's schon?"

„Was? Das mit Mónica?"

So schnell kann man seine Autorität brechen. Er ließ sich in seinem Stuhl zurückfallen und hielt die erforderliche Moralpredigt.

„Mein Gott, Alex, wann kriegst du das endlich auf die Reihe? Als Polizist ein ganzer Kerl und als ...", an dieser Stelle brach er immer ab und schüttelte den Kopf, „nein, das, was Sunny schon alles rausgefunden hat?"

„Primo, ich kam heute Nacht um halb zwei nach Hause. Um zwei lag ich dann im Bett. Heute Morgen war ich ein guter Mensch und habe Carlotta versorgt. Danach hatte ich weder richtig Zeit, mich mit Mónica zu unterhalten, noch mit Sunny zu sprechen. Also was ist Weltbewegendes passiert, dass du mich aus dem Bett geholt hast."

„Aus dem Bett geholt? Hast du schon mal auf die Uhr geguckt?"

Ich zuckte mit den Schultern und er tippte sich an die Stirn.

„Wir wissen jetzt, nach wie viel Tätern wir suchen dürfen. Er hat ein paar schnelle DNA-Untersuchungen gemacht und immerhin vier verschiedene Spuren gefunden. Inklusive der von Duela. Und zwar vier in diesem Loch."

„Und?"

„Ah, nicht zufrieden?! ¡Bueno! Gut! Die Handgranaten sind zu alt, die werden natürlich nirgends vermisst. Die hat einer gesammelt oder auf 'nem Flohmarkt organisiert und die Kanister sind ein alter Militärkanister und ein fünf Liter Wasserbehälter gewesen. Auch nichts Besonderes. Aber vor sechs Wochen sind in einem Industriegebiet bei Cordoba größere Mengen reines Ammoniumnitrat verschwunden. Das Zeug darf nicht besonders warm werden, vor allem im Sommer ist es wirklich nicht leicht zu transportieren. Dann noch ein zackiger Schlag und Schluss."

„Von Cordoba bis hierher? Ohne Schlagloch? So 'ne lange Wegstrecke? Was soll ich nur davon halten?"

„Dass du ganz schön doof bist", kam zurück und ich grinste in mich rein.

„Du meinst, der Kreis der Verdächtigen wird kleiner?", sagte ich dann.

„Immerhin muss derjenige ja wohl Zugang zu dem Zeug gehabt haben und bei der Menge, die dort angeblich fehlt, können daran ja nicht alle in Cordoba schuld gewesen sein. Sunny versucht, seine Daten bezüglich des Stoffs so schnell wie möglich abzugrenzen und zuzuordnen. Wenn's dasselbe Zeug ist? ... Vielleicht kommen alte Beziehungen heraus."

„Gelobt sei, was zuversichtlich macht."

„Nur, weil du bei deiner Mónica nicht vorwärtskommst, muss nicht auch dieser Fall so sein. *¡Maldita sea!* Verdammt noch mal, lad sie endlich auf einen Kaffee ein und dann ins Kino, letzte Reihe und anschließend geht ihr einen Wein trinken und danach ab nach Hause. – Zusammen! – Den Rest wirst du ja wohl noch können, oder? Du solltest dann nur keine dummen Fragen stellen. – *Ist's so gut?*"

Er klopfte ein paar Mal mit einer Faust auf die offene Handfläche. Ich verzog mein Gesicht und dachte: alles klar, mein Junge, brauchst nicht auch noch so grinsen, hast dich mit dem *hàtsàbiibii* wohl abgesprochen, hab's kapiert. Überhaupt, war heute nicht der Welt-Selbstmitleid-Tag? So erwiderte ich mit hängendem Kopf:

„Wenn's nur so einfach wäre."

Auf so etwas kann man nicht anders reagieren als er. Nämlich eigentlich gar nicht. Er hat ja auch kein Problem damit.

Minuten später hatten wir dank seines rekordverdächtigen Fahrstils den Kreisverkehr am Plaza Canalejas entgegen der Fahrtrichtung erreicht, wie einige Einbahnstraßen vorher, und den Wagen mit Blaulicht abgestellt. Oder sollte ich sagen, passgenau hingeworfen. Zwei Jungen rannten weg, als wir die Türen öffneten und in unmittelbarer Nähe explodierten mit übertrieben viel Rauch einige nervös umherhüpfende Kracher. Eine Kamera in Hollywood hätte, genauso nervös gehalten und dicht über dem Boden, dramatische Bilder gezaubert. Angriff der Extraterristen oder so. Oder den Film für Nachrichten missbraucht, um Stimmung zu machen. *Wieder ein terroristischer Anschlag der baskischen ETA in spanischer Großstadt. Gott sei Dank keine Verletzten.*

Aber während der Hogueras de San Juan war die Knallerei eine normale Begleiterscheinung. In den ersten Tagen geht die einem noch auf die Nerven. Tage später hört man davon nichts mehr. Selbst, wenn ein solcher Schlag direkt unter deinen Füßen in die Luft geht und dir ein Loch in die Sohle brennt. Was auch gut so ist, denn in den nächsten Tagen würde dieses Geballere zur Musik des gesamten Tages werden, fünfundzwanzig Stunden lang, das heißt inklusive der Nacht. Daher schenkten wir es uns sogar, aus Jux für die beiden zu zucken und schauten ihnen uninteressiert hinterher. Selbst die Tauben hüpften nur einen halben Meter weiter. Vielleicht hätte sich ein wenig Rennen gelohnt, denn die zwei Bubis da waren höchstens zwölf. Ich schaute auf das Datum in meiner Armbanduhr.

„Schulfrei ist doch erst Morgen", sagte ich und Primo winkte nur ab, er hatte jetzt ganz andere *Probleme.*

Leicht auf die Verkaufstheke aufgestützt lehnte er sich zu dem Mädchen hinüber. Er hatte Recht gehabt, ein verdammt hübsches Ding mit langen dunklen Haaren, bronzefarbener Haut, einem kleinen silbernen Ring in einem Nasenflügel und lustigen Fältchen um die Augen, kein ganz junger Frosch mehr. Schätzungsweise Ende Zwanzig. Die sommerlichen Pastelltöne hinter uns steigerten ihre Wirkung inmitten der knallbunten Souvenirs um sie herum. Ich kam mir etwas deplatziert vor, denn diesmal war ich unübersehbar die reine Tarnung, nur damit Primo, wenn auch dienstlich, mit ihr sprechen und dabei noch besser ihre Bekanntschaft machen konnte. Sein Blick sagte alles. Die beste Gelegenheit, jetzt Studien darüber zu treiben, wie man das nun wirklich macht mit dem Kennenlernen. Wenn nicht dieser Tonfall wäre.

„¡Hola! Cristina! ¿Qué tal? Hace buen tiempo hoy.“
Säusel. Hörte ich mich etwa auch so an, wenn ich morgens mit Mónica sprach? Ich verdrehte die Augen und fragte mich, ob Kio so etwas meinte, während Primo seine Haare mit den Fingern ordnete, indem er mit ihnen wie mit einem Kamm durch sie nach hinten fuhr. José Banderas kann so was auch gut in seinen Filmen. Es sieht unglaublich männlich aus. Vor allem mit diesem Augenaufschlag. Primos sportlicher Körper zeigte sich daraufhin in bester Pose. Jetzt noch ein rotes Tuch in seinen Händen und er könnte mit Julio Aparicio und Cayetano am Abend glatt als Stierkämpfer bei der Corrida in der Arena auftreten. Sie lächelte ihn an und sagte nichts. So ein Lächeln kenne ich. Glatter Punktsieg für das Mädchen. Nahe am KO. Denn es hat auf alle Männer die gleiche Wirkung. Selbst Torreros hätten ihm nichts entgegenzusetzen. Würden auf die Hörner genommen und durch die Arena getragen werden. Da wäre kaum noch Luft zum Atmen. Die für solche Momente vorher tagelang und fein säuberlich zurechtgelegten Worte schafften es gerade noch auf den hinteren

Teil der Zunge. Doch dann wendet die Frau langsam ihren Kopf und schaut dich mit genau diesem Blick an. Direkt in die Augen. Aussichtslos. Du setzt an, schnalzt mit der Zunge, um die Worte zu lockern und die Satzbrocken in deinem Mund sind die reinste Anarchie.

„Äh, wir waren ja gestern schon mal hier ...“

„Und du vorgestern“, lächelte sie ihn an.

„Ja, aber wegen ...“

„... der Geldbörse dort. Hast du dich jetzt entschieden?“, lächelte sie.

„Nein, noch nicht. Ich gebe zu, dass ich das jetzt ganz vergessen habe.“

„Macht doch nichts. Hier, ich zeig sie dir nochmal“, lächelte sie weiter. Egal welche Strategie er hatte, spätestens jetzt war sie verlorengegangen, die Anarchie hatte gesiegt, „ich habe sie extra zur Seite gelegt, da du ja nochmal vorbeischauen wolltest.“

„Danke! Ein echt feines Stück. Aber ...“

Sie schob das Teil noch näher zu ihm rüber mitsamt einer aufgefächerten Hand von ihr. Irgendein Finger würde schon seine Hand treffen.

„So was hab' ich kein zweites Mal. Wirklich gute Qualität.“

Ich betrachtete die Finger. Nicht gelogen. Und auch Primo nickte und befühlte das Leder keine drei Millimeter von ihrer Hand entfernt, wie vermutlich ihre Haut in einem seiner gestrigen Träume.

„Stimmt – Guck dir mein altes Ding an. Total zerfleddert. Ich nehme sie. Wie viel soll sie kosten?“

„Fünfundzwanzig“, gab sie lächelnd zur Antwort. Primo ähnelte in diesem Moment schon einem warmen Tropfen Öl, der an der weißen Kunststofffront des Puestos unaufhaltsam hinunterrann und sie war kurz davor, ihn mit einem der Finger aufzutupfen und dann abzulecken. Offensichtlich hatte sie auch Gefallen an ihm.

Die Frage war also nur, wer eroberte in diesem Moment wen? Er reichte ihr noch das Geld rüber, und schob sich dann ganz schön unbeholfen wirkend weg und meinte:

„Besten Dank auch! Bis bald mal wieder!"
Ich hob meine Tarnung auf und drückte ihm meinen Ellbogen in die Rippen. Gleichzeitig blickte ich ihr fasziniert, aber wohl nicht freundlich genug in die Augen und fügte statt seiner hinzu:

„Sie kannten Duela?"

„¡Ah! Deswegen seid ihr hier."
Ihr Lächeln verschwand aus dem Gesicht. Okay! Primo hatte mir den Looserpart nicht nur rübergeschoben, sondern ich ihn blöderweise auch noch angenommen. Nur der kleine Ring funkelte noch in ihrem Gesicht.

„Man sagte uns, Sie hätten ihn schon mal für ein halbes Stündchen vertreten."

„Das machen wir untereinander alle hier. Die Geschäfte gehen nicht mehr so gut, dass du beliebig Leute einstellen kannst. Nur weil du mal aufs Klo musst, was einkaufen willst oder zu erledigen hast. Das seh ich auch ein. Wissen Sie, das hier ist ja auch nicht mein Stand. Aber der Typ, dem der gehört, hat ausnahmsweise Geld genug. Das Ding hier ist nur 'n Hobby von ihm. Oder was zum Abschreiben. Der kommt ein Mal in der Woche vorbei. Bringt neue Ware, holt sich das eingezahlte Geld von der Bank und bringt mir alle zwei Wochen einen Umschlag mit meinem."
Sie unterbrach sich selbst, ihre Augen wurden zu Schlitzen und musterten nur mich.

„Ihr seid doch Polizisten?! Dann solltet ihr wissen, wie Geldübergaben hier gemacht werden. Zur Belohnung stellt er sich nämlich dabei immer dicht neben mich und bearbeitet meinen Arsch wie Kuchenteig. So was nimmt man hin, wenn man seinen Job nicht verlieren will. Und solange seine Hand dabei über'm Stoff bleibt, soll's mir egal sein. Das halt ich aus. Aber seitdem der damit angefangen hat, ist da oben nix mehr zu sehen. Dichte Wäsche ..."

Sie griff in ihren T-Shirt-Kragen und zog ihn ein wenig von ihrem Hals weg. Ich schielte zu Primo hinüber und sah sein entsetztes Gesicht. In Gedanken machte er seine Pistole schussbereit und liquidierte einen unbekannten Widersacher.

„... dann geht der liebe Señor Lazaro ins Restaurant vom *Tryp Gran Sol* und schaut vom einhundertsiebenundneunzigsten Stockwerk, was weiß ich, auf meinen Arsch und uns runter. Dem ist egal, wie wir das hier organisieren. Solange die Kohle stimmt. Der hat noch zwei Läden in der *Maisonnave*. Mit denen macht der das große Geld. Krise kennt der nicht. – Musste ich oder George – ich war, glaub ich, die Einzige, die ihn so genannt hat–, mal pinkeln oder etwas erledigen, hab ich nebenan Bescheid gesagt. Die sind zu zweit und haben ähnlichen Kram. Dann konnte ich weg oder ihm helfen. Hat nie länger als 'ne Viertelstunde gedauert."

Sie setzte sich auf einen Hochstuhl und rückte auf diese Weise mindestens einen halben Meter von Primo weg. Mit einem Lächeln zu ihm hinüber verteilte sie die aktuellen Sympathiepunkte und eine unmissverständliche Nachricht.

„Wann kommt ihr abends raus? Vor allem an den Wochenenden."

„Das ist ganz unterschiedlich. Jetzt, wenn's so warm und die Stadt wegen der Hogueras so voller Leute ist, kannst du vor allem freitags und Samstagnachts nicht um zehn oder elf einfach zumachen. Da kommen wir meist erst nach Mitternacht aus den Buden raus. Sonntags ist es dann nicht mehr so schlimm. In der Regel können wir da um zehn, spätestens elf schließen. In der Woche meistens auch. Die Leute müssen ja arbeiten.

Sind ja nicht alle Touristen."

Ihre Stimme hatte Primo wieder beruhigt und er schmolz weiter. Ich war versucht, eine Pfütze unterhalb seiner Schuhe zu suchen. Cristina klimperte mit den Augen zu ihm hinüber.

„Was war er für ein Mensch?", fragte ich weiter und tat, als ob ich die Reaktion der beiden nicht bemerkt hätte. Mit einem harten Blick wendete sie den Kopf wieder zu mir.

„*¡un pobre diablo!* Ein armes Schwein. Wirklich. Sein Spitzname kam ja nicht von ungefähr. Raten sie mal, was für einen Scheiß der erlebt hat?"

„Hatte er hier, abgesehen von Ihnen und den Kunden, Kontakte an seinem Stand?"

„Zu allen von uns. Aber das ist – Entschuldigung! – war selten genug. *¡Lógico!* Man sieht ja nicht viel, mit all den Taschen, Tüchern und Sachen, die um uns herumhängen."

Wieder lächelte sie zu Primo hinüber. Auf seiner Stirn standen inzwischen ein paar Schweißperlen, dabei war es heute Vormittag noch gut auszuhalten. Die Erklärung stand ja auch vor ihm und war nicht die Sonne über uns. Nächste Woche würde er Lazaro sagen, dass er von nun an den Umschlag übergeben würde. Allein um einige spezielle Details von Lazaros' Vorgehensweise zu übernehmen.

„Dann ist das hier nicht die große Familie, die sich auch schon mal privat trifft?"

„Wie kommen Sie darauf? Dafür haben wir keine Zeit. Wir trinken höchstens hier mal was zusammen, vorausgesetzt, es ist nicht so viel los. – Ist ja nicht immer Trubel hier. Und Staubwischen können wir auch nicht die ganze Zeit. Dann vertreten wir uns mit ein paar Schritten die Füße. Doch sind das nur die drei, vier Stände hier nebeneinander. Ich kann das Zeugs ja nicht einfach im Stich lassen. Seit ein paar Monaten lungern hier genug arbeitslose Jugendliche herum, die meinen, sie könnten mit Geklautem Geld machen."

Von Primo kam weiterhin kein Wort. Er hatte unser Gespräch bis jetzt nur als willkommene Gelegenheit genutzt und schaute nicht mehr in ihr Gesicht, sondern auf ihr T-Shirt. Die wie ein bunter Regenbogen aufgedruckten Worte würde er als Aufforderung interpretieren, da war ich mir sicher. *All for you but not for sale.* Für eine Sekunde war ich Mario und sah mein eigenes dämliches Gesicht Mónica anschauen. Kurz schloss ich die Augen und fragte dann:

„Ich meine auch Kontakte, die Ihnen jetzt verdächtig vorkommen. – Zum Beispiel Leute, die öfter da waren und nichts kauften oder Männer, die in ihrer Unterhaltung lauter geworden sind oder sich seltsam benommen haben. Besonders abends oder in der Nacht."

Wir sollen keine Suggestivfragen stellen. Aber ich habe das Gefühl, mit ihnen schneller vorwärts zu kommen. Je unvermittelter ich sie stelle, um so ehrlicher erscheinen mir die Antworten. Oder die Befragten stellen sich kurz darauf als Verdächtige heraus. Aber diese Frau zählte sicher nicht dazu? Schwer vorstellbar und daher kaum zu glauben.

„Ich sagte ja, bei all den Sachen, die hier herumhängen, sehe ich höchstens die Menschen vor meinem Stand und je nachdem, wie weit ich mich nach vorne lehne, noch die in einem kleinen Winkel links und rechts. Außer ich stell mich draußen vor die Bude. Aber das ist vor allem in der Dunkelheit totaler Blödsinn. Da hab' ich auch genug damit zu tun, dass mir in dem Gedrängel keiner was klaut. "

„Haben Sie ihn privat näher gekannt?"

„Privat näher gekannt? Meinen Sie, ob wir gevögelt haben?"

Manchmal ist Angriff die beste Verteidigung, dachte ich über ihre Art zu reagieren.

„Nein! Ob er genug Vertrauen hatte und von seinem Leben erzählte."

Sie schürzte die Lippen und überlegte, ob mein Nein ehrlich war.

„Okay! Ein bisschen weiß ich. Er kam ja schon vor zwanzig Jahren nach Spanien und ist seit vierundneunzig in Alicante. Irgend so ein Scheißkrieg in Afrika hat erst seine Familie vernichtet und dann ihn aus der Heimat verjagt. Die Flucht war alles andere als ein Wandererurlaub. Allein ein Jahr durch den Sudan und den Bürgerkrieg dort. Da hat er in einem Flüchtlingslager noch versucht zu helfen. Bis sie ihn wieder fortgejagt haben. Aber ich kann mich kaum an Einzelheiten erinnern, weil er nur wenig darüber gesagt hat, doch ich kann mir denken, was er erlebt hat. Den gleichen Mist, nur ohne so einen Krieg, hab' ich auch mitgemacht."

Ich spürte, dass sie nicht ganz die Wahrheit sagte. *Ich kann mich kaum an Einzelheiten erinnern.* Guter Versuch, aber dafür waren die ersten Details, die Jahreszahlen und wenigen Daten seiner Flucht zu präzise und nur wie zufällig verbunden worden. Vielleicht war da doch mehr, als Primo lieb sein würde.

„Also bei ihm zu Hause waren Sie nicht?", ich versuchte es nochmals.

Die junge Frau sagte nichts und schaute an uns vorbei. Allerdings nicht sonderlich entrüstet, sondern eher mit einem unauffälligen, fast kontrollierenden Blick zu Primo.

„Sie können mir glauben. Das Leben, zumindest unseres, findet hier statt. Wenn wir nachts die Buden schließen, geht jeder seinen Weg. Dann bin ich nur noch müde. Ich hatte eigentlich auch nie das Gefühl, dass er mich gewollt hatte."

Ach! Es wäre dir also recht gewesen? Eigentlich. Andererseits: manchmal will man nicht, sondern hat man nötig. Da will man für einen kurzen Augenblick weg aus der Enge eines gefühllosen Alltags. Das reicht auf beiden Seiten oft genug. Dann geht man mit, um zu bekommen und nicht, weil der andere gewollt hat.

„Glauben Sie, dass er, egal wie, etwas mit dem Ganzen zu tun haben könnte?"

„Wie das? Und zum Dank zerstückelt man ihn. Sie haben vielleicht Nerven."

„Nun, wenn es um einen geplanten Anschlag geht, und davon dürfen wir inzwischen ausgehen, kennen bestimmte – wie soll ich sagen – Geschäftspartner kein Pardon mehr, wenn etwas danebengehen sollte."

„Da erzählen Sie mir nichts Neues. Auch das kenne ich zur Genüge."

„Nun, im Gegensatz zu ihm leben Sie aber."

„Ich habe mich lange genug darüber gefreut, am nächsten Tag wieder aufgewacht zu sein. Und das nicht nur ein paar Tage, sondern extra viele und lange Jahre lang."

Sie rümpfte ihre Nase und ihr Blick, zwischen böse und abwesend, glitt von meinem Gesicht wieder in die Ferne und schien sich irgendwo hinter Primo und mir in der Marina oder noch weiter zu verlieren. Langsam wurden ihre Augen feucht.

„Wie darf ich das verstehen?"

Sie schüttelte, nun mit Tränen in den Augen, den Kopf, wischte sich mit einem Handrücken unter der Nase entlang und fügte schniefend hinzu:

„Das tut jetzt nichts zur Sache", ein schwaches Lächeln zu Primo und: „vielleicht später mal. Duela war absolut sauber. Er war ein feiner Mann. Ein verdammt feiner Mann. Man hat ihm nicht umsonst vor vier Jahren einen spanischen Pass gegeben. Der hat mit niemanden kollaboriert oder wie ihr das nennt. Für ihn lege ich beide Hände ins Feuer!"

Und mich neben ihn. Primo würde Zeit brauchen. Mit den letzten Worten streckte sie wie zum Beweis beide Arme in meine Richtung. Ich betrachtete automatisch ihre Hände. Sie waren feingliedrig, gepflegt und makellos. Komisch, an Mónicas Hände konnte ich mich gerade nicht erinnern. Als Cristina ihre umdrehte, sah ich eine lange dünne Narbe quer durch die Fläche ihrer linken Hand laufen.

„Ein Unfall?", wollte ich neugierig geworden wissen und zeigte mit einem Finger auf die weiße Linie.

„So etwas Ähnliches."

„So was Ähnliches?"

„Ich habe einen Strick im richtigen Moment losgelassen."

Eine innere Stimme sagte mir, dass ich nicht weiter bohren sollte. Es war ja auch nicht ihr Leben, das ich erforschen wollte. An dieser Stelle durfte Primo in den nächsten Tagen weitermachen. Wir würden später, heute oder morgen, sicher noch ein weiteres Mal kommen müssen. Die wichtigsten Fragen hatte ich auch schon gestellt. Jetzt versuchte ich ein Lächeln. Ich wollte ja nicht die volle Punktzahl verlieren.

„Vielleicht müssen wir Sie hier noch mal besuchen", sagte ich deshalb.

Ihre Antwort war ein leichtes Nicken und:

„Hab' ich mir fast gedacht. Kenn ich auch zur Genüge. Irgendeiner will immer was von mir."

Mit zwei Fingern, die ich an die Stirn tippte, verabschiedete ich mich, nickte Primo zu und wendete mich zu unserem Wagen. Er dackelte eine Sekunde später hinter mir her. Fünf Meter vor dem Auto drehte er sich plötzlich um, klatschte in die Hände und blubberte ein paar

Wörter vor sich hin. Ich verstand nur *was vergessen* und dachte an sein neues Portmonee. Als er Minuten später zurückkam, war ich sofort im Bilde. Sein Blick verriet alles. Er hatte einen Termin zum Trösten ausgemacht. Meine Frage, *Heute Abend?*, beantwortet er mit einem kindlichen, freudestrahlenden Nicken. In solchen Sachen war er dann doch nicht besser als ich. Ergriffenheit und Gefühle. Mein Torero hatte sich ein weibliches Rind zum Gegner gemacht. Eigentlich unmöglich. Es war Donnerstag. Spätestens um zehn, halb elf wäre also Schluss mit unseren Nachforschungen. Danach würde sich zeigen, welche Hörner gewinnen würden.

Wohnungen von Verstorbenen, insbesondere von Opfern, haben für mich etwas seltsam Lebendiges und Gegenwärtiges an sich, als sei beim Hinausgehen des Besitzers ein Film angehalten worden. Ich gehe hinein und fühle mich nicht allein, quasi in einer andauernden Jetztzeit. Den Kopf drehend, sehe ich einen Schatten hinter einer Tür verschwinden. Ihn wieder drehend, steht er kurz hinter einer Gardine am Fenster, obwohl klar ist, dass dort niemand sein kann. Spätestens dann weht für mich noch der letzte Atem dieses Menschen durch die Zimmer. Selbst sein letzter, nicht zu Ende gegrübelter Gedanke hängt noch irgendwo herum. Imperfekte gibt es nicht. Erst die schlechteste Nachricht, die du in solche Räume trägst, ist das Ende für ein Daheim, das niemand mehr nutzen wird. Erst dann werden die Wände fahl, sieht man den Staub auf den Möbeln und wirkt die Einrichtung alt und zerbrechlich. Aber der Tod hat Duelas Räumlichkeiten noch nicht erreicht, alles wartet darauf benutzt, weggetragen oder zu Ende gebracht zu werden. Daher würde es mich auch jetzt nicht wundern, wenn plötzlich eine Stimme fragen würde, *möchten Sie Kaffee schwarz oder einen Cortado?*

Doch es bleibt still und ich schaue auf den Tisch. Da liegt eine aufgeschlagene Zeitung. Die *El País* vom Samstag. Die leere Tasse auf ihr scheint den Artikel zu kennzeichnen, den er nach der Arbeit noch lesen wollte. Mit einem Tuch hebe ich sie an und lese die Schlagzeile, *Marokko tritt in ein neues Zeitalter.* Die arabischen Staaten sind in Aufruhr. In allen Blättern und Nachrichten. Hoffnung für alle, die im Norden von Afrika zu Hause waren. Oder eine Drohung, weil sie vertrieben werden könnten? Wie die aus den südlicheren Ländern. Ich sehe mich weiter um. Eine dünne Jacke ist von der Lehne des Stuhls halb heruntergerutscht. Er hatte es wohl nicht bemerkt, da er schon zur Tür hinausgegangen war. In der Spüle liegt gerade mal Geschirr für einen Tag. Auf einem Hocker hatte er frisch gewaschene und gefaltete Wäsche abgelegt. Diese wollte er gewiss am Abend in den Schrank legen, den ich durch den Schlitz zwischen Türblatt und Rahmen im anderen Zimmer stehen sehe. Ein auch für mich überraschend ordentlicher Mensch. Ich habe es nur dem Umstand zu verdanken, dass ich nur so wenige Dinge besitze, dass es bei mir zuhause nicht wesentlich schlimmer aussieht. Der Blick aus dem Fenster beschert mir eine übliche Aussicht. Trotzdem für *so einen* von großem Seltenheitswert. Andere wohnen in Ruinen, Eisenbahnwagons oder feuchten Kellern. Er: Alicante Straßenschlucht, baumlos, eine Straßenbreite entfernt stehen die nächsten Häuser. Völlig normal. Gegenüber, unten im Gebäude, eine kleine Autowerkstatt. Es geht eng zu vor der Einfahrt. In der Werkstatt nicht besser. Wieder drehe ich mich um. Mehr als fünf, sechs Schritte muss ich nicht gehen, um an die Enden der Räume zu gelangen. Die Tür zum Schlafraum ist angelehnt. Die Decke auf dem Bett zurückgeschlagen, gleich legt er sich wieder hinein. Das zweite Bett ist nicht bezogen. Also doch kein Frauenbesuch? Aber frisch gewaschene Bettwäsche, auch zwei Laken, aufgeschlagene Zeitungen und zwei Bücher liegen darauf. In einem steckt ein Lesezeichen. Mit dem Nagel meines Zeigefingers schiebe ich es unter einer Zeitschrift hervor, die es halb verdeckt. *Fernando Marías, Zara – y el librero de Bagdad* lese ich. Weder der Autor, noch der Titel sagen mir was. Ich werde im Büro im Internet nach dem Inhalt schauen.

Primo sitzt nebenan auf zwei Matratzenstücken, die so übereinandergelegt einen Hocker ergeben. Vor ihm ein niedriger Tisch mit Stößen von Papier. Er blättert Stapel von Zeitschriften, Heften und Zetteln durch. Über seine Finger hat er Baumwollhandschuhe gestülpt. Ab und zu legt er ein Blatt, eine Illustrierte oder einen Bogen neben sich auf den Boden. Vor einem provisorisch wirkenden Regal bleibe ich stehen, lege meinen Kopf zur Seite und studiere die wenigen weiteren Buchtitel. Ein paar in einer unbekannten Sprache. Eine Handvoll mit spanischen Titeln. Neben Pablo Nerudas Liebesgedichten und Sánchez Piñols *La Piel fria*[3], Andahazis *El anatomista*. Duela hatte Geschmack. *»Untersteht Euch!« hauchte sie flehentlich und ließ den Anatomen gewähren.* Warum nicht auch Duela. Seltsam, an welche Zeilen man sich erinnert. Vielleicht war sogar eine Widmung von ihr enthalten. Denn plötzlich war ich davon überzeugt, dass er Cristina zu Besuch hatte. Okey, warum auch nicht. Dann ziehe ich verwundert meine Mundwinkel nach unten. Der Auszug eines Gesetzesbandes mit dem *Ley de Seguridad Privada*[4] liegt

---

[3]   Albert Sánchez Piñol, Im Rausch der Stille
[4]   Gesetz zur Privaten Sicherheit

quer über den ganzen Büchern. Genauso wie eine Ausgabe des *Ley Orgánico sobre derechos y libertades de los extranjeros y su integración social*[5]. Ich mag Bücher mit langen Titeln, aber Gesetzesbände müssen es nicht unbedingt sein.

Nach hinten schielend frage ich Primo:

„Wofür brauchte er so was?"

Er schaut nur kurz auf, als ich darauf deute.

„Dumme Frage! Immerhin war er lange genug kein Spanier."

„Aber das liegt erst seit kurzem da."

Ich fahre mit einem Finger über die Oberseite.

„Kein bisschen Staub. Aber dafür auf den ganzen Büchern darunter."

Primo ist nicht sonderlich gesprächiger geworden, brummt nur:

„Mach Sunny keine Konkurrenz!", und wedelt mit einem Blatt Papier in seiner Hand. Ich nehme es, erkenne, dass es eine Kopie ist und lese:

Sehr geehrte Damen und Herren,

bezüglich meiner Anfrage vom Dienstag, 8. Februar, habe ich bis heute keine Antwort von Ihnen erhalten.
Die von dieser Antwort abhängigen Stellen haben deshalb angekündigt, meine Bitte um Verlängerung abschlägig zu behandeln.
Ich selbst kann eine weitere Finanzierung nicht leisten.
Daher bitte ich nochmals, um eine schnelle und wohlwollende Prüfung.
Hochachtungsvoll
PS: Anbei die gewünschten Originale

---

5   Spanisches Ausländerrecht

Das Datum bewies unbestreitbare Vergangenheit. Duela würde darauf keine Antworten mehr erhalten. Wir vielleicht auch nicht. Ich schaute zum Fenster, wischte mir mit beiden Händen übers Gesicht und wartete einen Augenblick. Der Schatten war weg. Trotzdem:

„Kann ja nicht allzu schwer sein, herauszubekommen, um was es gegangen ist. Alles da, Absender und Adresse."

Ich reichte ihm das Blatt wieder hinüber und Primo legte es auf den Stapel neben sich. Dieser war bereits zwei Zentimeter hoch. Er bemerkte meinen Blick.

„Jede Menge Briefe von ihm, an irgendwelche Ämter. Genauso kryptisch wie der da. Aber kein einziges Antwortschreiben, das seine annähernd beantwortet. Und die üblichen Rechnungen, Miete, Telefon, Strom. Was weiß ich. Und für Medikamente, zwei Krücken und – seltsam – ein *cuerda de freno*. Was macht er mit einem Bremsseil?"

„Vielleicht hat er ein Fahrrad", erwiderte ich.

„Hast du eines gesehen?"

Ich zuckte mit den Schultern.

„Vor allem ist das 'ne Quittung einer *farmacia*. Nicht gerade der typische Laden für solche Sachen, *¿verdad?*", fügte er hinzu, „... und Kopien, Kopien, Kopien. Von Artikeln, Paragraphen, Bestimmungen", er blätterte durch die Seiten, „... aus Büchern und Zeitungen. Wenn du mich fragst, alles ziemlich quer durch den Garten beim schnellen Durchsehen."

„Hier ist 'ne Haftnotiz dran, steht Ayanna drauf, sagt dir das was?"

„Warte mal, das Wort steht auch auf der Quittung für das Bremsseil. Ist vielleicht ein Name. – Und wenn eher 'n Mädchenname, oder?"

„Ist wirklich komisch, irgendwie fehlt zu allem ein

Original. Hat was von Verfahren in Schwebezuständen."

Im Büro legten wir den Stapel neben Antonios Zettel, die immer mehr Platz einnahmen und beugten uns über seine neuesten Notizen. Unsere Sprengstoffmeister waren wohl doch eher Amateure. Einige der Handgranaten waren Übungsmunition und nur der erste Draht hätte eine Explosion auslösen können. Der Rest war falsch angeschlossen. Ich dachte an Primos Zweifel, die er geäußert hatte, als wir bei Juan saßen. In meinem Kopf tummelte sich daher plötzlich ein Rentnerclub, der sich zahnlos und besserwisserisch über das Loch beugte und mit Knallbonbons spielte. Der erste Zündfunke hätte wenigstens das Benzin explodieren lassen müssen, ansonsten hätte es nicht einmal ein Feuer gegeben. Aber schon die erste Handgranate, die als Einzige korrekt angeschlossen war, war lediglich eine Konfetti speiende Mehlbombe mit einer zu geringen Portion Blitzpulver, als das es hätte richtig knallen können. Aber das Glück hatte nicht für Duelas Leben gereicht. Er war brutal und fachmännisch, sofern man so etwas behaupten kann, zerlegt worden. Man hatte also Ernsthaftes vorgehabt. Ich blieb dabei. Umsonst schnippelt man doch nicht einen Menschen auseinander.

„Einer von denen war ganz bestimmt lange beim Militär. Denn im Prinzip haben die das Ganze mit vollem Risiko zusammengebastelt. Dachten wohl, sie könnten es. Lediglich mein *Wumms* für die Düngemittelbombe hat gefehlt. Sie kannten anscheinend nicht die Unterschiede bei der Munition."
Primo schaute mich an wie aus einer anderen Welt kommend und ich zeigte ihm das betreffende Blatt Papier von Sunny.

„Schau dir das mal an."

„Wenn solche Typen keine terroristischen Gedanken hegen. Was könnten sie vorhaben?"

„Du kennst das wahrscheinliche und damit niedrigste Motiv. Rache."

„¡Okey! ¡Vale! Einverstanden. Dann lass uns darüber nachdenken, was der Grund dafür sein könnte."

„Duela war Schwarzer. Trotz der zwanzig Jahre, die er schon hier lebt, hat er vielleicht irgendeinen Zwist aus seiner Heimat mit hierhergebracht."

„Oder war direkt beteiligt. Laufen ja genug negros hier herum. Vielleicht besorgte er die ganzen Brillen?!"

„Wie kommst Du denn da drauf?"

„Du tust doch so, als wenn er mit der Sache zu tun hätte."

Primo guckte mich verwundert an. Aber irgendwie wusste ich es ihm nicht zu erklären. Für mich war es offensichtlich mehr als nur ein Bauchgefühl. Die unbeantworteten Briefe passten für mich spontan in dieses Gefüge. Nur der Effekt war nicht geplant. Angenommen, meine Theorie stimmte, dann kam Duela in einem unpassenden Moment dazu und störte deren Absicht. Ich versuchte, mich in eine entsprechende Situation hineinzudenken.

Er öffnet die Tür seines Verkaufsstandes und sieht die Männer: *Was machst du denn hier?* Er schaut in die Grube. Diese ist viel tiefer, als sie bei ihren Treffen gesagt haben und, *sind das etwa Handgranaten? – Ja was glaubst du denn? Meinst du mit deinem bisschen Benzin kannst du Leute erschrecken? Da muss Power dahinter sein. Wir müssen auf die Titelseite. Dann kann ich gleich anschließend den Brief einwerfen und jeder weiß, um was es sich dreht. Nur dann kommt Bewegung ins Spiel.* Duela will dazwischen gehen und alles verhindern, bückt sich und greift vielleicht nach einer der Handgranaten. *Ihr seid wahnsinnig geworden. In meinem Land sind genug*

Menschen für bescheuerte Ideen gestorben! *Es war ein Feuer ausgemacht und die Drohung per Brief, dass weitere folgen. Also hört auf!* Vornübergebeugt fährt er mit seinen Händen dazwischen. Während inzwischen einer von den anderen hinter ihm steht und mit einem Werkzeug, wohl keinem Hammer, wie man festgestellt hatte, sondern eher einer lackierten und billigen Rohrzange oder ähnlichem, auf seinen Kopf schlägt. Duela kippt nach vorne. Dabei prallt er mit der Schläfe an die Theke. Er ist nicht tot. Nur betäubt und liegt im Weg. Momente später kommt er wieder zu sich und erfasst einen Arm. Den mit dem Armband. *Der muss weg*, zischt einer. Sie sind mit Duela nun zu viert in dem engen Stand. Werden hektisch. Einer steht in der Grube. Einer innen vor der verschlossenen Tür, der Dritte eingeklemmt unter dem Thekenbrett neben den aufgeschichteten Mosaiksteinen des Belags. *Der muss weg*, sagt wieder einer. *Schon gut*, ein anderer, knallt dem armen Kerl die Rohrzange nochmals auf den Schädel und fährt schnell mit dem Graben fort. *Wir müssen tiefer!* Nach Minuten stoßen sie auf die Rohre. Die Kabel hatten sie schon freigelegt. Der unter der Theke hilft. Dann macht der Kerl an der Tür ein Zeichen. *Ruhe mal!* Er lauscht. Presst ein Ohr an die Tür. Öffnet sie leicht und lauscht wieder. Nur der nächtliche Verkehr strömt auf der breiten Straße vor ihm vorbei. Er tritt zwischen die Buden. Lugt vorsichtig um deren Ecken zunächst nach links. Ganz vorne an dem Brunnen vor der Mole nicht mehr als drei Personen. Rechts zum Monumento niemand. Auch nicht zwischen den Puestos und den Häusern. Nur Autos fahren wie immer vorne auf der Straße. Ewiger Verkehr. Keiner hält sich an die Höchstgeschwindigkeit. Schon gar nicht um diese Zeit. Halb drei nachts. Nahtstelle zwischen absoluter Ruhe und Erwachen. Er geht die paar Schritte zur anderen Seite der Promenade. Zum

Wagen gleich vorne an der *Lanuza, Valdés* oder *San Fernando* wären vielleicht fünfzig Meter. Er könnte ihn holen und vor den Verkaufsstand fahren. Aber gleich hinter ihnen das Hotel Maritimo. *Verflucht!* Brauchte nur jemand herauskommen oder von oben schauen. Duela musste anders beseitigt werden. In diesem Augenblick klopft es von innen leise gegen die Tür. Er geht wieder hinüber, öffnet sie und schlüpft hinein. Ein eigentümlicher Geruch schlägt ihm entgegen, im Schein der Taschenlampen sieht er sofort den Grund. Der Schwarze liegt in der Grube. Einer der beiden Männer nimmt die Hand von Duelas Gesicht. Dessen Gesicht ist schmerzverzerrt erstarrt. Ohne Leben. Aus einem Beinstumpf fließt noch mit dem letzten Pulsschlag Blut. *Guck nicht so, oder hast du eine bessere Idee.* Der Mann am Boden setzt die scharfe Metallsäge wieder an. Wenige Minuten später ist auch das zweite Bein amputiert. An der Schnittstelle genauso zerfetzt wie ein wild abgerissenes Büschel Gras.

All das hätte ich Primo erzählen können. Doch fehlte auch mir die Idee für ein brauchbares Motiv. Rache, Terror, Erpressung, alles möglich, aber auf nichts einen Hinweis. Nebenbei tippte ich in den Computer den Titel des Buches ein, das bei Duela auf dem Bett lag: *Fernando Marías, Zara – y el librero de Bagdad,* Zara und der Buchhändler von Bagdad. Drei Klicks später fand ich, was der Verlag dazu schrieb: ein Roman über Menschlichkeit, Mut, Solidarität und Liebe. Ich notierte mir den Titel auf einen Zettel, Mut und Liebe hatten mich neugierig gemacht. Als ich Primo ansah, sah ich, dass er mit seinen Gedanken woanders war, er kam gerade tatsächlich aus einer anderen Welt. In diesem Zusammenhang kann ich nur sagen, es gibt Geschichten, die kann kein Autor erfinden. Aber dazu kommen wir wieder später.

„Eigentlich bin ich der Kerl für sentimentale Momente", meinte ich deshalb.

„Ist ja nicht so, dass wir uns zum ersten Mal sehen. Ich war ja gestern auch schon mal bei ihr. Hast du ja gehört. Sie kommt tatsächlich aus Kolumbien. Du wirst lachen, sie ist von Cartagena herübergekommen."

„Vielleicht warst du schon viel öfter bei ihr? Immerhin hast du ja schon einiges herausbekommen. Mehr als man nach einem einzigen Tag wissen kann. – Viel Spaß heute Abend", frotzelte ich und meinte aber den letzten Satz auch ehrlich. Währenddessen dachte ich wieder einmal, trotz der wüsten Gedanken vorher, voller Selbstmitleid an Mónica.

„Lad sie doch auch ein, dann gehen wir zu viert irgendwo hin."
Hatte ich etwa laut gedacht? Oder konnte er doch Gedanken lesen? Beinahe hätte ich so etwas gesagt, wie *Du bist gut* oder *Danke für den Tipp.* Dann fiel mir ein, ich kannte nicht einmal Mónicas Adresse oder Telefonnummer. Was war ich nur für ein dilettantischer Schnüffler. Auf dem Ayuntamiento würden sie sich bestimmt wundern, wenn ich jetzt dort anriefe, um das über sie herauszubekommen.

Die Befragungen, alten Ablagen und auch die ganzen Unterlagen, die wir bei Duol fanden, hatten uns also einen mehreren Zentimeter hohen Stapel voller Informationen beschert. Jorge Duols Leben war für uns beim Studieren dieser Papiere an manchen Stellen wie ein Film abgelaufen, weil uns inzwischen ein paar, die wir befragen konnten, die nötigen Bilder dazu geliefert hatten. Dazu waren uns vor wenigen Minuten Seiten eines protokollarischen, amtlichen Aufschriebs, zugefaxt worden, der streckenweise so trocken klang, dass man nur Jahreszahlen und Ortsnamen austauschen musste, um das Dargestellte überall auf der Welt spielen zu lassen:

1963 als George Duol und als drittes von damals noch fünf lebenden Geschwistern in Buulobarde, Somalia geboren. Ich tippte auf die Eintragung und schaute mit einem um Bestätigung heischenden Blick zu Primo hinüber, hatte ich nicht als Erstes an somalische Piraten auf Rachefeldzug gedacht? Aber mit Piraten hatte der Grund seiner Flucht nach der ganzen Lektüre wohl doch nichts zu tun.

Sein Vater handelte mit Tieren, Fellen und einfachen Geschirren. Seine Mutter versorgte die Kinder und bewirtschaftete eine Fläche kargen Bodens. 1988 begleitete er seinen Vater nach Muquakoori, einem kleinen Dorf östlich von Buulobarde, sie wollten einem Händler eine Handvoll Ziegen verkaufen. Am frühen Nachmittag kamen sie dort zusammen mit einem Bekannten und dessen alten Toyota Pickup an. Das Geschäft konnte schnell abgewickelt werden und sie kehrten kurz darauf in ein sogenanntes mashaayaa, einem Gasthaus ein; eher eine Straßenwirtschaft in der man Yamswurzelschnaps oder ein Glas giya, das typische Bier von dort trank als eine Bar im uns bekannten Sinne. Dort unterhielten sich die Männer über immer häufigere Angriffe in der Nähe der äthiopischen Grenze. Am frühen Abend brach man wieder auf. Der Bekannte schlug vor, eine südlichere Strecke zu wählen. Diese sei zwar in einem schlechten Zustand, aber der Pickup war geländegängig genug. Circa 100 Kilometer, bzw. bald vier Stunden später, wurden sie vom Geräusch eines heranbrausenden Fahrzeugs überrascht und suchten nach einer Deckung. Der unmittelbar darauf erfolgte Beschuss zerfetzte die Vorderreifen und machte die Weiterfahrt unmöglich. Die folgende Salve tötete Duols Vater und seinen Bekannten. George selber kam unverletzt davon, weil er sich hinter den Lehnen in einen engen, Fußraum ähnlichen Spalt gequetscht hatte. Ohne anzuhalten verschwand das unbekannte Fahrzeug hinter Buschwerk ...

Der Typ hatte sich beim Protokollieren wirklich Mühe gemacht. Alles hatte er fein säuberlich notiert, die Anzahl der Ziegen, den Autotyp, Getränke, Lokalitäten und was weiß ich. Aber neutraler konnte man einen Überfall und die Ermordung des Vaters und seines Bekannten nicht beschreiben. Weder Mitgefühl, noch Schmerz, der nach einem derartigen Attentat aufkommt, waren für ihn bekannte Emotionen gewesen. Ämter unterschlugen solche Gefühlsregungen. Konnte man doch auf diese Weise etwaige Störenfriede und unliebsame, dazu auch noch fehlfarbige Nassauer aus gut zusammengebastelten Gründen abschieben und in die soeben angeblich befriedete Heimat zurückschieben.

Ich fluchte leise, legte das Blatt unwirsch weg und wagte nicht daran zu denken, wie es klingen würde, wenn sie Duelas Tod hätten festhalten müssen.

Viel zu schnell überflog ich die nächsten Seiten und erfuhr, dass Duela erst drei Wochen später auf den heimatlichen Hof zurückgekehrt war, vielmehr was von diesem übriggeblieben war. In solchen Ländern gelten andere Regeln. Hier herrschen neben den durchgedrehten Politikern und hirnlosen Chefs irgendwelcher Clans, Dämonen, Geister und überlieferte Mythen. So viel wusste ich von Kios Geschichten. Nun war es ein *laána*, ein Fluch, der die Nachbarn davor zurückschrecken ließ, den Hof aufzusuchen. So fand Duela seine Mutter vor dem nun niedergebrannten, ärmlichen Haus liegend. Entstellt, verkohlt und trotz der in der Hitze geplatzten Augen in den Himmel starrend und wie um Hilfe bittend. Von den anderen Geschwistern fand er nur noch drei. Die beiden Mädchen, junge Frauen von 15 und 18 Jahren waren verschwunden. Vermutlich von irgendwelchen Mädchenhändlern verschleppt. Vielleicht auch schon längst vergewaltigt, ermordet und in der Einöde beiseitegeschafft. Auf jeden Fall hatte er sie seitdem nie wiedergesehen.

Was geht in einem jungen Mann vor, der in meinen Augen alles, wirklich alles verloren und keine Möglichkeit hatte, in einem der am wenigsten fürsorglichen Ländern der Welt Hilfe zu finden. Niemand und nichts hilft in dieser unvorstellbaren Lage. Von einem vom Teufel gesandtem *halaka*, Verderben und dem unsäglichen *laána* umgeben, beschloss er zu flüchten und schlug sich sich in einem wilden Zickzack mehr als sechs Monate lang nach Hargeysa im Norden des Landes durch. Von dort dauerte es weitere zweieinhalb Jahre über den von Cristina genannten Zwischenstopp, bis er von einem kleinen Küstenort in Tunesien mit einem Schiff über viele Stationen nach Dénia kam. Mitten in einem für diese Breiten ungewöhnlich kalten Winter. Von den Kriegen, Entbehrungen und Drangsalierungen die er währenddessen erlebt hatte, fehlte jedes Wort.

Ohne Papiere, ohne Geld und ohne weitere Kleidung verschwand er in der ersten Nacht von Bord und tauchte unter. Kurz darauf überraschte er wohl Männer, die eine Frau brutal vergewaltigten. Dies und das daraus entstandene Ergebnis hatten wir erfahren. Aber jetzt wollte ich auch noch das Dazwischen verstehen.

In dieser Stadt kennt man keinen anderen Sommer. Die Temperaturen zwingen an manchen Tagen selbst den härtesten Polypen zu einem eigenwilligen Tagesablauf. Bis eins kannst du draußen herumtoben, Räuber jagen und dort deine Arbeiten erledigen, danach wirst du von Temperaturen weit jenseits der dreißig Grad Marke durchgeglüht, gedörrt oder, weil du wie ein Schwerstarbeiter schwitzt, in dampfendes Fleisch verwandelt.

Die Kollegen im Streifendienst können ein Lied davon singen. Erst am Nachmittag, und damit meine ich fast Abend, ist normales Arbeiten wieder halbwegs möglich. Das heißt, gegen Abend kann man zeitweilig die Klimaanlage abschalten und ein Fenster öffnen. Die Rettung kann bis dahin also nur der Schatten, gleichgültig wo, oder das Meer sein. Für mich also je nach Wochentag, Arbeitszeit und Pensum: Büro mit künstlicher Kaltluft, Bar oder Bett. Denn ich gebe gerne nochmal zu, nicht gerade strandtauglich auszusehen. Die heimlichen Bierchen kurz vor Mitternacht in der *26*, nur wenige Meter von meiner Wohnung entfernt, hatten den unschönen Bauch hinterlassen, dem der ausgleichende Sport sichtlich fehlte. Im Gegensatz zu den hier inflatorisch herumlaufenden Sixpacks hatte ich im Laufe der Jahre ein beginnendes Onepack bekommen und keine Zeit, stilbildende Maßnahmen zu ergreifen. Für wen auch? Jede Frau hätte mir bei meinem Tagesablauf, an dem ich selber schuld war, irgendwann den Vogel gezeigt und höchstens ein Foto von sich in Schwarz-Weiß als Andenken hinterlassen. Wenn ich denn überhaupt die Zeit gehabt hätte, es zu betrachten.

So habe ich mehrfach erfolglos und auch nicht besonders angestrengt versucht, während einer Pause wenigstens bis zur abkühlenden Wasserkante vorzukommen. Aber es gibt selbst in solchen Momenten, in denen ich einmal Lust hatte, es wieder zu versuchen, Idioten, die sich nicht an die Regeln halten. Neben dem aktuellen Fall unbehelmte Motorradfahrer, die meinen während dieser Uhrzeiten könnte man besonders gut und vor allem schnell die *Jovellanos* zur Rampe der *Avenida de Denia* hinaufbrausen und verschiedene Hindernisse übersehen. Oder Jugendliche, die glauben, sie könnten in der brütenden Sonne ihren verdunstenden Wasserhaushalt mit einer Zweiliterflasche *Estrella Damm* kompensieren. Oder diverse englische Mädels, die es wohl für besonders sexy halten, wenn wir sie delirierend und rot verbrannt aus dem Sand rauskratzen dürfen. Sie werden es kaum glauben, auch dafür ist die Kripo mitunter zuständig.

Es gab sogar eine Art Rhythmus in solchen Dingen. Fast ein Ritual. Ich könnte sagen auch Hollywood. *Und täglich grüßt das Murmeltier*, oder so. Denn heute war wieder ein Jugendlicher mit einer Zweiliterflasche dran. Patrouillierende Kollegen standen bereits mit ihm an dem blau lackierten Zaun, der nicht nur Sturmfluten von der einen, sondern auch Panzer von der anderen Seite aufhalten würde, als ich mir, ohne dieses kleine Grüppchen zunächst wahrgenommen zu haben, die Hose ausgezogen hatte und gleichzeitig einen Schrei und nicht zitierbaren Fluch hörte. Ich drehte mich um und sah jemanden davonlaufen. Einen schmalen jungen Kerl mit drolligen lockigen Haaren, bloßem Oberkörper und nicht mehr ganz sicheren, aber nichtsdestoweniger pfeilschnellen Schritten. Genau hinter diesem rannten sie her. Dreißig Meter den Paseo entlang und dann auf dem Strand zwischen den ganzen Sonnenschirmen, Luftmatratzen, Halbnackten, Schlafenden, Räkelnden, Posierenden, Küssenden und andere Sportarten Ausübenden hindurch. Primo wäre vielleicht schneller gewesen, aber er hatte es vorgezogen, *ganz zufällig* bei Cristina vorbeizugehen. Vielleicht sollte ich ihm vorschlagen, ein Zelt vor ihrer Bude aufzuschlagen.

Also startete ich. Meine Laufrichtung hatte unvorhergesehen einen guten Winkel zum Kurs des Jünglings. Links und rechts von mir brandete unterstützender Applaus auf, als ich wie ein Hürdenläufer mit gestreckten Beinen über eine kreischende Frau in einem pinkfarbenen Bikini sprang und er mich in seinem Augenwinkel bemerkte. Allerdings war es da schon zu spät, denn nicht besonders leichtfüßig, aber dafür mit entsprechend mehr Wucht flog ich bereits auf seine Beine und riss ihn, zwei Sonnenschirme, eine Kühlbox, verschiedene Wasserflaschen und einen Strandstuhl um. Nebenbei entlüftete ich noch einen Wasserball, blieb mit der linken Hand im Oberteil einer nicht ganz jungen Dame hängen und holte mit einer meinen Flug korrigierenden und daher grätschenden Beinbewegung ihren, wie sich später herausstellen sollte, schwergewichtigen *russischen* Begleiter von den Füßen. Ihm verdankte ich, dass ich besonders schnell wieder auf meinen stand und das mit einem Bein des gerade noch rennenden Buben in der Hand. Meine andere war frei und ich schlug mit ihr dankbar auf die Ringerschulter des männlichen Ungetüms.

Muchas gracias, sagte ich und verbesserte mich mit einem *Nasdrovje*, als ich seine Antwort hörte. Es war das einzige russische Wort, dass ich kannte und von dem ich bis dahin der festen Überzeugung war, dass es viele gute Bedeutungen hatte. Bevor er seiner Antwort noch anders Ausdruck verleihen konnte, erfuhr ich die zweite Rettung. Uns hatten endlich die Kollegen erreicht. Ivan und Pablo bewiesen, dass ihre Kluft im normalen Alltag sommertauglich, aber den momentanen menschlichen Anstrengungen ihres Innenlebens nicht gewachsen war. Ivans Hose war durch das Gewicht des Gummiknüppels und anderer Utensilien an seinem Gürtel fast auf die Oberschenkel gerutscht und Pablo hatte sein blaues Hemd innerhalb von fünfundsechzig Meter durchgeschwitzt und nun hing es an seinem Körper, wie ein nasses Küchenhandtuch. Die knalligen policía-local-Westen konnten den optischen Makel nur schwer kaschieren. Ich grinste sie an und wackelte mit zuckenden Augenbrauen mit dem Kopf. Aus dieser Runde war ich klar als Sieger hervorgegangen.

„¿Y? Heute etwa frei?", meinte Ivan und zog sich die Hose wieder hoch, „hast du deine Mörder etwa schon gefasst, dass du dich hier so freizügig zeigen kannst?" Seine Kinnspitze wippte zu mir hinüber. Ich schaute an mir runter, während Pablo dem Kleinen die Arme auf dem Rücken verknotete und erschrak. Spätestens ab dem Ende meines Hemdes sah jeder nur noch nackte Haut. Das Shirt leicht hochhebend entdeckte ich, dass es unter dem Hemd nicht anders war. Himmelherrgott, hatte ich doch vorhin meine mittelmeertaugliche Unterhose mit ausgezogen! Die Sonne hatte demnach auch mein Hirn schon angegriffen.

Ich weiß nicht, ob Sie an einem Strand in einer solchen Situation schon mal Ihre Kleider gesucht haben. Wenn nicht, können Sie vielleicht trotzdem erahnen, wie sehr ich mir in diesem Moment gewünscht hatte, mein Hemd nicht nur in XL gekauft zu haben. Und – ich suchte wirklich.

Auf dem Rückweg ging ich, minutenlang über mich selbst fluchend, auf der anderen Straßenseite wieder in Richtung der Puestos und kontrollierte, ob mich vorher jemand beobachtet hatte und mich nun auslachte. Aber ich hatte Glück gehabt. Im Schatten des Casa Carbonells hielt ich schon nach meinem Ziel Ausschau. Casa war als Name glatt untertrieben für den weißen, mit Türmchen versehenen Palast, in den vor weiß Gott wie vielen Jahren ein Postflieger versucht hatte, zu landen. Getroffen hatte er es, aber das war der einzige Erfolg.

Ein, zwei Minuten später, in Sichtweite der Buden, begann ich mich mit jedem Schritt, den ich näherkam, zu ärgern. Kaum war ein Tag vergangen, standen schon die Geier der Medien in Scharen bei den Ständen und knabberten an den Resten der Leiche. Machten Interviews mit zweifelhaften Gesprächspartnern, durch ihre Zooms Aufnahmen vom tiefsten Inneren der Verkaufsstände und brachten bereits mit bedeutungsschwangerem Blick die ersten kompletten Analysen. *Hier sehen Sie den Ort für das von einer noch unbekannten Terrorgruppe geplante Massaker während der Fogueres de Sant Joan. Das riesige Loch, das dafür ausgehoben wurde, entspricht in etwa der Größe dieser Puestos. Die Sprengkraft wäre die einer 500 Kilo Bombe gleich gewesen. Unvorstellbare Zerstörungen wären die Folge gewesen. Darüber hinaus hätten Hunderte Unschuldige ihren grausamen Tod gefunden ...* Kurz überlegte ich, ob ich dem Typen von Tele7, der gerade seine neuesten Erkenntnisse in die Kamera quatschte, dazu benutzen sollte, um einfach meine Theorie zu erzählen, mit dem kleinen Hinweis, längst bestimmte DNA-Ergebnisse zu haben und damit die Täter aus der Reserve zu locken. Doch in dem Moment sah ich Primo vor einer der weißen Buden stehen. Natürlich vor derjenigen welchen und natürlich zusammen mit Cristina. Es musste ihn gehörig erwischt haben. Dreimal am Tag das gleiche Mädchen. Solange ich ihn kenne, hatte es das noch nicht gegeben. Er strahlte von einem Ohr zum anderen und begrüßte mich mit:

„Dein Ruf ist dir schon vorausgeeilt. Was machst du nur für Sachen?"

Freitag

Es war wie so häufig, entweder man hatte die auch vom Glück begünstigten Fahndungserfolge und daher nach drei, vier Tagen den oder die Täter. Oder an irgendeiner Stelle wurde von Anfang an geschlampt. Jemand hat eine Unterlage falsch abgelegt, Daten gelöscht, Protokolle verhunzt, Beweismaterial missachtet oder gar Spuren vernichtet. Was dann an Zeit vertan wird, potenziert sich von ganz alleine um ein Vielfaches. Jede Minute bringt eine zusätzliche Stunde. Jede Stunde einen weiteren unnötigen Tag. Nun war es soweit. Sunny hatte sich redlich bemüht. Wirklich. Aber seine Fakten waren weiter nichts als, na ja, sagen wir mal interessant. Sie wollten partout keinen Anhaltspunkt bieten. *Du weißt doch, wir arbeiten immer mit technischen Kriterien, nie mit subjektiven Bewertungen, die sind dein Metier.*

Schon am frühen Morgen löste sich jegliche Mutmaßung über die Herkunft des Ammoniumnitrats in Luft auf. Der Tanklastzug mit dem hochexplosiven Stoff war nicht in falsche Hände geraten, sondern lediglich auf dem falschen Platz abgestellt worden. Die konnten sich in Cordoba wahrlich glücklich schätzen, dass sie die Karre hatten stehen lassen. Ein ruckartiges Anfahren und sie hätten wie in *„Lohn der Angst"* ein feines Loch gehabt. Ohne dass etwas übriggeblieben wäre. Unser Zeug fehlte also nirgends. In irgendeinem Keller hatte man es womöglich selbst fabriziert.

Zwar waren die ersten Tests gemacht, doch fanden sich nirgendwo passende Daten dazu. Gähnende Leere in den Karteikästen. Das vielgepriesene *Sistema Automático de Identificación Dactilar*[6], kurz SAID genannt, zeigte jedes Mal einen weißen Bildschirm, auf dem nur unsere eigenen Fingerabdrücke zu sehen waren. Selbst Herr Doctor kam trotz aller Versuche und seiner Erkenntnisse aus der forensischen Daktyloskopie nicht einen Millimeter weiter. Die einzige Genugtuung. Demnach waren Neulinge am Werk gewesen oder doch die

---

[6] Automatisches Fingerabdruckidentifizierungssystem (SAID)

Russenmafia in Verbindung mit al-Qaida, boko haram und den Banken. Auch das zum Teil aufgefundene Werkzeug war schlichtweg stinknormal.

Nach wenigen Minuten Suchen würde ich bei mir zu Hause im Durcheinander der Schachteln unter dem breiten Fensterbrett kein schlechteres finden, denn mieseres als die rot lackierte Rohrzange, mit der sie Duela zu erschlagen versucht hatten oder einen wackeligen Hammer hatte ich auch nicht. Jeder Carrefour oder Pryca hatte in seinen Wühltischen ein besseres Angebot. Spätestens nach dem Vormittag wussten wir, dass das Wochenende verloren war. An zu vielen Stellen waren Löcher entstanden und von den drei Dutzend involvierten Leuten in unserem Fall wollte gut die Hälfte den Rest der Hogueras mit der Familie feiern und sich nicht in den Fall verbeißen. Egal was die Situation nun verlangte. Das jetzige Wochenende war zu einzigartig, um stattdessen Leichen papiertechnisch zu reanimieren.

Am frühen Nachmittag telefonierte ich noch mit dem Verwaltungsrichter. Eigentlich war es nicht meine Aufgabe, Durchsuchungsbefehle oder das Einverständnis des *Gobernador Civil*, des Zivilgouverneurs, für etwaige auswärtige Einsätze zu organisieren. Allerdings hatte sich diese Vorgehensweise, speziell in unserer Dienststelle, im Laufe der Zeit von selbst ergeben. Man war uns und unsere Anträge gewohnt. Unser Verwaltungsrichter entschied daher flott und unkompliziert. Er kannte unsere Abteilung, er kannte die Personalie. Und im Endeffekt wollte auch er seine Ruhe haben und zu den Raketen hinauf- und deren buntem Glitzern hinterhersehen. Daher wog er das Für und Wider seiner Entscheidungen schnell und entgegenkommend ab. Somit hatte ich die nötigen Unterlagen auf jeden Fall schon mal in Händen.

Natürlich hätte ich einen Chef für solche Angelegenheiten, aber ich möchte Sie nicht auch noch mit seiner Art langweilen. Ich sehe ihn im Allgemeinen höchstens zwei oder dreimal die Woche. Meist durch Zufall und immer nur für fünf Minuten. Irgendwo zwischen Treppe und Tür. Diese Begegnungen haben etwas von einem Unfall, ungeplant und unvorhersehbar; sie geschehen, da bin ich mir sicher, von seiner Seite aus völlig ungewollt. Trotzdem schmalzt er von einer Sekunde auf die andere:

„Ah, Xarneracomte! Schön, dass ich Sie sehe. Fast hätte ich angerufen. Läuft alles nach Plan? Haben Sie Neuigkeiten? Oder gar erste Ergebnisse? Ich weiß, Sie kommen gut voran. Falls Sie aber einen Tipp oder irgendwelche Formulare mit meiner Unterschrift brauchen. Sie wissen ja Bescheid, dann ...", an dieser Stelle pflegt er einen verschwörerischen Blick aufzusetzen und sich brüderlich zu nähern, „... können Sie auf mich zählen."

Sie haben es sofort gemerkt. Ja, genau, er hat die Sprüche der Politiker perfektioniert. Die Konjunktive weggelassen und in Fragen und anbiedernde Feststellungen umgewandelt. Diese Worthülsen kann er ganz nach Belieben in einer Bank, bei IKEA, in einer Buchhandlung – angeblich liest er jede Woche einen dicken Roman – im Treppenhaus, auf der Baustelle seines neuen Hauses oder in der Trendabteilung für den modischen Herrn im El Corte Inglés genauso anwenden. Nur bedeuten sie dann: Gehen die Börsenkurse bald rauf? Verläuft die Schwangerschaft ihrer Kollegin normal? Wie weit ist die Reparatur der defekten Klospülung gediehen etcétera, etcétera. Deshalb, die einzigen Unterschriften, die mir bisher weitergeholfen hatten, stammten durchweg von Richtern. Zu denen habe ich einen guten Draht.

So lasse ich den Chef unter Seinesgleichen und mit denen von der Staatsanwaltschaft essen gehen oder mit denen von der Guardia Civil Geschäfte machen. Ist er nämlich gut drauf, hält er uns dadurch aktiv den Rücken frei. Hat er an der Börse Geld verloren, hetzt er ausgehungerte Beamte auf uns, damit er wenigstens bei uns Erfolge einsammeln und diese wiederum den Direktoren vorlegen kann.

Vor drei Jahren hatte ich Zapatero gewählt. In voller Überzeugung. Er schaute durch das Objektiv der Kamera direkt in meine Augen und ich hatte das Gefühl, dass er nicht log. Also stimmte ich für ihn. Ich würde es nicht wieder tun. Nach allem, was ich bisher durch die tägliche Arbeit erfahren habe, bin ich enttäuscht von seiner Politik. Er hat vieles verschlafen, versäumt und nicht erledigt. Nun gut, unter Umständen war er darüber erschrocken, in welchem Tempo sich einst gut getroffene Entscheidungen nun in politische Desaster veränderten und seine Handlungsfähigkeiten einschränkten. Mal sehen, ob der andere Typ es ab November besser kann.

Im Übrigen habe ich drei Dinge hassen gelernt. Sie haben ausnahmslos mit der Sprache zu tun. Mit der Sprache dieser Politiker und Chefs. Es sind Wörter und Wendungen, wie Sie sich denken können: konjunktivische Beugungen, den Euphemismus *in naher Zukunft* und das kleine Wörtchen *man*. Sie runzeln die Stirn? Dann versuchen Sie einmal eine ewig gültige und immer positiv wirkende Vision über die wirtschaftliche Zukunft Spaniens oder sonst irgendeines Landes ohne eine dieser drei Floskeln auszudrücken. *¿Esta bien?* Alles klar? Diese Ausdrucksweise ist eine Eigenart aller Führungskräfte, Manager und Politiker. Alle hatten sie irgendwann schon einmal gesagt, manche andauernd:

Man sollte, man müsste, man hätte, damit in naher Zukunft, doch keiner von ihnen hat jemals etwas unternommen, denn keiner von ihnen hat jemals eine Veränderung gewollt. Eine solche duldet nämlich keinen Konjunktiv. Mit ihren Fingern in der Hosentasche zeigen sie deshalb immer auf andere. Seit nun ungefähr zwei Jahren kenne ich keine Ausnahme. Leider auch nicht durch Zapatero; wir werden alles daransetzen, dass *man in naher Zukunft* unsere Entscheidungen versteht.

Hogueras de San Juan und Wochenende. Wirklich die absolut nachforschungsfeindliche Kombination. Jahr für Jahr. Alle wollen mitmachen, keiner will arbeiten. Da waren die Freiwilligenkräfte aus einem anderen Holz. Aber diese nutzten uns nichts, wir waren also ausgebremst. Alle Ampeln auf Rot. Primo und ich konnten nun im Radio den Sender wechseln, das Licht löschen, Füße hochlegen, ein neues Buch anfangen zu lesen oder zum Friseur gehen, ohne etwas zu verpassen. Ausgerechnet jetzt fiel mir die Cobre-Akte ein. Immerhin hatten wir auch Solanas angedrohten Freitag. Ich beschloss, die drei verklebten Blätter zu unterschlagen. Für das Blatt mit der verschmierten Unterschrift würde mir schon noch etwas einfallen. Als ich mich am Nachmittag intensiver mit einer triftigen Ausrede befassen wollte, rief Sunny gegen drei Uhr an und wollte unbedingt noch eine wichtige Sache loswerden. Es war wie ein nicht endender Monolog:

„Ich habe mit meiner Mutter gesprochen, du weißt sie ist Chirurgin. An Duelas linken Oberschenkel hatte ich nämlich einen für mich ungewöhnlichen Schnitt gefunden. Zumindest in diesem Zusammenhang. Mit dem kam ich nicht zurecht. An dem war nichts abgerutscht oder so, sondern der war angesetzt, aber nicht durchgeführt worden. Irgendwoher kannte ich diese Methode. Aber ich bin nicht unbedingt ein Spezialist bezüglich Amputationen. In unserer Abteilung gehen wir ja von Haus aus etwas gröber vor. Wir machen das ja nicht wegen der Schönheit. Jedenfalls, als ich ihr das Aussehen dieses Schnitts schilderte, meinte sie, es gäbe eine alte Regel, wenn es unter anderem auch schnell gehen muss: So peripher als möglich amputieren. Die galt und gilt vor allem in Kriegszeiten, oder wenn andere schwere Detonationen und Ereignisse zu schweren Trümmerfrakturen oder traumatischen Amputationen führen. Das wirst du jetzt nicht alles verstehen, aber man versucht in dieser Notsituation mit bestimmten Schnitten noch so viel wie möglich zu retten, bevor man doch recht großzügig amputiert. Dafür gibt es dann einige Standards, die es ermöglichen, bei einer großen Anzahl von Verletzten einigermaßen schnell und ohne größere postoperative Maßnahmen durchzukommen. Denk nur an das Attentat in Madrid vor Jahren. Um es kurz zu machen: deshalb glaube ich, dass ihr es mit einem Notfallsanitäter oder gar Arzt zu tun habt, der solche Schnitte verinnerlicht hat und in unserem Fall automatisch ausführte, bevor er es selber merkte. Auch wenn alle anderen Wunden, die er da hinterlassen hat, fürchterlich aussahen. Als Anfänger hat der das trotzdem nicht gemacht. Der hat Erfahrung. Ich dachte erst an einen Kollegen, das würde die im Grundsatz rohe Durchführung erklären, aber wie gesagt ..."

Während er sprach, nickte ich immer wieder und schaute auf meinen linken Oberschenkel. Stellte mir vor, wie ein Arzt also, mir nach einem Unfall oder Anschlag, aus welchen Gründen auch immer, bei lebendigen Leib, ich in Rückenlage, ein Messer auf fürsorgliche

Art und Weise, wie Sunny den *halbmondförmigen proximalen Hautschnitt* nannte, durch das Fleisch zieht, um nun so viel wie möglich von diesem Bein zu retten. Während ich nun mit meinem aufgeklappten Taschenmesser auf der Jeans eine imaginäre Linie ritzte und es seinen Worten entsprechend dafür nach vorne kippte, erzählte er mir im Hintergrund, mit einer unüberhörbaren Begeisterung, noch etwas von dynamischer Myoplastie, von einem weiteren Hautlappen, der bei einer richtigen Amputation auch dorsal angefertigt wird und mittels einer Adductorenplastik wie ein Froschmaul um die Wunde gelegt und vernäht wird. Ich hörte jedes Wort und verstand nicht eines davon.

„... und als sei er beim Präparieren, hat er diesen kegelförmigen Ansatz hinterlassen. Das dauert keine fünf Sekunden. Als er gemerkt hat, dass er einen proximalen Lappen zuschnitt, hat er sich wahrscheinlich selber für bescheuert gehalten und griff einfach zur Säge. Ratsch! Ritsch! Ratsch! Keine Wundstillung mehr. Das Blut hat ihm ja nichts ausgemacht, und das Femur hat er noch wie es sich gehört, sogar fast gerade abgeschnitten. Der primäre Schock verhindert ein sofortiges Verbluten, allerdings konnte der Körper bei der Amputation des zweiten Beines nicht mehr ausgleichend reagieren. Funktioniert sowieso nicht allzu lang. Trotzdem, Duela hat dann bei den weiteren Abtrennungen das entscheidende Blut verloren. – Viel Spaß bei der Suche."

„Ein Arzt also. ¡*Vale!* Aber wo kann so einer heutzutage so viele Erfahrungen sammeln, dass dieses Vorgehen, wie du sagst, selbstverständlich wird?"

„Natürlich im Krieg. Oder bei großen Katastrophen. Naturkatastrophen. Denk zum Beispiel an Erdbeben. Letztes Jahr in Haiti. Vielleicht war er dort ...", plötzlich lachte er auf und gluckste, „... lass ihn gut über neunzig sein, dann hat er am Ende des Bürgerkrieges vor siebzig

Jahren geschnippelt wie ein Verrückter. Jeden Tag ein, zwei Beine und doppelt so viele Arme. Da träumt der heute noch davon und kann's im Schlaf."

Ich verdrehte die Augen. Konnte er natürlich nicht sehen. Neunzig. *¡Estupendo!* Prima! Wenigstens würde ein solches Alter die Anzahl der in Frage kommenden Verdächtigen einschränken. Haiti. Auch nicht schlecht. Die entsprechenden Organisationen hatten sicherlich passende Listen mit Ärzten aus der Umgebung, sofern welche beteiligt waren. Und was war, wenn der Kerl jünger war als ich?

„Kannst du dessen Spuren separieren? So nennt ihr das doch, oder?"

„Gut aufgepasst! Hab' ich bereits in einen Umschlag gesteckt. Wird ein bisschen Zeit kosten. Die Ärzte haben keine zentrale Datenbank in denen sie ihre eigenen Daten hinterlegen. – Wenn es denn ein Arzt sein sollte. Du wirst von Haus zu Haus gehen müssen. Oder die Krankenhäuser abklappern ...."

„... und 'nen alten Sack suchen?"

Ich konnte förmlich sehen, wie Sunny seine Schultern hochzog und *tja* dachte.

„Die hast du schnell durch. Und bevor du nichts zu tun hast. Hast ja Zeit am Wochenende ...?!"

Idiota, flüsterte ich vor mich hin und kassierte vom anderen Ende ein herzhaftes Lachen, weil Sunny es doch gehört hatte.

Um halb fünf saß ich mit Primo unter den riesigen australischen Ficusbäumen draußen vor meiner Bar, der *26* am Portal de Elche im Schatten. Eigentlich eine Touristentränke. Doch fühlte ich mich seit Monaten hier wohl, weil ich meine Ruhe hatte und bis auf zwei, drei Ausnahmen auch alle Nippesverkäufer und Blumentanten schon frühzeitig einen Bogen um die Kneipe machten, wenn sie mich sahen. Gerade vollzogen sie dort die Wachablösung. Melina zog ihre Schürze aus und warf sie Riccardo zu. Dann verschwand sie hinter der riesigen Schiebetüre am Kopfende des Raumes ohne uns wahrgenommen zu haben. Schade. Statt mir um den Hals zu fallen, womit ich hätte angeben können, zog sie es vor pinkeln zu gehen. Auch eine Antwort. Na ja, bislang war sie mir auch noch nicht um den Hals gefallen, aber immerhin hielt sie mir ab und zu die Wangen hin. Bei ihr konnte ich also für Mónica üben. Ohne dass sie es wusste. Primo lehnte sich über die Lehne seines Korbsessels und schaute Melina hinterher. Seine Augen wurden mit jedem Schritt, mit dem sie sich von uns entfernte, kleiner, als wenn er sich dadurch heranzoomen und sich besser auf sie konzentrieren könnte.

„Nur eine Frage, ist die noch frei?", fragte er mich mit gedämpfter Stimme.

„Und Cristina?"

„Ich mein nur für den Notfall."

„Jetzt sag mir bloß noch, du hast Melina noch nie gesehen?"

„Na, in die Bar hier gehst du ja nicht so gern mit mir. Kann ich jetzt auch gut verstehen. In meiner tänzeln ja nur Halbitaliener rum. Wahrscheinlich auch noch schwule. – Mein lieber Mann, hat die 'ne Figur. Was für ein Hintern. Und diese Augen ..."

„Brauchst nicht mal von träumen. Nicht mal im Ansatz. Die zerreibt dich zwischen Zeigefinger und Daumen."

In dem Moment kam Melina wieder hinter der Schiebetüre hervor. Über ihrer Schulter hing eine Tasche, in die mühelos ein halbes Kaufhaus hineinpassen würde. Als sie an der Theke entlangging, sahen wir beide, dass sie sich Sportbekleidung angezogen hatte. An Primos Gesicht erkannte ich, dass nicht nur ich den Eindruck hatte, ihr Körper wäre von nicht mehr als zwei hauchdünnen Trikotteilchen bedeckt. Mit einer Hand stopfte sie das knallrote Shirt, das sie vorher noch anhatte, in die Tiefen ihrer Tasche. Vor der Tür angekommen blieb sie kurz stehen und sah mich, gleichzeitig in Primos Richtung blinzelnd, belustigt an. Seine Augen sprachen Bände.

„Sag ihm, dass ich anspruchsvoll bin. Zehn Kilometer Laufen am Strand in höchstens fünfundvierzig Minuten. Drüben an der Küste vor Campello bei deiner Mama. In jeder Hand natürlich 'ne Fausthantel mit einem Kilo. – Ach ja, logischerweise die ganze Strecke ohne Schuhe. Versteht sich."
Und schon war sie mit ihrem federnden Schritt Richtung Núñez verschwunden.

„Würd' ich ohne große Anstrengung schaffen. Weiß sie das?"

„Das würde ich zu gern sehen, du alter Angeber."
Dann fiel mir die Geschichte mit ihm und dem Strand wieder ein. Man muss wirklich nicht unbedingt alles mitgemacht haben, gerade weil er manchmal ein Angeber ist, deshalb hatte ich mich damals auf eine der Bänke gesetzt, als er fragte, *Wollen wir 'n Bierchen trinken gehen?*. Ich nickte zwar, hatte aber schon eine leise Ahnung. Er deutete auf den Strand, an dem sich gerade ein Haufen junger Girls einfand, schlug mir auf die Schulter und trabte zu einem der Kioske. *Ich geh dann mal Geld verdienen*, meinte er noch. Ein paar Minuten später hatte er sich sein Hemd ausgezogen und lief mit nacktem Oberkörper, hochgekrempelter Hose und natürlich ohne Schuhe den Strand entlang. In einer Hand ein Handtuch, in der anderen eine Niveaflasche. Eindeutiges Ziel: diese Mädchen. Inzwischen reduziert auf

lange, zumeist blonde Haare und kaum sichtbare Bikinis, beziehungsweise viel Haut. Einige Meter vorher begann er *servicio de crema, servicio de crema*, Eincremservice zu rufen. Nein, ich musste wirklich nicht Zeuge sein, hinterher hätte man mich mit ihm in Verbindung gebracht. Also setzte ich mich auf das Bänkchen und wartete nahezu verdeckt von Büschen ab.

Eine halbe Stunde später ließ er sich neben mich auf die Bank fallen.

„Rat mal!"

„Raten?"

„Ja, Blödmann! Wie viel ich zusammenbekommen habe?"

„Keine Ahnung", ich zuckte mit der Schulter. So uninteressiert wie möglich.

„Guck!" Er boxte mich mit dem Ellbogen in die Seite und öffnete seine Hände, „18 Euro 50, abzüglich der 6 fürs Handtuch und vierfuffzig für die Creme macht das genau acht fürs Bier. Also vier Bier."

¡maldita sea! Verdammt noch mal! Sofort ärgerte ich mich, nicht Zeuge gewesen zu sein.

„Wie hast du denn das hingekriegt?"

Er streckte genüsslich die Beine aus und betrachtete seine Hände.

„Eincremservice! Nur Rücken 50 Cent. Beine und Arme kosten extra."

Pause.

„Vierzehn *chicas* aus Skandinaschwedien oder so. Drei wollten nicht. Fünf nur den Rücken. Aber der Rest alles! – Haste gehört? – Alles. Scheiße, was für Hintern."

Ungläubig schaute ich ihn an.

„Ich glaub, ich wechsle den Job", meinte er und schaute versonnen in den Himmel.

Samstag

Die Hitze, ich hatte sie ja schon erwähnt, macht also selbst mir manchmal zu schaffen. In unseren heruntergekühlten Büros halte ich es für gewöhnlich ganz gut aus. Deshalb hocke ich manchmal auch bis spät abends hinter meinem Schreibtisch und versuche, Licht in das Dunkel unserer Fälle zu bekommen, Dinge in meinen Aufschrieben zu finden, die uns weiterbringen oder ganz einfach den Schreibkram oder die lästigen Berichte zu erledigen. Sunny hat also nicht ganz unrecht. Aber dann gönne ich mir auch schon mal eine große Dose San Miguel, Estrella oder Heineken, die man in nahezu jeder Straße der Innenstadt rund um die Uhr in einem Minimercado kaufen kann. Die großen, namhaften, und natürlich auch preiswerteren Supermärkte waren nämlich vor die Stadt gezogen. Unerreichbar, um schnell seinen Durst zu löschen. Für deren enormen Platzbedarf hatte es in der Innenstadt ohnehin keinen Platz gegeben, außer man hätte Barrios wie Santa Cruz oder San Roque vor Jahren dem Erdboden gleichgemacht. Ich kenne sogar welche, Architekten, Politiker und Betuchte, die früher davon geträumt haben. Nicht wenige sind mittlerweile still geworden, denn ein paar von denen wohnen jetzt in frisch und oftmals aufwendig renovierten Häusern der einstigen Arme-Leute-Viertel.

So kaufe ich meinen Bedarf bei Angela, Mahmut oder in dem neuen und ziemlich großen Supermercado schräg gegenüber der Markthalle am Abgang zur Haltestelle Mercado ein. Und wenn ich mitten in der Nacht auf dem Weg nach Hause Hunger bekomme, ziehe ich schnell aus den Automaten im Self & Go in der Mon-

tengón für zwei, drei Euro auf Minusgrade herunterge-
kühlte Sandwichs heraus. Haben die dann nach einigen
Metern Zimmertemperatur erreicht, sind sie allerdings
kaum noch genießbar. Aber was macht man nicht alles
in seinem Leben.

Kurz nach Mitternacht hatte ich schon zwei Dosen
hinter mir und den Bericht des Vortages abgeschlossen,
als draußen die ersten Böller zu hören waren. Der Tag
war keine Minute alt. Eine Sekunde später stand die
Stadt Kopf. Wie jedes Jahr um diese Zeit. Denn mit einem Schlag, der eher einer Detonation glich, ging ein
glühender Schauerregen über den Benacantil und damit
über das Castillo Santa Barbara herunter. Die Bourbo-
nen hatten es im März 1709, was die Lautstärke und den
Wumms anbetraf, sicher nicht besser hinbekommen.
Außer dass nach der Sprengung der halben Burg, das
Cara del Moro, das Gesicht des Mauren, eine Felspartie
unterhalb der Mauern, beträchtlich wackelte und fast
die damalige Stadt unter sich zu begraben drohte. Das
erledigten dann die unzähligen Stücke der durch die
Luft fliegenden Mauerstücke und Steine sowieso zur
Genüge, mindestens hundert Häuser waren in Trüm-
mer gelegt. Immerhin war dadurch Sir Richard und bis
zu zwanzig seiner Soldaten draufgegangen und seitdem
war Schluss mit lustig und die Engländer durften nach
Hause gehen.

Ich schaute auf die Papiere vor mir und klappte den
Ordner dann doch kopfschüttelnd zu. Nicht auszuden-
ken, wenn das tödliche Sammelsurium an der Explanada auf die gleiche Weise und mit der gleichen Wucht
in die Luft geflogen wäre. Ich wollte es mir nicht vorstellen und hatte doch die passenden Bilder im Kopf.

Ich lehnte mich aus dem Fenster. Sofort drang eine
dichte Wolke aus Frittenfett, Paella-Nebel und ver-

branntem Schießpulver in Kombination mit einem To- huwabohu von Stimmen herein. Aber nur so bekam ich noch ein Stück des langsam herabfallenden Glitzerre- gens mit. Primo, gefühlsduselig wir er gerade war, hielt sicher schon Cristina in den Armen und knutschte sie ab, während der knisternde Schauer über ihm einen sol- chen auf seinem Rücken bescherte.

Eigentlich mag ich die Knallerei nicht, aber unser Fest Hogueras de San Juan bildet eine Ausnahme. Bunt, schrill und doch mit religiösem Hintergrund. Dann ren- nen mehr Menschen durch unsere Stadt als jedes Sta- dion in Spanien aufnehmen kann. Zigzehntausende und Abertausende. Sind die Stadtviertel um das Zent- rum herum an normalen Wochenenden schon fast leer, so sind sie während des Festes wie vakuumiert. Licht sehe ich dann selten in den Fenstern der meisten Woh- nungen. Eine Einladung an alle potentiellen Diebe und Einbrecher. Aber selbst die drängen entweder in die barracas, auf die Explanada oder an den Postiguet. Da verlängert das Ayuntamiento sogar die Grünphasen der Ampeln für die Fußgänger, damit der Pulk eine Chance hat, auf die andere Straßenseite zu kommen. Und an den Stränden passen Rettungsschwimmer auf, weil im- mer wieder ein paar besoffene und volltrottelige Voll- idioten meinen, man könnte beim Hinausschwimmen, besonders viel von dem Spektakel mitbekommen. Da- bei hätten sie im Wasser höchstens genügend Platz zum Ersaufen. Am Strand hingegen stehen die Menschen- massen so dicht, dass an Hinsetzen oder gar Hinliegen nicht zu denken ist.

Irgendwann in den letzten Jahren hatte ich mal ver- sucht, auszurechnen, wie viele Menschen auf den fast einen Kilometer langen Strand passen, aber ich habe es dann gelassen, da mich auch eine solche Zahl er- schreckt hätte. Auf jeden Fall beschloss ich nun, mich an den Rand von zwei, drei verschiedenen Aufläufen zu stellen und dem Ganzen eine Weile zuzuschauen. Immerhin gab es über neunzig verschiedene sogenannte *Fogueres*, Figuren aus Holz, Styropor und Pappmaschee, die in der ganzen Stadt verteilt und deren Lebensziel die Flammen waren. So will es die Tradition, in der Nacht von Sant Joan sollen diese durchweg schönen und zum Teil sündhaft teuren Skulpturen ein Raub des Feuers werden, um den Beginn des Sommers zu feiern. Was für ein herrlich heidnisches Theater!

Gegenüber des El Corte Inglés an der Plaza Calvo Sotelo hatten sie ein trauriges, betendes Mädchengesicht aufgebaut, das in den Himmel schaute. Die Skulptur trug den Namen *Palomas blancas.* Zu optimistisch für das Motiv. Denn vor dem flehenden Gesicht lag eine tote weiße Taube. Genauso war eine über dem Kopf des Mädchens an das Gestell genagelt. Vielmehr gekreuzigt. Auch der Rest des Motivs war nicht unbedingt erbaulich und wies auf die Not und die Machenschaften in Afrika hin. Nichts an den Details deutete auf das friedliche Symbol der weißen Tauben hin, die genau hier für gewöhnlich besonders häufig herumflogen. Nur so gaben die schwarzen, hungernden Kinder, die daneben zu finden waren, dem, der alles genau betrachtete, zu denken. Zuvor waren diese ganzen Einzelteile in wochenlanger Arbeit hergestellt und dann hier zusammengebaut worden. Wenn ich mich beeilte, würde ich noch mitbekommen wie alles in Flammen aufgehen würde. Vielleicht hätten dann die tagelangen Sorgen und Ängste des traurigen Mädchens ein Ende. Spontan hatte mich das Gesicht ein wenig an die Traurigkeit Mónicas erinnert. Mónica. Vielleicht sollte ich mich aufmachen und schauen, ob sie nicht in der Stadt unterwegs war, statt gleich am Calvo Sotelo herumzuhängen. Kio, wie motiviert man sich selbst für ein solches

Unterfangen? Er blieb mir die Antwort schuldig. Sekunden später hatte ich mich daher anders entschieden.

Ich stürmte regelrecht auf die Ángel Lozano und rannte los. Nun ja, an Rennen im eigentlichen Sinn war nicht zu denken. Ein, zwei schnelle Schritte und dann wieder dichtes, unpassierbares Gedränge, vier Mal Galopp und Stopp. Vorne rechts, gleich am Ende der Plaza Montañeta unter den Bäumen, stand die erste Traube von Neugierigen herum. Umhüllt von weiteren Festaromen: Bier, Gegrilltem und nicht nur Schweiß. Ich lief quer über den Platz in die mit Müllcontainern und Autos vollgestopfte Agrasot hinein, überquerte die eine Hälfte der herrschaftlichen Soto und kam noch ungefähr ein Dutzend Meter weiter.

Mein Vater erzählte mir einmal, dass Großvater in einem dieser Organisationsauschüsse mitgewirkt hatte, um Gelder, Spenden und extra erfundene Steuern einzutreiben, damit man ein *Fogueró* und eine *Barraca* finanzieren konnte. In den dreißiger Jahren *exportierte* man sogar solche Skulpturen über das Meer nach Algier und Oran. Großvaters Gruppe, *Los Gorilas* hatte in dieser Zeit bis in die fünfziger Jahre einen großartigen Ruf in der Stadt. Es gab Dutzende von Anekdoten über sie, über ihren Erfindungsreichtum, die originellen Kostüme, Fogueres und die Streiche, die sie inszeniert hatten. Dann wurde es etwas stiller um sie. Trotzdem, vor ein paar Jahren feierten sie ihr 75-jähriges Bestehen.

Heute wird in meinen Augen manches eine Nummer zu groß, zu laut und zu lang durchgezogen. Damals waren es mehr oder weniger die Handvoll Tage, die zwischen *plantá*, dem Aufbau der Figuren, und *cremá*, ihrem Ende, zur Verfügung standen. Das war dann auch im Großen und Ganzen das Fest. Auch wenn sich an diesen beiden Terminen nichts geändert hat, so gehen jetzt nahezu zwei Monate mit verschiedensten Aktivitäten vorbei, bis wieder Normalität einkehrt, das heißt, auf normale Weise die Hitze ertragen werden muss.

Erfindungsreichtum hatte ich von meinem Großvater geerbt. Zumindest eine gute Portion. Ich zupfte meinen Ausweis aus der Tasche und schob mich mit ernstem Gesicht durch die Menge. Dann war auch Schluss für mich. Die Gesichter der bereitstehenden Feuerwehrleute waren mindestens genauso ernst, als sie mich an der Absperrung stehen und mit dem Staatswappen winken sahen.

„Was willst du denn hier? Nichts zu tun, oder was? Und das Ding da, das kannst du als Eintrittskarte vergessen."

Ich zuckte mit den Schultern und verzog den Mund.

„Reine Vorsichtsmaßnahmen in der ersten Reihe. In der letzten halben Stunde haben hier schon sieben Geldbörsen ihren Besitzer gewechselt und vier Frauenhintern eine falsche Hand gespürt", behauptete ich einfach.

Francisco, den ich schon länger kannte, kam mit hochgeklapptem Visier seines Feuerwehrhelms herangeschlurft und schaute mich unter seinem Helm verschwitzt und gelangweilt an.

„Das mit den Geldbörsen ist zwar schade, aber das mit den Frauenhintern ist doch normal. Waren das tatsächlich erst vier? Hier waren schon mindestens vierzig, die es gelohnt hätte ..."

Er schaute auf seine Hände und grinste von einem Ohr bis zum anderen.

„... ich glaub, ich hatte schon mindestens 'n Dutzend in meinen Händen. Und 'n bisschen Busen war auch schon dabei. Richtig feine Teile. Manche chica verpackt sich absichtlich nicht. Aber keine Sorge, den richtigen Idioten haue ich in die Fresse."

Er drehte seine Hände, als würde er Orangen auspressen, dann meinte er:

„Komm stell dich hinter den Wagen da, dann kannst du besser sehen. – Wenn du die Klappe unten aufmachst, darfst du dir 'ne Flasche aus dem Kasten rausnehmen. *¿Okey?*"

Ertappt, überführt und belohnt. So funktioniert das bei uns. Mein Großvater war ein guter Mann. Fünf Minuten später schalteten sie ihre Wasserpumpen an und der Vorsitzende der dazugehörigen Barraca zündete eine bald fünfzig Meter lange Knallkörperkette, die zu dem Pappmaché-Gesicht führte und dieses schlussendlich mit lautem Geballere abfackelte. Francisco und seine Männer schützten mit gut gezielten Wasserstrahlen den dahinterstehenden Ficus und die angrenzenden Hauswände. Etwas mehr als zehn Minuten später lagen Afrika und leider nur die Symbole für seine Probleme am Boden zerstört. Nur noch wenige Flammen schlugen aus dem zusammengesunken Holzgestell. Der Rest war Qualm, Rauch und glimmende Bruchstücke. Eine mögliche Gefahr für die Gebäude und Menschen war nun ausgeschlossen. Trotzdem spritzten die Mannen der Bomberos weiterhin Wasser in Richtung der ehemaligen Skulptur. Allerdings nun wesentlich weniger gezielt als eher mehr oder weniger genau in die johlenden Reihen der Jugendlichen, die sich direkt hinter die Absperrungen gestellt hatten. Für manche hatte die Party nun erst richtig angefangen.

Zeit für mich zu gehen. Das Alter für eine Wet-T-Shirt-Ausstellung an meinem Körper hatte ich doch ziemlich hinter mir. Ich trank eine zweite Flasche leer und klopfte Francisco auf die Schulter.

„Hoffentlich gibt's noch 'ne Mütze Schlaf für euch", meinte ich fragend.

Er schüttelte den Kopf.

„Nä, danach machen wir uns nass. – Von außen und innen. Am Sonntag oder Montag kann ich dann hoffentlich ausschlafen."

Meine Uhr signalisierte mir kurz nach zwei, so beschloss ich, nach Hause zu gehen. Irgendwo unterwegs würde ich sicher noch ein Glas Bier finden. Herrenlos und eisgekühlt auf mich wartend. Ich schob mich an einem prustenden und lachenden Mädchen vorbei, das mir frech in die Augen sah und mich kurz hüpfend und mit mir tanzend festhielt. Selbstredend hätte sie von mir den ersten Preis bekommen. Unter dem melinadünnen Stoff des weißen T-Shirts gab es nichts anderes zu erkennen als die spitzen Knospen ihrer jugendlichen Brüste, eingefasst von dunklen Höfen. Für einen kurzen Moment hatte ich Lust, die Statistik der nächtlichen Fehlgriffe zu verändern, was ich jedoch schweren Herzens unterließ, als ein junger Mann sie von hinten umarmte, dies für mich übernahm und sie, nachdem er den Ausschnitt weit verschoben hatte auf die freie Stelle am Hals küsste. Nach fünf Metern drehte ich mich noch einmal um und sie hing nun an seinem Hals. Mein Blick rutschte abwärts. Einen schönen Po hatte sie auch. Der Kerl war schlichtweg zu beneiden.

„Hallo, mein Junge."

Mein Weg nach Hause war schlecht gewählt. Ich hätte es wissen müssen, in der *Gerona* gibt es keine Kneipen. Schon zwei Straßen weiter Richtung Meer, in der San Francisco, und ich säße jetzt vor meinem Glas, weil es dort erstens genug Pinten gab und diese zweitens nie vor zwei oder drei Uhr morgens schlossen. Aber für einen Schlenker dorthin war ich zu faul gewesen. So war ich zu Hause, als das Telefon klingelte und ging zum Apparat hinüber. Beim Abheben des Hörers hatte ich nicht auf das Display geschaut. Diese Krankheit aus

dem Büro hatte ich auch daheim. Höchstwahrschein-
lich hätte ich ihn sonst liegen lassen.

„Hallo, mein Junge."

Nicht, dass ich mit meinem Vater nicht reden wollte,
um Gottes Willen, es vergeht nur so viel Zeit dabei. Und
auch weit mehr als zwanzig Jahre danach kann ich ihm
nicht erklären, warum die Sache mit Mutter auseinan-
derging. Dafür bin ich seitdem schlichtweg der falsche
Ansprechpartner. Dabei könnte er sich all die Gründe
selber zusammenreimen. Doch das bedeutet, sich mit
anderen Problemen beschäftigen zu müssen, als er sie
im beruflichen Alltag hatte. Stattdessen war bei jedem
Gespräch sein zweiter, dritter oder vierter Satz:

„Hast du mal was von Mutter gehört?"

Wie immer antwortete ich auch jetzt:

„Erst gestern, Papa!"

„Ihr telefoniert immer noch so häufig?"

„An Wochenenden fahr ich nach wie vor schon mal
rüber. Das weißt du doch."

Regelmäßig höre ich dann einen tiefen Seufzer. Und jedes Mal frage ich mich, ob Estefania, seine *compañera*,
seine Freundin oder Lebensgefährtin, wie man nun
sagte, von all dem weiß. Von der für ihn ohne Gründe
beendeten Liebe, wo er sich doch so bemüht hat. Oder
ob sie nicht unter den gleichen Beeinträchtigungen,
besser Bestechungsversuchen leiden muss, auch wenn
sich die Gründe seit damals hoffentlich verändert hatten. Natürlich könnte ich ihm irgendwann einmal versuchen zu erzählen, dass Mutter unter seiner übertrie-
benen Zuwendung gelitten hat, weil sie sich damit
nicht geliebt, sondern gekauft vorkam, dass diese ganze
Fürsorge für sie nichts mit Zuneigung zu tun hatte, dass
Geschenke und Mitbringsel kein Ersatz für Dinge sein
konnten, die sie vermisste. Für Gespräche, Beisammen-

sein und Familie. Und Zärtlichkeiten waren dabei bestimmt nicht die dringendsten Emotionen. Er war fünf, sechs Tage in der Woche unterwegs und erkaufte sich damit seine Ruhe für die Zeit nach seinen Reisen. Dann gab es eben keine Gespräche, kein Nachfragen, kein Mitteilen, sondern Geschenkübergabe, Kuss und – das Abendessen.

Am Anfang dachte meine Mutter noch, all die Verhandlungen, Besprechungen und Unterredungen, die er in seinem diplomatischen Beruf erledigen musste, würden ihn an solchen Abenden wortkarg machen und am nächsten Tag hätte sie wieder den Mann und ich den Vater. Traurig erzählte sie es mir, als wir einmal zusammen in der Küche standen. Es half nichts. Er wurde im Laufe der Jahre nur noch stiller.

„Bist du noch dran? Was ist das denn für ein Lärm im Hintergrund?"

„Ein Feuerwerk, es sind doch wieder die Fogueres de Sant Joan",

Den Kopf über seine Unwissenheit schüttelnd schaute ich auf die Uhr. Halb Drei morgens. So spät hatte er noch nie angerufen.

„Papa? Ist alles in Ordnung?"

„Warum fragst du, Junge."

„Hast du schon mal auf die Uhr geguckt?"

„Ach, schon so spät? Weißt du, sie ist heute nicht da und dann vergesse ich immer, wie spät es ist."

„Du meinst über Nacht?"

„Ja doch. Sie ist zu einer Schwester, Freundin oder Cousine gefahren. Ich weiß es gerade nicht so genau. Übermorgen oder so wollte sie wieder da sein."

Zu einer Schwester. Ich ging zum Fenster und schaute zur Burg hoch. Estefania hatte nur eine Schwester, das wenigstens sollte er eigentlich wissen. Von einer Cousine war nie die Rede. Die Tanten und Onkel hatten keine Kinder. Und die Freundinnen kannte ich nicht. Von denen hatte sie noch nie gesprochen.

„Papa, wir sollten uns mal wiedersehen. Ich werde euch in drei bis vier Wochen besuchen. Wäre dir das recht?"

„Aber du hast doch kein Auto."

„*Manises* ist ja deswegen nicht aus der Welt. Entweder ich leih mir eines oder ich komm mit dem Zug. Das ist ja inzwischen alles kein Problem mehr."
Schon drei Monate nachdem Mutter ausgezogen war, verkaufte er in einer Mischung aus Wut, Trotz und Enttäuschung die Wohnung. Ich war damals in Ávila, wie alle, die später einmal in der Nationalpolizei tätig sein würden, und hatte nicht die geringste Chance, einzugreifen. Nun gut, was hätte ich auch für Möglichkeiten gehabt? Außer durch die immer schon vorhandene Spendierlaune meines Vaters und die zugegebenermaßen gerne nach Ávila exportierten Kuchen meiner Mutter hatte ich in dieser Zeit kaum noch eine Verbindung nach Hause. Vielleicht legte er mir deshalb einen großen Anteil des Erlöses zur Seite, weil er hoffte, mich so in seiner Nähe behalten zu können, aber den ich dann vor ungefähr acht Jahren dazu nutzte, um meine jetzige Wohnung zu kaufen, als meine Position in Alicante sicher war. Meine berufliche Tournee beschränkte sich somit auf Orte mit A: Alicante, Ávila, Almería und wieder Alicante. Das war nicht besonders viel von der Welt. Alicante war zwar wahrscheinlich nicht die Nähe, die Vater sich erhoffte, aber es war auch nicht La Coruña in der entgegengesetzten Ecke des Landes. Der Bestechungsversuch mit seinem Sparbuch ging also nur zu einem Teil daneben.

Manchmal, und das ist gleichbedeutend mit ganz schön häufig für mich, denke ich, dass mein Leben in vielerlei Hinsicht dem meines Vaters gleicht. Also im

Beruf keine Durchhänger aufweist, dafür umso mehr im übrigen Alltag, weil ich mich da besonders ungeschickt und unbeholfen verhalte und nichts auf die Reihe bringe, wie Primo es immer so schön nennt. *Kriegst du eigentlich nie das Maul auf? Vom Klimpern allein bekommst du keine.* Unter Umständen ist das sogar die Erklärung dafür, warum ich im Hinblick auf Beziehungen so zurückhaltend und umständlich bin. *Peng!* Da haben wir's schon: umständlich, wie mein Vater: Gut gedacht, kompliziert begonnen, unmöglich gemacht. So war das häufig genug in diesen Fällen. Oder ich benahm mich wie ein Siebzehnjähriger und das wäre bei aller pubertierenden Romantik dann auch schon trottelig genug.

Mein Blick glitt über den Fußboden wieder zum Fenster hinaus. Drüben in der Dachwohnung des anderen Hauses ging etwas unterhalb von mir in dem fast vollverglasten Bücherzimmer, wie ich es nannte, und das wie ein Kubus auf der Dachterrasse stand, das Licht an. Der Engländer, mit dem ich in den acht Jahren, in denen ich hier lebe, höchstens ein Dutzend Sätze gesprochen habe, kramte in dem Haufen von Bildbänden, Papieren, Zetteln und Zeitungen auf dem ovalen Schreibtisch herum. Seinen Mundbewegungen nach zu urteilen, fluchte er leise vor sich hin, dann zog er einen Zettel hervor und klopfte mit der flachen Hand auf den Stapel vor sich. Mit dem Zettel wedelnd verließ er den Glaskäfig und knipste das Licht aus. Die Dachlandschaft war nun dunkel bis auf die angestrahlte Kuppel der Kathedrale San Nicolás und der Santa Bárbara Burg.

Am anderen Ende der Leitung hörte ich ein Hüsteln. Manchmal ist es schon wundersam, was einem innerhalb von wenigen Sekunden durch den Kopf gehen kann. Vater hatte sicher nichts davon mitbekommen.

Bei unseren Telefonaten gab es öfter einmal kleine Pausen. Ich finde es auch schwer, zwei Alltage sich gegenseitig so zu schildern, dass sie immer wieder interessant für den anderen sind, außer es hätte sich etwas gravierend verändert. Tote helfen bei so einem Geplauder mit älteren Menschen. Denn jeder von ihnen kannte eine Joana oder Rosa, einen Jaume oder Carlos, über den es etwas als Anekdote und im Andenken zu berichten gab. Aber meine Toten kannte man nicht, sie waren nur entstellt. Ihr Leben kam meist erst später und in Bruchstücken heraus. Wenn überhaupt. Denn diese wiederum beschrieben allenfalls nichts anderes als wenige mögliche Gründe für ihren Tod.

„Hast du inzwischen mal jemanden gefunden? Ich mein ein Mädel, das dir gefällt."
Bis vor einigen Wochen hatte ich mit den Augen gerollt, als er mir diese Frage stellte. Heute, nachdem ich innerhalb weniger Tage öfter mit meinem fehlenden Mut konfrontiert worden war, hätte ich ihm gern von Mónica erzählt, war aber im Zweifel, ob ich alles richtig schildern könnte. Ich hatte doch so gut wie keine Ahnung. Wenn er wissen wollte, wieso ich eine Frau von der Straßenreinigung mag und nicht etwas *Besseres* suchte, könnte ich ihm die Emotion, aber nichts anderes erklären. Aber selbst meine Emotion war nicht leicht auszudrücken. *Weißt du, ihr Schweiß schimmert so verführerisch auf ihrem Unterarm.* Das war mir zu dürftig für die Art, in der ich meist mit ihm sprach. Schon wieder wurde ich umständlich bei einem Telefonat mit ihm. Also erzähle ich etwas von dem Mädchen von vor einer Stunde. Wie sie mich an die Hand nahm und mit mir tanzte. Das war noch frisch. Das Bild war erlaubt und ich konnte mir Mónica dabei vorstellen.

„Nein Papa, noch nicht so richtig, aber vielleicht doch. Es ist, glaub ich, eine ganz langsame Geschichte."

Damit hatte ich nicht einmal gelogen. Ich musste an den Spruch von Kio denken und wurde tollkühn.

„Wenn sie Lust hat, bringe ich sie dann mit."

Vielleicht sollte ich nun zum besseren Verständnis etwas über meine Familie erzählen. Andererseits könnte ich auch verstehen, wenn es Sie, beziehungsweise einige von Ihnen, nicht interessiert, Sie könnten ja die folgenden zwei oder drei Seiten dann einfach weiterblättern.

Ich wurde am 12. Oktober 1968 geboren, also an dem Tag, als Äquatorial-Guinea die Unabhängigkeit von Spanien erlangte. Ein Sachverhalt, der sicher den Diplomaten in meinem Vater freute, weil Freiheit immer ein besonderes Anliegen in seinem Leben und für seine Arbeit war. Oder, was für manche wichtiger ist, in dem Jahr als Prinz Felipe zur Welt kam. Allerdings nicht wie er in Madrid, sondern hier in Alicante. Diese Stadt habe ich nur für insgesamt sechs Jahre verlassen. Für etwas weniger als drei Jahre nach Ávila und etwas mehr als drei nach Almería. Dann stellte ich einen vorsichtigen Antrag für den Dienst in Alicante. Bereits ein halbes Jahr später war ich wieder da. Im Normalfall dauert so etwas länger. Doch glaube ich nicht, dass mein Vater die Finger im Spiel hatte. Möglicherweise hätte er einige Hintertürchen in Anspruch nehmen können, denn er war Jurist im Staatsdienst. Genauer gesagt im Außenministerium und für dieses, ähnlich einem Attaché, vornehmlich in Europa unterwegs. All die Jahre seines Berufslebens, viele Tage die Woche. Manchmal wochenlang.

In irgendeiner Stuhlreihe, außerhalb der Reichweite von Kameras und Mikrophonen, saß er hinter den Verhandlungsführern und notierte sich Auslassungen und Beiträge, die noch zu beachten, zu besprechen und zu korrigieren waren. Oder machte sich Anmerkungen in den Vorlagen, weil es da und dort noch etwas zu klären gab. Denn spätere Verträge, von ihnen selbst offiziell, aber nahezu despektierlich klingend Papiere genannt, durften keine unnötigen Angriffsflächen bieten. Daher war es für mich verständlich, ihn an den wenigen Wochenenden zu Hause still im Wohnzimmer, einem Café oder auf unserer Terrasse sitzen zu sehen. Er hatte in den Tagen zuvor genug überlegen und bedenken müssen.

Ich selbst genoss diese Stille, wenn ich mich zu ihm setzte und das Gefühl hatte, selber nichts erzählen, mitteilen oder erklären zu müssen. Für junge Kerle in einem bestimmten Alter eine wohltuende Sache, wenn man seine brunftig kruden Entwicklungsschwierigkeiten nicht kundtun musste. Auch weil mir das verbale Rüstzeug dafür vollkommen abhandengekommen und die nötigen Vokabeln über Nacht verloren gegangen waren. Mutter wurde jedes Mal fast wahnsinnig, sooft sie uns so zusammen sah. Denn sie hoffte auf väterliche Erziehungsgespräche. Nichtsdestotrotz gab es Momente, in denen *er* plötzlich zu erzählen, oder sollte ich besser sagen, zu berichten begann. Eines dieser sehr einseitigen Gespräche werde ich nicht vergessen.

„Mein Junge", er war gerade von einer Konferenz aus Südamerika zurückgekehrt, die, laut der vorauseilenden Presseberichte, den ehemaligen Kolonien nichts gebracht hatte außer vagen Versprechungen statt freiem Handel auch mit Europa, „unser Land hat im Laufe seiner Geschichte viel Gewalt verteilt. Wir haben sie in die ganze Welt getragen. Und so wie sich eingeschleppte Samen, Insekten und Tiere vermehren, anpassen und gegen ursprüngliches Leben konkurrieren und schlussendlich zu vernichten beginnen, haben wir vor Jahrhunderten alles eingeborene Leben nahezu ausgelöscht, mit samt dem Erbe, das die Menschen dort eigentlich ihren Kindern und Kindeskindern hinterlassen hatten. Inkas, Mayas und Azteken. Außer dem Gold haben wir nichts von ihnen übernommen. Nichts. Wir pflegten Jahrhunderte lang alles in Schutt und Asche zu legen. Damit bloß keiner auf den Gedanken kam, uns in unsere Heimat zu begleiten. Die Brutalität, die wir nach außen getragen haben, hat bis heute nach innen gewirkt und uns fatalistisch gemacht. Selbst die Jahre unter Franco haben uns nicht umstimmen können. Wir haben uns nur ein bisschen gewehrt. Beiseite geräumt hat ihn keiner. Unser Land war so dumm, den gleichen Waffen zu gehorchen. Wir setzten im eigenen Land das fort, was wir dort, in irgendeinem Winkel der Erde, begonnen hatten. Und manchmal gehen wir heute noch genauso vor. Wir sind unwillig, zu verstehen, tun alles Mögliche, um unsere Geschichte nicht aufzuklären und verweigern denen, die in ihr gelitten haben, den nötigen Respekt. Die Tausende von Toten sind an ihrem Schicksal auf immer und ewig selber schuld ...“

In diesem Moment unterbrach er sich selber und trank ein frisch eingeschenktes großes Glas Wein in einem Zug leer.

Genau das aber hatte ich noch nie, bei keinem seiner Monologe gesehen. Meine Mutter hätte es sogar für eine Entgleisung gehalten. Dann fuhr er fort. Leise, traurig und zusammengesunken:

„Und jetzt? Zerstören wir unsere Küsten, misshandeln Tiere und verkaufen unsere Seele an ausländische Investoren. Letztere haben dasselbe faschistoide Denken, von dem wir hofften, es mit dem Tod der Diktatoren hinter uns zu lassen.“

Für einen jungen Menschen klingen solche Sätze unglaublich intelligent. Ich hielt meinen Vater damals für gebildet, kultiviert und aufgeklärt. Entschuldigung, nicht nur damals, auch heute noch. Denn es war auf eine andere Weise ein erziehendes Gespräch.

Später, ich war das erste Jahr in Ávila, saßen wir wieder zusammen und unterhielten uns, im gleichen Ton und mit denselben Rügen. Da kapierte ich, dass er frustriert und vor allem müde war, die Arbeit für die Nationen hatte ihn zermürbt. All die Jahre hatte er Texte und Formulierungen auszuarbeiten, die ungefährlich klangen und gleichzeitig Schicksale besiegelten. Er war Teil eines politischen Systems geworden, in dem er sich zunehmend fremd vorkam. Papa war zu aufgeklärt. Großvater hatte auch bei ihm Wirkung hinterlassen. Immerhin war er Zeit seines Lebens ein Republikaner gewesen. Seit diesem Tag damals weiß ich, dass ich mich für den richtigen Beruf entschieden hatte. Meine Eltern versuchten auch nie, mich umzustimmen.

Es könnte sein, dass diese Umstände für ihn daran schuld waren, Mutters Entschluss nie zu verstehen, weil er fest daran geglaubt hat, wenn alles hinter ihm läge, würde ein anderes, besseres Leben beginnen. Eines, für das man keine Verträge braucht, sondern nur Zeit. Doch sie hatte sich schon früher still und wortlos entschieden, einen anderen Weg zu gehen und nur auf den richtigen Moment gewartet. Und dieser Weg hatte nichts mit einem anderen Mann zu tun, sondern nur mit der von meinem Vater andauernd proklamierten Freiheit. Dieser Weg ergab sich, als ich in Ávila war. Für Vater überraschend, für meine Mutter von langer Hand geplant. Im Beruf würde man von einer längst erfolgten inneren Kündigung sprechen. Miteinander zu reden hatten sie verlernt. Beide! Sie hätten alles verhindern können. So war sie vorbereitet und er von ihr zurückgelassen worden. Sein diplomatischer Spürsinn hatte ihm nicht geholfen.

Sie hatte sich selbst mit einem für ihn unfassbar einfachen Trick in die Freiheit entlassen, von diesem Trick stand nichts in seinen hochkomplizierten Vertragswerken. Nichts in seinen Vorhaben. Nichts in den Auslassungen und Beiträgen, die es bis dahin zu notieren galt. Daher musste er ihn als Affront werten, aber gleichzeitig feststellen, dass ihre Entscheidung für ihn nicht nachahmbar war. Es blieb gewissermaßen bei einem nicht mehr aufholbaren Sieg mit einem Tor Unterschied. Seine Freiheit war vergeben.

Mein Spürsinn meldete sich seitdem bei jeder Frau, die ich kennenlernte und ließ mich, in der Sorge demnächst genauso alleingelassen zu werden, vorab schon ungelenk und sprachlos werden. Das rettende Vokabular hatte ich also nicht erlernt. Ich war darin so perfekt, dass ich seit Jahren einen Schutzschirm besaß, der mich exakt davor bewahrte, egal wie zutreffend oder nicht die entsprechenden Situationen waren. Ich sah die Frauen, hatte meine Vorstellung und vergaß, sie kennenzulernen. Da halfen auch die Gebrauchsanweisungen meiner Mutter nicht. Aber Sie sehen auch so, wie soll einer wie ich sein eigenes Liebesleben organisiert bekommen, wenn er sich in lebenswichtigen Situationen ständig ablenken lässt und stattdessen krudes Zeug denkt.

Es war immer noch Samstag. Ich hatte schlecht geschlafen. Das Telefonat mit meinem Vater hatte Zeit gekostet. Aber das Leben kostet nun mal Zeit. Verschlafen kann ich es am Ende noch genug. So beschäftigten mich noch ein, zwei Stunden seine Schilderungen und meine Gedanken. Das Ergebnis sah so trübe aus wie ein Milchshake. Dabei schaute ich wie so oft, zur hell erleuchteten Burg hinauf. Sie bestimmt mit dem Berg, auf dem sie thront die Ansicht der Stadt, die sich genauso trutzig, gleich einer Mauer aus Beton, vom Meer abzutrennen scheint. Wäre das Castillo nicht dort oben, hätte die Stadt mit ihren Hochhäusern kaum noch eine Chance, als schönste der Welt beachtet zu werden. Für mich jedoch hat sich dieser Wert nie geändert.

Normalerweise gehe ich gegen elf in den Mercado, oben an der *El Sabio*. Ein schöner alter Klinkerbau. Eine Kirche des Konsums. Nur als kleiner Tipp, dort bekommt man wirklich alles, was man in der Küche gebrauchen kann, absolut frisch. Allerdings bin ich etwas ungeübt im Einkaufen für nur eine Person, obwohl ich es seit mehr als zwanzig Jahren nicht anders kenne. Zuviel Obst, Chorizo, Käse oder so, werfe ich in den Kühlschrank, kein Problem. Doch manchmal verführen mich die verlockend leuchtenden Mengen von Salaten, Tomaten und frischen Fischen. Deshalb lade ich hin und wieder Primo und seine aktuelle Freundin ein oder fahre am nächsten Tag mit einer Kühltasche voll Essen nach Campello zu meiner Mutter, um die Reste der bald siebzig Zentimeter langen Merluza noch einigermaßen frisch zu verspeisen.

Das funktioniert natürlich auch nur dann, wenn man uns auf unserer Dienststelle, im Comisaría, am Wochenende in Ruhe lässt und keine Schlägereien, Bankeinbrüche, Saufpartys oder gar Schlachtfeste veranstaltet. Aber leider haben wir allein schon auf Grund der vielen Einbrüche in solchen Statistiken erstens kein Ruhmesblatt vorzuweisen und daher zweitens genug zu tun. Immerhin hatten wir im letzten Jahr umgerechnet täglich zwei Kriminelle geschnappt und anhand von Fingerabdrücken, DNA-Tests und diversen Zeugenaussagen überführt. Vor ein paar Jahren waren wir im Gegensatz zum Fußball auf dem Gebiet der Kriminalität sogar *besser* als Madrid. Wir standen in dieser Tabelle vor ihnen.

Vor allem gehen mir in diesem Zusammenhang die Typen aus dem Ostblock allmählich auf die Nerven. Seit Jahren haben sie den Strich mehr und mehr unter Kontrolle. Schmuggeln aus ihrer Heimat junge Mädchen mit Lügen ins Land und stehen dann hier vor deren Tür, damit sie sich ja nicht trauen, sich zu wehren, wenn sie die Beine breit machen müssen. Es ist gerade mal ein paar Tage her, als wir mitten in der Stadt eine vollkommen verstörte und apathische Fünfzehnjährige befreit haben. Alle Verwandtschaftsgrade von ihr, einschließlich der weiblichen, hatten dafür gesorgt, dass sie sich ohne Gegenwehr prostituierte und ihren Körper hergab. Das Gesicht von dem jungen Ding verriet das Ende aller schönen Jahre der Kindheit und der Jugend. Wahrscheinlich würde sie nie wieder richtig leben können. Während diese Idioten nach einer Handvoll Jahre mit Vollpension wieder von vorne anfingen. Damit war der anfängliche Erfolg einer Kampagne vor zwei Jahren, *exerciti prostitutia*[7], wohl im Sande verlaufen.

Und dann ziehen auch noch ganze Banden von Taschendieben und Autoknackern wie Saisonarbeiter durch die Stadt und sorgen für Unruhe. Statt dass sich hübsche Mädels bauchfrei sehen lassen können, klemmen sich diese ihre Handtaschen oder Beutel wie Schutzschilde vor den Körper oder tragen Wertsachen in Folie eingewickelt zwischen den Schenkeln. Dazu kommt, dass diese Ostimporte meinen, sie könnten Alkohol besser vertragen als jeder andere Mensch. Wie schön, könnte man meinen, aber dafür haben sie sich ziemlich schlecht unter Kontrolle und bauen jede Menge Scheiß. Warum schieben wir *diese* nicht ab? Ich weiß, es gab da mal Verträge.

---

[7] (rum.) Prostituierst du dich?

Erst vorhin hatte Ivan, Sie wissen, der von der policía local, einen mit seinem Gummiknüppel vom Moped geholt, weil der partout nicht auf seine Trillerpfeife
hören wollte und weil er wiederum an dem breiten Zebrastreifen an der Puerta del Mar hinüber zur Mole bei
einer Frau auf dem Rücken in deren umgehängte Handtasche eingefädelt war und diese mitgerissen hatte. Sein
Pech war nur, dass Ivan zu häufig für solche Typen
gleich danebensteht und als geübter Pelotaspieler sehr
gut zielen kann. Das Moped, obendrein noch geklaut,
ist natürlich nun leider nicht mehr zu gebrauchen, genauso wie zwei Rippen und das rechte Bein von dem
Kerl für die nächsten Wochen.

Doch soll das alles kein Wehklagen über meinen Job
sein. Ich bin nicht aus Verzweiflung oder Langeweile
Polizist geworden, sondern weil ich diesen Beruf, Sie
werden sich wundern, trotz allem klasse finde. Möglicherweise deshalb, weil man in ihm Dinge ermöglicht
bekommt, die das normale Leben für gewöhnlich ver-
bietet. Denn man kann hin und wieder seinen Frust erfolgreich abbauen. Der eine Zuhälter könnte dazu etwas sagen, aber es ist gut für ihn, die Schnauze zu halten.

Trotzdem sind wir nicht unbedingt besser als die anderen Behörden. Manchmal gilt deren Leitsatz auch für
uns. Was du heute kannst nicht besorgen, verschiebe
ruhig auf übermorgen. Duela war tot, daran würde
auch ein ungezielter Übereifer nicht allzu viel ändern
können. Das dürfen Sie nicht als Widerspruch zu meinem Satz verstehen, von wegen Beruf, aber dann und
wann bleiben wir in der Fülle, der Unordnung oder gar
dem Gewirr von Informationen stecken und kommen
keinen Millimeter weiter. Da können wir in die Unterlagen starren, wie wir wollen. Der ganze Kram vor uns

wird allerhöchstens zu einem noch schlimmeren Morast. Und unsere Analysen gleichen Seifenblasen, Halluzinationen und Hirngespinsten. Spätestens dann verstehe ich die Kollegen, wenn sie loslassen und den bis hierher verfassten Bericht einfach zuklappen und sich unter die Leute mischen.

Primo geht dann angeln oder mit der aktuellen Eroberung nach, Sie werden lachen, Benidorm oder Guadalest. Dahin, wo sowieso die halbe Menschheit unterwegs ist. Denn nirgendwo kann er mit seiner aktuellen *adorada*, seiner Angehimmelten anonymer lustwandeln als dort. Seit ein paar Tagen musste er allerdings mutig sein und sich dafür mitten in Alicante unter die Meute mischen. Da, wo ihn bestimmt einige Kollegen, Bekannte und Verflossene sehen würden. Sogar sicher für ein paar Stunden und mit großer Wahrscheinlichkeit. Cristinas Puesto lag einfach mitten drin im Alltag. Da erging es mir auf eine zweifelhafte Art besser, denn ich hatte vergessen, Mónica zu fragen, ob sie eventuell bereit gewesen wäre, unter bestimmten Voraussetzungen, von denen ich keine Vorstellung hatte, wie diese aussehen könnten, etwas zusammen mit mir zu unternehmen. Was nur beweist, dass mir nicht nur Mut fehlt.

Dieser Missstand war mir bereits kurz nach dem Aufwachen klargeworden, also brauchte ich mich jetzt auch nicht mehr darüber zu ärgern. Im Eckzimmer auf dem Boden hockend, stierte ich mit dem ganzen Frust, der mir zur Verfügung stand, nach draußen. Die Dachlandschaft, die Kämme dieses kleinen, meist weißgetünchten Gebirges zwischen mir und der Burg, warfen jetzt, am späten Vormittag, noch zackige Schatten. Der mit Büchern vollgestopfte Glaskasten des Engländers war nun nicht mehr in meinem Blickfeld, der lag unter mir. Dafür hatte ich drei Häuser weiter den in allen Blautönen gekachelten Kamin und, wenn ich meinen

Hals streckte, die Dachterrasse des Deutschen genau vor mir. Peter-was-weiß-ich, ein Journalist, der über uns für deutsche Zeitungen schrieb und dessen Artikel nie auf Spanisch erschienen. Er behauptet immer, weil sie wohl zu entlarvend seien. Die, die es wissen müssen, sagen, weil sie fürchterlich gelehrig und *doctoral*, also schulmeisterlich sind. Und so einer bekommt mitten in unserer Stadt eine solche Wohnung? Kaum zu glauben! Zur Strafe hat er die schlechteste Sicht auf die Burg, weil die Wand des Nachbarhauses so hoch ist, dass er auf eine Leiter steigen müsste.

Gerade als ich aufstehen wollte, um mir eine Dose Bier zu holen, sah ich hinter dem Geländer, das er notdürftig mit einem Sichtschutz versehen hatte, eine blonde, ziemlich nackte Frauengestalt, die sich nach vorne beugte und über die seitliche Balustrade nach unten schaute. Aber außer einer weiteren Dachterrasse war dort sicher nichts zu sehen. Denn die alte Dame, die dort wohnte, hielt sicher nichts mehr von nahtloser Bräune. Nun stand die blonde Circe wieder aufrecht, kämmte sich mit beiden Händen die Haare nach hinten und präsentierte mir ihren covertauglichen Körper, dessen Rest für meine Augen leider durch die obere Kante der Mauer knapp eineinhalb Handbreit unter dem Nabel abgeschnitten war.

Statt Bier war nun ein Fernglas angesagt. Dankenswerterweise stand sie eine Minute später immer noch da. In der gleichen Position. Kerzengrade. Die Hände hinter dem Kopf. Vermutlich einen Zopf aus den langen Haaren flechtend. Für die Darbietung ihrer Brüste eine ideale Tätigkeit.

Natürlich war es nicht Mónica, wie Sie vielleicht besorgt glaubten und eine Spanierin auch nicht. So benimmt man sich hier nicht. Nicht in aller Öffentlichkeit. Aber schön war der Anblick trotzdem. Sehr schön und sie keine dreißig. Dieser *sabelotodo*, dieser Klugscheißer also, findet nicht nur gute Wohnungen, sondern auch solche Frauen. Ich starrte weiter durch die Optik und sie ließ ihren Zopf halb fertig vor eine Brust fallen. Dann stülpte sie ein Haargummi um das Ende und stütze sich auf das Mäuerchen auf, als wenn sie sich zum Daraufsetzen hinaufschieben wollte. Für ein, zwei Sekunden sah ich, dass sie tatsächlich nackt war. Ja ja, ist schon gut! Spanner, Voyeur, mirón. Ich weiß, was Sie denken. War und ist mir in diesem Moment aber völlig egal. Denn als sich der Journalist ihr von hinten näherte, mindestens obenherum genauso entblößt, setzte ich das Fernglas wieder ab. Solche Szenen kannte ich ja. Sie wissen es. Für die brauchte ich keinerlei technische Hilfsmittel. Das Hotel auf der anderen Seite reichte vollkommen und war darüber hinaus mehrere Meter näher.

Ich ließ also die beiden nackten Hampelmänner dort drüben allein mitten in Alicante am helllichten Tag auf der Terrasse herumhüpfen. Es gab genug Fenster, aus denen man sie hätte beobachten können. Kopfschüttelnd schob ich das Fernglas genau neben das Buch von Fernando Marías. Auch daran können Sie sich sicherlich noch erinnern? *Zara – y el librero de Bagdad*. Ich hatte es, zwischen dem Anruf heute Nacht und meinem Frühstück vorhin, innerhalb weniger Stunden gelesen und deshalb herausgefunden, um was es darin ging. Krieg, Leid und Flucht waren die bestimmenden Teile. Allein das hätte schon genug mit Duelas Leben zu tun haben können. Es war jedoch nicht der Krieg, es war eher das Detail um die Hauptperson Zara, das mich stutzen ließ. Sie war Tochter eines Buchhändlers aus Bagdad und die Nichte vom Nachbarn des Erzählers. Sie war traumatisiert von dem, was sie in ihrer Heimat erlebt hatte und fand selbst nach der Flucht keine Ruhe.

Damit ratterte es in meinem Kopf los. Die Blätter aus dem Ordner, die kryptischen Briefe und Aufschriebe aus Duelas Wohnung begannen in ihm zu tanzen und einzelne Worte flogen wie lose Schnipsel herum, die sich dann zusammenfügten. Gedankenverloren schaute ich nochmal hoch und sah, wie Peter-was-weiß-ich den Hintern der Blonden, den sie ihm entgegenstreckte, mit beiden Händen umfasste, an sich zog und sie mir gleichzeitig – dieses Biest hatte mich die ganze Zeit wahrhaftig genauso beobachtet – lächelnd zuwinkte. Dann verschwanden die beiden hinter der Balustrade.

Ein paar verwirrte Augenblicke später war ich zu meinem Buch zurückgekehrt. Ich versuchte, einen klaren Kopf zu bekommen und nahm mir ein leeres Blatt Papier. Auf ihm hielt ich die Namen und Beziehungen aus dem Buch fest, daneben diejenigen, die uns in Duelas Unterlagen begegnet waren. Nebst einer Handvoll Fragezeichen. Dann vertauschte ich die Länder, Berufe und verwandtschaftlichen Verhältnisse und fügte das Wort Ayanna ein, während mein Hirn mir dazu die passende Frage stellte: *und wenn das nicht nur, wie im Buch, die Tochter eines Bekannten, sondern sogar eine Verwandte, zum Beispiel seine Nichte war?* Schon passten Einzelheiten in meine Gedankengänge, Eine junge Frau, Tochter eines Schwarzen und die Nichte von George Duol. Dann hätte er quasi sein eigenes Leben gelesen. Ich nagte auf dem Druckknopf meines Kugelschreibers herum und kringelte eines der Fragezeichen ein.

Daraufhin versuchte ich, Primo auf seinem Mobiltelefon zu erreichen. Vielleicht hatte er es geschafft, früh aus den Federn zu kommen, um etwas Zeit mit Cristina zu verbringen, bevor sie ihren Puesto aufschloss, dann könnte er ihr doch quasi im Nebenbei einige Fragen stellen, in wieweit sie das Mädchen kannte, ob sie mehr über ihren Zustand wusste, als die ganzen Briefe und Dokumente bei Duela zu Hause hergaben. Wenn schon die Behörden sich in Schweigen hüllten, wollte ich schon genügend Infos zusammen haben. Aber entweder stellte er schon gerade irgendeinen unbedachten Blödsinn mit ihr an, den er nicht mehr wieder gut machen konnte, oder er war doch zu seinem Stammplatz gefahren und beim Beobachten des Angelhakens eingeschlafen. Am anderen Ende hörte ich nach jedem dritten Klingeln das von ihm eingestellte bescheuerte englische Besetztzeichen *the person you have called is temporarily ...*

Ich beschloss, ins Büro zu gehen, zog mich an und spurtete die Treppen hinunter, nachdem ich noch einmal kurz zu den beiden Verrückten geschaut hatte. Drüben konnte ich indes niemanden mehr sehen, sie hatten ein großes Sonnensegel und einen Schirm aufgespannt. Gut so. Bloß keine Unanständigkeiten in der Öffentlichkeit. Unten nahm ich mein Rad und entgegen aller Gewohnheiten fuhr ich sofort in Richtung der Avenida. Zwanzig Minuten später hockte ich wieder auf dem Boden. Diesmal aber an der Stelle, an der sonst mein Schreibtisch stand. Den hatte ich nämlich zur Seite geschoben und so zusätzlichen Platz geschaffen. Nun lag ein Konvolut aus 'zig Blättern, Notizen, Briefen, ärztlichen Untersuchungsbefunden, Stellungnahmen, Zeitungsseiten und einigen Fotos um mich herum. Auf den Knien hockend inspizierte ich den wie ein Sammelsurium wirkenden Blätterwald vor mir. Irgendwo dazwischen lag meines Erachtens ein Teil der Lösung oder wenigstens der erste Schritt dazu. Ich war davon überzeugt, dass in dem Gewirr nichts fehlte, auch nicht mindestens ein Name, der uns weiterbrächte, statt der vielen Fragezeichen, die ich fein säuberlich an den Rändern meines Zettels hinterließ.

Sonntag

Was ich gestern Nachmittag herausgefunden hatte, passte in Stichworten und zusammen mit einer ganzen Menge bunter Linien selbst nach Stunden auf gerade mal zwei etwas größere Seiten. Duela, Nichte, Rollstuhl, Murcia, Sima und so weiter. Die ersten fünf Worte hatte ich mit einer roten Linie unterstrichen und anschließend mit einem Kugelschreiber so lange eingekreist, bis das Blatt fast perforiert war. Der Rest der Stichpunkte hing an dieser Tintenspirale wie lose, welke Blätter an einem Baum herum. Ich wurde bei fast jedem Wort, das ich notiert hatte, stutzig. Leider half mir meine Verwunderung nicht weiter. Die zwei Zettel und eine Handvoll für mich absolut wundersamer Briefe und Blätter hatte ich am Abend deshalb in eine Hülle gesteckt und nun in meinem Eckzimmer wieder vor mir verteilt. Vielleicht würden sie mir nun mehr verraten. Neben mir eine angebissene, mittelprächtig selbst belegte Stulle, deren Bestandteile Chorizo und Ziegenkäse ich mit Orangenmarmelade verklebt hatte und ein großer Pott Kaffee, der aber seine eigentliche Aufgabe vergessen zu haben schien. In der Stadt herrschte nach dem Lärm der vergangenen Tage eine gespenstische Stille. Ab und zu hörte ich unten in der Calle Mayor ein paar Stöckelschuhe über die Steinplatten klacken. Sonst nichts. In meiner Fantasie bedeckten die Pumps als einziges die ansonsten nackte Haut langer, schöner Beine, die unter einem denkbar kurzen Minirock hervorlugten, doch ich wagte nicht, mir dies mit einem Blick aus dem Fenster zu bestätigen. Auch drüben bei Peter-was-weiß-ich und seinem blonden Reibekuchen war Ruhe eingekehrt. Der Schirm überdies zusammengefaltet. Es waren wohl für heute keinen weiteren Eskapaden geplant. Fünf Minuten später bemerkte ich, dass sogar die Luft, die durch die offenen Fenster mild warm hereinwehte, nach nichts anderem roch als nach Luft. Die Stadt war also von dem nächtlichen Feuerwerk tatsächlich final erschöpft.

Ich blickte wieder auf meine kleine Sammlung und beschloss, mit dem unbekanntesten Wort anzufangen, das ich auf den Papieren fand. Sima. Die Unterlage korrigierte mich. SIMA. Großgeschrieben. Der Briefkopf beinhaltete die Adresse und Telefonnummer der Vereinigung der Betroffenen des Marfan Syndroms, von dem ich noch nie etwas gehört hatte. Ich stand auf und holte mir das kleine medizinische Lexikon aus dem Regal, das wir uns auf Grund Sunnys häufig unverständlicher Berichte einmal geleistet hatten. Darin nur viereinhalb Zeilen: *krankhafter Bindegewebeaufbau, Spinnenfingrigkeit, meist Kyphose und/oder Skoliose. Die stark verminderte Lebenserwartung ist auf die Gefäßwandschwächen der großen Arterien (Aneurysmen) und Herzklappenfehler zurückzuführen.* Eine Ansammlung phantastischer Fremdwörter und medizinischer Begriffe, die mir nicht weiterhalf. Was hatte Duela damit zu tun? War er etwa ein Betroffener, ohne dass wir eine Ahnung hatten? Und nun stocherten wir aus diesem Grund fein säuberlich um tatrelevante Voraussetzungen herum? Wie passten diese wenigen Worte in die Zusammenhänge rund um seinen Tod? Und wenn alles nichts miteinander zu tun hatte? Ein Sonntag schien doch ein schlechter Tag zu sein, um etwas zu kapieren. Bei SIMA anzurufen und Fragen zu stellen war deswegen leider auch nicht möglich. Also studierte ich noch einmal den Brief. *Estimado Sr. ...die Leitung unserer Zweigstelle Alicante freut sich, Ihnen mitteilen zu können, dass eine Unterstüt-*

zung in Form einer Teilkostenübernahme zur Beschaffung eines neuen Rollstuhls nun möglich geworden ist. Um die näheren Details der Vorgehensweise zu besprechen, bitten wir Sie bezüglich eines Termins unter der o.a. Telefonnummer sich bei uns zu melden. Un cordial saludo.

Unleserlich unterschrieben mit einem Datum, das ein halbes Jahr alt war. Kein Betreff. Kein Bezugnehmender. Kein *sigla*, unser Zeichen. Wie offiziell ist so was? Ich seufzte und legte das Blatt zur Seite. Anschließend griff ich zum Telefon und wählte zum wiederholten Mal Primos Nummer. Außer dem Anrufton war auch nach fünfzehn Sekunden nichts zu hören. Am anderen Ende bewegte sich seine Hand auf anderem Terrain, statt abzuheben. Kerl, lass das Mädchen in Ruhe, dachte ich und spürte gleichzeitig den aufkommenden Neid. Wochenenden bescherten einfach zu viel Freiräume für entblößende Visionen.

Von unten drang das klackende Klappern einer Müllschaufel zu mir nach oben, das aber durch die ungewohnte Stille plötzlich ungewohnt klang. So flink, wie mir mein Gewicht es erlaubte, hechtete ich über die breite hölzerne Fensterbank, schob die Grünlilie zur Seite, meinen Kopf durch den Fensterrahmen und schaute so gut es ging zwischen den Gitterstäben nach unten. Das Werkzeug passte, aber der Typ war männlich und hatte zudem auch noch schwarze Haare. Das bedeutete, dass Mónica sich womöglich daheim alleine langweilte. Irgendein leiser Fluch flutschte mir über die Lippen. Auf das Holz neben mir boxend hob ich den Kopf, knallte mit ihm an den Rahmen und hörte von der anderen Seite ein Kichern. Auf dem linken schmalen Balkon, mir genau gegenüber, stand eine junge Frau, fast noch Mädchen, und winkte zu mir herüber. Aber im Gegensatz zu den vielen anderen Malen überhaupt nicht nackt. Im Gegenteil! Eher gekleidet wie eine Nonne aus dem Santa Clara Kloster. Schwarze Strumpfhosen, darüber ein wadenlanger, grauer Rock mit weißer Schürze und Bluse. Nur der eingestickte Namenszug und ein Emblem auf der Blusentasche wiesen sie als Mitglied des Servicepersonals des Hauses gegenüber aus.

„Guten Morgen, Herr Inspector, ist Ihnen nun ein Dieb durch die Lappen gegangen", sang sie mit einem wedelnden Putzlumpen in ihrer Hand über die enge Straße.

Ich wackelte mit einer Hand und rieb mir dann den Kopf. Kurz musterte ich die Frau. Ein gar nicht so unhübsches Ding. Wirklich noch fast ein Mädchen. Ich bildete mir ein, sie noch nie gesehen zu haben. Und trotzdem kam sie mir bekannt vor. Woher wusste die nun schon wieder, wer ich war? Fehlte nur noch, die von drüben hockten auch zu Unzeiten mit Ferngläsern in irgendwelchen leeren Zimmern oder auf ihrer Wellness-Dachterrasse und schauten zu mir in die Bude, wenn ich nur mit Shorts beklei... Ach, egal, ich winkte zurück.

„Nein, nein, ich hatte das Gefühl, auf einem havarierenden Schiff zu sein und wollte sehen, was das Wetter so macht", lallte ich geschauspielert zurück.

Wieder kicherte sie und beugte sich etwas mehr über die Brüstung. Jetzt kam mir das Gesicht noch bekannter vor.

„War die Paloma blanca nicht super schön? – Vorgestern Nacht?"

Ich knallte mit dem Kopf vor lauter Schreck ein zweites Mal an die Kante des Fensterrahmens. Sofort war mir klar wer sie war. Kaum sechs Meter von mir entfernt stand die Wet-T-Shirt-Prinzessin vom Plaza Calvo Sotelo. Leider nur mit viel mehr Schichten Stoff auf der

Haut. Mit zusammengekniffenen Augen schielte ich zu ihr hinüber und betrachtete sie genauer. Jetzt missbrauchten sie schon Kinder für die Instandhaltung ihres Luxus. Unkontrolliert sprudelte es deshalb aus mir heraus:

„Biste nich'n bisschen zu jung als Putze?"

Das Kichern entwickelte sich zu einem glucksenden, lauten Lachen.

„Danke, aber mit neunzehn ist es, glaub ich, schon erlaubt."

Dann schob sie sich fast selbstmörderisch wirkend über das Geländer und setzte flüsternd hinzu:

„Hab' ich etwa so jung ausgesehen? Dann wundert mich ja nix mehr."

Ein zeitgleiches Winken und schon war sie verschwunden. Aller guten Dinge sind Drei. *Poff!* Nachher ließe ich meinen Kopf im Krankenhaus San Juan untersuchen. Wahrscheinlich drohten mir mindestens sechs Wochen stationäre Behandlung. Danach würde ich mich während der Rekonvaleszenz zuhause tagelang mit meinem Feldstecher auf die Brüstung legen und nach ihr Ausschau halten. Noch einfacher wäre allerdings, sie nach ihrer Schicht abzupassen und zu fragen, wann sie das nächste Mal an den Postiguet ginge. Ich rutschte von der Fensterbank und ging zum Kühlschrank. Mein wegen mannigfaltig gescheiterter Beziehungen neu entflammtes Selbstmitleid verlangte nach einer kalten Dose Bier. Ich hielt sie mir erst für einige Sekunden an die lädierte Stelle meines Schädels und trank dann einen großen Schluck. Zurück im Eckzimmer beugte ich mich wieder über die Zettel und zupfte ein Blatt unter dem Brief hervor, den ich vorhin gelesen hatte. Kurz musste ich überlegen, warum ich ihn mit nach Hause genommen hatte. Als ich auf meine Notizen schaute, war mir der Grund wieder klar. Das Schreiben trug das selbe Datum wie der Brief der SIMA. Nur stammte er aus der Gran Via Ferran in Valencia, also aus einer der zuständigen Abteilungen für Gesundheitsfragen der *Generalitat Valenciana.*

Ich überflog die wenigen Zeilen und konnte mir wie gestern im Büro keinen Reim darauf machen. Außer Duela versorgte irgendwelche Leute mit orthopädischen Gerätschaften, finanziert aus den verschiedensten Quellen. Wenn er schon einen Rollstuhl über die SIMA mitfinanziert bekam, würden die sich doch sicher auch an anderen derartigen Hilfsmitteln beteiligen. Also auch den Krücken und dem Bremsseil. Warum hat er diese Sachen nicht auch bei denen beantragt? Vor allem wäre nach der ersten Genehmigung die nächste Anfrage nicht mit einem schon fast unverschämt knappen Ton gänzlich abgelehnt worden. Auf der anderen Seite hätten der Generalitat die zwei Krücken und das andere Zeugs wirklich nicht die Welt gekostet. Die eine Quittung, die Primo in Duelas Unterlagen gefunden hatte, bewies es. Am Montag würde ich einmal außerhalb des Dienstweges nachfragen, für was man denn dort nun zuständig sei.

Wie gestern suchte ich auf dem Formblatt ein Bearbeitungszeichen. Aber auch an den betreffenden Stellen dieses Schreibens war nichts vermerkt worden. Langsam gewann ich den Eindruck, dass dies eine Masche der Behörden und helfenden Organisationen war. Sozusagen eine geplante Abwehr unliebsamer Nachfragen. Nach der abgefackelten Paloma, den diversen, lang wirkenden Bieren und den von feuchten Tüchern nur dürftig verdeckten formidablen Brüsten in der Nacht zum Samstag hatte ich dies zwar gestern schon festgestellt, aber nicht wirklich registriert. Jetzt aber schaute ich wieder nüchtern geworden auf die anderen drei Briefe und sah, dass ich bei Nachforschungen es auch bei diesen Behörden und Vereinigungen schwer haben würde, mehr Details herauszubekommen.

Vertuscht oder hilft man mit so einem trickreichen Vorgehen? Mit Bleistift notierte ich auf die Rückseite eines der Briefe: zwei Krücken, Rollstuhl, diverse Medikamente, Antrag auf Betreuung und Sozialhilfe. Also fünf Anfragen von Duela, deren negative Beantwortungen ich nun zum Teil vor mir liegen hatte.

Auch der nächste Versuch, Primo nun an die Strippe zu bekommen, scheiterte. Der Kerl war heute nicht zu dienstlichen Reaktionen fähig. Man kann halt in bestimmten Situationen nur einmal seinen Mann stehen. Ich schob die Blätter zusammen und legte sie unter den Topf mit der Grünlilie. Den letzten Schluck aus der Dose Bier trinkend suchte ich auf der anderen Seite die Balkone und durch die dahinterliegenden Scheiben die Zimmer ab. Das Mädel war aber leider nirgends sichtbar. Nicht mal schemenhaft hinter einem der Vorhänge. Besser so! *¡Hombre!* Sie ist erst neunzehn! Dachte ich. Fast.

Wenige Minuten später hatte ich die mehr als fünf Kilo Tomaten, die in diesem Zustand keine halbe Woche länger halten würden, in eine Tüte getan und mich auf den Weg gemacht. Mit dem *Tren*, dem Zug stünde ich keine dreißig Minuten später bei meiner Mutter in der Seniorenwohnanlage in Campello auf der Matte und hätte gleich mehrere Fliegen mit einer Klappe geschlagen. Besuch, Ablenkung und eine aller Wahrscheinlichkeit nach geniale Tomatensuppe zum Mitnehmen. Entsprechendes Transportgeschirr für den Weg zurück packte ich natürlich gleich mit ein.

Sie empfing mich in kurzen, grellbunten Klamotten. Himmelblau, sonnengelb und jede Menge orange. So etwas hatte ich noch nie an ihr gesehen. Vor allen Dingen keine Shorts. Etwas verwirrt hielt ich ihr mit einem langen Arm die Tüte hin. In diese hineinlugend fragte sie mich:

„Ist was?"

Immer noch verdattert schüttelte ich den Kopf.

„Das Provinzial-Krankenhaus, in dem ich geboren worden bin, ist zwar jetzt ein Museum für Archäologie, aber deshalb muss ich nicht wie eine Bäuerin aus der prähistorischen Sammlung aussehen", meinte sie mütterlich lächelnd.

Ich nickte brav. Noch hatte ich aber meine Sprache nicht wiedergefunden.

„Kommst du rein? Oder willst du vor dem Haus warten, bis ich fertig bin?"

Ich schüttelte wie von Mutter gewünscht mit dem Kopf.

„Dann mal keine Sorge! Das wird schon lecker genug."

Mit der Tüte in der Hand zog sie in ihre kleine Küche ab.

„Warum rufst du denn vorher nie an? Ich könnte doch auch mal fort sein."

Hinter ihr trottend schaute ich sie an. Sie sah wirklich drollig aus und ich erwiderte lachend:

„Wo willst du denn schon sein? Entweder bist du bei Rita. Oder mit ihr im Café am Strand oder im Einkaufszentrum. Bis jetzt habe ich dich überall gefunden. Ich weiß doch, dass du wegen deiner Gelenke nur einen kleinen Aktionsradius hast. Du gehst ja nicht mal in das alte Fischerviertel."

Gerade hatte ich mich wieder gefangen, als sie vom Spülstein zu mir hinübersah und fragte:

„Hast du mal wieder was von deinem Vater gehört?"

Montag

Die Warteschlange vor dem Büro der Sozialversicherung war heute besonders lang, die Luft besonders schwül und meine Laune auf Grund des wenigen Schlafs besonders weit unten. Vor allem wollte ich schon seit mindestens einer Stunde im Büro sein. Trotz aller Dringlichkeiten vergebene Liebesmüh. Denn selbst dafür war ich zu spät dran. Mürrisch setzte ich mich in einen von Marios Korbstühlen und gönnte mir nun erst recht ein Frühstück mit Kaffee, Saft und einem Tomatenbrötchen. Beim Kauen stellte ich fest, dass mir seit dem Kurzbesuch bei meiner Mutter gestern Nachmittag, der mir die großartigste Tomatensuppe aller Zeiten beschert hatte, nichts mehr in den Magen gekommen war. Eine ungewohnt lange Zeitspanne für mich an einem Wochenende. Ich klopfte mir auf den Bauch und hoffte, dass man diese kräftezehrende Entbehrung sehen konnte. Hinter der Theke lauerte Mario auf einen geschickten Moment. Als ich Paola, seiner Frau, zunickte, weil sie gerade an mir vorbeiging und am Nachbartisch ein weiteres Frühstück servierte, traf mich seine Frage von hinten.

„'Nen Korb bekommen gestern Abend?"

„Was?"

„Hat sie dir ..."

Ehe er weitersprechen konnte, hörte ich Mónicas typisches Geklappere mit dem Reinigungseimer und Besen. Trotz der wesentlich lauteren Geräusche als gestern Morgen in der Straße erkannte ich sie nun sofort. Um Mario erst gar keine Chance zu lassen, sprang ich auf und ging auf Mónica zu. Noch hatte sie mich nicht wahrgenommen, als sie wieder ihr Käppi abnahm und sich mit einem Handrücken über die Stirn strich. Keine

Ahnung, was mich in diesem Moment geritten hatte. Vermutlich die Provokation 'Nen Korb bekommen. So was sagt man keinem Macho. Auf jeden Fall stand ich eine Sekunde später ihr gegenüber, fasste leicht unter ihre halboffene Signalweste an ihre Seite und küsste sie links und rechts auf die Wange. Nun hatte ich mit einer Aktion mindestens zwei Menschen verblüfft. Links von mir hörte ich hinter der Theke gleich zwei Münzen ins Glas fallen. Vor mir mit einem Lächeln, das meine Knie weich werden ließ:

„Soll das etwa eine Einladung werden?"

Außer einem Nicken, weil meine Stimme sich mit der Verwunderung in meinem Kopf darüber stritt, was nun auf den ersten Schritt eines solchen Überfalls zu folgen hätte, kam nichts von mir. Mit der anderen Hand zeigte ich noch zu meinem Tisch. Mit der anderen deshalb, weil ich Mónica noch nicht losgelassen hatte. Sie an meinen Fingern, nur durch den dünnen Stoff von ihrer Haut getrennt, zu spüren, drohte mir vollends die Stimme zu rauben. Dann endlich schaffte ich es mit kieksender Stimme und eine Terz zu hoch zu sagen:

„Fünf Minuten werden sie dir sicher gestatten."

Sie lachte:

„Wenn nicht, behaupte ich einfach, ich sei verhaftet worden."

Über Mario kann ich mich wirklich nicht beschweren. Er hatte die Sache mit den fünf Minuten aufgeschnappt, denn ihr Frühstück stand schon auf dem Tisch, als wir uns setzten. Sie schob ihre Utensilien an die Wand, zog sich anschließend die Weste aus und legte sie auf den Stuhl neben sich. Das erste Mal bei dieser Hitze nur mit einem T-Shirt bekleidet, saß sie mir gegenüber und ich schaute, wie nach einem Zeitsprung, als ich meiner Schulkameradin am ersten Tag nach den Sommerferien unter den plötzlich dünn gewordenen Stoff auf den frisch gewachsenen Busen gestarrt hatte. Und auch dieser hier war ziemlich sehr schön. Seine Kuppen glichen erstaunlich denen, die ich bei Señorita Wet-T-Shirt gesehen hatte.

„Stimmt was nicht?"

„Bei der Durchsicht verschiedener Unterlagen ist mir ein Brief in die Hände gefallen, in dem es um eine wohl unerwartete Zuteilung eines Rollstuhls geht. Ich komme bei der Bearbeitung der Ablage, die ich gerade vor mir liegen habe, etwas ins Schleudern, denn ich finde zu dem Namen Ayanna keinen weiteren. Ist das der Nachname? Wissen Sie über den Vorgang Bescheid? Das muss ja alles seine Richtigkeit haben."
Absichtlich stellte ich mich ein wenig dumm, in der Hoffnung, entsprechend leicht Hilfe zu bekommen.

„Wovon sprechen Sie?", tönte es nicht besonders freundlich vom anderen Ende. Der gleiche Ton wie in den Briefen.

„Von jemandem, der Ayanna heißt und einen Rollstuhl über Sie bekommen hat."
Stille und Rascheln. Anschließend das Klappern einer Computertastatur. Hörer am Ohr. Einhandsystem. Deshalb nur Sekunden später ein entrüstetes zur Seite legen des Hörers mit passendem, aber unverständlichem Kommentar. Dann zehn hektische Finger. Ich hoffte, nie gehbehindert zu werden oder aus anderem Grund Unterstützung von der Gesundheitsbehörde zu benötigen.

„Wir haben in den letzten Wochen mehrere Rollstühle zugeteilt. Soll ich Ihnen nun alle Namen vorlesen, oder was?"

„In Kombination mit Ayanna ist nichts zu finden?"

„Nicht in diesem Monat."

„Haben Sie bitte noch die Güte und geben den Namen Duol, Jorge Duol, ein."

Das *Poff* des neben die Tastatur geknallten Hörers schmerzte in meinen Ohren. Möglicherweise hatte ich sie bei einer Partie Patience am Bildschirm gestört.

„Das wurde im März von der SIMA übernommen, vielleicht sollten Sie Ihre Ablage mal auf Vordermann bringen. – Habe ich Ihnen damit helfen können?"

„Sicher doch", erwiderte ich und legte auf.

Das Mädchen bei der SIMA, vermutlich eine Praktikantin oder Volontärin, war wesentlich freundlicher. Kaum erwähnte ich Duelas Namen, sprudelte sie schon los und nach wenigen weiteren Worten war mir klar, wie gut sie ihn kannte, was mich dazu bewog, ihr meinen Anruf zu erklären.

„Ach, dieser arme Kerl. Es tut mir so leid um ihn. Ermordet sagten sie? – Oh, Gott! Er hat sich so für uns eingesetzt. Wissen Sie, erst vor ein paar Wochen hatte er versucht, über die *agencias* Gelder bewilligt zu bekommen, damit wir auch für die betroffenen Migranten tätig werden könnten. Er hat ja in seinem Leben so viele Schmähungen und Verletzungen hinnehmen müssen, dass er alles unternahm, um anderen helfen. Jeden Monat spendete er hundert oder gar zweihundert Euro. Das ist ungeheuer viel Geld für uns. Für eine Gruppe, die eine unverstandene Krankheit vertritt. Und jetzt ..."

„Dieser Rollstuhl ..."

„Ach ja, deshalb rufen Sie ja an. Wissen Sie, er ist zwar aus Afrika, aber seit einigen Jahren Spanier. Und als Spanier stehen ihm soziale Dienste zur Verfügung."

„Die aber nicht sonderlich entgegenkommend waren."

In ihrer Stimme konnte ich ein Lächeln ausmachen.

„Das ist, unter uns, leider seit einiger Zeit alltäglich, die Kassen sind überall leer. Und auch wir ..."

„... sind angewiesen auf Spenden, Ehrenamtliche und Beachtung."

„Nun ..."

„Wenn ich Ihnen *nun* den Namen Ayanna nenne ..."

„... weiß ich, dass sie ein afrikanisches Mädchen meinen."

„Sie kennen sie?"

„Ehrlich gesagt nein. Señor Duol hat eine sogenannte Patenschaft für sie übernommen."

„Könnte sie eine Verwandte von ihm sein?"
Schweigen am anderen Ende. Entweder weil sie überlegte, was sie mir sagen könnte oder vielleicht durfte, oder weil sie es wirklich nicht wusste. Auf der anderen Seite fragte ich mich, was sich dadurch für uns ändern würde, wenn es so wäre oder nicht. Sie, Ayanna, konnte im Grunde genommen kein Grund für seinen Tod sein. Er hatte sich um sie gekümmert, weil er endlich in der Lage war, es zu tun und weil er etwas, etwas für das er nicht verantwortlich war und das er selber lange Jahre erleben musste, wieder ein wenig gut machen konnte. Er hatte versucht, sich eine Heimat zu schaffen und dazuzugehören.

„Das könnte natürlich sein. Komisch, daran hab' ich nie gedacht."

„Sieh mal, was ich gefunden habe!"
Primo hockte inmitten des Papierwusts, den ich gestern angerichtet hatte, mir gegenüber und reichte mir eine Zeitungsseite rüber. Oben rechts das Datum vom siebten Juni letzten Jahres. Mitten auf der Seite ein Foto. Eine Gruppe Leute spannten vor sich ein Banner mit dem Aufdruck *Cansados de esperar*. Ich erinnerte mich vage. Zwei Tage zuvor, am Samstagnachmittag, hatten sie mit einem Protestmarsch den ganzen Verkehr in der Núñez lahmgelegt, damit sie endlich die Aufmerksamkeit erhielten, die sie für ihre Anliegen brauchten und die sie dann auch bekamen.

„Du guckst wieder mal nicht richtig hin. Nimm dir 'ne Lupe, wenn du es nicht siehst."

„Es? Such ich einen Rechtschreibfehler?"

„Blödmann, schau dir mal die Leute an!"

Ich zupfte das Blatt wieder vom Boden und überflog das Foto. Circa hundertfünfzig Menschen. Jeder zweite trug ein Plakat. *No! – Wir lassen uns nicht verkaufen! – Gebt uns Gerechtigkeit! Nur als Dieb und Saukerl kommt man ins Kittchen, das Gesetz für Pflegebedürftige JETZT!* Wieder war das Logo der SIMA auf einem zu sehen. Es passte zu meinem Telefongespräch. Links auf dem Bild kam mir nun ein Gesicht bekannt vor. Gleichzeitig zog ich eine Schublade des Schreibtischs auf, um meine Lupe herauszufischen. Das Gesicht der jungen Frau kannte ich natürlich und hätte mir sofort auffallen müssen! Laura, Sunnys siebzehnjährige Tochter ist eigentlich Augenweide genug, um nicht übersehen zu werden. Vor ein paar Jahren hatte sie als kleines Mädchen das Trommeln für sich entdeckt und sich vor etwas mehr einem Jahr einer Truppe junger Leute angeschlossen. Seitdem schnallte sie sich an manchen Abenden und Wochenenden eine riesige gelbe Bassdrum vor die Beine und zauberte mit zwei Schlagstöcken karibische Rhythmen aus dem Ungetüm. Die Gruppe hatte sich sogar Choreographien dafür ausgedacht und trieb so ihre Zuhörer zum Mitklatschen und Tanzen an. Erst letzte Woche, abends vor der Nit del foc, stand sie mit ihren Freunden an der Puerta del Mar vor den hölzernen Stufen zur Mole und haute mächtig drauf. Sicher hatte sie danach wieder mindestens eine Handvoll neuer Verehrer. Primo und ich standen für einige Minuten zufällig dabei und feuerten ein paar lustlose Zuhörer an.

„Da ist Laura drauf. Und?"

„Und, und … und wer steht rechts hinter ihr?"

Durch die Lupe blickend untersuchte ich das Bild nochmals. Jetzt entdeckte ich sofort den, den Primo meinte. Ich war wohl zu sehr von Lauras Aussehen geblendet, als dass ich ihn gleich wahrgenommen hätte. Er lief nur drei oder vier Meter schräg hinter ihr. Schaute direkt in die Kamera des Reporters. Ich hatte das Gefühl, sogar ein wenig angstvoll, seinem Blick fehlte die typische Entschlossenheit eines Demonstranten. Er hielt kein Schild in die Höhe, streckte keine Faust gen Himmel oder steckte mit seinem Begleiter in einem Gespräch über die angeklagten Vernachlässigungen. Offensichtlich fühlte sich Duela in der Rolle eines Demonstranten nicht wohl und wollte doch seinen Protest mitteilen. Denn während die anderen Mitlaufenden durch ihre Mimik ihre Emotionen zeigten und damit den Parolen auf ihren Plakaten auch eine entsprechende Unnachgiebigkeit Ausdruck verliehen, schien er hinter seinen Gesinnungsfreunden in der ersten Reihe regelrecht Schutz zu suchen.

„Dass er zu den *Indignados*, den Empörten, gehörte, können wir uns ja nach Cristinas Schilderungen, dem Schriftkram in seiner Wohnung und meinen Anrufen denken. Aber so anonym nimmt ihn doch keiner wahr. Sieht ja fast so aus, als wolle er sich am Rand davonstehlen. Und aus Solidarität ...", ich wackelte mit dem Kopf, „... vielleicht kann Laura uns ein wenig auf die Sprünge helfen. Immerhin sollten sich die Leute in dem Haufen da ja ein wenig besser gekannt haben, oder?" Den Telefonhörer in der Hand wählte ich schon Sunnys Nummer. Nur einen Klingelton später war er am anderen Ende. Er hatte meine Nummer im Display erkannt und trotzdem abgehoben.

„Was ist los alter Freund?", sang er beinahe fröhlich ins Mikro.

„Ist Laura heute zu Hause?"

„Dass du inzwischen einen hormonellen Notstand haben könntest, ist mir ja allmählich klar, aber meine Tochter kriegst du nicht, klar?"

Sein Singsang ging in ein lautes Lachen über.

„Blödmann, ich dachte, sie hätte schon längst 'nen Freund."

„Soll ja heutzutage kein Hindernis mehr sein, habe ich mir sagen lassen. Also, was liegt an?"

„Sie ist letztes Jahr im Juni bei einer Demo dabei gewesen. Ich hab' ein Bild von ihr. Als Einheizerin sozusagen."

„Übertreib mal nicht. In erster Linie ist das ein Job für die Truppe, um in der Stadt ein bisschen bekannter zu werden. Was war das für eine Demo?"

„Es drehte sich um das sogenannte *Ley de dependencia*, das Gesetz für Pflegebedürftige."

„Stimmt, da hatte sie mir von erzählt, aber ich glaube, das Trommeln war ihr wichtiger."

„Meinst du nicht, dass sie aus Überzeugung mitgemacht hat?"

„Das will ich gar nicht mal in Abrede stellen, aber da war sie noch ein Jahr jünger und ob sie sich da schon intensiv mit den Problemen dieser Menschen beschäftigt hat, weiß ich wirklich nicht. Worum geht's eigentlich?"

„Vor mir liegt ein Bild der Zeitung vom Juni letzten Jahres. Auf dem ein paar Meter hinter ihr Duela läuft."

„*¿ah sí?* Davon hat sie mir nichts erzählt. Also wird sie ihn auch nicht näher gekannt haben."

„Wäre trotzdem nicht schlecht, wenn wir uns mal mit ihr unterhalten könnten."

„Aber nicht unkontrolliert, mein Lieber! Weißt du, Primo ist, was Mädchen angeht, auch ein bisschen arg besonders, falls du das noch nicht mitbekommen hast. Ich habe da leider meine Erfahrungen."

Mit einem lachenden Prusten meinte ich:

„Oh, meldet sich da der treusorgende Vater in dir?"

„Idiot!", zischte er zurück und klang ehrlich beleidigt.

„Ich ruf sie an und schick sie vorbei, dann kommt keiner von euch auf dumme Gedanken. Ich weiß, dass sie hübsch ist. Gebt mir fünf Minuten, dann sag ich euch Bescheid."

Sunny war gnädig und *erlaubte* ein Treffen in einem Café. Der ansonsten gut aufgelegte Sonnyboy outete sich als ungewohnt strenger Vater und drohte uns mit erhobenem Finger. Ich fragte mich, warum er Bedenken hatte und war verwundert darüber, wie ernst er es meinte. So gingen wir drei zu dem Kiosk auf der Plaza Calvo Sotelo. Waren dadurch quasi nur um die Ecke. Von dem abgefackelten *Fogueró palomas blancas* war nichts mehr zu sehen. Keine Brandrückstände, kein Fitzelchen Asche. Nicht mal ein Blatt an dem riesigen Ficus, der direkt danebenstand, hatte Schaden genommen. Wir hatten Glück, eine der wenigen Bänke im Schatten der Bäume war frei.

Sunnys Finger hatte eine so nachhaltige Wirkung gehabt, dass ich mit Laura die Bank besetzte und Primo Kaffee, Cola und etwas zu essen besorgen ließ, damit er nicht, wie Sunny von ihm befürchtete, das Mädchen von der ersten Minute an anmachte. Sunny hatte mich tatsächlich deswegen zur Seite genommen. Auch mein Einwand, *glaubst du nicht, dass Laura sich selber helfen kann, dafür ist sie doch wirklich alt genug*, galt nicht. Primo hatte, was ich bis zu diesem Moment nicht wusste, nicht den besten Ruf bei ihm. Nein, wirklich nicht! Er war für ihn nichts anderes als ein *picaflor*, ein Schürzenjäger. Ziemlich verwundert verzog ich stumm das Gesicht.

Als ich Laura ansah, um ihr die erste, vielleicht harmlose Frage zu stellen, blieben mir die Worte weg. Mir erging es nicht besser als Primo vor dem Puesto und ich wurde auch stellvertretend für ihn rot. Worte zurechtgelegt und – *peng* – Anarchie auf der Zunge. Sunny hatte Recht, sie war hübsch und exakt Primos Geschmack. Laura schob ihr linkes Bein auf die Bank, drehte sich zu mir und schmunzelte mich mit schief gelegtem Kopf von unten an. Der weite Ausschnitt ihres Ringelshirts rutschte über eine Schulter und legte sie ein gutes Stück bloß. Sie nahm keinerlei Notiz davon. Wäre ich zwanzig Jahre jünger gewesen, hätte auch ich sie hemmungslos angebaggert. Aber mit *dem* Bauch wäre ich schon damals ohne Chancen gewesen.

„Papa hat wieder seine Kommentare losgelassen, stimmts?"

„So kann man sagen", erwiderte ich.

„Und?"

„Und was?"

„Hat er recht?"

Ich fühlte mich dermaßen ertappt, dass jeder zu schnell gesagte Satz falsch gewesen wäre. In letzter Zeit schienen sich die Mädels abgesprochen zu haben, wenn es darum ging, mich aus dem Konzept zu bringen. Zum Kiosk blickend versuchte ich für eine einigermaßen vernünftige Antwort Zeit zu gewinnen. Primo unterhielt sich mit dem Typen hinter der Theke. Aus seinen Reaktionen schloss ich, dass die beiden sich kannten.

„... dass ihr gut trommeln könnt?"

Meinen Konter hielt ich für genial.

Laura streckte ihre Beine aus, rutschte dabei an der Lehne herunter und genoss die Situation.

„Er ist manchmal ein Schwätzer."

„Mag sein, aber er hat tatsächlich recht. Ziemlich sehr sogar. Auf dich tät ich genauso aufpassen. Als ich dich das erste Mal gesehen hab, warst du halb so alt. Ist schon irre, was aus euch so wird."

„Ja! Und die Papas werden eifersüchtig und die anderen Männer kriegen 'ne lange Zunge."
Logischerweise, würde ich behaupten, fiel mir die Verwandlungskünstlerin von Freitagnacht ein. Frech ihren Wert testend zwischen Wet-T-Shirt und Schürze wandelnd. Ainhoa war seinerzeit nicht viel anders, verdrehte mir den Kopf wie es ihr gerade passte. Und steuerte damit sogar noch die Situationen. Aber genau das war in diesen längst vergangenen Zeiten eher ungewöhnlich. Selbstbewusstsein war bei den Mädchen damals weder gewünscht noch gefragt. Egal welche Zeiten zu kommen schienen. Nur Madrid hatte mit seiner *movida* nach dem Tod Francos einen Sonderstatus. Da war nackte Haut erlaubt, dort hörte man die neue Musik, laut und dröhnend, da sprang man mit einem Joint in der Hand in einen der vielen Brunnen. Uns blieb nur, wie Späterwachende im Sommer 86, lange nach dieser movida also, mit einem Kasten Bier auf die Festung San Fernando zu ziehen und diesen an der Mauer mit Blick auf die Stierkampfarena leerzutrinken. Getanzt haben dann auch wir – ungefähr nach der Hälfte der Flaschen. Aber nach der letzten waren wir nicht einmal mehr fähig unsere *guapas* in die Arme zu nehmen, selbst wenn sie sich uns als madrilenische Brunnenmädchen angeboten hätten. Nur der letzte Schimmer Vernunft in meinem Hirn verhinderte dann noch, dass ich mich an diesem Abend auf mein Rad setzte und mich die Rampe herunterrollen ließ, ansonsten hätte man nach der Hälfte der Strecke meine Knochen einsammeln können.

Somit unterstützte der Alkohol ausnahmsweise bestens wieder aufgekommene erzieherische Vorschriften. Denn überall anderswo verstand es sich inzwischen ohnehin von selbst, dass man wieder züchtig zu sein hatte.

Zumindest als Mädchen. Nach außen hin. Da waren es die Jungs, wenn kein Bier im Spiel war, die sich nicht daran hielten. Und heute, egal ob Späterwachende oder Madrilenen, kämpfen sie allesamt nicht nur an der Puerta del Sol nicht für Freiheit, sondern um die Arbeitsplätze. Dabei waren sie wie Minenarbeiter, die aus einem immensen Berg das Gold für ihre Arbeitgeber herausholen sollten, aber je tiefer sie dabei vordrangen, umso stärker suchten sie auch nach den Freiheiten, die man ihnen dafür versprochen hatte. Während die Sonne allabendlich hinter der Sierra Seca mit grandioser Gleichgültigkeit unterging. Mal gleißend. Mal von Wolken verhüllt. Mal von Kitsch beseelt.

Aber deshalb saßen wir nicht hier. Ich wendete den Kopf. Ein paar weiße Tauben hackten in der trockenen Erde hinter uns herum. Doch *palomas blancas*. Aber retten würden sie nichts. Endlich klopfte Primo drüben mit der flachen Hand auf die Theke und stellte die Kaffeebecher und den Rest auf ein Tablett. Eine Sekunde später balancierte er es übertrieben schauspielernd in unsere Richtung und verhinderte damit eine weitere, wahrscheinlich blödsinnige Bemerkung von mir.

„Sunny hat dir vermutlich schon gesagt, um was es geht. Kanntest du Duela?"

„Ach, den Toten von der Explanada?"
Ich nickte in dem Moment, als uns Primo mit seinem Tablett erreicht hatte.

„Na, ihr zwei? Das sieht ja richtig entspannt aus."
Auf die Beine und die nackte Schulter von Laura mit hochgezogenen Augenbrauen und drei Sekunden zu lang schielend, hätte er schon von Sunny eine hinter die Ohren bekommen. Laura war kurz davor, sich darüber zu amüsieren. Vom ersten Moment an war mir klar, dass sie sich wehren könnte. Ihr Selbstbewusstsein reichte dafür allemal. Zu ihm gewandt meinte sie:

„Mach dir keine unnötige Mühe", die Cola und einen Kaffeebecher vom Tablett nehmend, drehte sie sich wieder zu mir und fügte hinzu, „nicht genug, befürchte ich, um euch eine Hilfe zu sein."

Sie setzte sich wieder auf und trank einen Schluck aus der Colaflasche in ihrer linken Hand, dann einen aus dem Becher in der rechten.

„Wir haben in den paar Tagen vorher ein paar Worte gewechselt, Dadurch weiß ich, dass er aus Somalia stammte. Und dass drei Jahre später auch seine Nichte geflohen war. Ich hab sie nur ein einziges Mal gesehen. Mein Gott, was für ein armseliges Mädchen."

Nichte also. Sie wusste es. Aber in meinem Kopf machte es nicht wie erhofft *Klick*. Laura stellte die Flasche und den Kaffee neben sich auf den Boden und hockte sich zusammengesunken und mit untergeschlagenen Beinen auf die Bank.

„So hockte sie in ihrem Rollstuhl. Aber allerhöchstens die Hälfte von mir, wenn nicht noch weniger. Ihr Hintern hätte mühelos viermal in meinen gepasst. George hat mir ein Foto von ihr gezeigt. Da war sie knapp vierzehn. Ihr würdet sie nicht wiedererkennen. Ein gut aussehendes, afrikanisches Mädchen mit ein paar Pfunden auf den Rippen. Fürchterlich, wie man einen Menschen zurichten kann, damit er gerade noch weiterleben kann."

Primos Blick war weiter nach oben gewandert. Exakt dorthin, wo heute Morgen auch meiner bei Mónica hingewandert war. Als Laura währenddessen den letzten Satz beendet hatte, stellte er eine überraschend gut überlegte Frage.

„Kennst du ihre Geschichte?"

„Sie hat versucht, sie mir zu erzählen, aber ich habe Ayanna so gut wie nicht verstanden. Es klang, als wenn ihre Zunge am Gaumen festgeklebt gewesen wäre. Aber bei dem, was ich von ihr weiß, reichen ohnehin drei Sätze, um es zu schildern: Flucht mit fast siebzehn, mehrfache brutale Vergewaltigung, durch die sie gelähmt wurde, weil man ihr Rückgrat brach und dieses Marfan-Syndrom, das man hier im Nachhinein festgestellt hat. Ein echtes Scheißleben also."

„Wer hat sich denn die ganze Zeit um sie gekümmert?"

„Sie lebt in so einem Heim, privat glaube ich, weil das niemand schafft, sie bei sich zu Hause zu pflegen. Kann eigentlich nicht weit weg sein, denn Duol ist häufiger mal hingefahren. Ab und zu wurde sie auch hierhergefahren, wenn Freunde von ihm Zeit hatten. Musste natürlich alles bezahlt werden."

„Also keine Zuschüsse?"
Sie zuckte mit den Schultern und schüttelte den Kopf.

„Ich weiß nicht, wie das in so 'nem Fall funktioniert." Primo schielte nun von der anderen Seite über ihren Rücken mir hinüber und meinte:

„Und er hat sie dann im Rollstuhl herumgeschoben", wie zufällig musterte er natürlich dabei ihre Figur, biss von dem belegten Brötchen ab und kaute schmatzend darauf herum. Doch sein Blick verriet ihn. So ein Kindskopf, nach wie vor war er von der *chicadependencia* infiziert. Letzte Woche Señorita Unbekannt, gestern Cristina und Melina und heute lief er Gefahr, spätestens am Abend, nach dem optischen Aperitif Laura, eine neue *amor*, eine neue Flamme aufgerissen zu haben. Alte Fahrwasser am Horizont. Als Laura über ihre Schulter zu ihm schaute, sendete ich einen vorwurfsvollen Blick mit zu ihm hinüber. Aber außer einem missbilligenden Blick kam nichts von ihm. Gerade setzte ich an, ihm einen naiven Quatsch an den Kopf zu werfen, als Lauras verbale Ohrfeige folgte.

„Du guckst wie die Hunde in der Werbung für Leckerlis. Aber mach dir keine Mühe. Erstens bist du nicht mein Typ, ich mag nämlich nur kleine Dicke, wie Alex und zweitens hat Papa vorhin alle Schauergeschichten über dich erzählt. Die waren ziemlich erhellend. Und ich hab seit fünf Minuten keinen Grund, sie nicht zu glauben. So wie du guckst", und leise zu mir hinter einer vorgehaltenen Hand, „jetzt kann ich es dir ja sagen, auf irgendner Feier vor zwei Jahren hat er mit meiner Mutti geschäkert. Das ist Papa ganz schön auf die Nerven gegangen."

Über uns verschluckte sich Primo, bekam einen Hustenanfall und prustete die einzelnen Bestandteile des Bocadillo durch die Gegend. Vor lauter Atemnot bekam er einen roten Kopf und die weißen Tauben stürzten sich auf die Brösel. Dann röchelte er:

„Da gehören ja wohl zwei zu!"

„Hab ich ihm auch gesagt. Und, dass du keine Spuren hinterlassen hättest. Da hat er gemeint, der ist Polizist, der weiß, wie es geht."

„Klar, weil vor fast achtzehn Jahren waren wir schon mal ein unzertrennliches Paar."

Damit zeigte er auf Laura und fügte hinzu:

„Rat mal, warum du so gut aussiehst."

An bestimmten Tagen und zu bestimmten Zeiten trifft man auf der Mole, die vor Jahren zu einer zweiten Promenade umgebaut worden war, ausnahmslos mehr oder weniger junge Liebespärchen. Trotzdem halten sie beim Herumschlendern zumindest fünf bis zehn Meter Abstand zueinander. Oder schauen zur Seite, wenn ein knutschendes, unter Umständen sogar befreundetes Pärchen, engumschlungen am Geländer steht. Wenn man zu solchen Zeiten dort spazieren geht, sollte man es ihnen gleichtun. Nur wenn du ein Mädchen, dein

Mädchen in Armen hältst, bist du einer von ihnen. Dann gehörst du dazu. Dann grüßt man sich mit einem kaum wahrnehmbaren Lächeln und allenfalls einer kurz zuckenden Hand. Aber wie immer war ich auch heute Abend isoliert, keiner von ihnen, niemand, der grüßend lächeln durfte. Ich setzte mich daher auf einen der harten, jede Zärtlichkeit verbietenden Betonklötze, die hier wenig einladend herumstanden. So bestraft man die, die zu sehr zögern und alles infrage stellen, von erster Sympathie, über Ist-sie-überhaupt-die-Richtige bis zu Gibt-es-wahre-Liebe.

Ich versuchte, mich mit unserem Fall abzulenken, dachte dabei an Laura und sah erst jetzt, nicht weit vor mir, Paulita neben ihrer Mutter laufen, vielmehr schlurfen. Seit undenklichen Zeiten schon stach die hochbetagte Frau mit dem Stock in der linken Hand tackernde Geräusche aus dem Asphalt der Wege und hakte sich mit dem rechten Arm bei Paulita ein, damit sie nicht vornüberfiel. Das war auch jetzt nicht anders. Nur klang es auf dieser Plattform noch herrischer. Bei dieser Gangart würde es noch lange Minuten dauern, bis sie das Ende der Mole erreichen, sich umdrehen und mich sehen würden. Ich zog die Augenbrauen hoch und schüttelte den Kopf. Auch in dieser Entfernung waren sie nur noch durch die Größe und nicht mehr durch Kleidung oder ihre Bewegungen voneinander zu unterscheiden. Sie hatten sich in ihren Leben in allem angeglichen. So entfernten sie sich Zentimeter um Zentimeter von mir. Wie im Laufe der Jahre die wenigen Erinnerungen, die ich noch an die *alte* Paulita hatte. Und die doch so gut zu den anderen Bildern auf diese Mole gepasst hätten.

Auf der Suche nach ihnen lächelte ich in mich hinein, wie vor ein paar Monaten Paulita, als wir uns durch Zufall nach langer Zeit vor dem Portal der Santa Maria trafen, als sie mit ihrer Mutter im genauso schleifenden und durch die Tacker des Stockes trotzdem militärisch wirkenden Schritt die Kirche betreten wollte. Überrascht und erfreut sah Paulita auf. Womöglich sich an die Zeit erinnernd, die wir, kurz bevor ich Ainhoa kennenlernte, zusammen gehabt hätten, wenn – ja wenn. Doch schaffte ihr Lächeln es nicht, die Enttäuschung und Leere über ihr seitdem stattfindendes Dasein in dem eigentlich hübschen und freundlichen Gesicht zu überspielen. Kaum dass sich unsere Blicke trafen, schaute sie zu ihrer nun an ihrem Arm zerrenden Mutter hinunter und beantwortete deren vor Sekunden keifend gestellte Frage, *Nein, Mutter die Gebetsnische mit der Maria, in der du immer bist, ist hier gleich rechts drin und nicht in der San Nicolás.* Dann frustriert, verhärmt und in gewisser Weise bitter:

„Ach, Alex."

Nur zwei Worte. Sie klangen zusammen nach Frage, trauriger Feststellung und Unerreichbarkeit. Und ich nickte stumm, weil ich wusste, wäre Ainhoa nicht gewesen, hätte ich seinerzeit als letzter die Chance gehabt, Paulita aus dem beanspruchenden Griff ihrer Mutter zu befreien, den sie seit dem frühen Tod ihres Mannes und damit schon seit Schulzeiten bei ihr ausübte. Doch die kurze Zeit mit Ainhoa reichte bereits, um kurz darauf bei einem Kaffee und mit dem Satz, *Ich muss jetzt wieder zu ihr zurück*, das Unmögliche einer gemeinsamen Zukunft festzustellen.

Ich schaute nach links einem anderen jungen Pärchen hinterher und spürte sogleich einen Stich in meinem Herzen. Auch dieser könnte gefährlich werden. Erst recht, als ich in diesem jungen Ding dieser 360.000-Einwohner-Stadt zum dritten Mal innerhalb weniger Tage Señorita Wet-T-Shirt erkannte. Ob neben ihr der Freund von Freitagnacht schlenderte, wusste ich nicht.

Sein Gesicht hatte ich da nur für eine halbe Sekunde gesehen. Dafür sah ich jetzt umso deutlicher seine Hand unter ihrem Hosenbund im direkten Kontakt auf ihrem Po herumturnen. Und wie er es tat, ließ mich entnervt wegschauen. Mit einem Mal kapierte ich, warum es dieses ungeschriebene Gesetz für den Mindestabstand gab. Ein Wort reicht: *Discreción*! Aber was macht man, wenn sogar das Mehrfache von dem nicht reicht? Man steht auf und verfolgt sie so lange, bis man alles weiß? Bis Vergangenheit und Gegenwart vermischt waren?

Nein! Mein Selbstmitleid begann allmählich Salti zu schlagen und wegen meiner Unsportlichkeit lief ich Gefahr, mich dabei heftig zu verletzen. Primos Mädcheninfekt hatte mich verunsichert. Deshalb drehte ich mich, nachdem ich den beiden eine Zeitlang mit Abstand gefolgt war, nach zwanzig oder dreißig Metern um. Mir war klar, wohin sie wollten. Am Ende der Mole gab es eine Treppe nach unten und hinter der Mauer war es dort dunkel genug, wenn in ein, zwei Stunden die Sonne unterging, um die Hand auch noch woanders hinzutun. Und für Tage wie heute hatten meine Kollegen ein stilles Abkommen mit den Liebeshungrigen getroffen und die sonst üblichen Kontrollen eingestellt.

An das Geländer gelehnt schaute ich in Richtung der Marina. Primo hatte recht, eines der Boote, also auch Julios kleines dümpelndes Schlafzimmer, wäre optimal. Zwar hätte man in der Stadt von einem Hotel aus in der Menschenmenge in der Nacht recht gut untertauchen können, doch das Gedränge und die Menschenmassen wären zugleich auch ein Risiko gewesen. Hinten bei den Restaurants, zwischen den Booten und auf der Mole konnte man abwarten und notfalls die vielen Winkel und Mäuerchen für ein ruhiges Verschwinden nutzen. Die Kollegen wären genug abgelenkt gewesen.

Señorita Wet-T-Shirt würde die Schleichwege unter Umständen sogar kennen. Nur half dieser Verdacht nicht, die Beteiligten leichter und schneller zu finden. Hinter mir hörte ich das rhythmische Tackern eines Stocks sich nähern und nach kurzen Minuten sich wieder entfernen. Paulita und ihre Mutter waren vorbeigegangen, ohne mich zu erkennen oder mich erkennen zu wollen. Ich ließ ihnen einen Vorsprung, um dann über eine der seitlichen Treppen die Mole zu verlassen und nach Hause zu gehen.

„Hallo, mein Junge."
Dieses Mal hatte ich auf das Display geschaut und stutzte. Ohne zu zögern nahm ich ab.
„Alles in Ordnung, Papa?"
„Ja, warum sollte nicht?"
„Du hast noch nie innerhalb von, was weiß ich, drei oder vier Tagen angerufen."
„Ach so, mag sein. Estefania ist noch bei ihrer Schwester, Cousine oder Freundin", seine Stimme machte einen kleinen Gluckser, „ich kann die drei einfach nicht auseinanderhalten. Da hab ich mir gedacht ich rufe einfach wieder mal an. Bist du kommst, dauert das ja doch noch eine Weile."
Ein weiterer Rentnerclub begann sich in meinem Kopf zu tummeln. Wie Kinder zerstritten. Weil der eine dem anderen beim Chapa oder Frontón-Spiel auch nach Jahren den Fehler nicht durchgehen lassen wollte. Nachdem man darüber ausgiebig und immer lauter gestritten hatte, trat Stille ein. Abends trank jeder sein Glas Wein oder Bier alleine. Einer beleidigt auf der Bank mit Strickzeug vor dem Haus sitzend, der andere vorm Fernseher, während er wild durch die Programme zappte. Tage später war immer noch Ruhe. Wochen danach lud die Schwester, Kusine oder Freundin ein. So

still mein Vater schon immer war, so wäre ein Kopf aus Stahl ein Weichteil gegenüber dem meines Vaters gewesen.

„Aber Estefania geht's gut?"

„Ich denke doch, mein Junge. Warum fragst du?"

„Weil sie doch schon vorgestern zurück sein wollte", erwiderte ich, nachdem ich schnell nachgerechnet hatte.

Ich weiß nicht wie viele Jahre es her war, dass ich meinen Vater laut lachen gehört hatte. Jetzt passierte das, ungebremst durch den Hörer, und es geschah so plötzlich, dass mein Ohr für einige Sekunden pfiff.

„Das ist nett. Mach dir keine Sorgen. Alles in Ordnung. Hier liegt nur gerade nichts an, was dringend erledigt werden müsste und du weißt ja, ich bin noch nie gerne aus dem Haus gegangen. Ich war früher genug unterwegs. – Hast du mal was von Mutter gehört?"

„Papa!"

Mein vorwurfsvoller Tonfall sollte reichen.

„Entschuldige! Stimmt ja! Du hattest es mir erzählt."

„Ich soll dich sogar grüßen", das war nicht einmal gelogen. Sie hatte gestern nicht nur nach ihm gefragt, sondern mir auch einen Gruß aufgetragen.

„Danke! Hast du viel zu tun?"

„Wie man's nimmt ...", kurz überlegte ich, ob ich der Leiche von Duela nicht doch ein Gesprächsleben in der Umgebung meines Vaters schenken sollte, „... neben den üblichen Raufereien, Einbrüchen und Taschendiebstählen haben wir gerade noch einen seltsamen Mord aufzuklären. Ausgerechnet jetzt während des Festes. Man hat letzte Woche einen der Händler der Verkaufsstände auf der Explanada umgebracht und das ziemlich grauenvoll."

Mit wenigen Sätzen erzählte ich ihm das Wichtigste und das, von dem ich überzeugt war, es würde einen alten Menschen interessieren, wenn er mit seinen Bekannten zusammensaß und während des Erzählens die Welt verbessern wollte.

„Das klingt wirklich grauenvoll. Kanntest du den Mann?"

„Nein Papa, ich bin ja nicht im Streifendienst und komme daher nur selten dort vorbei. Allerdings muss ich zugeben, dass ich kurze Zeit davor etwas bei ihm gekauft, aber nicht auf ihn geachtet habe. Dabei hätte er mir auffallen müssen, denn er war ein Schwarzer."

„Ein Schwarzer? Mit einem Puesto?"

„Ja, warum fragst du?"

„Ich kannte mal einen. Ein echt armer Kerl, wie all die vielen anderen Flüchtlinge aus Afrika. Als er endlich in Sicherheit war, hat er immer davon geträumt einen eigenen Laden zu haben. Von daher könnte es ... Kennst du seinen Namen?"

Plötzlich klang seine Stimme nicht mehr wie die eines alternden und vergesslichen Mannes, sondern wach und wissbegierig. Vollkommen überrascht darüber stand ich auf und ging in mein Eckzimmer. Bücher lesen, Telefonieren und Gedanken puzzeln geht in diesem Zimmer am besten. Nebenbei gucke ich aus dem Fenster. Wie jetzt. Ich bückte mich und schaute hinaus. Der Glaskasten des Engländers war dunkel und die Dachlandschaft menschenleer. Nur die Dachterrasse von Peter-was-weiß-ich war mit flackernden Kerzen erleuchtet und zeichnete zitternde Schatten an die Wände. Köpfe, Arme und Zweige einer Palme. Eine kitschige Silhouette. Ich würde später mein Fernglas holen und etwas neugierig sein, vielleicht erhielt ich ja doch einen guten Unterricht. Dann setzte ich mich an die Wand auf den Boden und blickte hoch zur beleuchteten Burg. Der Himmel darüber war auffallend dunkelblau und bildete einen starken und ungewöhnlich kontrastreichen Hintergrund für die fast gelb strahlenden Mauern der Burg.

„Man hat ihn Duela genannt", mit meiner Antwort rutschte ich zur Seite und guckte zu einigen Möwen hoch, die von einem kräftigen Wind getragen einen der Wachtürme auf der Mauer umkreisten. Minutenlang ohne Flügelschlag. Fast in Trance. Am anderen Ende der Leitung war nichts zu hören. Aber irgendwie war ich mir sicher, dass mein ach so stiller Vater mir gleich etwas Entscheidendes mitteilen konnte. Weitere Sekunden verstrichen wortlos, als seien sie für meine Annahme eine Bestätigung.

„Also doch."

„Also doch?"

„Hier stand ein kleiner Artikel in der Zeitung, ohne aber irgendwelche Details zu nennen. Nur ein seit bald zwanzig Jahren in Alicante lebender Afrikaner sei ermordet aufgefunden worden. Ich hab's Estefania heute Morgen am Telefon vorgelesen und meine Geschichte dazu erzählt. Sie meinte, ich sollte sie auch dir unbedingt mitteilen ..."

„Was erzählen? – Ich versteh nicht."

Mein Griff ging ins Leere. Neben mir stand keine Dose Bier, obgleich ich jetzt einen guten Schluck hätte brauchen können. Aber anstatt mir eine Dose zu holen, blieb ich hocken. Wie angewurzelt, fast verkrampft. Es klingt blöd, doch wollte ich Vaters Sätze nun nicht unterbrechen, auch wenn er davon nichts mitbekommen hätte. Die Möwen über der Burg machten mit. Sie standen mit ausgebreiteten Flügeln wie festgetackert am Himmel.

„... Duela also. So hieß er schon lange. Man munkelte, dass man ihm auf der Flucht fast das Kreuz gebrochen hat. Anfang der Neunziger Jahre war er aus Somalia geflohen. Er war Jahre unterwegs. Wir wurden damals während diplomatischer Konsultationen nach unserem Beitritt in die EU oft mit solchen Nachrichten konfrontiert. Die ersten schwarzen Flüchtlinge waren ja schon auf abenteuerliche Weise bei uns eingetroffen. Somalia hat nach dem Zweiten Weltkrieg, bis auf ganz wenige Jahre, faktisch nichts anderes als einen unendlichen Bürgerkrieg erlebt. Unvorstellbar. Prompt lernte ich bei einem Besuch eines Flüchtlingslagers, der zu einem Informationsprogramm und zum guten Ton gehörte, Schwarze kennen, die im Grunde genommen, in ihrer Heimat eine anständige Ausbildung erhalten hatten und nun in Europa um Arbeit baten. Damals war das alles noch Neuland für uns. Zumindest mit der neuen, europäischen Sicht. Pressewirksam wollte man sich dann für diese Menschen einsetzen. Er war einer von denen, die dann zusammen mit dem Kommissionsvorsitzenden auf einem Bild und dann in der Zeitung landeten. Hinterher sprachen wir einige Sätze miteinander. Von einem Dolmetscher übersetzt. Im Grunde belangloser Kram. Er hatte einen unglaublichen Respekt vor uns und wir keine Vorstellung darüber, was er erlebt haben könnte. Dabei schilderte er seinen Traum. Jeder der anderen fünf, sechs Schwarzen nickte und hatte ähnliche Ziele. Lange Jahre hatte ich das Foto, zusammen mit einer Liste der Namen von damals, in meinem Schreibtisch liegen. Da war ich immer noch der Ansicht, Europa wäre eine gerechte Union und es würden Zeiten kommen, in denen wir dies beweisen könnten. Weil uns weiß Gott wie viele Jahre die Illusion vermittelt worden war, Europa sei jenseits aller nationalen Interessen, jene vielbeschworene Einheit, die es wohl niemals werden wird. Dieser Artikel fiel mir zufälligerweise zu einem Zeitpunkt in die Hände, als Duol schon längst in Spanien bleiben durfte und versuchte, auf die Beine zu kommen. Da war unser Land schon mehr als zehn, vielleicht sogar fünfzehn Jahre in der EU. Ich wollte ihm helfen, als ich erfuhr, dass er in Alicante war und mich an meinem alten Arbeitsplatz suchte, weil er sich ebenso an damals erinnerte. Das Einzige, was ich aber tun konnte, war, ihm seine Unbedenklichkeit bei den betreffenden Behörden zu bestätigen, denn ich war da bereits seit geraumer Zeit aus dem Staatsdienst ausgeschieden und in Manises gelandet. Aber es hat ihm, so wurde mir später mitgeteilt, bei den Amnestierungen geholfen. Er war dann einer der ganz wenigen, der es danach sogar geschafft hatte, einen spanischen Pass zu bekommen. Ich denke, es lag an der alten Geschichte mit dem Zeitungsbericht. So hat man an ihm und annähernd einem weiteren Dutzend Afrikanern etwas Gutes tun wollen. Allerdings … "

Mag sein, dass dies nicht ganz in dieser Abfolge verlaufen war, vor allem, was den Schluss anging und Papas Erinnerungen gelitten hatten. Aber nach fast einer weiteren halben Stunde waren viele meiner Vorstellungen komplettiert worden und ich hatte somit ein ziemlich umfassendes Bild von Duela erhalten.

Primo rieb sich den Kopf, nachdem ich ihm den neuesten Teil meines Gedankenkinos erzählt hatte. Als seine Kopfhaut schon längst durchgerubbelt sein musste, schaute er hoch und blickte mir etwas leblos in die Augen.

„Sie hat doch mit ihm … du weißt schon."

Von seiner unerwarteten Antwort überrascht, guckte ich wohl etwas blöde zurück. Meine Erwiderung war daher nichts anderes als ein scharfes Luftholen durch die Zähne. Sofort war mir klar, dass das am Wochenende doch nicht so gelaufen war, wie Primo es sich vorgestellt hatte. Seine zurzeit übliche Geschwindigkeit, Mädchen zu erobern, war gehörig ausgebremst worden.

Nichts mit anbaggern, in die Schaufel legen und am Wochenende für die entsprechende Verwendung auf eine Matratze dekorativ ablegen. In dieser Beziehung waren wir also ausnahmsweise wieder mal brüderlich vereint.

„... und dieser Lazaro ... ich habe gute Lust ... das ist so typisch ..."

„Vielleicht kannst du etwas deutlicher werden?" Primos Blick wäre in Worten die Überschrift eines blutrünstigen Thrillers wert gewesen.

„Der hat es herausbekommen und wollte sich auch ein Stück holen."

„Du meinst, er ..."

„... hat sie einfach angefasst. Nicht so, wie sie uns erzählt hat. Eigentlich mehr noch. Nachts, als sie den Laden zusperrte, stand er plötzlich hinter ihr und griff ihr unter die Wäsche. Sie knallte ihm eine und schrie. – Duela hat's gehört, ihn gepackt und nach draußen gezerrt."

„Sie hätte ihn anzeigen können", ich verstand wirklich nicht. Wo war die Schwierigkeit? Primo verzog sein Gesicht, als hätte er in ein Messer gegriffen.

„Duela hat Lazaro eins übergebraten."

„Gut so!", langsam amüsierte ich mich.

„Der hat zurückgeschlagen und Duela gedroht."

„Also gut, kleine Schlägerei würde ich sagen. Mit klaren, juristischen Vorteilen für Cristina und Duela."

„Lazaro kam fünf Minuten später mit 'ner Waffe wieder und hat gemeint, er würde ihn beim nächsten Mal kalt machen."

¡que va! Dachte ich, jetzt wird's spannend.

„Und wann war das?"

„Vor etwas mehr als 'nem viertel Jahr. Februar oder März."

„Passt und passt nicht, vor allem nicht ganz in unser Zeitgerüst, ist aber gut genug für einen Verdacht. Vielleicht wollte er es nicht alleine machen."

„Was? Lazaro sprengt die Bude in die Luft? Und damit seine gleich mit?"
Er schüttelte den Kopf.

„Wenn, dann hätte er ihn doch gleich oder kurz danach aus dem Weg geräumt."

„Oder sich mit andern zusammengetan, um was Feines zu organisieren."

„Nee, er kam ein paar Tage später mit dem Umschlag. So wie immer. Und meinte, sie könne das natürlich auch freiwillig tun. Kannst dir ja vorstellen, was in dem Umschlag war."

„Und die nächste Nacht gehörte ihm?"

„Nein, Cristina ist von da an immer mit Duela nach Hause gegangen."

„Da wird Lazaro aber nicht nur hinterhergeguckt haben?!"

„Auf jeden Fall hat er sich dann am Riemen gerissen. Denn Cristina hat ihm das mit der Anzeige gesagt und das Geld zurückgegeben."
Ich lehnte mich zurück, drehte mich langsam mit dem Stuhl hin und her und musterte dabei die Luftmoleküle um uns herum.

„Warum hat sie den Job nicht aufgegeben?"

„Es gibt nicht viele Jobs gerade."

„Na, einer mit so 'nem Arbeitsklima ist ja nun auch kein Traum."

„Das weiß ich auch, ich hab ihr versprochen mich drum zu kümmern."

„Nun, Cristina ist erwachsen genug. Sie kann ihre Nächte mit wem auch immer verbringen. Da brauchst du jetzt wirklich nicht den Eifersüchtigen spielen und aus 'nem Sandkorn 'n Gebirge machen. Ihr seid ja nicht verheiratet. – Noch nicht", grinste ich und Primo streckte mir wie ein kleiner Junge die Zunge raus, „aber Lazaro habe ich mir jetzt auf meinen Zettel geschrieben. Da muss er schon mehr als gute Ausreden haben. Andererseits denke ich, suchen wir zunächst seine Komplizen."

„Lazaro als unser Attentäter?"

„Ist auf jeden Fall besser als wenn er deine Cristina in der Mangel hätte und sie vernaschen würde, oder? Duela war dagegen ja ein netter Kerl. Vielleicht decken wir nebenbei noch einen Versicherungsbetrug auf, weil Lazaro seine eigene Bude dafür hergegeben hat. Und dass sie keine Jungfrau mehr ..."

„... Idiot! darum geht's doch nicht."

„Um was dann?"

„Ich kenn jetzt auch ihre Geschichte."

Wir saßen wieder auf dem Rand der Promenade an der Marina und blickten in das unaufhörlich bewegte Wasser. Dessen Oberfläche hier im Hafenbecken war niemals glatt, niemals sauber und niemals klar. Allein schon deshalb erinnerte sie mich immer wieder an alle unsere Fälle. Genauso undurchsichtig, abgründig und verdreckt. An einem der Stände weiter vorne hatten wir vorher jeder eine Art zusammengerollte Pizza erstanden. Arabisch und scharf. Anschließend waren wir, mit einem verblüffend kurzen Abstecher zu Cristina, bei den Puestos vorbeigegangen und erkundigten uns noch einmal über die eine oder andere Sache. Aber wirklich Neues kam dabei nicht heraus.

Hier am Kai versuchten wir nun, die triefenden Teigrollen zu essen, ohne eine größere Sauerei auf unserer Wäsche zu hinterlassen, und uns das Grüppchen der möglichen Täter und eine griffige Lösung vorzustellen. Es war nicht unbedingt leichter geworden.

Denn in den letzten Tagen kamen wir auf den anderen Wegen, also denen, die man behördlich nennt, nur schleppend vorwärts. Immerhin war genug Zeit ohne irgendwelche Bekenntnisse vergangen, sodass, auch auf Grund der waffentechnischen Untersuchungsergebnisse, ein terroristischer Hintergrund ausgeschlossen werden konnte. Vielleicht war auch deshalb der Schwung der Ermittlungen erlahmt. Die Anzahl der Sicherheitskräfte wurde zwar deutlich erhöht, aber die Staatsanwaltschaft hatte ziemlich schnell das Interesse an uns verloren. Für die war nur noch ein Schwarzer ums Leben gekommen. Der Rest war Schabernack.

Und der einzige erkennbare Effekt war, dass in den letzten Tagen die Anzahl der sichtbaren Afrikaner abgenommen hatte. Sie hatten sich entweder in ihren Unterkünften verkrochen oder waren im falschen Moment der Polizei in die Hände gefallen und Stunden später in einem Flieger gesessen. Laut unseres morgendlichen Bulletins waren seit Donnerstag 27 aus der Region Alicante abgeschoben worden.

Irgendwann begann Primo Cristinas Geschichte zu erzählen. Eine ohne so einen Scheißkrieg, wie sie selber sagte. Aber eine mit genauso vielen, bösen Wendungen. Und die von nichts anderem zu berichten wusste, als von Menschen, die das Unglück ständig verfolgte. Eine Mischung aus Duelas und Ayannas Leben. Vollgestopft mit Leid, Schmerz und Unrecht. Und als sie sich endlich in Freiheit wähnte, musste sie doch wieder fliehen, da sie weiterhin ausgeraubt und vergewaltigt wurde. Ich frage mich immer, was soll diese brutale Anhäufung von Prüfungen? Welches höhere Ziel verfolgt der da oben? Wenn er meint, solche Aufgaben Unschuldigen stellen zu müssen, statt den *Richtigen* damit das Leben zu versauen. Antworten hatte ich bis heute nicht erhalten. Sondern nur die blutigen Ergebnisse zu Gesicht bekommen. Von solchen Dingen lebt leider meine Arbeit.

Primo saß still leidend neben mir und hatte etwas Mühe, harte Schicksale, persönliche Niederlagen und Job auseinanderzuhalten. Nur zu verständlich.

„Mir persönlich wäre es egal, aber ich kann sie ja schlecht einfach bei mir ins Bett verfrachten, wenn sie trauert, oder? Ich bin ja nicht Duela."

„Unter Umständen würde es sich lohnen, wenn du auch noch andere Gefühle für sie hättest. Und Duela hat sicher nicht täglich *diese* Trauerarbeit geleistet."

„Wirst du jetzt zum Sittenwächter?"

„Ach Quatsch, ich mein's doch nur gut mit dir. Irgendwann solltest du ja mal sesshaft werden. Und sie schenkt dir ja eine ganz gehörige Portion Vertrauen, wenn sie dir ihre Geschichte anvertraut."

„Dann müsstest du rein theoretisch schon dicke Abhandlungen von Mónica zu Hause haben. – Ihr kennt euch ja schon einiges länger oder täusche ich mich da?" Gequält schmunzelnd nickte ich, wich der passenden Antwort aus und fing mit meiner Version nochmals von vorne an. Langsam kehrte er zu unserem Fall zurück und kommentierte nach einigen Minuten die Situation.

„Durch die blöde Fiesta haben wir zwei Tage verloren."

Primo hielt lange durch, ohne sich umzudrehen und woanders hinzuschauen. Doch als ich in diesem Moment *¡bien! Also gut!* sagte, sah er doch zu ihrem Stand hinüber, stand auf und meinte: *Lo siento! Tut mir leid, aber...* Dann ging er hin. Primo dachte wahrscheinlich daran, wenigstens dieses Problem schneller zu lösen. Die hoffende Entschlossenheit in seinem Blick ließ kaum eine andere Vermutung zu. Genauso wie seine Reaktion, denn während er die dicht befahrene Straße filmreif kreuzte und die paar Schritte zu Cristinas Stand ging, pfiff er ein Lied mit, das aus dem Ghettoblaster in ihrer Bude gedämpft bis zu uns herübertönte. Ich kannte es auch, hatte in meinem Durcheinander zu Hause sicher sogar die passende CD. Langsam schlenderte ich hinterher. Gegen das Hupkonzert war ich immun.

Längst an ihrem Stand angekommen pfiff Primo weiter und fraß sie mit seinen Augen auf. Die zwei Millionen Fältchen taten ihre Wirkung und sie schaute milde lächelnd auf.

„Du kennst das Lied?"

Primo nickte.

„Ist eines meiner Lieblingslieder. Fonseca kommt auch aus Bogotá."

Er schmolz sogleich dahin und lächelte zurück. Bogotá oder Cartagena war doch einerlei. Die Erde, auf der wir lebten, war innerhalb weniger Sekunden wieder eine Praline, war zu einer süßen und leckeren Schokokugel geworden. Die Textzeilen passten aber auch wirklich nur zu gut zu Primos Zustand: *Cómo te extraño y te extraño, tu corazón me hace daño. – ¡madre mia!*

Minuten später hatte er sich, nun beruhigt, losreißen können. Durfte ihr sogar, mit einer Hand in ihrem Nacken, einen Kuss auf eine Wange platzieren. Und der glich nicht denen, die Melina mir gestattete. Auf dem Weg zurück gingen wir wieder am Kai entlang und setzten die zwei, drei Handvoll Fakten zusammen. Ab und zu blieben wir stehen, überlegten, ob wir fantasierten oder alles logisch genug war und scannten dabei die Fläche zwischen uns, den Piers und Booten. Drüben auf der anderen Seite war Hochsaison. Touristen und Einheimische suchten in den sporthallengroßen Fischrestaurants ein schattiges Plätzchen und kühlende Getränke. Von dem Wasser in der Marina hatten wir weder eine Lösung noch eine Erfrischung zu erwarten.

Aber ich musste Primo Recht geben, das Gewoge half beim Sortieren ungemein. Ich glaube, nur deshalb steht er regelmäßig an der Mündung des Amargo und stiert auf das Ende der Angelschnur im Wasser. Er will, trotz mancher Frauengeschichte, dann doch geregelte Zustände in seinem Leben und im Beruf. Primo schaut dafür aufs Meer, ich in meine Bücher.

Wir waren zum dritten oder vierten Mal stehengeblieben, *vielleicht sollten wir uns tatsächlich mal diesen Lazaro vorknüpfen, immerhin ist er einer von den Puestos*, als sich am Ende des rechten Stegs ein kreisförmiges Muster vom Rumpf der dümpelnden Jacht, die Julio gehörte, löste. Kräftig, zäh und als einzig Sichtbares überhaupt in dem riesigen Areal bewegte es sich auf uns zu. Immer wieder aufs Neue und Neue. Eine Ansammlung konzentrischer Kreise. Das bloße Herumlaufen auf einem Boot konnte dies nicht auslösen. Auch nicht Instandsetzungen oder Reparaturarbeiten. Auch der Wind war nicht stark genug und hätte unabhängig davon alle Boote betroffen.

Sofort schauten wir uns an, grinsten und nickten wissend und rannten los. Den Weg kannten wir ja. Am Ende des Stegs angekommen sprang Primo ohne zu zögern an Deck und öffnete die Tür. Mit einem ironischen *¡Le pido mil disculpas*[8]*! Hier stört nur die Polizei!* von ihm stürmten wir in die Kajüte hinein. Aber es war nicht der vermeintliche Julio, der uns erwartete. Der Fluch, der uns traf, beantwortete allerdings schnell einen Teil unserer Fragen: Eine nackte Frau, die sich kreischend und zeternd in den hinteren Teil des Bootes verkroch. Und der Kerl, der mit seinen Händen alles Mögliche an sich zu verdecken versuchte, nahezu den Rest. Primo sorgte für die nahezu komplette Auflösung.

---

[8] Ich bitte vielmals um Entschuldigung!

„Kannst loslassen. Ich werde dir die Hände sowieso auf dem Rücken verknoten. Und am besten rufst du dein *bombón* auch her."

Mit einem lauten, unverständlichen Kommentar garniert und entsprechendem Gesicht machte der Typ einen ungelenken Schritt auf Primo zu, den auch ich als möglichen Angriff gewertet hätte, und den Primo deshalb mit einer schnellen Bewegung abwehrte. Mit der nächsten hatte er dessen Arm auf den Rücken gedreht und seinen Kopf nach hinten gezogen. Keine Ahnung warum Primo diesen Handgriff so beherrschte, aber er war effektiv. Jedes falsche Zucken hätte nun Schmerz bedeutet. Der Typ begann daher, nun einige Phon leiser zu japsen, von seiner glänzenden Manneskraft war in diesem Moment schon nicht mehr viel übriggeblieben. Ein standfester Schauspieler aus einschlägigen Filmen, nun im Trainingslager, war er demnach nicht. Auf seinem Rücken machte es zweimal klick. Dann durfte er sich auf die zerwühlte Matratzenlandschaft, die den Tisch ersetzte, setzen.

„Und jetzt erzählst du mir ganz langsam, wer du bist, was du hier machst und so weiter und so fort. Wir kennen nämlich leider diverse Umstände bezügliche dieses Bootes ..."

„Etwa so? Du Arsch? Gib mir meine Sachen!"

„Warum? Meinst du etwa, ich hätte das noch nie gesehen oder sehe anders aus? Ist ohnehin warm genug. Mal gucken, was dein Schniepel so macht, wenn ich dir eine tolle Geschichte erzähle."

„Das wirst du nicht überleben, du Idiot. Dich mach ich fertig." Es sollte ein Aufspringen werden, aber mit den Händen auf dem Rücken war es nicht mehr als ein starkes Zucken. Trotzdem: „Dein Arsch wird sich wünschen, nicht auf die Welt gekommen zu sein. Ich kenn mich da bestens aus, ich bin nämlich Rechtsanwalt.

Deshalb brauch ich auch keinen anzurufen. Aber ich verlange sofort ein Telefon, damit ich meine Freunde von der Polizei herholen kann."

„Ach, wie nett. Gewaltandrohung, Beleidigung, versuchte Körperverletzung und – mal sehen was noch dazukommt. Ich bin zwar 'n paar Jahre jünger als du, aber blöd bin ich nicht, ich bin nämlich auch schon 'ne Zeitlang – Polizist. Den Ausweis solltest du ja erkannt haben, wenn du bei denen Freunde hast."

In der Zwischenzeit war ich grinsend an den beiden vorbeigegangen und hatte die Tür aufgemacht, hinter der natürlich die Frau stand. Das Boot war nicht allzu geräumig. Mir war sofort klar, warum die zwei es im sogenannten Salon getrieben hatten, denn die schmalen Kojen im Bug waren für eine Doppelbelegung eindeutig zu eng. Selbst in Sandwichmanier hätte es keinen Spaß gemacht. Dummerweise, oder auch nicht, je nachdem wie man es sieht, hatte sie beim Davonlaufen ihre Kleidung in der Kajüte liegen lassen, weswegen sie die gleiche Ballettaufführung vollführte wie der Typ hinter mir. Ich trat mit eingezogenem Kopf ein, schloss die Tür und drehte, um die Frau noch ein wenig mehr einzuschüchtern, den Schlüssel um. Ok, der Rechtsanwalt hatte dafür sicher einige Paragraphen in der Tasche, aber ich dachte: keine Kleidung, keine Taschen.

In der Kajüte hatte derweil Primo, ohne groß Zeit zu vergeuden, mit den Fragen begonnen. Ich kenne seine drohende Faust in diesen Momenten. Entweder die Gegenseite verstummte bis zum Eintreffen der Polizei oder eines Anwalts oder wurde leutselig. Der widerborstige, eigentlich unverschämte Ton der Antworten zeigte mir, dass seine Faust funktionierte, denn bei jeder Antwort zählte Primo mögliche Straftaten des Heinis auf: Widerstand gegen die Staatsgewalt, fortgesetzte Androhung körperlicher Gewalt und so weiter. Komisch, dass der Herr Rechtsanwalt das alles nicht wusste und weitermachte.

Irgendwie hatte ich das Gefühl, dass unser spontaner Verdacht wohl richtig war. Gleichzeitig stürzte die Frau nun auf mich zu und traktierte mich zeternd und wimmernd mit ihren Fäusten. Zunächst versuchte ich, mich mit hochgehaltenen Armen, die Handflächen nach vorne, zu verteidigen. Doch dann nahm ich sie einfach trotz ihrer wirbelnden Hände in den Arm, das heißt, ich umfasste ihre Taille, wie Peter-was-weiß-ich den Hintern der Blonden. Leider nicht mehr, denn statt sie an mich zu ziehen, schob ich sie mit ausgestreckten Armen einige Zentimeter von mir weg. Nicht unbedingt ausreichend bei meinen kurzen Gliedmaßen. Daher duckte ich mich immer wieder, um ihren recht ungezielten Boxhieben und dem stoßenden Kopf auszuweichen. Trotzdem hatte ich Zeit genug, mit beiden Daumen ihre Haut zu testen.

„Mein Gott, das alles ist doch keine Aufregung wert", versuchte ich sie zu besänftigen, „jetzt seien Sie doch vernünftig, ich tue Ihnen doch nichts", oder ähnliches fügte ich hinzu und fühlte ihre nackte Haut an meinen Fingern.

Wissen Sie, wann ich das letzte Mal eine nackte und vor allem lebende Frau in Händen hielt? Sie erinnern sich noch? Das ist gute fünfundzwanzig Jahre her. Sie können es glauben oder nicht. Aber an diesem irrsinnigen Gefühl hat sich seitdem nichts verändert. Ich kann das gut einschätzen. Gerade nach so einer langen Zeit. Die Menschheit stellt zwar inzwischen die Welt auf den Kopf, stillt eine aberwitzige Anzahl von Lüsten auf anonyme und unpersönlichste Weise über das Internet, macht flugzeugähnliche Objekte zu Formel-1 Fahrzeugen, zahlt Staatshaushalte für Fußballspieler, hat mindestens 255 Fernsehprogramme und sogar ehemalige

Erzfeinde als Touristen zu Gast, aber der Reiz, der von warmer, nackter Haut ausgeht, hat sich trotz all der absurden Errungenschaften keinen Deut verändert. Nebst den biologischen Reaktionen, die deren Berührung auslöst. Auch bei mir. Auch unter solchen Umständen. Egal ob Sie es nun glauben oder nicht.

Aber nach allem, was Sie über mich bisher erfahren haben, wissen Sie, dass ich gegenüber Frauen mehr als schüchtern bin. Eigentlich. Nur die Fantasie geht manchmal durch. Aber erstens bot die Situation keine Möglichkeit, um in irgendeiner Weise nachzugeben. Zweitens werde ich nicht einfach untreu, das heißt Mónica gegenüber. Drittens hatten wir möglicherweise eine weitere, unverhofft gute Spur. Und viertens verbieten sich manchmal ganz einfach bescheuerte Fantasien. Die fallen einem ohnehin erst immer im Nachhinein ein, wenn solche Sachen erzählt werden. Also beließ ich es beim ultrakurzen Erspüren ihrer Haut.

Auch wenn Sie glauben, man könne mir aus meinem Verhalten Stricke drehen, denn ich sehe Ihren ungläubigen Blick. Paragraphen gäbe es ja genug. Aber sehen Sie hier mögliche Zeugen? Keine Sorge, auch ihr Schrei gerade wird niemanden aufs Boot locken, schon auf dem Steg war uns die nicht ganz stille Zweisamkeit aufgefallen und an keinem Anleger kümmerte es jemanden. Wer weiß, was die anderen Crews hier schon erlebt haben. Die beiden Anleger auf der Steuerbordseite waren ohnehin leer. Der Abstand zu den nächsten Booten also ausreichend groß.

Keiner ihrer Schläge traf mich stark genug. Sie gab nach und wich einen Schritt zurück. Leise kam ein *¡marrano!* Altes Schwein! Ich machte eine wegwerfende Handbewegung und schaute sie von oben bis unten an. *¡cabron!* Zitternd stand sie da, eine Hand vor dem Mund, die andere vor ihrer Scham. Jeder Quadratmillimeter ihres Körpers glitzerte schweißnass. Wir hatten die zwei wohl in der heißesten Phase unterbrochen. Die Wellen hatten also nicht gelogen. Ich musterte sie linkisch und verfolgte mit den Augen einen Tropfen, der ihren Busen hinunterrann. Entweder kannte sie in der Umgebung die Plätze, an denen man sich nahtlos bräunen konnte oder sie hatte, wie das Blondchen am blau gekachelten Kamin, eine Dachterrasse mit relativ viel Sichtschutz zur Verfügung. Selbst die kleinsten Fältchen hatten den gleichen Ton. Sie war kein junges Ding mehr, vermutlich sogar fast zehn Jahre älter als ich, aber attraktiv und gut in Form. Marke Joggerin oder schwimmende Inselumrunderin. Ihre Brüste sahen nicht viel anders aus als bei Señorita Wet-T-Shirt vor ein paar Tagen oder Ainhoas damals, als sie meinte, sie müsse ihren siebzehnten Geburtstag mit mir im Bett verbringen. Das ist die bereits erwähnten fünfundzwanzig Jahre her.

Ihre Frisur war ziemlich derangiert, das mittellange, braune Haar mit einem leichten rötlichen Stich klebte zum Teil auf einer Wange und der Stirn und der Pony glich eher wildem Gras am Straßenrand. Wie vom Gesicht war deshalb auch von den ursprünglichen Locken kaum noch etwas zu sehen. Es sah tatsächlich etwas wild aus. Ihr hatte es also offensichtlich Spaß gemacht. Gut so! Geld hatte keine Rolle gespielt, um sich hinzugeben. Schauspielerei schon gar nicht. Demnach war sie von dem Kerl da draußen nicht an der *Carretera Valencia* aufgelesen worden, auch sah sie nicht nach Ostblock aus.

„Dass das alles illegal ist, was Sie hier machen, wissen Sie selber. Das wird sicherlich auch ein Nachspiel haben. Dafür werde ich sorgen! Darüber hinaus ist es egal, was Sie von mir wollen, ich habe nichts Verbotenes getan, ich weiß nichts, ich bin zum ersten Mal auf diesem Schiff, ich werde nichts sagen und wenn Sie mich noch einmal anfassen, schreie ich und ramme mein Knie in Sie hinein."

Es sollte vermutlich laut und verhängnisvoll klingen. Eine ernstgemeinte Drohung voller Autorität. Aber ihre Stimme versagte und brachte am Ende nur ein stolperndes Fisteln zustande. In bestem Spanisch. Der Beweis dafür, dass sie wirklich nicht aus dem Ostblock kam. Die zotigen Rumänen, die an der Costa Blanca andauernd junge Mädchen einsperrten und in die Prostitution trieben, spielten demnach bei diesem Stelldichein keine Rolle. Wir waren unter Umständen tatsächlich einen Schritt weitergekommen. Allerdings kann ich Ihnen nicht erklären, warum ich das schon in diesem Moment dachte.

„So, so, nun denn, Sie können mir drohen, wie Sie wollen, und ob Sie später alles wahrmachen werden, entscheiden Sie, wann immer Sie möchten. In der Regel ist es für Frauen unangenehm, wenn ihr Liebesleben öffentlich wird, vor allem, wenn wir uns über Mitwisserschaft unterhalten müssen", etwas süffisanter im Ton ergänzte ich: „wir kennen den Eigner des Bootes. Er da ist es nicht und er da ist sicher auch nicht Ihr Mann. Also meine Liebe, was Sie hier machen, haben wir mitgekriegt, denn die Wellen, die Sie damit schlagen, waren im ganzen Hafenbecken zu sehen, Ihr Name könnte uninteressant sein, wenn ich dafür erfahre, wie der da drüben heißt, in welcher Verbindung Sie zu ihm stehen, was Sie und er beruflich machen – und, da fällt mir ein, eh ich's vergesse, gleich vorweg, Rechtsanwälte für Sie gibt es hier im Hafen, außer diesem Quacksalber, nicht und wenn wir jetzt ablegen, schon gar nicht, auch nicht auf hoher See. Wenn er nämlich Pech hat, ertrinkt er dort draußen mitten im Meer. Ich glaube wir haben uns verstanden."

Etwas zu hektisch griff ich hinter mich. Auf jeden Fall zuckte sie zusammen und schrie tatsächlich noch einmal auf. Vielleicht war ich ihr doch nicht Polizist genug. Für mich hingegen war sie emotional genau da, wo ich sie brauchte. Ich warf ihr das Spannbetttuch zu, das ich gerade von der anderen Matratze abgezogen hatte. Sofort wickelte sie es sich um den Leib, atmete heftig aus und entspannte sich ein wenig.

„... und setzen dürfen Sie sich auch", und dann noch etwas lauter: „... und schreien hilft jetzt nicht! Kapiert?" Ich griff in meine mimische Trickkiste und wies wohlwollend mit einer Hand auf die Koje gegenüber, als sei ich der Hausherr. Die Gardinen der beiden Bullaugen hinter ihr waren zugezogen, diejenigen hinter mir waren hingegen offen, und dadurch waren ihre Regungen und Reaktionen für mich im hellen Mittagslicht bestens erkennbar. Einfach fein! Jenseits der anderen Tür hörte ich einen überraschend sprudelnden Monolog, jedoch nach wie vor mit deutlichem Widerwillen in der Stimme. Ich verstand kaum ein Wort, während sich die Frau etwas steif hinhockte und mich ausdruckslos anschaute. Für ein paar Sekunden maßen wir uns. Ich schien dabei eine unausgesprochene Probe zu bestehen. Denn ihre Gesichtszüge entkrampften sich allmählich und wurden wieder fraulicher. Im gleichen Maße nahm auch meine eigene Aufregung ab.

Ich bilde mir immer ein, die Menschen zu erkennen, die in solchen Situationen dann nur eine Show abziehen werden. Lautstark, drohend und besserwisserisch. Und – lauter Scheiß erzählend. Nun ja, solche, zugegebenermaßen pikante Situationen sind beim besten Willen nicht alltäglich. Wenn ich ehrlich bin, war diese die erste, aber immerhin, die Frau bestätigte meine Einschätzung und machte kein Theater. Sie korrigierte den Sitz des Bettlakens, das sie darauf wie ein blickdichtes

Gewand umhüllte und sie auf diese Weise der Puppe eines Schmetterlings glich.

„Danke", flüsterte sie nun leise mit zittriger Stimme, „... lassen Sie meinen Namen bitte aus dem Spiel. Sie werden es nicht glauben, aber ich mache das zum ersten Mal."

„Zum ersten Mal für Geld?", fragte ich.

„Nein", sie schüttelte heftig ihren Kopf, „nein, wo denken Sie hin. Sind Sie wahnsinnig? – Meinen Mann zu betrügen, ich meine, auf diese Art. Ich ...", plötzlich kamen die Tränen, fluteten ihre Augen wie ein geplatzter Schlauch und mit ihnen das übliche Schluchzen, welches in jedem mittelmäßigen Film an so einer Stelle kommt. Selbst das Schniefen und das anschließende Naseabwischen mit beiden Armen, von den Armbeugen über die Handrücken bis zu den Fingerspitzen war filmreif. Beides, also Tränen und Schluchzen, schienen aber echt zu sein, ohne Schauspielerei. Mit einem Daumen wischte sie sich noch einmal die Tropfen unter der Nase ab und diese anschließend ins Tuch. Ich kramte in meinen Taschen und fand ein ungebrauchtes Papiertaschentuch, das ich ihr hinüberwarf. Einem kleinen Mädchen ähnlich schnäuzte sie laut und fast dröhnend rein. Wieder ein:

„Danke", und die dazugehörige Erklärung. Die Stimme schien zu schleudern, „eine Scheidung wäre unausweichlich und unsere Karrieren am Ende. Ich arbeite in Valencia für die *Generalitat Valenciana* im Sozialressort, in dem nicht nur er", sie nickte mit ihrem Kopf in Richtung Tür, „sondern auch mein Mann als Anwalt tätig ist und da ..."

... *im Sozialressort*. Volltreffer. Ich wusste es. Um mein Erstaunen über ihre Äußerung zu überspielen, unterbrach ich sie mit einer schroffen Handbewegung und wollte gleichzeitig ein anderes Unwissen stillen.

„Warum haben Sie es dann überhaupt gemacht, wenn keiner davon etwas erfahren darf, nur, weil das eigene Wohl und Wehe davon abhängt oder ihre Befriedigung?"

Sie blickte mich gleichzeitig eingeschüchtert, aber auch etwas angriffslustig an. Nun klang sie doch aufgewühlt.

„Sie sind also ein ganz glücklich verheirateter? Mit Ihrer Lust haben Sie wohl keine Schwierigkeiten? Aber falls Ihre Frau einmal acht Jahre nichts von Ihnen wissen will, obwohl Sie ...", sie unterbrach sich selber,

tippte einen Finger an ihre Stirn und tat, als wenn sie aufstünde, „ich bin ja vollkommen verrückt, Ihnen das zu erzählen. Lassen Sie mich jetzt hier raus. Sofort! Und einen Anwalt will ich auch. Ich bin Ihnen doch keine Rechenschaft schuldig, warum ich Lust auf's ..."

Auch diesen Satz sprach sie nicht zu Ende, blieb doch sitzen und blickte auf die Wand zwischen mir und der Kajüte. Ohne Regung blieb ich sitzen und betrachtete sie. Die folgenden höchstens zwei Sekunden fühlten sich wie eine kleine Ewigkeit an.

„Der Mann nebenan hat nichts verbrochen. Der kennt auch Julio, den Schiffseigner gut, der hat ihm den Schlüssel gegeben."

„Zum ersten Mal, wenn ich richtig gehört habe."

„Zum ersten Mal. Ganz richtig!"

Es klang schnippisch.

„Ich würde Ihnen raten, das nicht zu unterschreiben, denn ich habe gerade leider etwas anderes gehört."

Ich zeigte mit dem Daumen hinter mich und sie schaute ein weiteres Mal besorgt zur Tür.

„Was wollen Sie damit sagen?"

„Hin und wieder hat ...", ich brach ab und deutete noch einmal mit dem Daumen stochernd hinter mich, um vielleicht seinen Namen zu hören.

„Javier. Javier Alvarez. Was ist mit ihm?"

„Ihr Javier hat meinem Kollegen soeben *hin und wieder* gesagt. Also entweder er hin und wieder mit einer anderen Frau oder mit Ihnen?"

Der sorgenvolle Blick veränderte sich in einen endgültig kapitulierenden.

„Es ist das sechste oder siebte Mal", erwiderte sie resigniert.

„Und Freitag letzter Woche, am 24., haben Sie auch auf dem Boot gefeiert, stimmt's?"

Sie nickte.

„Dann hat jetzt hoffentlich nur er ein ziemliches Problem. – Dürfte ich nun auch Ihren Namen erfahren?"

„Maria Mancuso."

„Also, Maria, Sie sind eine erwachsene Señora und vor allem zu sympathisch, als dass ich Sie in etwas manövrieren will."

Das meinte ich sogar ehrlich. Eine Señora, eine Dame war sie wirklich, zudem noch eine gutaussehende. Jede andere hätte hier einen unaufhörlichen Aufstand vollführt, kreischend und tobend, der unnötigerweise nach einigen Minuten doch die *policía portuaria* alarmiert hätte. Und dann hätten wir wieder Tage gebraucht, bestimmte Einzelheiten herauszubekommen, von denen ich mit einem Mal überzeugt war, sie heute noch zu hören. Vielleicht war Maria auch nur deswegen ruhiger geworden, weil ihr das zukünftige, leider alltägliche und daher bekannte Schicksal klar war, das sie nach diesem Geschehen erwartete. Denn mit ihm, diesem Javier Alvarez, würde sicher nicht mehr viel laufen. Ich verlängerte die kleine Pause und betrachtete ihr Gesicht. Sie war doch nicht so viel älter als ich, noch keine fünfzig. Der Umstand, zu Hause über Jahre als Frau nicht wahrgenommen worden zu sein und nun die eigene Befriedigung bei einem anderen Mann zu finden, der womöglich zu mehr gar nicht nütze war, hatte ihre Gesichtszüge bei allem Glück, dass sie hoffte zu erfahren nicht glücklicher und auch nicht weniger verhärmt gemacht. Dabei war sie wirklich attraktiv. Doch durfte ich jetzt meinen weich werdenden Emotionen nicht nachgeben. Ich hatte schon genug in Intimitäten herumgestochert. Primo wäre allerdings unter solchen Umständen sicherlich der noch schlechtere Gesprächspartner gewesen, sein Virus schlug manchmal kuriose Purzelbäume. Und ich musste nicht ausgerechnet heute von ihm angesteckt werden. Die angeblich zuvor gehörte Behauptung *Hin und wieder* war natürlich gelogen. Und bevor ich mich in etwas hineinritt, versuchte ich wieder Distanz zu schaffen, deshalb war ich über meinen jetzt harschen Ton selber überrascht.

„Sie erzählen mir deshalb jetzt haarklein, wie Sie ihn kennengelernt haben, was er von Beruf ist, was er Ihnen erzählt hat, was Sie geplant hatten für den 24. und all das andere, was in dieser Beziehung wichtig ist. Ich verspreche Ihnen im Gegenzug, dass ich von keiner Ihrer Aussagen Gebrauch machen werde, Sie vorher und nachher nie gesehen und auch Ihren Namen vergessen habe. Sie sehen, ich schreibe nichts auf und habe kein Tonband dabei. Mir ist die heikle und anrüchige Konstellation dieses Momentes bewusst. Aber ich bitte Sie, mir zu vertrauen, denn sonst müssten wir dieses Gespräch in unseren Büros zu Ende bringen. Und dies nicht nur zu zweit, sondern mit einer ganzen Masse an Leuten. Inklusive Staatsanwaltschaft. Natürlich auch mit Tonband, Protokoll und so weiter. Wahrscheinlich würde Ihr Arbeitgeber davon erfahren. Das wäre dann alles andere als persönlich."

Maria presste ihre Lippen zusammen. Ihr Körper hatte wieder zu zittern begonnen. Ich war unsicher, ob sie sich auf das Geschäft einlassen würde und legte nach:

„Diese Tür ist von innen verschlossen, auf der anderen Seite sitzt ein Polizist, der diesen Herrn Alvarez verhört und bezeugen kann, dass sich hinter der Tür niemand und nichts Verdächtiges befand, als er das Schiff durchsucht hatte, nur, weil er einen Tipp bezüglich Drogen erhalten hat ...“

„Drogen? Javier und Drogen?“
Ihr Lachen war nicht unbedingt als belustigt, amüsiert oder entlastend zu werten, sondern nun tatsächlich beinahe angstvoll, ja, fast hysterisch. Ich ließ es bei der Aussage. Vielleicht würde sie doch noch mit einem Detail herauskommen, das zu unseren Theorien passte.

„Darüber hat er nie ein Wort verloren. Drogen, so ein Quatsch. Das kann ich mir nicht einmal in den blödesten Träumen vorstellen“, wieder schüttelte sie den Kopf und atmete tief ein, „bei aller Liebe, aber dafür hat er nicht den richtigen Mumm. Jedenfalls wie ich mir das Geschäft vorstelle. In den Zeitungen liest man ja genug darüber.“

„Es gibt durchaus ehrenwert erscheinende Leute in diesem Geschäft“, ich forschte weiter: „Sie kennen ihn also durch ihre Arbeit in der Generalitat?“

„Obwohl ich dort schon seit über zehn Jahren arbeite, haben wir uns erst im letzten Jahr kennengelernt. Auf einer Tagung über die Integration von Behinderten im beruflichen Alltag ...“
Integration von Behinderten. Wieder etwas, das gut in meine Konstrukte passte. Während mein geistiger Rentnerclub zu agieren begann, lockerte sie das Laken und lehnte sich in der Koje zurück. Der Kokon erhielt dadurch ein Loch und ein Stück des Tuches rutschte daraufhin den aufgestellten Oberschenkel hinunter. Maria sprach unbeeindruckt weiter und beobachtete dabei den langsam gleitenden Stoff, den sie aber an ihrer teilweisen Entblößung nicht hinderte, „... in den Städten

gärt es doch die ganze Zeit. Auch in unserer Provinz. Besonders hier in Alicante planen verschiedene Stellen, Organisationen und Sozialdienste immer wieder medienwirksam auf die Straße zu gehen. Die ganzen Interessenverbände der Behinderten proben einen starken Auftritt. Sie haben die Nase voll und wollen endlich gehört werden. Denn viele ihrer Mitglieder, ich muss sagen zurecht, beklagen sich schon lange darüber, dass ihre Anliegen nicht schnell genug bearbeitet werden. In den letzten paar Jahren ist mindestens ein Dutzend der Älteren von ihnen sogar verstorben, bevor ihre Anträge auf Unterstützung oder dergleichen überhaupt einmal in die Hand genommen worden waren. Unsere Behörden versuchen zu beruhigen und zu beschwichtigen, aber nichts geht oder ging voran. Die Tagung sollte einen Abgleich in den Provinzen der autonomen Region für gleiche Vorgehensweisen schaffen. Aber da kann nicht viel abgeglichen werden, selbst, wenn wir Tag und Nacht arbeiten würden, kämen wir in den Ämtern nicht durch. Seit zwei Jahren wird überall am Personal gespart, wo es nur geht. Die Scheißkrise sucht sich wacker ihre Opfer – wie immer bei den kleinen Leuten."
Für einen Moment hielt sie inne. Ging sie in ihren Gedanken, ohne dass sie ein Wort sprach, auf Suche. Ich glaube, sie zögerte nur, weil sie nicht wusste, was sie noch mitteilen konnte, um nicht noch mehr von sich selber Preis zu geben. Dabei kämmte sie sich endlich die verklebten Haare aus dem Gesicht, lockerte sie mit ihren Fingern und schob sie an beiden Seiten hinter die Ohren.

Die Scheißkrise sucht sich wacker ihre Opfer. Leute wie Carlotta kannten in ihrem Leben, soweit ich es von ihr wusste, nur Krisen. Andere waren längst über den Punkt hinaus, an dem man ihnen noch helfen konnte. Pepito war so einer. Früher irgendwo in Toledo oder

Ciudad Real, ich hatte es vergessen, Busfahrer. Dann an einem Wochenende, nach einem Streit mit seiner Frau, kurz vor seiner Schicht, hatte er im falschen Moment, die falschen Begleiter und trank mit ihnen eine Flasche Wein. Zwei Stunden später passierte der Unfall. Vollbremsung. Ein elfjähriges Kind flog in dem Gang nach vorne. Knallte mit dem Kopf an eine der Haltestangen. Die Sanitäter waren zwar bereits nach wenigen Minuten eingetroffen. Aber es war nichts mehr zu machen. Noch am selben Abend starb es.

Seinen Job war er noch in derselben Woche los. Man kann nun darüber streiten, ob zurecht, aber es blieb nicht dabei. Denn natürlich gab es einen Prozess. Natürlich eine Verurteilung. Als er nach eineinhalb Jahren wieder auf freiem Fuß war, hatte sich seine Frau von ihm geschieden und den Wohnort gewechselt. Seine Wohnung war er dadurch los. Sie musste nicht gepfändet werden, um ihn obdachlos zu machen. Von da an dauerte es nur noch wenige Monate, bis er endgültig abgestürzt war.

Nun schwankte er schon seit einigen Jahren durch Alicante. Wenn ich ihn sah, meist unter den Büschen an der Puerta del Mar oder auf einer der steinernen Bänke an der Explanada, immer nur von derselben schwarzen Pyjamahose und zwei abgewetzten Jesuslatschen an den Füßen bekleidet. In der Hand zumeist das gläserne Erinnerungsstück aus der Vergangenheit, eine große, schon halbleer getrunkene Weinflasche, lief er durch die Stadt, blieb manchmal stehen. Quatschte einen aus einem Meter Entfernung an und lachte kurz darauf wie ein Irrer auf. *¡ya van a ver! ¡ya van a ver! ¡ya van a ver! Ihr werdet schon sehen*, zischte es dann kaum verständlich zwischen seinen mit schwarzen Stümpfen durchpflockten Kiefern hervor. Was, habe ich bis heute nicht erfahren.

Er zählte auf jeden Fall nicht zu der Gruppe, die sich zurecht beklagte. Er war schlichtweg ein Ausgegrenzter. Auch die kümmernden Gruppen hatten ihn längst schon aus den Augen verloren. Und genauso wenig wie Maria hatte ich die Möglichkeit, irgendetwas für ihn zu tun. Im Gegensatz zu Carlotta fiel mir auch nicht ein, wie ich ein Leuchten in seinen Augen hätte erzeugen können. Seine Hose hatte keine Taschen und er hatte kein Wägelchen dabei, in das ich etwas hineinstopfen konnte. Und Wein war forbidden area. Als wenn ich selbst nur noch Zahnreste im Mund hätte, strich ich mir mit einer Hand über die Lippen und schüttelte den Kopf.

Maria wischte sich derweil mit den Fingern Schweiß oder gar Tränen unter den Augen weg. Ihr Blick holte mich ins Hier und jetzt zurück. Dabei kam ihr offensichtlich ungeschminktes Gesicht zur Geltung. Ich hoffte, es nicht nur auf Grund der Verhältnisse als hübsch zu empfinden. Als sie ihre Hände neben sich legte, verlor das Tuch auf ihrer linken Schulter seinen Halt und gab langsam wie eine zurückweichende Welle am Strand den Blick auf ihre Haut frei. Im Licht der Bullaugen hinter mir konnte ich nun statt des glitzernden Schweißes eine Unzahl drolliger Sommersprossen sehen, die sich wohl auf ihrem ganzen Körper verteilten. Ich schaute lächelnd hoch ¡ya van a ver! ¡ya van a ver! und sie hatte sich entschlossen wohl doch mehr zu berichten.

„Javier und ich saßen am späten Abend im Hotel in einer Ecke der Bar und unterhielten uns über die Problematik. Dabei sprachen wir über einige Vorschläge und Einfälle, die wir hatten. Über Vorgehensweisen bei Bezuschussungen und so weiter. Allerdings gibt es für Javier dabei Unterschiede. Diesen Abgehauenen, wie er sie nennt, würde er am liebsten bestimmte Anerkennungen nicht gewähren. Deshalb waren ihm auch die bis jetzt erfolgten, nahezu regelmäßigen Amnestien ein Gräuel. Sie eröffneten ihnen zu viele Ansprüche. Weshalb er auch nie Fälle von Menschen behandelt, die aus afrikanischen Ländern stammen. Über die gibt es nicht eine Akte in seinem Büro."

Sie lächelte still in sich hinein. Ich hätte es auch verständnisvoll nennen können. Wollte aber nicht weiter nachhaken. Ich hatte nichtsdestotrotz den Eindruck, dass sie Alvarez' Sprüche und Handlungsweisen nicht besonders ernst nahm.

„Es war ein im Prinzip ernstes Gespräch. Aber irgendwann war er in dessen Verlauf näher an mich herangerückt und hatte schon den linken Arm auf die Rückenlehne hinter mich gelegt. Bevor ich es gemerkt hatte und etwas hätte sagen können, berührte er mit seiner rechten Hand meinen Oberschenkel, legte sie auf ihm ab und bewegte die Finger etwas hin und her. *Siehst du das nicht auch so? Anderes ist nicht durchführbar.* Für eine halbe Minute oder mehr saß ich paralysiert und steif wie ein Besenstiel da und überlegte, was ich nun wohl machen müsste. Was die hunderttausend Gaffenden um uns herum von einer ehrenwerten Frau erwarten würden. Wie ich erzogen worden war. Was ich davon halten sollte, dass ein im Grunde genommen wildfremder Mann vor den Augen anderer, an mir herumzufummeln begann, während sie mit ihrem Brandy in der Hand von der Theke herüberschielten. – Und weil es gleichzeitig ungewohnt zärtlich war und er mich wohl für begehrenswert hielt. So eine wie mich, die seit über acht Jahren darauf wartet, dass der Mann zu Hause die Frau in mir erkennt. Wie er seit langem erträumt und ersehnt den Arm um mich legt und mich beginnt zu verführen, statt über irgendwelche Papiere gebeugt meint, er müsse sich genau von solchen Dingen mit Arbeit abhalten. Ich hatte es ja schon angedeutet. Also dachte ich dabei an meine Ehe, an all die vertanen Jahre in ihr, an die Reaktion unserer Kinder, wenn sie davon erführen, an das was Javier und mich in den Diskussionen am Nachmittag aufgeregt hatte, an die Hand, die sich nicht von der Stelle fortbewegte, sondern noch einen Fingerbreit nach oben rutschte, während ich all das überlegte und merkte, dass ich nicht mehr wollte, dass er die Hand wegzieht, wenn sie nur da liegen bliebe. Genau da ..."

Maria beugte sich leicht vor und glitt mit einer Hand auf ihrem mittlerweile nackten Oberschenkel entlang. Das Betttuch gab dadurch wieder den Blick nicht nur auf das Bein, sondern auch in die Beinbeuge frei, in der ich eine Anzahl schimmernder hellbrauner Härchen erkennen konnte, ich schielte kurz hin, sie provozierte es ja, wollte es wie seine Hand und ich stellte mir eine anderes Bein vor, eines das wahrscheinlich nicht so braungebrannt sein würde, weil Mónica sich den Luxus nicht leisten konnte, irgendwo herumzuliegen, um sich zu sonnen, weil ihr ein Gehalt, wie Maria es sicherlich bezog, diesen Freiraum nicht bescherte, so war es trotzdem ein schönes Bein, in jeder Hinsicht, denn es verführte und beflügelte für eine unsagbar kleine Zeitspanne meine Fantasie.

„... eine Viertelstunde später lagen wir in seinem Zimmer im Bett, ohne es für solche Spielchen vorbereitet zu haben und hatten den schmutzigsten Sex meines Lebens. Mit dem schlechtesten Gewissen der Welt. Nicht meinen Kindern gegenüber, sondern, Sie werden lachen, meinen Eltern. Sie hatten mich für alles erzogen, nur nicht für solche Schweinereien, unvorstellbar." Sie schaute auf und durch mich hindurch, wie aus einer anderen Welt kommend. Mónica verschwand aus meiner Vorstellung so schnell, wie sie in ihr aufgetaucht war. Marias Blick hingegen kannte ich, jetzt von Primo, kaum zwei Stunden zuvor gesehen. Er galt genau so wenig mir, sondern war ein tränengefülltes Betrachten einer soeben geplatzten, kurzen, aber schönen Vergangenheit, derer sie ich in ihrer Bedeutung in diesem Augenblick bewusst wurde.

Maria hatte Recht. Wäre das Jahr 1980 und sie dreißig Jahre jünger gewesen und ihre Eltern hätten tatsächlich davon erfahren, hätten sie Maria windelweich geschlagen. Völlig egal, ob sie erwachsen gewesen wäre oder nicht. In unserem Land klebte zu diesen Zeiten das Etikett von Moral und Ordnung, trotz jeglicher errungenen Freiheit auf jeder Stirn. Auf den alten Fotografien bei meinen Eltern sah ich nichts anderes als Frauen mit hochgeschlossenen und langen Kleidern. Zumindest reichten sie über die Knie und waren höchstens moderner im Schnitt und farbiger geworden. Nur bei den Männern waren nackte Oberkörper zu sehen. Aber auch nur dann, wenn sie in ihrer Hand eine Schaufel, Forke oder sonstiges Arbeitsgerät hielten. Letztlich war es heute nicht anders, nur verführten hier inzwischen Scharen von jungen Mädchen und Frauen, nicht mehr nur die zahlungskräftigen Touristen. Und das in aller Öffentlichkeit. Wie zur Entschuldigung fügte Maria mit einem schief gelegten Kopf hinzu:

„Obwohl ich vom Zeitpunkt des Aufstehens bis zu seiner Tür nur noch über Behinderte, die Ungerechtigkeiten gegenüber Schwarzen und die Dinge die dagegen getan werden müssten, gefaselt habe und darauf achtete, dass bis zur Tür mindestens ein Meter Abstand zwischen uns war."

„Haben Sie den Namen George Duol schon einmal gehört?"

Mehr Diesseits war nach einem solchen Parcourslauf von Gedanken nicht möglich. Sie schaute mich irritiert an und ich lauschte durch die Wand. Primo war in etwa an der gleichen Stelle, also in seinem Fall auf der Suche nach einer Verbindung zwischen Alvarez und Duela.

„Wer soll das sein?"

„Haben Sie keine Zeitung gelesen?"

Ich stutzte. Lagen wir doch falsch? Gut, sie war in Valencia tätig, sogar im Sozialressort. Behinderte und so weiter. Musste da Duelas Fall nicht auch bis zu ihrer Abteilung vorgedrungen sein? Oder war das Amt so riesig, dass sich so etwas ein paar Stockwerke höher in Luft auflöste? Ich versuchte mir nichts anmerken zu lassen, weil mir plötzlich noch ein anderer ungeheuerlicher Einfall kam, hatte sie etwa damit zu tun?

„Er wurde vor circa sechs, sieben Tagen hier in Alicante umgebracht."

„Doch, doch!", sie nickte, schlug sich mit den Fingern einer Hand, als wäre ihr jetzt alles wieder eingefallen, auf die Stirn. Rückte dabei auf die Kante der Koje vor und versuchte wohl eine gemütlichere Sitzposition zu finden. Mit der gleichen Hand schob sie wieder eine widerspenstige Strähne hinter ein Ohr, mit der anderen rückte sie nachlässig das Laken zurecht, dass nun gänzlich herabgerutscht und nur noch einem Schal gleich um ihren Bauch gewickelt war. Mit hochgezogenen Augenbrauen schielte ich auf ihre Brüste und war mit meinen Gedanken doch schon wieder bei Mónica oder vielmehr Ainhoa gelandet, weil ich ja Mónicas Brüste nicht kannte. Mein Gott, fünfundzwanzig Jahre hatte ich den Namen nahezu vergessen und nun saß sie mir in letzter Zeit bei jeder Gelegenheit gegenüber, obwohl sie sich in keiner Weise ähnlich sahen. Trotzdem hörte ich fast Ainhoas Stimme: *Was schaust du mich so an? Du brauchst keine Angst haben. Mach schon. Komm her. Ich will. Jetzt.* Maria natürlich nicht. Oder war es ihr egal, welcher Mann sie genommen hatte, Hauptsache sie fand bei ihm das gewisse Quantum Erfüllung. Die Erlösung vom Frust. Mit ein bisschen Zärtlichkeit und ohne dämlichem Aufplustern.

Ich war in jedem Fall verwirrt. Die Gegebenheiten in diesem kleinen Raum hatten etwas Unwirkliches, sogar Surreales. Wenn ich mir ins Gesicht schlagen würde, käme die Realität sicher wieder zum Vorschein und wir säßen in irgendeinem Büro in der Pérez. Züchtig bekleidet und in einem ganz anderen Fall verstaut oder ich würde gar aus einem Traum aufwachen. Drei Sekunden reichten wieder für ein völliges Chaos in meinem Schädel. Kurz fühlte ich mich wie besoffen und wünschte mir, die nächsten Fälle mögen wieder mit den klassischen und dadurch *normalen* Zusammentreffen von Umständen zu tun haben. Doch jeder Gedanke von mir war nichts anderes als ein ungeworfener Rettungsring in einem verschrobenen Dasein.

„Doch! Entschuldigung! Ich hatte nur diesen Namen mit dem Ganzen jetzt nicht in Verbindung gebracht. Er war ein Somali, richtig? Eine abscheuliche Tat, fürchterlich! Aber was hat diese Sache mit uns zu tun?" Plötzlich war ich mir unsicher. In der Tat, was hatte die Sache mit ihr zu tun? Außer, sie hatte tatsächlich nicht die leiseste Ahnung und Primo unterhielt sich zufällig mit dem Richtigen, weil er davon überzeugt war, von diesem Boot aus hätte man die Sprengladung in die Luft jagen wollen. Ein mit einem Mal dünner Verdacht. Da half es auch nicht, dass Alvarez und Maria zufälligerweise im Sozialwesen tätig waren und in der Nacht zum 24. hier ihr Liebesnest aufgeschlagen hatten. Warum waren sie überhaupt da gewesen? Hatten sie nicht gehört, dass alles aufgeflogen war? Am 24. hier war doch gar nicht nötig. Oder waren die Hormone gänzlich

durcheinander und hatten die Lust nicht bremsen können. Diese Kombination war von uns beiden nicht ein-
gerechnet worden, als wir an die Yacht dachten. Sie war
zu viel des Guten. Manchmal verheddert man sich einfach. Oder doch nicht?

Um ihre Frage zu beantworten, musste ich eine andere Möglichkeit mit in Betracht ziehen. Maria, davon
ging ich nun aus, hatte also mit allem nichts zu tun. Ich
war mit einem Schlag davon überzeugt, dass jeder andere Mann, an diesem Abend oder einem ähnlichen, Erfolg gehabt hätte. Hauptsache er hätte einigermaßen
manierlich ausgesehen und es zärtlich genug angefangen. Immerhin war *das* bei Alvarez der Fall. Schwer
vorstellbar für mich. Sein Blick hatte etwas grundsätz-
lich Unangenehmes. Schmieriges. So einer fummelt
auch auf dem Bildschirm seines Computers herum,
wenn er bestimmte Seiten im Internet aufrief.

Tief Luft holend tat ich, als suchte ich die richtigen
Worte und fügte einige Puzzleteilchen neu zusammen.
Alvarez war Anwalt. Er vertrat nach vorne die Interessen der Sozialempfänger, aber hinten rum die des Staa-
tes. Unsere Behörden drohten sich in dem Dickicht der
Verordnungen, das durch die neuen Gesetze 2006 entstanden war, zu verlaufen. Den kontrollierenden In-
spectoren gab man starkes Werkzeug in die Hände, um
diese Gefahr einzudämmen. Denn wer in ihre Fänge geraten war, saß in der Regel schon mal auf einer Warte-
bank und musste sich mit weiteren Formularen und Papieren auseinandersetzen. Das konnte dauern und
sparte Geld. Man hatte also Zeit gewonnen. Dies kannte
ich zur Genüge durch die Razzien der policía local,
wenn sie auf die Jagd auf der Explanada, der Doctor
Gadea oder am Hauptbahnhof gingen.

Hatte Alvarez damit zu tun, dann kannte er Duelas

Anliegen. In meinem Kopf kollidierten schlagartig einige Fragezeichen und verformten sich zu einem ¡ajá!. Ich fuhr mir mit einem tiefen Seufzer mit einer Hand über den Kopf und bemerkte wie Maria einen Zipfel des Lakens wie einen Lappen benutzte und sich den Schweiß aus dem Gesicht und vom Oberkörper zu wischen begann. Ihrer immer mehr sichtbaren Nacktheit schämte sie sich nicht mehr. Im gleichen Augenblick knallte bei mir die Sicherung durch und ich sprang auf. Maria kiekste erschrocken und lehnte sich so weit wie möglich zurück. Das Tuch rutschte nun ganz von ihrem Leib. Die Sommersprossen waren tatsächlich überall. Sie hatte noch versucht die Arme hochzureißen und die Knie als Schutzschild an ihren Körper zu ziehen. Doch diese Bewegung war danebengegangen. Nun landeten sie rechts und links neben meinem. Wie Ainhoas Knie damals. In jener Nacht. Missionarsstellung. Eine in jeder Hinsicht gewagte Körperhaltung. Auch im bekleideten Zustand von mir. Ich aber hatte schon ihr Gesicht in beiden Händen, tief und weit über ihren Körper gebeugt und küsste sie auf die Stirn. Nur dorthin. Was ich im späten Nachhinein nun bereue. Kurz glaubte ich sogar, ihre Hand in meinem Nacken zu spüren, bevor ich mich zur Tür wendete.

„Sie haben gar nichts damit zu tun. Gar nichts. Sie sind eine schöne Frau. Suchen Sie sich einen neuen. Es gibt noch ein paar da draußen. Der wird nämlich fürs erste keine Zeit mehr haben."

Dann schloss ich die Türe auf und ergänzte:

„Denken Sie dran, ich halt meine Versprechen, außer dieser Anwalt spuckt *Ihnen* in die Suppe."

Beim Hinausgehen sah ich noch ihren erstaunten und fassungslosen Blick. Ich an ihrer Stelle hätte nicht anders reagiert. Doch konnte ich ihr meinen Einfall, diesen vollkommen überdrehten Moment, nicht mit genügend kurzen Worten erklären. Sie würde ihn nun auch so mitbekommen. Sie hatte mit dem Ganzen tatsächlich nichts zu tun. Ohne Primo vorzuwarnen oder etwas anzudeuten, giftete ich Alvarez an:

„Sie können sich anziehen. Wir werden Sie jetzt an Ihre Dienststelle begleiten. Scheißegal wie lang wir dazu brauchen. Dort werden Sie uns alle Unterlagen übergeben, die Señor George Duol Ihnen zugesandt hat. Wenn Sie eine amtliche Bestätigung für alles brauchen, kein Problem, mein Kollege hat gute Beziehungen zum Verwaltungsrichter. Und ich würde Ihnen raten, über das hier", ich machte eine ausholende Armbewegung, „kein Wort zu verlieren, es sei denn, Sie wollen Frau Mancuso mit hineinziehen und noch viel mehr als Ihre Karriere aufs Spiel setzen. – Auf jetzt! ¡arriba!"

Es ist manchmal wirklich unglaublich, wie manche meinen, sich verhalten zu müssen, wenn es ihnen an den Kragen geht. Selbst in stürmischster See fangen sie an, sich wie Kunstschwimmer zu verhalten. Alvarez war sogar noch zu Steigerungen fähig. In einer Lautstärke, die sicher die obersten Stockwerke des Tryp Gran Sols noch erzittern ließen, meinte er, seine Rechte aufzählen zu müssen. Leider versehen mit Beleidigungen. Da bin ich empfindlich.

„Sie kleiner Idiot, Sie borniertere Einfaltspinsel, wissen Sie überhaupt, wer ich bin? Ihr berufliches Leben hat ein Ende, Sie Arschloch, bevor Sie überhaupt einen Fuß wieder zurück auf diesen Steg dort gesetzt haben. Und Ihr restliches, bevor Sie ihn entlanggelaufen sind. Ich werde Sie vor alles zerren, was Sie zur Räson bringen wird, dann können Sie Kippen aus dem Sand pulen, die Straßen kehren, Abfalleimer leeren und die Kaugummis von den Teppichböden ablutschen, bis Sie schwarz werden ..."

Primo hatte ihm mittlerweile die Handschellen auf dem Rücken aufgeschlossen und dieser Alvarez hatte nichts Besseres zu tun, als auf uns beide zuzuspringen. Wir machten beide einen Schritt zur Seite und er knallte ohne Einwirkung von uns an eine Säule neben der Pantry.

„Ist er nicht süß? Das war doch jetzt Körperverletzung, oder?"

Ich nickte und ergänzte:

„Hat er schwarz werden gesagt?"

Alvarez war so schnell zu Ruhe gekommen, wie er explodiert war und stand benommen auf. Ich nahm seine Kleider auf, als ich Maria hinter mir wahrnahm. Sie hatte sich wieder angezogen. Ihre Kleidung war ziemlich spartanisch und ließ erkennen, dass die beiden auf dem Boot nichts anderes geplant hatten, als das, wobei wir sie gestört hatten. Allerdings fühlte sie sich in dem dünnen Etwas nicht mehr wohl. Denn unter dem luftigen Trägerkleid waren nur noch zwei knappe und zu helle Dessous zu erkennen, die deshalb durch den dunklen Stoff durchschimmerten. Für jeden halbwegs normalen Mann eine Einladung. Deshalb begann mich mein Versprechen zu ärgern.

„Javier, was hast du mit der Sache zu tun?", erkundigte sie sich vollkommen emotionslos. Ich hatte den Eindruck, dass sie sich mit einem Ende in ihrer Beziehung abgefunden hätte. Alvarez regierte nicht und rieb sich die Stirn. Noch immer stand er nackt zwischen uns drei. Ich warf ihm seine Sachen vor die Füße.

„Schluss jetzt! Auf!"

Auch ich kann meinen Tonfall ungemütlich klingen lassen. Stumm beugte er sich vor und fischte seine Sachen zusammen.

„Erklärst du's mir auch?", fragte Primo mit verzogenem Gesicht leise.

„Alvarez ist unser Fernbediener. Zu mehr hatte er keinen Mumm. Der fährt lieber fast zweihundert Kilometer mit dem Auto, fummelt Maria währenddessen zwischen den Beinen herum und sülzt ihr die Ohren voll, wie hübsch sie sei, und dass sie ganz anders sei als all die anderen, und er noch nie so empfunden habe, und sie müsse das mit dem Boot verstehen, wegen ihrer Karrieren und so, nur damit sie nickt und er mit ihr hier in Ruhe schlafen kann. Oder sollte ich lieber sagen, damit er sie in Ruhe bumsen kann, während er aus dem Bullauge guckt und Knöpfchen drückt. Deshalb zahlt er kein Hotelzimmer dafür. Zumal die Gästeliste in falsche Hände gelangen könnte. Nein, er hat ...“

„... Sie haben doch keine Ahnung, Sie ...“

„Halts Maul, sonst knall ich dir eine. Mein Kollege wird dann bestätigen, dass das in Notwehr geschah. Und zieh dich jetzt an! Verdammt noch mal!“
Fast wäre ich ihm an die Gurgel gesprungen. Maria sah ich im Augenwinkel hinter mir stehen. Über ihre Wangen liefen Tränen und sie zitterte wieder mit dem ganzen Körper, den sie mit ihren Armen fest umschlungen hielt, als versuchte sie, ihn damit zu verhüllen, weil sie sich immer noch nackt vorkam. Vielleicht sogar erst jetzt. Der Typ ging ihr mit einem Mal völlig gegen den Strich. Vielleicht fühlte sie sich sogar von ihm missbraucht. Sie tat mir unendlich leid, was meine Wut noch steigerte.

„Nein, weißt du, was er macht?“, fuhr ich fort.
Siegessicher und lächelnd schaute ich Primo an, der den Kopf schüttelte.

„Er hat sie ausgenutzt, als Alibi missbraucht, für den Fall der Fälle. Und er hat einen Hass auf alle *negros*. Sie stören sein Rechtsempfinden, das er vorgibt, gegenüber den eigenen Leuten zu haben. Deshalb nimmt er den

Schwarzen ihre Identität, zumindest so weit wie möglich. Haben sie ein Anliegen, eine Frage, eine noch so kleine Bitte, fordert er von ihnen diesbezügliche Originaldokumente ein und behält diese bei sich. Oder vernichtet sie. Um die Papiere zu bekommen, fährt er auch die zweihundert Kilometer und besucht sie in ihren Wohnungen oder wie Duela an seinem Stand und stopft die Sachen auf Nimmerwiedersehen in seine Aktentasche. Keiner der Betroffenen würde sich wehren, denn keinem würde man glauben. *Originale haben Sie hergegeben? Sie wollen uns wohl auf den Arm nehmen!* Wie sollten sie es auch beweisen. Sie sind doch nur *negros*, blöde Nigger. Und Duela zu vernichten ist doch ganz einfach auf diese Weise. Wenn er nichts mehr in Händen hat, wird man ihm auch seinen Puesto nehmen können. Egal, ob er Spanier ist oder nicht. Da kann man ganz schnell Dinge zusammenbasteln. Aber der war etwas unerschrockener. Zu unerschrocken. Er kämpfte. Deshalb war Duela bei dem Protestmarsch der einzige Schwarze. Hat sie quasi vertreten. Ängstlich zwar, aber er war dabei. Schau dir die Reihen hinter dem Banner an. Und erinnerst du dich? Wir haben in seiner Wohnung nicht ein offizielles Schriftstück, außer den Kopien seiner eigenen Briefe gefunden. Nicht einmal die Bestätigung der Amnestie und die Bestätigung für seinen Pass. Die paar Antwortschreiben auf seine Eingaben waren alle belanglos. Die Verzögerungen, die durch sie mitgeteilt wurden, hätten genauso gut von einem x-beliebigen Lieferanten eines Händlers kommen können. Denn da war nirgendwo ein Bezug auf ein Schreiben. Irgendwann hatte Duela dann nicht mehr weitergewusst und hatte mit vermeintlich Gleichgesinnten gesprochen und sich ihnen anvertraut. Aber es wurde gequatscht und sein Protest erreichte Alvarez. So begann der etwas auszuhecken. Etwas Großes. Mit dem er sie reinhauen konnte. *Diese negros beuten unser System aus, während wir auf der Strecke bleiben und jetzt das. Da muss man doch etwas machen. Oder wollt ihr, dass sie die Stadt niederbrennen.* Ein Kompagnon besorgte das nötige Equipment, genau das, was wir in der Grube neben Duela gefunden haben, während er sich Unterlagen von Duela holte."

An dieser Stelle unterbrach ich meine Ausführungen. Ich war selber überrascht, wie sich alles zusammenfügte. Alvarez grinste blöd und begann mit sich selber zu sprechen. Mit seinem immer noch blanken Oberkörper glich er in diesem Moment dem armen Pepito. Aber er hatte Pech gehabt, mit Mitleid von meiner Seite konnte er nicht rechnen. Währenddessen schielte dieser Idiot ab und zu, aber mit ziemlicher Sicherheit eher zufällig, zu Maria hinüber:

„Der hat sie doch nicht mehr alle, wie er das beweisen will, ist mir schleierhaft, da braucht mein Anwalt nur mit dem Finger zu schnippen, vollkommen übergeschnappt, der Fettwanst."

Ich griff in meine Tasche und holte das Nokia heraus. Fettwanst, von einem solchen Arschloch, war entschieden zu viel. Die Sätze, die ich meinem Chef sagen musste, um einen Freifahrtschein zu bekommen, sprudelten von alleine aus mir heraus. Ich muss ihm immer nur klarmachen, dass er so die wenigsten Scherereien haben wird. Und weil das in den letzten Jahren immer der Wahrheit entsprochen hatte, standen keine zehn Minuten später, drei Wagen mit voller Beleuchtung am Beginn des Piers und nahmen uns in Empfang. Der Typ von der policía portuaria fühlte sich unübersehbar in diesem Entscheidungsprozess übergangen. Ich zuckte mit der Schulter und schob ein *beim nächsten Mal* nach.

Allein damit ich nicht mit diesem Widerling in einem Auto sitzen musste, gab ich Primo ein Zeichen, in den Wagen mit Alvarez einzusteigen. Der weitere Grund war natürlich Maria. Primo verfrachtete also Alvarez in den zweiten Wagen und ich nahm mit Maria im Fond des dritten Platz. Der Erste sollte unseren Konvoi wichtig machen und die Straße freiräumen. Natürlich mit der ganzen Lichterkette auf dem Dach und genug Lärm. Blaugeblitztes Tatütata. Ich wollte so laut sein wie die Nit del foc.

„Wie alt sind Sie, wenn ich fragen darf?", wendete ich mich an Maria, nachdem ich das verblüffend kurze Telefongespräch beendet und damit das erhoffte Einverständnis erhalten hatte. *Es ist mir eine Freude, denen mal in die Eier zu treten.* Mein Chef hatte dort wohl noch ein paar Gesichter zu waschen. Wir waren von der Calle de Mexico über den großen Verteilerkreis auf die Autovía de Alicante gefahren. Mit Blaulicht und entsprechendem Tempo würden wir in weniger als einheinhalb Stunden in Valencia sein, falls uns der Verkehr keinen Strich durch die Rechnung machte. Die beiden Polizisten vorne waren nach anfänglichem Hin und Her nun mit einem eigenen Gespräch abgelenkt. Maria schaute mich von der Seite an.

„Warum wollen Sie das wissen?"

„Nur so", erwiderte ich, rot geworden.

„Bald fünfundvierzig", mit Blick zur Seitenscheibe hinaus, „zu alt für Sie", fügte sie mit einem Lächeln hinzu, dass ich trotz ihres abgewendeten Kopfes sehen konnte. Dann sah sie wieder zu mir herüber. Ernst. Überlegend. Traurig.

„Was haben Sie vor in Valencia?"

„Sollen wir sie zuerst zu Hause absetzen?", beantwortete ich ihre Frage ausweichend.

Maria zuckte mit der Schulter.

„Weswegen? Enrique wird nicht da sein."

„Nun", ich wackelte mit dem Kopf, „so möchten Sie sicher nicht zu ihrem Büro laufen."

Ich schaute auf ihre nackten Beine und Knie. Das Kleid war so kurz, dass es weit über die Hälfte der Oberschenkel hinaufgerutscht war. Maria strich mit den Händen über ihre Schenkel. Mit zwei Fingern zog sie den Saum noch eine Handbreit weiter hoch, als wolle sie damit eine indirekt gemachte Behauptung prüfen und betrachtete ihre Beine. Sie waren schön, fest, muskulös und keineswegs sehnig, wie von Frauen in ihrem Alter oft genug behauptet wurde, wenn sie so schlank waren. Wegen dieser musste sie sich nicht schämen. Selbst junge Mädchen würden sie darum beneiden. Auch beim Sitzen war ihre Unterwäsche deutlich unter dem dunklen Stoff des Kleides zu erkennen. Der Fahrer, ein junger Sargento, hatte jede rote Ampelphase ausgenutzt, um sich im Rückspiegel davon zu überzeugen.

„Was spielt das schon für eine Rolle? Hinter vorgehaltenen Händen zerreißen sich einige Kollegen schon jetzt das Maul. Nicht nur wegen mir. Oder glauben Sie etwa, mein Mann, der liebe Enrique, ist in den acht Jahren enthaltsam gewesen? Eine Freundin hat mir erzählt, dass sie fast zwanzig Jahre jünger ist als er. Demnach Mitte zwanzig. Da hat so etwas wie ich keine Chance mehr. Ich bin durch. Lieber jetzt auswechseln, bevor man selber nichts Neues findet. Alleine sein macht mir Angst und dann ist Einsamkeit nicht weit entfernt."

Ihre Finger hielten noch den Saum und sie zog ihn wie ein kleines Mädchen hoch. Der Sargento schaute genau in diesem Moment in den Rückspiegel und sah vermutlich zwischen Marias Schenkeln bis zu ihrem Schoß. Prompt musste er gegenlenken und der Beifahrer schaute theatralisch zwischen uns hin und her.

„Alles in Ordnung? Inspector?"

Jetzt fielen mir hunderte Antworten ein, aber ich hielt

lieber den Mund und nickte. Maria ließ den Stoff los und strich ihn wieder über ihre Beine. Ihr Gesichtsausdruck war unverändert. Das heißt, ihr war diese Situation egal gewesen. Ab jetzt hatte sie einen Schicksalsgefährten. Die zwei da vorne würden schon für einen entsprechenden Ruf von mir sorgen. Ich deutete mürrisch zur Frontscheibe hinaus und der auf dem Beifahrersitz drehte sich um. Nur der Sargento hob noch einmal den Kopf, um im Rückspiegel alles mitzukriegen. Mittlerweile waren wir auf der Autobahn auf Höhe Villafranqueza. Kurz sah ich rechter Hand den oberen Teil der 26 Stockwerke des Tryp Gran Sol in den Himmel ragen. Je nachdem, wo man stand oder wie man gelaunt war, sah dieses lange Ding mal wie ein mahnender Zeigefinger aus, mal glich er einem anerkennenden Daumen der nach oben zeigte, mal einem hochgestreckten Mittelfinger, der überall auf der Welt wahrscheinlich das Gleiche bedeutete. Heute war er eine Mischung aus allem. Er mahnte mich, anständig zu bleiben, lobte unsere Kombinationsgabe und erklärte dem Typen neben Primo im Auto vor uns, dass er ein Arschloch war. Alvarez hatte alles und alle ausgenutzt.

„Wenn Sie nichts dagegen haben, bleibe ich nachher im Auto sitzen und warte auf Sie."

Ich wendete mich wieder Maria zu. Sie zuckte mit den Schultern.

„Ich meinte damit, im Büro hängt ein Mantel, wenn Sie mir diesen bringen würden, wäre ich ihnen dankbar. Vielleicht gehe ich heute noch nicht nach Hause."

Ein mildes Lächeln huschte über ihr Gesicht. Dann schüttelte sie zaghaft den Kopf.

„Für mich hat in naher Zukunft keiner mehr Zeit. Ich werde lernen müssen, sie totzuschlagen."

„Aber ihre Kinder sind doch ...", versuchte ich einzuwenden.

„Nein, nicht in der Nähe. Beide leben nicht mehr hier. Ich bin nach der Geburt meiner Tochter eine junge Mutter gewesen. Sie studiert in Barcelona und mein Sohn arbeitet in Pamplona als werdender Ingenieur. Einschließlich meiner Eltern sind wir alle wie eine aus den Fingern geglittene Prise Salz im Land verstreut worden."

Sie saugte Luft durch die Zähne ein, als wenn sie sich auf die vermutete Einsamkeit einstimmen müsste.

„Da haben Sie es mit Sicherheit besser", setzte sie hinzu.

Außer den Kopf zu schütteln, reagierte ich nicht. Ich spürte ihren fragenden Blick und wägte ab, was ich sagen könnte. Die Situation zwischen ihr und mir war nach wie vor wundersam und surreal. Dann machte es auch nichts, wenn ich es ihr erzählte. Sie hatte mit dem Idioten schon innerlich Schluss gemacht und meine Geschichte hatte noch gar nicht angefangen. Nach zwei, drei Sekunden stellte ich Maria in einer Handvoll Sätze mein Verhältnis mit Mónica dar und die Schwierigkeiten, die es generell dabei gab. *Nein, nein, wissen Sie, mein Job hat für solche Dinge keinen Platz, wenn Sie so Typen wie ihn fangen wollen, lässt er keine Beziehungen zu. Die warten nicht ein Leben lang auf der Couch darauf, dass sie nun gebraucht würden ...* Ja, ich weiß, was Sie denken: *¿esta mal de la cabeza?* Hat der noch alle Tassen im Schrank? Aber falls es Ihnen noch nicht aufgefallen ist, außer mit meiner Mutter, habe ich über dieses Problem mit noch keiner anderen Frau gesprochen. Und es *ist* ein Problem für mich! Und Maria machte einen gescheiten Eindruck auf mich. Und es war einfach ein Bedürfnis für mich. Und dieser ganze andere, vollkommen bescheuerte Kram, der mit Alvarez und Duela, sein Spielchen mit ihm, war für mich an dieser Stelle schon erledigt. Sozusagen zu Ende recherchiert. Fertig. Warum sollte sie nicht also eine Meinung dazu haben.

„Sie werden lachen, aber morgen hätte ich mit Javier Schluss gemacht. Mir ging das mit dem Schiff auf die Nerven. Am letzten Wochenende war es ein regelrechtes Spießrutenlaufen, als wir zwischen den ganzen anderen Seeglern zu Julios Boot gelaufen sind. Mit seinem Fingern auf meinem Hintern schob er mich zwischen ihnen hindurch. Selbst wenn die erste, zweite oder sogar dritte Nacht dir alles bescherte, was du dir gewünscht hast, ist das demütigend. Die Männer haben jedenfalls alle gleich gewusst, um was es ging und fast schon Beifall geklatscht. Die Blicke waren deutlich genug. – Das, was Sie gesagt haben, mit dem Hotel vorhin, hat mir gut gefallen. Das hat meinen Entschluss bestärkt, obwohl ich ihn nun nicht mehr aussprechen muss", wieder atmete sie tief durch, bevor sie mich mit ihren Augen fixierte, „... und wie alt sind Sie?", wollte sie nun noch wissen. Auf Mónica war sie mit keiner Silbe eingegangen.

„Dreiundvierzig."

„¡Oh! Das hätte ich nun nicht gedacht. Sie sehen jünger aus."

„Das macht der da, Fett glättet die Haut", ich klopfte auf meinen Bauch, „die einen schmieren es sich ins Gesicht und ich trag es vor mir her."

„Den kann man loswerden. Glauben Sie's mir. Etwas mehr Bewegung und es klappt. Ich habe auch mal über zehn Kilo mehr gewogen. Aus lauter Frust und Vernachlässigung angefressen. Ihre Mónica sollte da eigentlich – wie soll ich sagen – beschleunigend wirken. Andererseits gibt's auch wichtigeres. Sie missverstehen da vielleicht einige Sachen. – Also, was haben sie vor in Valencia?"

Wichtigeres? Ich überlegte, ob ich nachhaken sollte,

doch hatte sie mir eine Frage gestellt und wollte vielleicht damit das Thema beenden. Also antwortete ich:

„Wir werden sein Büro auf den Kopf stellen. Ich hoffe, wir finden etwas, das unser Gedankenspiel beweisen könnte."

„Aber da gibt's keine Akten mehr darüber. Diese Fälle hat er abgegeben oder, was meistens zutraf, unbehandelt fortgeworfen."

„In der Regel existiert trotzdem in irgendeinem Schrank ein Hinweis, ein Blatt Papier, ein Schreiben, das er noch einmal gebraucht hätte, weil er eine Adresse, einen Vermerk oder ähnliches darauf notiert hat. Selbst die schrecklichsten Diktaturen haben alles fein säuberlich dokumentiert. – Ich kann es Ihnen nicht erklären, aber er ist einer von den Dreien, die wir suchen. Vielleicht finden wir die anderen Namen, wenigstens einen."

„Sie haben einen beneidenswerten Job. Sie können Lösungen suchen und anbieten. Fälle lösen und für Gerechtigkeit sorgen. Ein Traum in unserem Ressort." Maria strich sich wieder mit den Fingern durch ihr Haar und bändigte es zum wiederholten Mal hinter den Ohren. Dann fischte sie etwas aus ihrer Handtasche und machte plötzlich hinter ihrem Kopf die gleichen Handbewegungen wie das Blondchen gestern Morgen. Nur sah es bei ihr eleganter aus, als sie sich den Zopf flocht und in die Mitte eine Haarspange befestigte. Durch ihre hochgehaltenen Arme konnte ich in den Armausschnitten des Kleides den Ansatz ihrer Brust sehen, denn der BH war für alle Aufgaben, die ihm eigentlich auferlegt waren zu klein oder gerade richtig. Sie bemerkte meinen Blick und schielte zu mir rüber.

„Sie haben doch schon alles an mir gesehen. Nicht zufrieden?"

Knallrot geworden schaute ich an ihr vorbei zur Seitenscheibe raus. Wir waren über die Ausläufer der Serra gefahren. Vor uns lag Dénia. Links davon öffnete sich das Meer mit dem unendlich erscheinenden Sandstrand bis kurz vor Valencia. Die Kolonne der Hotelburgen hielt den Westwind ab. In deren Windschatten konnten sich die Touris im Sand also grillen lassen. Ich hätte einen Haufen Blödsinn sagen können, weil ich, wie sie, in letzter Zeit das empfand, was sie mit den Stichwörtern *acht Jahre* benannte. Auch: natürlich, Sie sehen sehr schön aus, darf ich dich Maria nennen, was ich bereits die ganze Zeit tat. Oder: nein, ich bin ein anständiger Polizist, aber jetzt wo Sie es sagen. Und: Maria, Sie können mich für bescheuert halten, Primo tut dies regelmäßig, aber ich glaube, es ist besser, wenn Sie nicht auf mich warten. Alles hirnlos. Stattdessen, wieder auf dieses Stück Haut schielend:

„Ihre Männer sind Vollidioten. Der Eine missachtet Sie und der Andere missbraucht Sie. Aller guten Dinge sind drei, ich wünsche es Ihnen von Herzen."

„Es ist vielleicht ein komischer Zeitpunkt, aber ich würde mich freuen, wenn Sie Maria mit einem Du zu mir sagen würden, ich weiß, dass Sie ein anständiger Kerl sind, vielleicht hätten Sie, wenn es einmal Ihre Zeit erlaubt, Lust mit mir Essen zu gehen?"

Wir ließen die Wagen mit Blaulicht in die Gran Via Ferran einbiegen. Dann gab ich den Polizisten ein Zeichen, kurz zu warten. Ich wollte mich zunächst mit Primo über die weitere Vorgehensweise absprechen. Würden wir so gründlich vorgehen, wie in Duelas Wohnung, wäre von mindestens drei Stunden auszugehen. Seine Antwort war, dass Alvarez uns den Zutritt nur mit einem Anwalt gestatten würde. Ich sagte hingegen, dass er Pech hätte, denn während der Fahrt hatte ich mit dem zuständigen Verwaltungsrichter telefoniert und dieser hat am Eingang ein beglaubigtes Fax hinterlegen lassen. Wenn wir also nur ein einziges verdächtiges Blatt Papier finden würden, dürften wir seine Rückfahrt nach Alicante buchen. Er würde dem Untersuchungsrichter schon beibringen können, dass die *detención preventiva*, die Untersuchungshaft sozusagen bei uns stattfindet. Ansonsten würden wir die üblichen Schwierigkeiten bekommen, falls wir nichts fänden.

Einer der Sargentos brachte den quertreibenden Alvarez nach oben. Wir folgten im Schlepptau. Zuvor hatten wir die Polizisten auslosen lassen, wer bereits nach Hause fahren durfte. Es war das erste Fahrzeug. Unser Sargento hingegen freute sich, konnte er doch auf weitere Indiskretionen im Rückspiegel hoffen, weil er die Einladung zum Essen mitbekommen hatte. Knapp zehn Minuten später hatte ich diese zunichte gemacht. Maria hatte mir ihren Schlüssel zum Büro gegeben und ich brachte ihr den Mantel. Dann bedankte sie sich bei dem Fahrer und öffnete die Tür. Als sie ausstieg, vermisste ich Fernsehkameras. Denn sie setzte das erste Bein langsam und mit einer unnachahmlichen Eleganz auf die Straße. Ihr Kleid rutschte die kamerataugliche Handbreit nach oben und gab dadurch einen verlockenden Blick auf die Innenseite des anderen Beins frei. Eine Sekunde hielt ich die Luft an. Ihre schwarzen hochhackigen Pumps taten für jegliche andere Phantasie ein Übriges. Anschließend stand sie vor mir. Etwas umständlich zog sie den Mantel an. Bedeckte dadurch jegliche verlockende Transparenz. Leise fügte sie eine Wegbeschreibung für ihre Adresse an. Wir lächelten uns vielsagend an. Unsere Unentschlossenheit hätte zu einer schönen, aber zu kurzen gemeinsamen Nacht gepasst, jedoch nicht zu einem solchen Tag. Ich streckte die Hand aus und sie ergriff sie, zog sich mit ihr an mich heran und küsste mich auf beide Wangen. Schon stand sie wieder einen halben Meter weit weg und sagte nur:

„Wer weiß!?"

Ohne sich nochmal umzudrehen, ging sie zwischen den beiden Polizeiautos hindurch auf die andere Straßenseite und dort verschwand sie an der nächsten Ecke. Von meiner Seite aus wollte ich mein Versprechen halten. Ich schrieb weder Telefonnummer noch Adresse auf. Wofür auch? Ich wusste sie auch so. Und Polizisten sind keine neugierigen, dauernd liebestollen Detektive aus Büchern. Krimis, die Sie wohl zu lesen scheinen. Trotzdem füge ich an dieser Stelle noch gerne hinzu, dass ich ihr nachblickte. Ihr Gang war eine Verpflichtung dazu. Keine Ahnung, warum ein Alvarez bei ihr Erfolg haben konnte.

Oben hatte Primo den Kerl mitten im Raum abgestellt und einen der Polizisten angewiesen, darauf zu achten, dass Alvarez nichts anfassen und sich nirgendwo hinsetzen dürfte. Währenddessen zog er Schublade für Schublade auf, öffnete er einen Schrank nach dem anderen, blätterte er Ordner auf, als handelte es sich um die nächste Fuhre für den Altpapiercontainer. Als ich hereinkam und ihn dabei beobachtete, wusste ich sofort, welches Spiel er trieb. Primo war ein athletischer Kerl. Wenn er aufdrehen würde, hätten einige Einrichtungsgegenstände keine Chance mehr. Und bei Typen wie Alvarez funktionierte das bisher immer. Denn Pokerspiel war nicht deren Sache. Irgendwann würde er zucken und Primo das Suchspiel gewinnen. Warm. Wärmer. Heiß.

Der vielzitierte Rechtsanwalt ließ auf sich warten. Unter Anwälten, Sie erinnern sich, auch Alvarez war einer, schien man es nicht eilig zu haben. Dieser betrat drei Sekunden zu spät das Büro. Kurz zuvor hatte nämlich unser Kandidat gezuckt und Primo einen Ordner in der Hand. Der in Armani, Milano und ähnlichen Marken gekleidete Rechtsangeber schaute verdattert von Alvarez zu Primo, dann zu den beiden Polizisten und mir. Die Runde wiederholte er mindestens drei Mal. Primo hatte ein Blatt aus dem Ordner gezogen und hielt es vor sich, gleichzeitig fixierte er den Rechtsanwalt, Primos Stimme klang triumphierend.

„Sehr geehrter Herr Alvarez, heute wende ich mich mit einer Bitte an Sie, da ich davon überzeugt bin, dass Sie mir helfen können. Seit nahezu sieben Monaten liegt mein Antrag auf Sozialhilfe bei … blablabla … Wie Sie am … gewünscht haben, liegen die diesbezüglichen Originaldokumente anbei. Ich hoffe auf eine erfolgreiche Intervention von Ihnen. *Le saluda atentamente*, hochachtungsvoll, und so weiter", er machte eine Pause, blättert die nächsten Seiten durch und fügte einige verblüffend stille Sekunden später hinzu, „soll ich Ihnen die Namen auch vorlesen oder glauben Sie mir, dass diese zu schwierig sind, weil sie für uns ungewohnt sind, da sie nämlich afrikanische zu sein scheinen? – Haben Sie irgendwelche Fragen?"
Primo schaute den Rechtsanwalt an und warf mir wie in einem Basketballspiel den Ordner zu. Der Mann im feinen Zwirn öffnete eine Mappe, wahrscheinlich wollte er irgendwelche äußerst gewichtige Rechte vorlesen, aber ich legte ihm im gleichen Moment den *orden de busca y captura*, den Haftbefehl darauf, den ich unten per Fax am Empfang bereits entgegengenommen hatte. Der Untersuchungsrichter hatte Wort gehalten und nicht sieben Monate, sondern nur Minuten verstreichen lassen. Das einschränkende zweite Blatt hatte ich in Alvarez' Vorzimmer in einen Papierkorb geworfen.

Das war auch gut so. Ich wusste, dass wir Recht behalten würden und wurde belohnt. Beim schnellen Durchblättern des Ordners hatte ich gerade Duelas, Entschuldigung, Jorge Duols Namen gelesen.

Ich schlief nicht besonders gut in dieser Nacht. Im Traum verquickte ich Fall und Fältchen, Feuer und Entflammte. Während ich im Eckzimmer Mónica auf einem dünnen Teppich liebte, da ich außer den Terracottafliesen sonst nichts in diesem Raum habe, schaute ich aus dem Fenster in Richtung Calle Mayor und sah drüben im Hotel hinter den sperrangelweit geöffneten Fenstern Maria mit ihrem dritten Liebhaber. Sein Gesicht konnte ich nicht erkennen, aber er hatte wie ich einen kleinen Bauch. Es störte sie nicht. Es gibt wichtigeres. Sie saß auf seinem Schoß. Ihr Körper schwang in einem gemächlichen Auf und Ab und glitzerte dabei wie eine Skulptur aus nassem Sand, von einem Spot nicht allzu hell angeleuchtet. Selbstvergessen und zufrieden sah sie plötzlich in meine Richtung und winkte mir zu. Lächelnd blickte ich zurück und dann in Mónicas entrücktes Gesicht unter mir. Ich hatte *es* seit Ainhoa wohl nicht verlernt, blätterte stolz eine Seite in meinem Buch um und las, dass Alvarez seine Leute zusammensuchte, um mich auszuschalten. Den Sender für die Zündung des Sprengstoffs hielt er bereits in der Hand. Ich sah schon sein Grinsen und wollte ihm keine Chance geben, blätterte nochmals weiter und begann an der Stelle aufzuwachen, als er die Tür des Puestos von innen wieder schließt. Ein eigentümlicher Geruch schlägt ihm entgegen, im Schein der Taschenlampen sieht er sofort den Grund. Duela liegt in der Grube. Einer der beiden Männer nimmt die Hand von dessen Gesicht. Es ist schmerzverzerrt erstarrt. Ohne Leben. Aus

einem Beinstumpf fließt noch mit dem letzten Pulsschlag Blut. *Guck nicht so, oder hast du eine bessere Idee.*
Der Mann am Boden setzt die scharfe Metallsäge wieder an. Wenige Minuten später ist auch Duelas zweites
Bein amputiert.

Dienstag

Schweißgebadet lag ich auf meinem Bett. Über mir nur
die hölzernen Balken der Decke, für keine weiteren
Fantasien als Leinwand tauglich. So fühlte ich mich
zwischen Traum und Wirklichkeit mit allen Hinterlassenschaften, die dieses gefährliche Gemisch an einem
männlichen Körper erzeugen kann. Als ich zum Fenster
blickte, meinte ich noch Maria zu sehen, wie sie mit ihrer Schulter zuckte und *Wer weiß?* flüsterte. Ich drehte
mich um und suchte automatisch Mónica neben mir.
Der Platz war natürlich leer und ich wach. Ich rollte
mich zurück und erhob mich schwerfällig aus dem Bett.
Zog das feuchte Shirt und die genauso feuchten Shorts
aus. Mit einem Blick auf die Balkons gegenüber, ohne
leider in den betreffenden Fenstern den ersehnten Ersatz wahrzunehmen, ging ich ins Bad und ließ das kalte
Wasser aus der Dusche auf mich hinunterstürzen. Der
morgendliche Männerkörper beruhigte sich nach Sekunden.

Alvarez passte nahtlos an die Stelle meiner Theorien. Möglicherweise nicht die ganzen Details, die ich
ihm auf dem Boot an den Kopf geworfen hatte. Aber
eines stand für mich fest, er hatte sich um die Papiere
gekümmert, vielmehr diese vernichtet und doch eine
Handvoll Blätter im Ordner übersehen oder absichtlich
zurückgehalten. Sein Plan, dass nichts, aber auch gar

nichts auf ihn hindeuten würde, hatte bis gestern funktioniert. Doch waren wir schneller gewesen als seine Aufräumarbeiten. Ich stellte das Wasser ab, nahm das Handtuch und ging ins Wohnzimmer. Noch nackt öffnete ich eines der Fenster. Der Zufall wollte es, dass drüben im selben Moment eine ebenso nackte Frau die Vorhänge öffnete, erschrak und wieder schloss. Die Perspektive aus ihrer Blickrichtung war in der Tat für mich wenig vorteilhaft. Mein tief sitzendes Fenster gab eher den Blick auf die von der Sonne beschienene Stelle zwischen Knien und Bauchnabel frei. Also auf den rundlichen Bauch und..., nun ja. Ich hingegen hatte kurz den Genuss (gehabt,) sie in Gänze zu sehen. Ich drehte mich um und befürchtete, nun bis zu meinem dreiundneunzigsten Geburtstag die mir zustehende Ration an entblößter Haut gesehen zu haben. Es hatte ja inflatorische Ausmaße angenommen. Viel zu wenig davon hatte ich in den letzten Stunden tatsächlich berührt. Der Genuss war also wirklich mehr als dürftig zu nennen. Meine Laune glich daher dem dreiundneunzigjährigen Mann, der gegen den Tod, der in Kürze unweigerlich anklopfen würde, und die seit mindestens fünfzig Jahren fehlenden körperlichen Zuneigungen nichts mehr unternehmen könnte. Kurz zog ich ein Telefonat mit Maria in Erwägung und unterließ es.

Ich war durch die nächtlichen und morgendlichen Ereignisse wohl so verwirrt, vielleicht auch betäubt, dass ich das obligatorische Glas Orangensaft unten bei Mario vergaß. Genauso wie Mónica, die sicher wenige Minuten später um die Ecke kommen würde. Aber davon hätte ich sowieso nichts mehr mitbekommen. Bereits die *Girona* entlanglaufend war ich schon lang außer Sichtweite.

In unserem Dienstzimmer hatten sie mich alleine gelassen. Primo und die anderen waren unterwegs. Zumindest bei Primo konnte ich mir denken, wo er sich aufhielt. Ich stierte auf den Aufschrieb, den wir gestern Abend noch verfasst hatten und kapierte nichts. Meine Gedanken oder das, was in meinem Kopf herumwirbelte, hatte seine Aufgabe erfüllt und mich durcheinandergebracht. Ohne es zu bemerken, wählte ich bereits die Nummer von Marias Büro. Nach dem zweiten Klingeln ertönte ein Klicken und ich hörte ihre Stimme. Leider vom Band.

„¡Buenos Dias! Hier ist das Büro von Maria Mancuso, Generalitat Valenciana, Gran Via Ferran el Catòlic, Abteilung ...“

Der Rest verschwand in irgendeiner Biegung meines Ohres. Denn ich spürte längst ihre Haut an meinen Daumen und ihre Stirn an meinen Lippen. Ich wartete eine Sekunde darauf, dass beides in meinem Kopf zu Mónica würde. Aber es blieb Maria. Neben den ganzen Verwirrungen von gestern auch für heute Verwirrung genug. Dass sie nicht da sein würde, hätte ich mir denken können, aber ich hatte ja schon beim Abnehmen des Hörers nichts gedacht und jetzt nicht mehr den leisesten Schimmer, was ich eigentlich von ihr wollte. Unglücklicherweise lag der Hörer schon wieder an seinem Platz. Ich starrte ihn kurz an und wählte ein weiteres Mal.

„¡Buenos Dias! Hier ist das Büro von Maria Mancuso, Generalitat Valenciana, Gran Via Ferran el Catòlic, Abteilung ...“ begann das Band von Neuem, „.... in den nächsten drei Wochen rufen sie daher bitte folgende Telefonnummer an: 96 192 ...“

Demnach nahm sie sich eine Auszeit. Oder versuchte eine neue Arbeitsstelle zu bekommen. Fernab von dem Gelabere der Kollegen, die sich von nun an das Maul über sie zerreißen würden. Oder machte Urlaub am anderen Ende der Welt. Irgendwo im Busch, wo sie sich und ihre Enttäuschungen anonym entfrusten konnte. Zusammen mit einem potenten, dunkelhäutigen Kerl, der womöglich nach Moschus und Sandelholz roch. Wieder hatte ich aufgelegt und begonnen mit mir selber zu sprechen. So fangen psychotische Störungen an. Ich stellte mich hin und grub in meinen Taschen herum. Ich war sicher, ihre private Nummer, entgegen meinen Behauptungen, aufgeschrieben und eingesteckt zu haben. Doch zunächst zog ich nur ein halbes Dutzend verschrumpelte Quittungen von diversen Minimercados, längst erledigte Einkaufszettel und ein Kalenderblatt vom 23. des letzten Monats heraus. Mutter hatte mir dies auf eines ihrer Care-Pakete gelegt und mich ermahnt: *Zu Hause lesen, vor dem Schlafengehen, mehrfach! Und zu Gemüte führen!* Ich faltete es auseinander und strich den Fetzen glatt. Neben dem Spruch *Wo Liebe ist, wird das Unmögliche möglich* stand Marias Telefonnummer. Ich wollte das Unmögliche von ihrer Reaktion abhängig machen.

„*¡diga!*"

„Alex."

„Ach."

„ – "

„Du hast Glück, in einer Viertelstunde kommt das Taxi."

„Wohin geht's?"

„Es gibt nicht viel, wo man von einem Tag auf den anderen für drei Wochen hinkann. – Gran Canaria."

„Abschalten."

„Und sortieren."

„Sollte ich auch mal tun."

„Klingt eher wie 'ne Frage. Willst du etwa mitkommen?"

„Immerhin steht noch ein gemeinsames Essen aus."

„In meinem oder deinem Zimmer?"

„Davor."

„Du bist wenigstens ehrlich."

„Ich bin Polizist, da sollte Ehrlichkeit im Prinzip eine fast hundertprozentige Rolle spielen."

„Ich sag dir was, lass uns in drei Wochen nochmal telefonieren. Nein, warte! Gib *mir* die Chance. Ich werde *meine* Ordner sichten und sortieren", am anderen Ende ertönte ein überraschendes Kichern, eines von kleinen Mädchen hinter vorgehaltener Hand, wenn sie einen guten Streich ausgeheckt hatten, „und wenn ich dann glaube, dass es gut für uns beide ist, lass ich mich von dir am Flughafen abholen."

Am frühen Nachmittag saß ich im Schatten einer der wenigen Palmen an einem Mäuerchen im Sand. Unfähig einen klaren Gedanken zu fassen. Ich sinnierte darüber, ob ich etwas Unmögliches versuchte oder ob *ich* unmöglich war. Selbst nach anstrengenden Minuten war es unmöglich, dies zu entscheiden. Ich würde das höheren Zuständigkeiten überantworten und es durch den nächsten Zufall klären lassen. Ich griff neben mich und studierte die *Informacion* des Vortages, zwanghaft und konzentriert, in der aber nichts Besonderes zu lesen war. Auch nicht über die Leiche im *Explanada Puesto 47*. Was eine Ablenkung gewesen wäre und auch ein journalistisches Wunder. Denn sie war aus den Augen der Reporter verschwunden.

Am Samstag mokierten sie sich noch in einem kleinen Artikel über die mageren Nachrichten durch uns, die vermutlich darauf hindeuteten, dass wir im Dunkeln tappten. *Aber eine schwerfällige Aufklärung ist ja durchaus nicht ungewöhnlich, wenn die Opfer nicht die passende Hautfarbe haben, man erinnere sich doch nur*

an den Fall, der ... Damit waren sie ihrer Aufgabe ent-
bunden, mehr darüber zu berichten. Dafür waren die
Bilderchen in dem Blättchen zerstreuend genug und se-
henswert. Wie die Zeilen über die manchmal ach so
schlauen Mitbürger, die ihr Auto nicht um die normals-
ten Ecken der Welt fahren konnten. Dabei haben wir so
viele herrliche Einbahnstraßen ohne Gegenverkehr und
inzwischen ziemlich viele Ampeln. In diesen Artikeln
gab es allerdings keinen Hinweis auf die schwerfällige
Einsicht der Mitbürger. *¡Pues bien!* Nun denn!

Bevor ich wieder anfing, über Maria nachzudenken
und darüber, wie vernünftig es wäre, ihren Entschluss
abzuwarten, nahm ich aus dem Stoffbeutel den Ordner,
den Primo bei Alvarez aus dem Regal gezogen hatte und
begann ihn, einigermaßen geschützt von der Zeitung,
durchzublättern. Ja doch, ich weiß, natürlich ist das
nicht erlaubt. Ein Beweismittel gehört unter Verschluss.
Aber ich wollte ihn wenigstens fünf Minuten ungestört
für mich haben. Alvarez hatte alles fein säuberlichst
und alphabetisch abgeheftet. *Chalil, Dabote, Dibango,
Doganga, Duol.* Acht Blätter allein von ihm. Sichtlich
mühevoll handgeschrieben.

Gerade schaute ich nachdenklich von der Lektüre
seines ersten Briefes auf und rätselte darüber, warum
auf jedem ein oder mehrere Haftetiketten mit den
Buchstaben *L, M* oder *Y* klebten, als sie keine fünf Meter
von mir entfernt in einem pinkfarbenen Bikini zu einer
der Fußduschen ging und sämtliche Gedankenspiele
neutralisierte. In dem Moment, als sie auf den Knopf
drückte, um das ständig stotternd prasselnde Wasser in
Gang zu bringen, fiel ihr die blonde Mähne in Zeitlupe
vom Rücken rutschend ins Gesicht. Ich hörte einen lei-
sen Fluch und sie ließ den Knopf wieder los. Mit einer
Hand strich sie sich, viel jugendlicher und mädchenhaf-
ter als Maria wirkend, die Haare wieder hinter den

Kopf, drehte sie zu einem provisorischen Zopf, der nun links neben ihrem Kopf lag und sah dabei hoch. Genau in meine Augen und blieb für ein, zwei Sekunden reglos stehen. Marias Sommersprossen, die Wärme ihrer Stirn, der Ordner und Duelas Brief waren sofort vergessen. An meinen Fingern spürte ich, statt der Taille von Maria den dünnen Stoff des Shirts von Mónica und damit nur noch sie. Das Chaos in meinem Oberstübchen war perfekt. Mein Gott, ich war auf dem besten Weg, Primo nachzuäffen. Ein letzter Anflug von Pflichtgefühl verhinderte, dass ich die Unterlagen neben mich in den Sand warf, sondern auf den Bauch klappte.

Es mag schwülstig klingen, aber ich gab mich dem Bild vor mir hin. So ein Glücksmoment musste genossen werden.(!) Korrigiere: *Der* Glücksmoment der Woche.(!) Vielleicht sogar aller vergangenen Wochen meines bisherigen Lebens, wenn es nach meinem Puls ging, den ich bis an die Seite meiner Nase spürte. Mein erwachsener Schädel spielte mir dabei einen jugendlichen und zu gelungenen Streich. Eine Art real gewordenen Traum, den ich nicht einmal in den besten Nächten zustande brachte, egal wie sehr ich mich dabei anstrengte. Selbst mit Maria im Kopf, wollte so einer nicht funktionieren. Mit Mónica hingegen war das was anderes. Da stimmte die Gesamtkomposition. Die war edel.

Ein, zwei Sekunden versuchte ich meinen Bauch einzuziehen, zusätzlich etwas blödsinnig hinter dem zugeklappten Ordner und der Zeitung versteckt, während ich sie von oben bis unten betrachtete. Wahrscheinlich war es eher ein Anstarren oder ein anderer, ungehöriger Blick. Immerhin hatte ich sie ja *so* noch nie gesehen. Und was ich sah, übertraf alles. Aus sittlichen Gründen unterlasse ich hier eine nähere Beschreibung, obwohl solche Dinge sogar angeblich in der Bibel beschrieben sein sollen. Auf jeden Fall verkürzte sie mit ein paar wenigen Schritten die Distanz zu mir um die Hälfte und blieb wieder stehen. Erst jetzt merkte ich, dass ich nicht in ihr Gesicht schaute, vielleicht, weil ich es öfter in der Woche zu Gesicht bekam, sondern auf die nackten Schultern und ihre weibliche Hüfte schielte, die dazu passenden Schenkel musterte, die mir tatsächlich viel besser gefielen als die von Maria und mich gleichzeitig über die schlanke Taille, den offensichtlich durchtrainierten Bauch und die festen, großen Brüste wunderte.

Kennen Sie Laetitia Casta? Die Französin? Ja? Warum die? Abwarten! Ist da 'ne Art Nationalikone und hat mit Joaquin Cortés in dem Film *Gitano* gespielt. Ist schon eine Weile her. Aber sie hat sich seitdem kaum verändert. Glaube ich. In dem Film hat sie nicht nur in wenig Kleidung, weiße Shorts waren auch dabei, ein Buch im Bett gelesen, sondern auch dem guten Cortés den Kopf verdreht – bis ins Bett. Zuvor kannte ich die Casta nur als geblondete Lolita, gefährlich verführerisch für Werbung in die Kamera blickend. Mit Lippen, die auf deinem Mund eine Krake ähnlich wie Saugnäpfe wirken würden, um dich gefügig zu machen. Jetzt verteilen Sie einfach sehr sorgfältig maximal weitere fünf Kilo auf die schönsten Stellen dieses Körpers und stellen sich vor, sie sei wirklich blond. Dann haben Sie schon eine gute Vorstellung über Mónicas Äußeres. Die blöde grüngelbe Putzkolonnen-Uniform hatte bislang all dies tatsächlich unvorteilhaft versteckt. All die hinter mir liegenden Monate kam ich mir nun in diesem Augenblick verarscht vor. Sie legte den Kopf schief und meinte:

„Stimmt was nicht?"

Ich sagte ja, das da vor mir war ein Traum. Und in Träumen spricht man nicht. Oder wenn, gibt man Antworten, die man sich im wahren Leben nicht traut. Also wollte ich auf keinen Fall aus ihm aufwachen und war stumm. Lieber nochmals einschlafen und dann herausfinden, ob es Stellen an ihrem Körper mit noch mehr blonden Haaren hätte, auf denen der Schweiß glitzerte. Die Casta hatte damals, im Gegensatz zu Maria, zumindest keine. Doch das Fragezeichen, das auf meinem Trommelfell gelandet war, erforderte eine Antwort und mir fiel die bescheuertste Antwort aller Zeiten ein:

„Starke Farbe.“

„¿*Qué?*“

Sie schaute an sich herunter und hob anschließend, nun mit einem wissenden Blick, wieder den Kopf. Dabei zupfte sie mit beiden Händen den Gummibund ihres Bikinislips von ihrem Bauch weg und ließ ihn wieder darauf zurückschnalzen. So komplettierte sie das Durcheinander in meinem Kopf und fächelte mir durch diese Bewegung eine Erinnerung zu, die schlussendlich mit einem Duft zusammenhing. Den man mir damals allerdings erklären musste. Selbst hätte ich die Feinheiten nie herausbekommen. Trocknende Orangenschalen, warmes Olivenöl, ein schwerer süßer Rotwein, ein Korb voller frischgebackener Palmeritas und eine soeben geschehene Liebe. Diese Dinge hatten nichts miteinander zu tun und doch gehörten sie zusammen, gehörten sie zu einem Nachmittag, an dem Ainhoa, damals, wie schon oft erwähnt, gerade siebzehn geworden, sich mit der gleichen Geste vor mich stellte und meinte, während sie den Bund ihres Slips immer wieder von ihrem Bauch wegzog und schwenkte:

„Riechst du das? Den Garten? Die Dinge dort auf den Tisch? Uns? Diesen Cocktail von heute? Das speichere ich nun hier drin. Wie lange glaubst du, hält es?“ Es hielt nicht lange. Keine weiteren zwei Monate. Dann war sie vorbei, meine letzte Liebe. Und nun stand Mónica da und ließ zum zweiten Mal den Gummi auf ihre Haut patschen. Mit der gleichen Anmut. Mit der gleichen Wirkung. Mit einem hoffentlich anderen Ende der Geschichte. Da hatte Maria gestern nun doch nicht, mit keiner ihrer Gesten, den Hauch einer Chance gehabt.

„Hab' ich schon 'ne halbe Ewigkeit. Wundert mich, dass du den noch nicht kennst."

Mit den letzten Worten hockte sie sich keine Handbreit von mir entfernt neben mich in den Sand. Würde ich mich nur einen Zentimeter zur Seite neigen, berührten wir uns Haut an Haut.

„Ich hab' dich leider hier noch nie gesehen", entgegnete ich, zuckte mit den Schultern und musterte gleichzeitig mit einem verstohlenen Blick den einer Schnur ähnlichen Abdruck, welchen die Naht auf ihrer Haut weit unterhalb des Nabels hinterlassen hatte. Fast waren meine Finger schon auf dem Weg, diese Spur näher zu untersuchen.

„Ach. Wirklich? Das erklärt alles. Ich hatte mich schon über deinen komischen Blick grad gewundert."

Ich ließ den Kram auf meinem Bauch durch die Schenkel hindurch auf den Sand sinken und klappte und faltete alles nochmals fürchterlich umständlich zusammen, in der Hoffnung, dass sie von dem Schwimmring nichts mitbekam. Aber der war ihr schlichtweg wurscht. Denn sie schaute, statt auf ihn, durch das Durcheinander von Sonnenschirmen, herumhüpfenden Kindern und Strandball spielenden Jugendlichen hindurch, denen es egal war, ob ihre knapp sitzende Wäsche noch an Ort und Stelle saß, wenn sie wieder mal meisterhaft und vor allem übertrieben vor den Augen ihrer Freunde und Freundinnen im Sand landeten und dann feixend und angeberisch aufstanden.

„Ich hätte schwören können, dich hier schon ein paar Mal gesehen zu haben", sie machte eine kunstvolle

Pause ohne mich anzusehen und fuhr dann mit einem unüberhörbaren Lächeln in ihrer Stimme fort: „bist du nicht erst vorgestern hier durchgejoggt, um 'nem Jungen ein Bein zu stellen? Da bist du doch über mich drüber gesprungen."

Meine Atmung stellte schlagartig ihre Tätigkeit ein. Der Wind war weg. LMY, *lo malo yo*. Das Schlechte war ich. Das Kreischen der Kinder verstummte und die Wellen da vorne vor dem Ufer glichen einer plötzlich erstarrten Glaswand. Überhaupt hatte ich den Eindruck, alles vor mir würde den Bruchteil einer Sekunde verharren, eingefroren sein, einer Fotografie gleichen oder dem kurz sichtbaren Bild im Monitor einer Digitalkamera nach dem Klick. Oder war es doch eine Ewigkeit? Dann prallte ein Wasserball von meinem Unterschenkel wieder zurück zu einer Horde Kinder. Der Wind ließ die doch nicht vorhandene Glaswand flüssig geworden ans Ufer klatschen, die grüne Flagge aufbauschen, den Bildschirm der Kamera dunkel werden und ich gab mit hochrotem Kopf zur Antwort:

„Unfall im Einsatz nenne ich so was", und versuchte gleich abzulenken, „welchen Sport treibst du sonst außer Schwimmen?"

Ihr Lachen mit diesen großen Augen wird immer die reinste Gefahr für mich sein. Sie schaute mich an und ich fiel in diese Augen hinein. Unbremsbar wie nach einem Stolpern. Wenn mich jemand fragen würde, welche Form ihre Lippen hätten, ob Sommersprossen in ihrem Gesicht oder ihre Fingernägel lackiert sind, ich könnte es nicht sagen. Ich sah nur dieses unbeschwerte Lachen. Wie aus einem anderen Leben. In diesem Moment wünschte ich, ich hätte tatsächlich eine Kamera gehabt, um ein Foto zu machen, das ich als Poster über mein Bett hätte hängen können.

„Duela hat mit der ganzen Sache überhaupt nichts zu tun", ich reichte Primo den Briefbogen rüber, „Alvarez hat nur seine Anträge nutzen wollen, um ihm alles in die Schuhe schieben zu können. Sieh mal, da unten!"

„*PS: Was muss denn erst passieren, damit wir endlich Gehör finden? Welche Drohungen müsste ich aussprechen?*" las er halblaut vor, „kann ich verstehen, wenn man ein halbes Jahr lang keine Antworten bekommt."

„War in dem Ordner abgeheftet, den du bei ihm aus dem Regal gezogen hast. Jetzt weißt du, warum Alvarez diese Briefe aufgehoben hat. Er hat sie nicht vergessen, sondern wollte sie dann, ich sag mal, weiterleiten. Zum passenden Zeitpunkt. Als Beweis für die Untaten der ganzen Schwarzen. Vor allem, wenn das mit dem Wumms funktioniert hätte. Den hätte man ihm ohne große Probleme in die Schuhe schieben können. Er war ja dilettantisch genug ausgeführt. Mit diesem Hintergrund könnte man doch sicher die Verschärfung der Gesetze beschleunigen. Und die Polizei könnte ohne schlechtes Gewissen aufräumen und so weiter. – Der Ordner ist voll davon."

Ich deutete auf die Haftnotizen.

„Was die allerdings bedeuten..."

Neben mir schrillte das Telefon. Ausnahmsweise schaute ich auf das Display. Die Nummer aus dem *Exprimidor,* der Saftpresse, so nannten wir unser Verhörzimmer. Ich nahm ab. Ivan am anderen Ende.

„Kommt mal runter!"

In seinem Blick war sicherlich nicht weniger Verwunderung zu sehen als in meinem. Wir schauten uns ein paar kurze Sekunden an und grinsten dann beide. Der Junge rieb sich mit einem Zeigefinger unter seiner Nase und meinte dann:

„Die Hose steht Ihnen aber auch nicht schlecht."

„Und ich dachte, du wärst so blau gewesen, dass du nichts mitbekommen hast", ich lachte über den running gag des Tages, schaute auf den Stapel Papier mit seinem Namen, die mir Ivan gerade gegeben hatte, und zog mir einen Stuhl ran. Im gleichen Moment wurde mein Blick wieder ernst. Gleich auf dem ersten Blatt las ich Duelas Namen. Er kannte ihn also?

„Warum meldest du dich erst jetzt?"

„Würden Sie mir glauben, wenn ich sag, die Flasche am Strand hat *er* mir 'n paar Tage vorher geschenkt?" Verblüfft sah ich ihn an.

„Du nimmst mich jetzt auf den Arm, oder?" Ángel schüttelte langsam seinen Kopf. Ángel, wenn es stimmte, was auf dem obersten Blatt stand.

„Nein, tut mir leid. Er hat uns öfter so 'ne Flasche spendiert. Allerdings sind wir dann immer zu fünft oder sechst gewesen."

„Öfter? Verdammte Scheiße, ihr seid doch erst vierzehn oder fünfzehn."

„Dreizehn", verbesserte er mich, „erst nächsten Monat werde ich vierzehn. Deswegen könnt ihr mich ja auch nicht festhalten."
Er machte eine Kopfbewegung in Richtung Ivan, der die Brauen hochzog und die Augen verdrehte.

„Du kennst dich ja nicht schlecht aus. Willste mal Rechtsanwalt werden? Oder hast du etwa schon so oft Bekanntschaft mit den Kollegen gemacht."
Ich schielte zu Ivan hinüber, während nun Ángel sein Gesicht verzog. Die Dicke des Papierstapels und Ivans Gesicht ließen erkennen, dass die Büros auf jeden Fall kein Neuland für den Jungen waren. Als ich den Bengel wieder anschaute, erblickte ich hinter ihm Primo, wie der sich in seinem Stuhl gegen das Regal lehnte und von

einem Ohr zum anderen grinste. Er hatte jetzt schon seinen Spaß.

„… und du kennst sie also oder hast sie gekannt?"

„Das will ich meinen."

„Was soll das heißen?"

„Ich schieb sie ab und zu durch die Gegend."

„ ? "

„Na, auf 'nem Rollstuhl halt. Die ist doch vollkommen hinüber. Ein Auge blind, die Zunge halb weg und laufen kann sie auch nicht mehr. Der haben sie, wie ihm, mit 'nem Stock den Rücken kaputtgeschlagen."

„Und woher weißt du das so genau?"

„Weilses mir erzählt hat und ich zwei Ohren hab."

„Man hat mir gesagt, dass sie kaum sprechen kann."

„Dann würd ich sagen, dass da jemand schlecht zuhören kann."

„Also gut, dann weißt du warum?"

„Weil sie so'm Nigger in die Eier getreten hat, als er sie vernaschen wollte und die fast abgerissen hat. Die da unten denken doch alle, sie könnten mit ihren Tanten machen, was sie wollen."

„Man hat sie also missbraucht und nun ist sie querschnittsgelähmt?"

„So nennt man das wohl. Man hat sie damals halb tot aus dem Wasser gezogen. Und jetzt hat sie seit ein paar Jahren auch noch so 'ne absolut bescheuerte Krankheit, von der vorher keiner was wusste. Ihr müsst sie euch mal ansehen. Jeder frisch geschlüpfte Piepmatz wiegt mehr. Ayanna ist so was von dünn und echt nicht viel größer als das Kissen, auf dem sie sitzt. Duela hat mal gemeint, es wär' besser gewesen, wenn man sie im Meer gelassen hätte."

„Hat sie dir von ihrer Flucht erzählt?"

„Nur, dass sie nicht nur auf'm Boot Scheiße gebaut haben mit ihr."

„Sondern ...?"

Ángel zuckte mit den Schultern.

„Keine Ahnung. Is' nix für mich. Reicht mir, wenn ich's Zuhaus mitkrieg."

Auch eine Antwort. Da wusste man gleich, mit welchem Mist er sich täglich herumschlagen musste. Deshalb interessierte es ihn nicht mehr sonderlich, was andere für Probleme hatten oder wollte diese nicht auch noch nachvollziehen. Die hätten ihm bei aller Fürsorge, die er ihr angedeihen ließ, besser gefallen, wenn es dabei um verrückte Abenteuer- oder Horrorgeschichten gegangen wäre. Seine waren in diesem Fall stärker und vordringlicher und passten nicht mit Ayannas zusammen. Ihre endeten ohnehin, wenn man sie wieder ins Heim gebracht hatte. Seine begannen dann erst jedes Mal vor der eigenen Tür.

Die letzten Sekunden hatte ich dazu genutzt, einige Zeilen vor mir zu überfliegen. Demnach war er in verschiedenen Schulen eine Katastrophe gewesen. Erst Störenfried, dann Schläger, später qualmte er im Unterricht Zigaretten und trank mehr oder weniger heimlich Schnaps, Wein und Bier. Auf dem Schulhof und im Klassenzimmer. Alles, was ihn in eine andere Welt katapultierte. Seitdem rastete er auch schon mal aus. Schlug er um sich oder warf Teile des Mobiliars durch die Klassenzimmer. Er war neun, als der erste Eintrag gemacht wurde.

Als die Polizei ihn nach einer Prügelei nach Hause brachte, war Sekunden später alles klar. Die Beamten winkten schon an der Wohnungstür ab. Jeder Versuch, diesen Eltern etwas beizubringen war aussichtslos. Ihre bekifften Gesichter schauten ins Leere, egal, was vor ihnen zu sehen war. Angeblich wusste man Bescheid, aber die zuständige *agencia* hatte noch andere Täubchen zu überwachen. Es war also klar, dass wir Typen wie Ángel immer wieder trafen. Und er selbst kannte seine Eltern nicht anders als arbeitslos und drogenabhängig. Und um das Ganze zu finanzieren, *ließ sie sich ihre Möse schmieren*, wie Ángel meinte, und sein Alter hat dabei zugesehen und aufgepasst. *Nicht dass sie den Richtigen trifft und abgeht, verstehste?* Jedenfalls, was die letzten Monate anbetraf. Ich wunderte mich, warum er selbst in keinem entsprechenden Heim war. Ángel konnte Gedanken lesen, denn er meinte plötzlich:

„Kommt bloß nicht auf den Gedanken, mich irgendwo reinzustecken, das ging schon mal schief, dann könnt ihr fragen, was ihr wollt, da haben sich andere schon dran versucht. Dann bin ich stiller als 'ne Leiche und ich weiß ganz genau, wo eure Eier sind. Die sehen dann entsprechend aus. Also, wenn ihr noch was wissen wollt, wisst ihr ja, wo ihr mich finden könnt."

„Wie hältst du dich eigentlich über Wasser?", wollte ich noch wissen.

Sein Blick hatte etwas erschreckend Erwachsenes, beinahe Verächtliches.

„Bisher war ich schlauer als Ivan."

Ángel war aufgestanden, hatte die Verhältnisse einfach umgedreht. Er bestimmte, wann dieses Interview oder diese Unterredung – mehr als dieses Wort würde er nicht zulassen – zu Ende war. Ich hatte zehn, zwanzig oder dreißig eher belanglose als tiefgründige Fragen gestellt. Plötzlich hatte ich tausend weitere im Kopf. Es ist ja nicht so, dass wir von dem häufig unsichtbaren Leid in der Stadt keine Ahnung hätten, aber in den letzten Tagen schien sie sogar nur daraus zu bestehen. Wochenlang sah ich niemanden und plötzlich beherrschten Carlottas, Pepitos und Ángels den Alltag. Dazu kamen Duela, Ayanna und Primos Cristina. Seit Beginn des Falles schienen alle, mit denen wir zu tun hatten, irgendeine Scheiße an der Backe zu haben. Marias war da schon eher ein Luxusproblem.

Mir fielen bei der Gelegenheit die schwarzen Frauen mit den künstlichen Zöpfen in ihren Händen wieder ein. Wie sie einerseits gelangweilt, aber andererseits mit ständig wachen und flackernden Augen auf den Klappstühlen saßen. Frauen, die wie Duela durch eine qualvolle Flucht hierher gelangt waren, weil ihnen das Paradies versprochen worden war. Und wenn sie nicht am nächsten Tag gleich wieder abgeschoben wurden, landeten sie Tage später dort als Erste, wo wir seit Monaten, trotz aufwendiger Aktionen, unverbrauchtere und noch jüngere Rumäninnen herausholten. Mehr Mädchen, als ein Volk in meinen Vorstellungen haben konnte. Letzte Woche drei hier in Alicante. Vor zwei Wochen sieben bei Benidorm, vier in der Nähe von Denia. Wie viele es in baufälligen Häusern und an den Stränden von Jávea, Calpe und Villajoyosa gewesen waren, hatte ich vergessen. Allein in unserer Provinz innerhalb von drei Wochen auf jeden Fall zwei Dutzend. Doch es war nur ein Tropfen. Am nächsten Tag schon waren die Lücken geschlossen. Ayanna war um diese Schmach für einen hohen Preis herumgekommen.

„Warte mal, was haste jetzt vor?"
Ich war aufgestanden und fummelte umständlich mein verrutschtes Hemd wieder in die Hose. Ángel stand schon draußen auf dem Gang.

„Ich geh Essen und was zu trinken organisieren, war ja ziemlich trocken bei euch."
Hinter mir stand schon Primo bereit und grinste immer noch. Neben ihm schüttelte Ivan väterlich den Kopf. Trotzdem kramte ich in meiner Tasche, missachtete eine alte Regel und zog einen Geldschein heraus, den ich in meiner Faust versteckte. Ich schob Ángel etwas vor mich her und Primo schloss drei Meter hinter uns

die Tür. Ein kurzer Zeitgewinn. Ich steckte den Geldschein dem Jungen zu und zischte:

„Halt aber's Maul, ok?"

Ohne hinzusehen, versenkte er die Kohle in seiner Hose. Doch das Glitzern in seinen Augen verriet, dass er wusste, wie viel es war. Dann klapste ich ihm auf den Kopf und hob einen Finger.

„¡vemos! Wir sehen uns, klar?"

„Klar doch."

„Bleib anständig!"

Er klopfte auf seine Hosentasche.

„Wie sollte ich auch anders?!"

Auf der Explanada schnappte ich mir auf der Höhe des Edificio Monaco einen der leeren Klappstühle, die links und rechts verstreut für alte Leute als Sitzgelegenheit herumstehen. Mein Ziel war aber im Gegensatz zu Primo, der die ganze Zeit hinter mir hergetrottet war, nicht die Puestos. Sondern, das Ding unter den Arm geklemmt, lief ich an den fliegenden Händlern mit den schwarz kopierten CDs, den geklauten Sonnenbrillen und den in Hongkong hergestellten original afrikanischen Kettchen mit einem recht wütenden Schritt vorbei. Ich hatte eine von den afrikanischen Mamas im Visier. Eine, die mir eingefallen war, als Ángel von Ayanna berichtete und die vom ersten Tag an immer dort zu finden gewesen war, wo auch wir uns aufgehalten hatten und von der ich nun glaubte, sie müsste viel mehr von Duela und Ayanna wissen, den zweiten Teil sozusagen.

Die Frau, die ich ansteuerte, hatte, wenn ich recht überlegte, dafür alles getan, um aufzufallen. Das gelbe, buntgemusterte Kleid konnte ich schon fast von der Puerta aus sehen. Welche Neugier oder welches Wissen hatte sie die ganze Zeit über in unsere Nähe zum Stand getrieben? Nach ungefähr hundert Metern sah ich sie an ihrem angestammten Platz auf Kunden warten. Wieder keine dreißig Meter von den Ständen entfernt, zu denen Primo unterwegs war. Für ihre Zöpfchen interessierte sich im Moment niemand und sie schaute den vorbeischlendernden Menschen hinterher. Noch hatte sie mich nicht wahrgenommen.

Im Rücken einer Gruppe kichernder Touristen verlangsamte ich meinen Schritt, um plötzlich auf ihrer Höhe den Stuhl auseinanderzuklappen und direkt vor ihr abzustellen. Eine halbe Sekunde später saß ich ihr im Abstand von höchstens zwei Metern gegenüber und zeigte mit ausgestrecktem Arm meinen Ausweis. Erschrocken, verängstigt und ein wenig eingeschüchtert schaute sie mich mit ihren großen leuchtend weißen Augen an. Von der unter Umständen vorhandenen Neugier war nun nichts mehr zu spüren. Ich hatte sie zu sehr überrascht und ihr keine Zeit gelassen, ihre Haltung zu verändern.

Was will der Typ? Der ist doch kein Polizist? 'n Ziviler? Fangen die jetzt auch noch so an? Die Papiere haben sie doch erst gestern gefilzt? Das oder Ähnliches schoss ihr sicher durch den Kopf, als ihre Augen zwischen dem Ausweis und meinem Blick auf und ab zuckten. Sie rührte sich nicht. Die immer noch lässige Sitzposition entsprach immer noch nicht ihrem Gesichtsausdruck. Ich ließ ihr weitere drei Sekunden, sich zu beruhigen. Als sie dann doch aufspringen wollte, fragte ich:

„Wie lange leben Sie schon in Alicante?"
Etwas Besseres war mir nicht eingefallen, um es nicht allzu sehr nach einem Verhör klingen zu lassen. Sie beobachtete mich und wartete auf eine Antwort, die Bekannte von ihr schon oft gehört hatten: *Egal, was du sagst, jeder weitere Tag ist zu viel.* Doch die Sekunden verstrichen wortlos und ich blieb weiterhin stumm.

„Sieben Jahre."

„Sieben Jahre? Keine Kasernierung, keine Abschiebung?"

Sie schüttelte den Kopf und ich wunderte mich. Normalerweise hatte kaum einer von ihnen mehr als ein, zwei Jahre bei uns. Wenn überhaupt. Vierzig Tage war die Regel. Dann waren sie entweder schon längst wieder übers Meer zurückgeworfen worden oder über die grünen Grenzen in ein anderes Land geflüchtet. Außer man hätte sie vorher im großen Stil, illegal und inoffiziell, aber unter den Augen der verschiedensten Ämter, nach Almeria oder sonst wohin unter die Tomatenzelte verfrachtet und als Erntehelfer billigst ausgenutzt.

„... und woher?"

Langsam drehte sie sich wieder auf dem Stuhl zu mir.

„Wo viele von uns herkommen. Nigeria."

„Freiwillig?"

„Kennen Sie einen Afrikaner, der freiwillig nach Europa kommen würde? Das ist kein Wunschtraum, sondern nur der letzte Ausweg. Geld, das versprochen wird, gibt's nicht freiwillig."

„Waren Sie alleine unterwegs?"

Langsam löste sich ihre Unsicherheit. Ihre Augen funkelten sogar kämpferisch.

„Wenn dort unten einer von uns geht, sind wir immer eine Gruppe."

„Ihre Familie also?"

Wieder schüttelte sie den Kopf. Die künstlichen Zöpfe mit Perlen und hölzernen Kügelchen, die sie sich auf einer Seite ins Haar geflochten hatte, flogen klappernd und klackend um ihren Kopf.

„*A'a, ¡no!* Unsere Eltern sind in der Nähe von Kaduna geblieben. – Wir waren zu siebt, junge Leute."

„Freunde, Fremde? Wer ist in so einer Gruppe?"

„Was interessiert Sie das?"

Ich wies mit einem Daumen auf die Buden.

„Ich will was kapieren. Vielleicht hilft das dann."

„Der hatte mit uns nichts zu tun."

„Aber er war auch mal ein Flüchtling. Also wer war dabei?"

Sie schielte auf die Puestos. Zögernd begann sie zu antworten.

„Mein Bruder Obinna, sein Freund Goma, Ifechi dessen Schwester und drei Kommilitonen meines Bruders."

„Kommilitonen? Sie haben studiert?"

„*Kàyyaa!* Ach! Klar! Hätte mich auch wirklich gewundert, wenn Sie uns nicht für Affen gehalten hätten", platzte es verächtlich aus ihr heraus.

„Quatsch! So hab ich's doch nicht gemeint", gab ich entrüstet zurück, „aber Sie verkaufen hier Löckchen und …"

„Mein Bruder hatte angefangen Medizin zu studieren. Das Physikum lag schon hinter ihm", unterbrach sie mich genauso emotionsgeladen, „… und nun verkaufte er bis vor Kurzem *gìlás*, vielmehr Sonnenbrillen. Alles klar? Mehr dürfen wir nicht in eurem Land, als Brillen oder Zöpfchen verkaufen, damit wir uns eine Flasche Wasser oder ein Brot extra leisten können. Und das alles ist schon illegal genug. Dafür jagen sie uns …" Ihr Akzent gab den Sätzen einen eigenartigen Klang. Manchmal hörte es sich nach einer schnalzenden Zunge oder einem Glucksen in der Kehle an.

„Alle leben hier in Spanien?"

„Ich sagte, wir *waren* zu siebt!"

„Was ist passiert?"

Endlich setzte sie sich anders hin. Hockte sie nicht mehr so absprungbereit auf ihrem Hocker. Mit meiner Naivität und Unwissenheit hatte ich sie genug aufgebracht. Mit dem Stuhl etwas weiter nach vorne rückend schien sie mir nun Brauchbares mitteilen zu wollen.

Möglicherweise lag dies aber nur an meinem Ausweis und nicht daran, dass ich ihr plötzlich sympathisch geworden war. Sie legte die Zöpfchen neben sich und sah zu ein paar Schwarzen hinüber.

„Zwei sind von Lastern im Süden von Algerien überrollt worden. Wissen Sie wie das ist? Wenn du danebenstehst und diese Scheißdinger kommen siehst? Du denkst noch, die sind aber schnell und natürlich könnte man zur Seite springen, aber du bleibst nur ungläubig stehen, reißt noch an ihren Armen, hältst ihre Hand. Und schon ... ach, ihr habt doch alle keine Ahnung. In euren Zeitungen lamentiert ihr über unser Schicksal und sitzt dabei im Liegestuhl am Pool."

Zwei der Schwarzen schlenderten auf uns zu. Ihr Blick verriet allerdings keine freundschaftlichen Absichten. Sie waren durch den lauten Wortwechsel nervös geworden. Die Frau hob eine Hand und sie blieben ein paar Meter von uns entfernt stehen.

„Ich wollte nicht alte Wunden aufreißen, aber ...", versuchte ich zu beschwichtigen.

„Ist schon gut. Es war ein Anfängerfehler, würde man bei uns sagen. Wie ihr sie macht, wenn ihr vorgebt, euch für unser Leben zu interessieren und darüber Filmchen dreht. Sie hatten versucht die Laster anzuhalten, damit wir schneller vorwärtskamen. Aber man reist eben nicht, wenn man flieht."

Natürlich hatte ich keine Ahnung über diese Schicksale, natürlich hatte ich auch keine Vorstellung darüber. Auch ich gehörte zu denen, die Artikel in der Zeitung lasen und nicht ein Bild damit im Kopf abrufen konnten. Am Tresen konnte ich mich an manchen Abenden darüber echauffieren, was man solchen Menschen antat, an manchen anderen warf ich die ganzen Schwarzen genauso schnell aus unserem Land, wie all die übrigen Zecher. *Sozial* war ich nur nüchtern oder wenn ich alleine war. Ansonsten plapperte ich den gleichen Refrain: Jobs konnten die auch woanders klauen.

„Warum sind Sie überhaupt geflohen? Sie sind eine gebildete Frau, hätten Sie in ihrer Heimat nicht Arbeit finden können?"

„Die Einführung der Scharia ist keine Motivation, zu bleiben, nicht für uns", sie zog den Ausschnitt ihres Kragens etwas auseinander.
Um ihren Hals war nun ein dünnes ledernes Riemchen zu sehen. Daran hing in der Mitte ein Amulett, ein Kreuz und ein büschelähnliches Gebilde neben Perlen und verschiedensten Muscheln. Auf dem ersten Blick gewöhnlicher Schmuck von irgendeinem Strandurlaub. Sie nahm die drei größeren Anhänger, also auch das Kreuz, zwischen zwei Finger und meinte:

„Kaduna war schon immer moslemisch, aber bis vor einigen Jahren haben sie dort Christen noch toleriert. Das ist vorbei. Mit aller Härte. Doch ich kann nicht allen Richtungen dienen. Dazu kam, Ifechi, das andere Mädchen war damals schwanger. Sie hätten ihr das Baby weggenommen oder sie gleich hingerichtet. Ein uneheliches Kind, undenkbar. Wir hofften, dass einer der Heiligen uns helfen würde", das Kreuz und andere Gebilde zwischen den Fingern drehend fügte sie hinzu:

„Dank Jesus und unseren Geistern glaubten wir, genügend Hilfe zu haben."

„Und?"

„Wenn, hat es nur mir geholfen. Ich lebe."

„... und die anderen ..."

„... haben wir unterwegs verloren. Sie wollten nach Ceuta durchkommen. Damals war dies noch etwas leichter. Da gab es keine hohen Zäune und sie meinten, wenn man erst einmal in der Stadt ist, ist man auch in Spanien. Und mein Bruder und das Mädchen leben auch noch. Aber sie hat ihr Kind an der marokkanischen Grenze in einem der Lager verloren. Sie war am Ende ihrer Kräfte. Eine Infektion hätte ihr dann fast das Leben gekostet. Und mein Bruder soll abgeschoben werden."

„Sie sind also noch hierhergekommen?"

„Eure Guardia Civil konnte nicht anders, als uns aus dem Boot zu holen, weil wir zwischen Segelbooten einer Regatta gekentert waren. Der Empfang war nicht gerade überschwänglich. Bei uns in Nigeria gibt es dafür ein Sprichwort: Wer gegessen hat, wird für den Hungrigen kein Feuer machen."

„Dann hat man Sie in einem Lager auf dem Festland untergebracht?"

„*I*, ja, in der Nähe von Tarifa."

„Wie kamen Sie dann hierher?"

„Nach so viel Jahren Flucht schaffst du es auch, aus einem solchen Lager herauszukommen. Nur draußen haben die falschen Leute gestanden. Die wollten für ihre Dienste Geld sehen, viel Geld. Sie können sich denken, wie gerade ich dies beschaffen sollte."

Ihr Mund wurde schmal und sie schaute auf die andere Hand, die auf ihrem Knie ruhte. Für einen kurzen Moment glaubte ich, sie würde zu weinen anfangen. Aber sie schüttelte nur den Kopf und murmelte etwas, vermutlich in ihrer Sprache, vor sich hin.

„Das heißt, Sie sind auf den Strich gegangen?"

Ihr Blick war genauso verächtlich wie Ángels vor einer halben Stunde.

„Sie haben wirklich eine seltsame Art, in Fettnäpfchen zu treten. Ich bin sicher *nicht* auf den Strich gegangen. Nicht so wie Sie es sagen. Man hat mich dazu gezwungen. *Fàhìmtaccee?* Kapiert? Aber bis auf die Straße bin ich nicht mal gekommen. Den Strich, den Sie meinen, haben sie in einem verdreckten Loch bei sich auf den Boden gemalt. Und vor der Tür, die keine war, stand einer, der aufgepasst hat, dass ich den nicht verschmierte."

„Und jetzt? *Mi ka-ke sayaswa?*[9]" fragte ich weiter. Sie stutze, griff neben sich zum Boden und hob die Zöpfe in die Luft.

„Illegal natürlich. Anderes ist für uns ohne Aufenthaltsgenehmigung oder Asyl ja nicht drin. Keine anständige Arbeit. Keine Sozialhilfe. – Schule oder Ausbildung schon gar nicht. Das müssten Sie doch wissen." Ich atmete tief durch und ging nicht darauf ein.

„Sind die Typen noch in der Stadt?"

„Das war nicht hier. Man war so freundlich, mich herauszuholen."

„Und wer sind die da", ich zuckte mit meinem Kopf in Richtung der zwei schwarzen Kerle.

„Nigerianer."

„Ach – haben die auch Namen? Oder eine Bedeutung für Sie?" Sie schaute nicht zu den Männern hinüber.

„Mein Bruder, Onkel, Neffe, Cousin, Schwager und drei Freunde."

„Gut, jetzt haben wir uns kennengelernt ...", ich rieb mir mit Daumen und Zeigefinger über die Stirn, „... und ich sehe, wir nehmen uns ernst, und bevor wir uns noch mehr auf den Wecker gehen, würde ich gerne von Ihnen wissen, ob Sie ihn gekannt haben – *don allàh*[10]!" Auch ich konnte ein paar Brocken *Hausa*, aber außer der kurzen Verblüffung gerade, beeindruckte es sie nun nicht im Geringsten. Ich wies zu den Puestos. Wieder starrte sie mich nur an. Die Zöpfe hatte sie in

---

[9] Was verkaufst du? (hausa, eine nigerianische Sprache)
[10] Bitte!

ihren Schoß gelegt. Kurz wippte ein Ellenbogen in Richtung der Buden.

„So was ist ein Traum für mich. Wenn Ihre Kollegen kommen, muss ich alles Mögliche an Papieren dabeihaben, die keiner von uns haben kann. Jedes Mal eines mehr. Er nicht. Plötzlich war er keiner mehr von uns. Es ist nicht anders als in Nigeria, Niger oder Algerien, als in jedem Land durch das wir gekommen sind. Aber am Ende hast du nichts anderes als deine Füße und Hände, als den Namen und den Körper."

Ich sagte ja bereits, dass es ganz sicher nicht einfach gewesen war für all diese Menschen, im Gegensatz zu dem, was ich und meine Landsleute am Tresen darüber dachten. Weil es manche von uns schlichtweg nicht einmal interessierte, lange Artikel in Tageszeitungen zu lesen, die alles auf Seite Weiß-Gott-wo erklärten, warum die Nigerianer, oder woher auch immer sie kamen, sich so viel Abscheuliches aufbürdeten, um in unserem trotz aller Krisen reichen Land nur wieder darauf zu warten, dass man ihnen die Tür vor der Nase zuschlug und dabei ihren Fuß zertrümmerte, den sie schon halb hineingeschoben hatten.

„Wissen Sie, was das bedeutet, sich für Männer wie Sie hergeben zu müssen."

„Für mich muss sich keine Frau hergeben", entgegnete ich unwirsch.

„Glauben Sie etwa, die Typen sehen so viel anders aus? Und ich könnte sie daher in gut und schlecht unterteilen? Manche waren wenigstens gewaschen und hatten sogar Krawatten an. – Solange ich noch von meinen Leuten geschützt wurde, passierte mir nichts. Nicht im Niger, nicht in Algerien. Man hat uns nur wie Vieh weitergetrieben, nachdem alles fortgenommen war. Man hat uns bestohlen, weil wir reich in deren Augen waren. Wir hatten alles dabei. Hab und Gut. Unseren ganzen Besitz. Taschen, Schuhe, Jacken, Wäsche, Flaschen, Geschirr und Messer. Nach der ersten Etappe waren die Taschen leer, nach der zweiten hatten wir keine Schuhe und an der Grenze nicht mehr als die Kleider am Leibe. Aber keiner von denen hat mir etwas getan. Und am Ende, nach unfassbar vielen Kilometern und Tagen sagte ich dem Uniformierten auf dem Boot: *ina jin yunwàà, ina jin ᴋishirwaa*[11]. Aber er verstand mich nicht, sondern lachte und knetete nicht nur meinen Po, weil solche Männer glauben, wir seien alle *kìlaakì*. Aber Huren gibt es bei uns nicht. Die kommen aus Asien, Indien oder Kenia. Das kümmert die Scharia nur vordergründig. Ihre sauberen Männer nehmen sich auch Frauen mit Schlitzaugen. – Ich habe eure Sprache gelernt, ich habe eure Körper ausgehalten, ich habe auch euren Versprechungen geglaubt, *es wird alles wieder gut, wir werden uns um euch kümmern*. Ich habe nur endlich in Frieden leben wollen. Stattdessen haben mich über hundert Männer begrapscht. Irgendwann habe ich aufgehört zu zählen."

Sie war lauter geworden. Ihre Sätze sprudelten erregt durch den Rhythmus ihrer Sprache hervor. Dann hielt sie ihre Hände vors Gesicht und weinte. Und ich kam mir schäbig vor. In sinnloser Stellvertretung für die Männer hier, in der Stadt, in der Region, im Land. Ihre Hand auf dem Knie war zu einer verkrampften Faust geworden, mit einem zerknüllten Bündel Stoff ihres Kleides zwischen den Fingern. Der so zusammengeraffte Stoff entblößte ein Bein. Merkwürdig dürr, und ich sah bleiche, abgeheilte Narben, die sich schräg um den ganzen Unterschenkel wanden. Zu grob und zu tief, als dass es ein Schmuck hätte sein können. Sie verfolgte

---

[11] Ich habe Hunger, ich habe Durst! (hausa)

meinen Blick und öffnete die Faust. Das Kleid glitt wieder hinab. Ohne meine Frage abzuwarten, sagte sie:

„Das ist in *niijàr*, Niger passiert.“

„Ein Unfall?“

„So in etwa.“

„So in etwa?“

„So in etwa. Ich bin mit dem Bein hängengeblieben.“

„Das sind Narben von tiefen Wunden. In was wollen Sie da hängengeblieben sein? In einer Bärenfalle?“

„ – “

„Wie heißen Sie eigentlich?“

Mit einem Handrücken wischte sie sich über die Augen. Ihre Gesichtszüge entspannten sich. Ihr Name war ungefährlich. Aber die Frage vorher ging zu tief, hatte einen verdrängten und wohl demütigenden Abschnitt ihrer Flucht berührt. In Niger war mehr passiert, als sie zugeben wollte.

„Ndidi Akpan. Was tut mein Name zur Sache?“

So ruhig wie möglich entgegnete ich:

„Ich möchte Sie persönlich ansprechen können. Für mich sollen Sie keine Fremde bleiben. Keine Sorge, das Ganze hat auch nichts mit Ihnen zu tun. Ich versuche seit Tagen, zu verstehen, was passieren muss, dass Menschen wie George Duol hierherkommen wollen, dass sie dafür jahrelang unterwegs sein müssen, dass sie sich dabei unvorstellbare Strapazen antun, dass solche Wunden entstehen.“

Meine Hand zeigte in die Richtung des Beines.

„Haben Sie seinen Rücken gesehen?“

„Ich gebe zu, dass ich mir ungern Tote anschaue“, wich ich aus.

„Mein Bein ist gar nichts dagegen.“

„Er hat Ihnen seinen Rücken gezeigt?!“

„*A'a*, ich habe ihn zufällig gesehen, als er ein Hemd gewechselt hat.“

„Sie wissen, wie man ihn zugerichtet hat?"

„Ich weiß, wie sein Rücken ausgesehen hat. Und ich weiß, warum es passiert ist. Und wenn ich es nicht wüsste, könnte ich es mir leider nur zu gut vorstellen. Aber ich könnte auch sagen, wenn er uns begleitet hätte, wäre zumindest mein Bein unverletzt. Vielleicht würde sogar Ifechis Kind noch leben."

„Also ..."

„Er hat einer Frau das Leben gerettet, als ein marokkanischer Soldat sie vergewaltigen wollte."
Ich zog die Augenbrauen hoch und atmete tief durch.

„Man hat Sie in Niger vergewaltigt, ¿no?" Schloss ich aus ihrem Satz.
Ndidi presste die Lippen aufeinander und nickte unmerklich.

„Es war ein Weißer. Ein Franzose. Direkt neben dem Flughafen von Arlit. Fast mitten in der Nacht. Wahrscheinlich war sein Hirn von der Arbeit in den Uranminen und vom Alkohol zerfressen. – Er fuhr einen Jeep oder so was ähnliches, *landuroobàà* sagen wir dazu, als er uns sah. Wir hatten ein Platz zum Ausruhen gefunden. Er gab Gas und wir versuchten zur Seite zu springen, weil wir dachten, er würde uns überrollen wollen. Ich sprang leider in die andere, in die falsche Richtung. Plötzlich spürte ich einen Schlag an meinem Bein und wurde zu Boden geschleudert. Dann gab es ein Ruck und ich glaubte, auseinandergerissen zu werden. Mein Bein brannte, als sei ich in Feuer getreten. Ich hing in etwas fest und wurde über den Boden geschleift. Ich schrie, schlug um mich, sah einen Pfosten auf mich zuschießen, wollte mich an ihm festhalten. Aber ich krachte nur mit meinem Arm dagegen, und der schien zu explodieren. So stelle ich mir das Leiden in Kriegen vor. Das Sterben. Oder den Tod. Ich war vollkommen in

Panik und versuchte nach unten zu schauen. An meinem Bein war eine Kette. Eine schwere, rostige Kette. Eine, die er vielleicht in diesem verdammten Loch für den Abbau brauchte oder zum Transportieren oder zum Wegschleppen. So wie er mich damit hinter sich herzerrte. Durch den Sand, die Erde, das Geröll und mich in einen Schuppen schubste. Ich spürte nur den Schmerz, konnte nicht schreien und lag da wie ein hingeworfener Lappen, weil jede Bewegung eine Qual war. Mit seiner Karre versperrte er das Tor. Dann warf er sich über mich und ...“

Ndidi schaute zur Seite. Unwillkürlich schaute ich in dieselbe Richtung. Es war wie ein kleines Erwachen, das mir zeigte, wo wir saßen und dass niemand um uns herumstand. Im Gegenteil, man ging um uns herum als seien wir Aussätzige, Leprakranke. Dann bemerkte ich doch wieder die anderen Männer. Den Bruder, Onkel, Neffen, Cousin, Schwager und drei Freunde, wie sie zuvor sagte. Ihre Gesichter waren zu ernsten Masken geworden. In einem Abstand von vielleicht drei Metern zueinander standen mittlerweile fünf von ihnen um uns herum ohne ihre Ware, die sie verkaufen wollten, und schirmten uns auf diese Weise ab. Die Styroporkartons hatten sie zu einer kleinen Pyramide hinter sich zusammengestellt. Irgendwas oder irgendwer hatte ihnen gesagt, dass das Gespräch zwischen Ndidi und mir nicht gegen sie gerichtet war, sondern vielleicht eine Hilfe sein könnte. Ich nickte leicht lächelnd dem zu, der mir am Nächsten stand, und murmelte ihm eines der wenigen Wörter zu, die ich aus seiner Sprache kannte, als hätte er meine Gedankengänge vorher hören können:

„na gōde, gracias, danke!“

Seine Antwort war ein langsames, eher angedeutetes Nicken. Die Finger seiner linken Hand zuckten. Automatisch schaute ich hin und sah, dass der Zeigefinger an der Kuppe verstümmelt war und ein Glied am mittleren fehlte. Was hatte er ertragen müssen? Dann wendete er den Kopf wieder den Passanten zu.

„Woher können Sie so gut Spanisch", richtete ich mich wieder an sie.

„Woher können Sie unsere Sprache?", war ihre Antwort.

Lächelnd schaute ich zu Boden. Sie musste wissen, dass ihr Lob übertrieben war. Trotzdem wollte ich es ihr erklären.

„Abends kommt manchmal ein Landsmann von Ihnen an dem Haus vorbei, in dem ich wohne. Er verkauft keine Sonnenbrillen oder so. Sondern kleine Totems, Figuren, Ketten, die Ihrer ähneln und Zauberstäbe. Mit denen macht er für mich einen *siddabarù*, wie er sagt. Einen Zaubertrick. Einen kleinen Tanz und murmelt Sätze dabei, die ich natürlich nicht verstehe, die aber meine Zukunft, Gesundheit oder Glück vorhersagen sollen. Ein lustiger Spaß. Mehr nicht. Aber er weiß wohl, was ich bin und ist daher nicht weiter aufdringlich, was sonst leider manchmal der Fall ist. Er erklärt mir höchstens ein paar Dinge aus seinem Land und hat mir ein paar Wörter und Sätze beigebracht. Aber das ist schon alles."

Zum ersten Mal schmunzelte sie und erklärte:

„Sie meinen Kio, den *hàtsàbiibii*, den Zauberer. War mal Lehrer. Er ist in Ordnung."

„Stimmt! Kio, heißt er", entgegnete ich, „... und Ihr Spanisch?"

„Die Erklärung ist noch einfacher. In den ganzen Jahren hatte ich für nichts anderes Zeit, als diese Sprache zu lernen. Ich würde weiß Gott was dafür geben, wenn ich hierbleiben dürfte. Für immer und nicht nur ein weiteres Jahr. Deshalb verkaufe ich Zöpfe und gebe sogar meine Einnahmen jedes Mal mit bekannt, wenn sie mich fragen. Dadurch bekomme ich eventuell wieder einen *permiso de residencia*, eine Aufenthaltserlaubnis, die mir erlaubt, weiter zu hoffen. Ich will das in Arlit nicht nochmal erleben müssen."

„Sie hätten einen wie Duela damals brauchen können."

Sie zuckte mit den Schultern und ihre Augen bekamen wieder einen glasigen Schimmer.

„Eine Tasche, die ich mir auf den Rücken gebunden hatte, verhinderte die schlimmen Verletzungen, die er abbekommen hat. So war nur mein Arm gebrochen und mein Bein und ...", sie klopfte sich seitlich auf den Po, „... haben ein paar Kratzer abbekommen. Keine drei Minuten später hatte der mich einfach liegen lassen und war abgehauen, bevor die anderen ihn erwischten. Da war der Typ schon über alle Berge. Hätten sie ihn verfolgt und umgebracht, wären auch wir bald tot gewesen. – Duela hätte es getan, ihn hingerichtet. – Ich hab von dem Ganzen nichts mitbekommen. Als er an meinen Kleidern riss, wurde ich ohnmächtig. Erst als der Schmerz wieder in mein Bein fuhr und mein Bruder sagte: *nade rauni da keao!* Verbinde die Wunde gut! Bin ich aufgewacht. – So hat mein Leben halt ein kaputtes Bein gekostet. Nicht besonders viel in so einem Land. Sonst nehmen sie dir dein Leben weg oder hinterlassen eines ohne Zukunft in dir drin. Nach etwas mehr als einer Woche ging es weiter. *Allah shi ne bōka nágari da ya fi kōwa.* Diesen Satz kennt ihr auch. Gott ist der beste Arzt. Der dort vor Ort konnte uns auch nichts anderes sagen."

Ihr Leiden und damit auch Duelas konnte ich mir nun ein wenig, wenn auch nur vage vorstellen. Aber den geschilderten Bildern fehlte noch die entscheidende Brücke, warum gerade er in einen Anschlag verwickelt werden sollte. Außer, eine solche gab es nicht und alles war ein riesiger Zufall. Dann stand sie auf und ging zu einem der Schwarzen hinüber. Sie war keine der dicken Mamas. Die bunten Kleider gaukelten es nur vor. Aber ihr Körper schwang hin und her wie bei vielen übergewichtigen Frauen, deren Beine durch die Last der Schwere zudem noch deformiert waren.

„Sie brauchen doch Hilfe", rief ich ihr laut und aufgebracht nach. Einige Passanten drehten sich um und sahen mich und die negros an. Keiner blieb stehen. Das Wort *Hilfe* hatte abschreckend gewirkt. Ohne mich anzuschauen, erwiderte sie:

„Der Knochen ist falsch zusammengewachsen und das Bein dadurch um fünf Zentimeter zu kurz. Das zahlt keine Versicherung, keine Vereinigung, keine Hilfsorganisation. Das zahlst nur du allein mit den Jahren, die du noch hast."

„Und damit sind Sie weitergelaufen?"

„Gehumpelt!", verbesserte sie mich, „gehumpelt!" Nun mit einem Lächeln in ihrem Gesicht und wieder mir zugewandt, „auf einer selbst gebauten Krücke, die ich unter meine Achsel geklemmt habe. Aber das ...", sie deutete auf ihr Bein, „... hat keinen Mann gestört. Im Liegen sieht man kaum was. – Falsch! Da fällt so was nicht auf. Und es stört auch nicht. Glauben Sie mir."

Was für ein Zynismus. Glauben Sie mir. – Glauben Sie mir, wir können uns doch nichts, aber auch gar nichts davon vorstellen. Nichts von den Dingen, die dazu führen, dass die Menschen eine solche Flucht auf sich nehmen. Nichts von dem Leid, dem Schmerz, den Entbehrungen, dem allzu häufigen qualvollen Siechen und Sterben. Nichts. Tausendfach in den Monaten der Flucht. Tausendfach im Mittelmeer. Auch wenn Ndidi hundert Mal mehr Fragen von mir beantworten würde. Nichts. Nichts. Nichts.

Fast hörte ich meinen Vater, der immer wieder die

diplomatische, die harmlos klingende Version erzählte. Die von einer Krawatte verziert fernsehtauglich war und kein Abendessen verdarb, und die trotzdem nichts desto weniger grausam genug war. Mein Kopf war leer. Sie hatte wieder mir gegenüber Platz genommen und schaute mich an. War da in ihren Gesichtszügen ein wissendes, süffisantes Schmunzeln zu sehen oder doch eher nur ein ermüdetes Lächeln? Alvarez konnte sich warm anziehen. Primo oder ich würden ihn in die Mangel nehmen. Und wenn es Tage dauern würde. Ich hatte den Stuhl mittlerweile zusammengeklappt und sah zu den fünf Männern hinüber. Sie schauten teilnahmslos zurück. Ich hatte mit ihrer Welt nicht viel zu tun. Diese war in diesem Land nicht vorhanden. Diese war in keinem Land der Welt mehr vorhanden. Sie waren nur noch auf der Suche nach einem Stück Erde, einer Scholle, die sie Heimat nennen konnten. Aber nicht, weil sie dort erwünscht waren, sondern übersehen wurden.

Um etwas über Ayanna und Duela herauszubekommen, auch wenn es uns nicht weiterhelfen würde, musste ich noch einmal wiederkommen. Vor allem durfte ich nicht unvorbereitet sein. Ich hatte in diesem Gespräch schon zu viele Fehler gemacht. Emotionen zu schüren, führt zu nichts. Obwohl man vieles erfährt. Nur ist die Perspektive falsch und berichtet zu wenig von der richtigen Seite. Ndidi schaute zu mir hoch, ich sah ihrem Gesicht an, dass ich schon viel zu lange wortlos hier herumstand. Auch so etwas tat man nicht in ihrer Heimat. Leben hieß dort, zu ihrer Zeit, vor ihrer Flucht, etwas zu tun. Das war vorbei, nun wurde gemetzelt. Jetzt und in den letzten wenigen Jahren taten die neuen Herren der Scharia nichts für das Leben. Sie hatten die Texte so egoistisch wie möglich interpretiert und extrem ausgelegt. Und damit bekämpften sie beliebige Feinde. So wie Europa Ndidis Flucht und die der anderen in seine Länder bekämpfte. Ich erinnerte mich an ein paar weitere Vokabeln, die mir Kio beigebracht hatte, und beugte mich zu ihr hinunter. Mit ausgestreckter Hand sagte ich, langsam nach den Vokabeln suchend:

„*Na gōde, sai anjima!*[12]“

Sie reichte mir ihre und ich fand in meiner, als ich sie öffnete, einen kleinen Anhänger aus Holz mit zwei kleinen Federn.

„*Bismìllaahì!* Viel Glück, ich hoffe, er kann es Ihnen bringen.“

„*Mādela, na gōde*“, erwiderte ich verblüfft und: „Warum?“

„Nicht warum, sondern wofür. Sie finden sie. *Sai anjima!*“

Ich hatte nicht das Gefühl, dass wir viel weitergekommen waren, und reichte Primo eine inzwischen warm gewordene Dose Bier hinüber. Sie schräg von sich weghaltend öffnete er sie und setzte sie sofort mit vornübergebeugtem Kopf an. Schaum tropfte ihm vom Mund auf die Steine der Explanada. Peinlich! Nachdem er geschluckt hatte, unterbrach er die entstandene Stille mit einem erhobenen und wackelnden Finger.

„Warte mal! Was machst du, wenn der Kleine heute Morgen auch recht hatte? Und sein Onkel, wie er *Duela* nannte, wegen seiner Nichte in einem Verein für Behinderte war. Und angenommen, er wäre, aus welchem Grund auch immer, aus diesem Komitee, oder wie wir es auch immer nennen wollen, der allwöchentlichen *Cansados de esperar* vor Kurzem ausgetreten, weil ihm

---

[12] Ich danke dir, bis bald!

das alles zu harmlos und blauäugig war, dann könnte es doch sein, dass er etwas von dem ganzen Vorhaben gewusst hatte. Vielleicht sogar federführend war. – Nur als er gesehen hat, in welcher Größenordnung dann seine Kompagnons die Sache planten, hat er nasse Füße bekommen, sich gewehrt und das – *Doing* – mit dem Leben bezahlt."

Mit einem Hieb seiner freien Hand ahmte er dabei einen Schlag nach, und bevor ich etwas erwidern konnte, klopfte er mir beschwichtigend auf die Schulter.

„Ist doch gar nicht schwer. Es gibt hunderte Bilder von den Demos, die zeigen wir Cristina, Ángel, Laura oder ... Vorne, in der ersten Reihe sind jedes Mal die Rollstuhlfahrer unterwegs. Auf irgendeinem Bild wird sie ja wohl drauf sein und einer der *Ermüdeten* wird sie ja wohl kennen ..."

Er trank die Dose leer und wir vollendeten zusammen, quasi in Stereo seinen Satz.

„... und ihren vollen Namen und die Adresse und so weiter."

„*¡Es muy posible!* Das ist wohl wahr", ergänzte ich noch, klopfte mir auf die Schenkel und stand auf. Mit einer eleganten Bewegung beförderte er währenddessen die leere Dose in den Abfalleimer neben uns und rieb sich wie ein kleines Kind, dem ein Streich gelungen war, die Hände.

„Haste gesehen? Zwei zu null für mich", stellte er daraufhin freudestrahlend fest.

„*¡qué lío!* Was für ein Durcheinander! Da passt nichts zusammen. Aber Morgen kannst du auf Drei zu Null erhöhen und Alvarez auseinandernehmen."

„Mit größter Freude."

Mittwoch

Hätte ich mehr Zeit, würde ich mich regelmäßig im Eckzimmer auf den Boden setzen und aus dem Fenster zur Burg hinaufschauen. Über den Dächern auf der anderen Straßenseite sehe ich nämlich ihren zu jeder Zeit gut sichtbaren Mauerwall auf der Kuppe des Benancantil. An sicher dreihundert Tagen von der Sonne und jede Nacht von Scheinwerfern beleuchtet. Jahraus, jahrein umflogen von Dutzenden von Möwen und sicher mehr als hundert Schwalben. Ihr *Sri-Sri* ist bisweilen Musik für mich. Ein toller Hintergrund für all die Gedanken, die mir durch den Kopf gehen. Eine Katze wäre in diesen Momenten auch nicht schlecht. Sie könnte ich kraulen und sie würde für mich schnurren. Einsamkeit wäre uns beiden dann unbekannt. Dazu ein besseres Buch als das, was ich jetzt zur Seite gelegt habe. Mit Leichen in einem Swimmingpool habe ich in Alicante nichts zu tun. Für diese Stadtviertel bin ich nicht zuständig. Den Fällen, die wir hin und wieder zu lösen haben, fehlen hier die Intrigen der Neureichen, wie sie zum Beispiel in den Straßen entlang der *Avenida Costa Blanca*, draußen in Albufereta vor dem *Cabo de Las Huertas*, leben. Und mit lebenden Anwälten hatte ich oft genug zu tun. Die waren schwierig genug. Da brauchte ich nicht noch einen toten, der nun nicht mehr schwimmen kann. Also habe ich auch keine Lust, mich zusammen mit Petra und Fermín damit zu beschäftigen. Tut mir leid Alicia[13].

Eine Woche war unterdessen vergangen. Ohne große Ergebnisse. Wir konnten in Ruhe arbeiten, viel-

---

[13] Alicia Giménez-Bartlett, Serpientes en el paraíso (Piranhas im Paradies)

mehr man ließ uns in Ruhe, denn man hatte das Interesse an uns verloren. Sowohl der Staatsanwalt als auch mein Chef hatten sich seit Montag nicht mehr gemeldet. Fast hatten wir den Eindruck, dass an der Auflösung keiner mehr interessiert war. Denn längst war der spezielle und nichtterroristische Hintergrund des Anschlags klar und wurde einer Gruppe Halbirrer zugeordnet. Die meisten warteten geduldig ab und hofften, dass diese sich als übergeschnappte *negros* herausstellten.

Ich war spät nach Hause gekommen. Wieder einmal. Auch weil ich eben keine Katze habe, die auf mich wartet und deshalb mehr Disziplin erfordern würde. An ein Mädchen mag ich dabei schon gar nicht denken. In den Armen hielt ich eine volle Einkaufstüte mit neuen Errungenschaften, die ich fast am Ende meiner Straße an der Ecke zur Lonja beim Marokkaner gekauft hatte. Mustafa musterte mich mit schräg gelegtem Kopf und fragte mit einem freudigen Unterton:

„Bekommst du etwa endlich mal Damenbesuch?"
Den Kopf schüttelnd antwortete ich:

„Mitten in der Nacht? Dann bräuchte ich nicht einkaufen. Da wüsste ich was Besseres. Nein, so schnell wird sie nicht kommen, aber Bier macht dick, sagen die Kolleginnen. Die schielen schon seit Monaten auf meinen Bauch. Also steig ich um."
Die nächste Flasche Wein werde ich bei ihm jedenfalls nicht mehr vom obersten Regal nehmen. Oder ich kühle sie zu Hause erst einmal, ehe ich sie trinke, denn das erste Glas war warm und schmeckte wie in Alkohol eingelegte und zu heiß gekochte Konfitüre. Ich verzog angewidert das Gesicht. Draußen krachten wieder ein paar Böller. Automatisch blickte ich auf die Uhr. Es war schon wieder kurz nach Mitternacht. Nur noch heute,

dann wäre auch diese Schlacht geschlagen und die Hogueras de San Juan zu Ende gegangen. Ich rutschte an der Wand entlang weiter nach links. So konnte ich im spitzen Winkel über dem Ayuntamiento die bunten Explosionen der ersten Raketen sehen. Manche der Raketen schienen zum Mond fliegen zu wollen. Doch dann versprühten sie doch den funkelnden Glimmer über den Schattenriss der dann plötzlich gelb, grün, blau oder rot erleuchteten Stadt. Die Kuppel des Rathauses glühte flimmernd und noch blauer unter diesem Glitzerregen, während Dani Flaco vom Radio aus mit seiner rauchigen Stimme die Lautsprecher meiner Stereo-Anlage schliff. In meinem Kopf schwappte bereits die passende Suppe für das plötzlich aufgekommene Selbstmitleid. Dauernd musste irgendeine Zeile von seinen Texten zu meiner Stimmung passen. Natürlich sang ich sie mit. Soviel war mir mein sentimentaler Zustand wert. *Y si te marchas, la escarcha se busca un techo en mi pecho, bajo esta luna de hiel que grita que te perdí.* Ich war voll seiner Meinung. Gerade als ich mir ein weiteres Glas zur Beruhigung einschenken wollte, klingelte mein Telefon.

Vielleicht geht Ihnen das auch so, wenn nachts das Telefon klingelt und das auch noch in so einer Situation. In den höchstens fünf Sekunden, die Sie brauchen, um den Hörer abzunehmen, schießen Ihnen mehr Gedanken durch den Kopf als in einem Traum Platz haben. Meine handelten von Einsamkeit, Katzen, Wein, zerhackten Leichen, die nicht schwimmen können und Mónica. Mustafa hätte mir, wenn *seine* Vermutung gestimmt hätte, sonst sicher einen Cava in die Hand gedrückt, für Mónica, er war ja, wie alle anderen, im Bilde. Also dachte ich auch jetzt, da mein Kopf gerade bei ihr angekommen war, an Mónica. Und seltsamerweise nicht an Primo, meinen Kollegen. Sonst hätte ich niemals abgenommen. Mit diesem Wunschbild verging die fünfte Sekunde besonders schnell. Der Hörer hatte erst zwei Drittel des Weges zu meinem Ohr zurückgelegt, als ich schon ein aufgeregtes: *Wir haben sie!* hörte.

„Wen? Mónica?"

„Mónica? – Was? – Ach so! – Nein, nicht die. – Seine Nichte."

In solch einem Moment muss man dann alles dort oben zurückspulen. Ich meine im Oberstübchen, im Kopf. Alles. Ganz brutal. Auch das kennen Sie sicher. Man wirft sonst alles durcheinander und würde nur Blödsinn von sich geben. Doch auch das nimmt die gleiche Handvoll von Sekunden in Anspruch. Zu viele für Primo.

„Bist du schon eingepennt da drüben, oder was?", vernahm ich vom anderen Ende und schüttelte den Kopf. Er konnte es wieder einmal nicht sehen. Deshalb antwortete ich, um ihm das Gegenteil zu beweisen.

„Wo?"

„Bei anderen negros in Murcia."

Wieder schüttelte ich den Kopf.

„Wie kommt sie denn zu denen?"

„Wenn dir das wichtiger ist als das Warum, werde ich es dir gern im nächsten Leben untersuchen. Wenn du jetzt losgehst, kommst du vielleicht mit ihr zusammen hier an. Ein Fahrdienst von uns ist schon unterwegs und bringt sie her."

„Mitten in der Nacht", ich war mir unsicher, ob ich aus dem Satz eher eine Frage hätte machen sollen.

„Warum nicht? So kriegt sie sogar noch ein bisschen von dem Feuerw..."

Den Rest konnte ich nicht mehr verstehen. Eine Salve von Böllern donnerte vom Playa del Cocó herüber. Komischerweise fragte ich mich in diesem Augenblick, wie die Möwen diesen Lärm aushielten. Alles verwechselnd nahm ich die Flasche Wein und trank den üblichen großen Schluck. Es war das mieseste Bier seit langem.

„Bin unterwegs", entgegnete ich angewidert und legte auf.

Flackernde Millisekunden lang sah ich drüben Peter-was-weiß-ich mit seiner blonden Stulpe auf der Dachterrasse stehen. Sie mit ihrem Rücken angeschmiegt an seinem Oberkörper und er die Arme verschränkt unter ihren Brüsten. Zärtlich. Züchtig. Angezogen. Ich spürte wieder den Neid in mir zusammen mit den Raketen explodieren. Dann war das Licht der Feuerwerkskörper erloschen und viel zu weit von ihnen entfernt erleuchteten die nächsten eine andere Straße.

Trotz der Menschenmassen in den engen und überfüllten Straßen betrat ich eine Viertelstunde später das Büro. Erst kurz zuvor waren die Fahrer eines Sozialdiensts eingetroffen. Polizeilich verfügt durch Primo. Für diesen nächtlichen Einsatz sollten ihm gute Gründe einfallen. Das jedoch war nicht mein Problem. Zu zweit bugsierten sie den Rollstuhl durch die enge Tür und stellten ihn ab. In ihm saß ein dünngliedriges, kurzes und verbogenes Geschöpf. Ein verbrannter schwarzer Ast mit dünnen zerbrechlichen Trieben. Die Anordnung dieser, die tatsächlich Körperteilen ähnelten, wiesen es als Mensch aus. Als junge Frau mit wachen, lebendigen Augen. Alles andere an ihr hatten die Schläger, oder wer auch immer, zunichtegemacht, seinem Sinn und Zweck beraubt. Weder die Beine noch die Arme würden jemals auch nur einen Bruchteil ihrer eigentlichen Aufgaben erfüllen können. Es war offensichtlich, dass sie zertrümmert worden waren.

„¡buenas noches!", rutschte mir in meiner erschrocken erstarrten Körperhaltung über die Lippen, während sich die zwei Begleiter übertrieben gelangweilt an Primos Schreibtisch ins Büro nebenan setzten. Mit ein paar mitgenommenen leeren Blatt Papier und Kulis versuchten sie, sich die Zeit zu vertreiben. Ich schloss die Glastür zwischen ihnen und uns und hob leicht die Hand.

„*¡benas notschz!*" kam es von ihr im gleichen Moment äußerst leise und mit schwerer Zunge zurück. Was hatte Ángel gesagt? Die halbe Zunge hätte sie sich damals abgebissen.

Ich schaute hilfesuchend zu Primo. Mein Gott, das hätte doch wirklich bis morgen Zeit gehabt, verriet mein Blick wohl deutlich genug. Betreten wich er meinen Augen aus, um kaum vernehmlich zu flüstern:

„*Señorita Ayanna* hat darauf bestanden, als ich ihr nach dem Abendessen die wichtigsten Sachen am Telefon erzählt hatte."

„Die wichtigsten Sachen?"

„Herrgottnochmal, Alex! Ja! Die wichtigsten Sachen ...", er schob sich vom Schreibtisch weg und trat dicht an mich heran. Sein Mund direkt neben meinem Ohr fuhr er fast unhörbar fort, „... sie hat null Ahnung von allem gehabt. Kapierst du, was das bedeutet? – Sie wusste bis vor zwei, drei Stunden nämlich nichts vom Tod Duelas."

Ich überlegte, woher sie es auch wissen sollte, außer Cristina, Ángel oder ein anderer der Puestofreunde hätte sich die Mühe gemacht, es ihr mitzuteilen. So viel hatte ich inzwischen kapiert, dass man ihr Vorhanden- und Dasein bestmöglich verschwieg. Unbeholfen schaute ich in ihr verschobenes Gesicht.

„Sie sprechen unsere Sprache?"

Ihre Antwort war ein einseitiges Lächeln, dass ihren Mund fast unter das linke Auge schob.

„Ich – leb – hier – seit – zehn – Jahrn. – Was – sollt – ich – machn – könn – wenn – nich – Spansch – zu – lern?"

Jeder von uns hätte keine fünf Sekunden gebraucht um die im Grunde genommen wenigen Wörter zu sagen. Ayanna benötigte über eine halbe Minute. Bei jedem Wort hatte ich den Eindruck, dass sie eine immense Kraft benötigte, ihre Zunge vom Gaumen zu lösen, an dem sie zu kleben schien. Gleichzeitig kam mir der nahezu gleiche Satz von Ndidi in den Sinn.

„Wo wohnen Sie denn?"

„In – Murcia – mit –andren – Brüdern – und – Schwestern – zusamm."

„Brüdern und Schwestern?"

Wieder dieses unwirkliche Lächeln. Das Gesicht schien aus zwei Hälften zu bestehen.

„Anderen Schwarzen. Ich habe ein Zimmer mit einem jungen Mädchen."

„Ein Heim?"

„Nein, das ist ein Haus mit *immigrantes*. Über zwanzig. Aus Afrika, Venezuela, Kuba und Haiti."

„Da kümmert man sich um Sie?"

„Man?"

„Ja, Behörden, Sozialdienste, Kirche ..."

Der ernste Teil ihres Gesichtes hielt mich für verrückt.

„... wir untereinander."

Ich schluckte die Frage, wer alles bezahlte, hinunter. *Er spendet uns jeden Monat einhundert, manchmal sogar zweihundert Euro.* Natürlich ließen die agencias niemanden verhungern, aber Geschöpfe, wie Ayanna eines war, waren in deren Kalkulationen nicht enthalten. Dafür gab es die Hilfsorganisationen. Ich blickte zu Primo. Mir fehlte der richtige Ansatz. Er verstand sofort.

„Wir haben einen Mann namens Alvarez verhaftet.

Einen Anwalt der zuständigen Behörde. Er hat Dokumente ihres Onkels verschwinden lassen, von denen wir nun glauben, dass sie Anträge auf Hilfe gewesen sind. Hilfe für Sie. Wir haben weiter herausgefunden, dass er an einem Komplott beteiligt oder in dieses mit hineingezogen worden war. Dies führte zum Tod von Señor Duol und hätte viele Menschenleben mehr gekostet, wenn nicht ein Zufall dazu geführt hätte, es aufzudecken. Wir versuchen, Verbindungen herzustellen, die alles erklären. Alvarez ist nicht sehr mitteilsam, was dies anbetrifft und beharrt darauf, dass Ihr Onkel Bescheid wusste. Je länger wir allerdings nachforschen, umso weniger macht dies Sinn, obwohl es in seinen Briefen Hinweise gibt, die so interpretiert werden könnten. Wir hoffen, Sie können uns das ein oder andere erklären."

„*Bààba*, wie ich meinen Onkel nenne – nannte, hat immer versucht, alles von mir fern zu halten. Aber vor ein paar Wochen hat er mir erzählt, dass ein Mann gekommen sei, der gesagt hat: *das muss Sie doch aufregen, dass Sie keine Gerechtigkeit finden. Geben Sie mir ihre Unterlagen, ich bin Anwalt an entscheidender Stelle, genau in dieser Behörde. In spätestens einem halben Jahr, haben Sie die ganzen Schwierigkeiten vergessen.* Mein Onkel hat ihm geglaubt. Auch weil er eine Visitenkarte von ihm bekommen hat und sein erster Brief bei dieser Adresse eingetroffen ist. Er hat dort extra nochmal angerufen und mir es am nächsten Tag freudestrahlend erzählt: *Ich glaube, endlich ist da einer und kümmert sich um uns.*"

„Wissen Sie, um was es dabei ging?"

„Um meinen Rollstuhl, Krücken und Medikamente. Vor allem die Medikamente sind sehr teuer. Auf Dauer hätte er sie nicht alleine bezahlen können. So viel wirft der Puesto nicht ab. Er musste mir ja auch sonst viele

Dinge zahlen, wie Kleider und einen Teil der Unterkunft. Ich kann dazu ja nichts beitragen."

„Hat er noch andere Namen erwähnt?"

Ayanna schaute abwechselnd mich und Primo an. In ihrem Gesicht erkannte ich, ihre Antwort würde uns keiner Lösung näherbringen.

„Er hat nie einen Namen erwähnt. Tut mir leid. Er meinte nur: *der ist nicht allein. Der hat noch jemanden.*"

Für einen kurzen Moment ließen mich ihre Worte trotzdem aufhorchen. Denn ich dachte nicht an Kompagnons, sondern sofort an Maria.

„Einen Mann oder eine Frau?", fragte ich mit einem Räuspern.

In mir drohte ein Wunschbild zusammenzufallen. Eines, das ich mit Ehrlichkeit, einem möglichen Essen und danach offenen Ausgang in Verbindung brachte. Nun stattdessen Maria als Helferin, als Knöpfchendrücker, als lächelnde Vollstreckerin. Ich sah ihre Sommersprossen, ihre Haut, ihre Schenkel, die Härchen zwischen ihnen. Schmeckte ihre Stirn. Unwillkürlich betrachtete ich meine Finger, mit denen ich sie gespürt hatte. Auf einmal ergab ihre Freizügigkeit, sich mir immer nackter zu präsentieren, Sinn. Sie knockte mich mit sich und den Schilderungen über *Den schmutzigsten Sex meines Lebens* aus. Den sie doch genossen hatte, mit dem sie absichtlich verführte. Nachdem sie alles mit Alvarez ausgeheckt hatte. In meinem Kopf fügten sich die Dinge neu zusammen. Die zwei waren also für die beinahe geschehene Katastrophe ...

Ayannas plötzliche Antwort ließ Maria als Ikone wieder auferstehen.

„Es muss wohl ein Mann gewesen sein."

Das ohnehin vorhandene Chaos in meinem Kopf war wieder zurechtgerückt. Ich spürte Marias Schenkel an meinen Seiten und kurz ihre Hand in meinem Nacken.

Prompt fiel mir ihre private Telefonnummer ein.

„Denn er sagte, er hätte für die medizinischen Fragen einen Bekannten, der ihn unterstützt."

Ich hörte mich selbst beruhigt tief Luft holen und sah Primos Brauen in seine Stirn wandern. Dann schob er sich von der Wand weg und meinte:

„Ich hol uns mal was zum Trinken."

Ich signalisierte ihm mit einer Hand meine Zustimmung und fragte Ayanna:

„Wissen Sie noch mehr über diesen Herrn?"

Ayanna schüttelte mit eckig wirkenden Bewegungen den Kopf und setzte sich mit sichtbarer Anstrengung aufrechter hin. Ihr Körper schmerzte.

„Angenommen, Ihr Onkel hätt' Ihnen einen Wunsch mitgeteilt, wie hätte dieser gelautet?"

Nun war sie es, die verwundert schaute.

„Einen Wunsch? Der größte war ihm vor Jahren schon in Erfüllung gegangen. Er ist nun einer aus dem Land, in dem wir leben. Er muss nicht mehr Angst haben, abgeschoben zu werden. In ein Land, dass nichts mehr für ihn hat. – Wenn, aber das ist zu vermessen, höchstens den, eine Frau zu finden. Er sprach ein paar Mal davon und hatte wohl eine Frau, die ihm sehr gefiel. Denn ich glaube nicht, dass er daran dachte, mich zu sich zu holen. Wie hätte das auch funktionieren sollen?! Er arbeitet in seinem Puesto und ich warte geduldig in meinem Stuhl, während ich meine Tage habe, kacken und pinkeln muss – und warte auf ihn, bis er mir die Windeln wechselt?"

Beide Gesichtshälften fraßen mich auf. Ich war einfach zu gut im Insfettnäpfchentreten.

„Was geschieht jetzt mit Ihnen?"

In Gedanken schlug ich gegen meine Stirn. Noch eine dämliche Frage von mir. Ayanna hatte es nicht bemerkt, denn in diesem Moment kam Primo mit einer Plastikflasche voll Wasser und ein paar Bechern herein. Duelas Wunsch nach einer Frau, die niemand anderes sein konnte als Cristina, hatte er somit nicht mitbekommen. Ich kam also um weitere Tröstungen herum. Wieder atmete ich beruhigt tief ein und Primo hatte keine Ahnung warum. Der Ton Ayannas Antwort hingegen war auf Grund meiner Frage zuvor nachvollziehbar. Denn etwas süffisant, aber auch enttäuscht meinte sie:

„Sie können mir eine Entscheidung abnehmen. An der nage ich seit ungefähr drei Stunden rum. Fahren Sie mich zurück nach Murcia. Aber fahren Sie über Santa Pola und lassen mich vorher irgendwo an der Küste raus. In der Nähe von den Casas del Cap zum Beispiel. Da gibt es vorne am Ufer ein paar Felsen. Ein toller Platz mit Sicht auf die Stadt. Da komme ich alleine nicht hin. Schieben Sie mich einfach zwischen diese Felsen, die Natur wird für den Rest sorgen. Mein Leben war bis jetzt schon nicht viel wert, aber jetzt brauche ich wirklich keines mehr."

Die Nacht war kurz geworden. Unausgeschlafen und mit schweren Gliedern war ich aufgestanden. Wer hätte auch gedacht, dass die ärmsten und gebrochensten Geschöpfe zu Nachtfaltern werden. Jetzt saß ich nicht in meinem Eckzimmer auf dem Boden, sondern mit einer Tasse Kaffee vor der breiten Fensterbank, die Füße neben der Grünlilie darauf abgelegt, und beobachtete in einem der Zimmer gegenüber, wie eine Frau unentschlossen und immer wieder von neuem beginnend, Dinge aus einem Koffer holte und in ihn zurücklegte. Ihr Gesicht konnte ich in den Lichtverhältnissen nicht erkennen. Doch jedes Stück wurde begutachtet und in eine für mich nicht zu erkennenden Reihenfolge gebracht.

In der gleichen Situation steckte ich auch. In etwa. Nur die Reihenfolge geriet ständig durcheinander. Ich verfolgte ein einsames Bläschen des Kaffeeschaums auf der Oberfläche und versuchte, es durch Drehung der Tasse an die Stelle zu bringen, von der ich trinken wollte. Gleichzeitig machte ich mir über die Ordnung *unserer* Indizien Gedanken, vielmehr über die von uns gesammelten Behauptungen, Hinweise und Schriftstücke, die ich wiederum in eine Reihenfolge bringen wollte, um eine schlüssige Kette von Indizien zu basteln. Ich erschrak darüber, wie wenig wir bisher herausgefunden hatten. Richtige Erfolge waren tatsächlich kaum vorzuweisen. Und wenn wir nicht innerhalb der nächsten ein, zwei Tage triftige Gründe herausfanden, die uns erlaubten, Alvarez weiter festzuhalten, müssten wir ihn wieder laufen lassen. Wir hatten zwar die besten Vermutungen, aber nichts in der Hand, was einem Beweis gleichkam. Bis jetzt konnte er *gegen die haltlosen Theorien* ohne Mühen Sturm laufen. Auch Sunnys DNA-Analysen liefen bislang ins Leere. In keinem der säuberlich verpackten Tütchen fand sich etwas, was mit Alvarez in Verbindung gebracht werden konnte. Die beachtlichen Qualitäten des Herrn *doctor* hielten sich in Grenzen oder wir hatten versagt. Alles, was wir in den Händen hielten, hatten wir schon mal gesehen, alles war schon mal da gewesen. Ich sah uns schon im Kreis drehen und wieder bei null anfangen.

Drüben auf der anderen Seite hatte die Frau damit bereits begonnen und sich mit einem Mal ausgezogen. Wie häufig zuvor selbstvergessen, verträumt und ungeniert. Dennoch betrachtete ich die Szene, im Gegensatz zu sonst, nahezu unbeteiligt. Kein Fernglas. Kein näher ran. Obwohl ihre helle Haut auch im Halbdunkel nun ein reizvoll junges Alter versprach. Eine Sekunde später hatte sie nur noch einen bunten Slip an und zog sich eine rote Bluse über. Eine phantastische Farbe. Der Stoff war leicht und das Rot ergoss sich deshalb regelrecht die Arme entlang über ihren Körper.

... für die medizinischen Fragen einen Bekannten. Es war weit hergeholt, aber die Amputationen bedurften eines Mediziners. Sunny hatte uns ja schon vorgewarnt, vorausgesetzt seine Mutter schickte uns jetzt mit ihrem Einwand nicht in eine Sackgasse. Daher schlussfolgerte ich einfach: unter Umständen war Alvarez zum Tatzeitpunkt gar nicht im Puesto. So falsch lag ich mit meinen früheren Gedankenspielchen also nicht. Wir suchten mindestens drei Täter.

Wie zur Bestätigung behielt die Frau die Bluse an und zog sich einen kurzen weißen Minirock an, der mit Mühe ihr drittes Kleidungsstück verbarg. Das perfekte Outfit, Blicke auf sich zu ziehen. Ihr Gesicht konnte ich leider immer noch nicht sehen. Aber bei dem, was ich sah, war dies auch nicht sonderlich entscheidend. Das übrige lenkte fürs Erste ab. Selbst wenn sie keine Augenweide wäre. Wie zur Bestätigung hatte sie mir die Freude gemacht und war auf die andere Seite des Bettes getreten. Dorthin, wo sie bei besserem Licht ihr Aussehen in einem Spiegel prüfen konnte. So sah ich zwar nun nur ihren Rücken, aber auch die unvermutet langen Beine und den knapp bedeckten Po. Mehr Stoff hatte dieser auch nicht nötig und die Beine belohnten jeden Betrachter.

Alvarez war in meinem neuen Konstrukt auch nicht mehr zu sehen. Fast nicht mehr erkennbar. Er stand vor der verschlossenen Verkaufsbude und schaute gelangweilt in die Nacht hinaus. Drinnen zerstückelte derweil ein Doktor Duelas Körper. Soweit hatte ich die Geschichte zusammen. *Unsere* Gründe fanden wir in den Ordnern, vielmehr bei den Sachen, die vernichtet worden waren. Jetzt fehlte noch ein Kerl, der wusste, wie man an Munition und Waffen kam und der Erfahrungen mit dem Zeugs hatte. Und, damit die Anzahl der genetischen Fingerabdrücke stimmte, einer, der das Zündholz, eine Schaufel oder die Marmorsteine gehalten hat. Primo war der bessere Inquisitor. Er musste heute nochmal Alvarez ausquetschen. Ein kurzes Zucken in dessen Augenwinkeln, nach einer platzierten Flut von Fragen, würde Primo sicherlich auf eine heiße Spur bringen.

Die rote Bluse lag nun wieder neben dem kleinen Rock und einem winzigen Stück Stoff, der nichts anderes sein konnte als ihr Slip. Von ihr war allerdings nichts mehr zu sehen. Der Lichtschein aus dem Bad im hinteren Teil des Zimmers ließ mich annehmen, dass sie entweder unter der Dusche stand oder angefangen hatte, bereits in den Schrank eingeräumte Kleidung auch auf ihre Tauglichkeit zu überprüfen. Fünf Minuten wartete ich ab, dann stand ich auf, schaltete das Radio ein und goss mir einen weiteren Kaffee ein. Kurz nachdem ich wieder den Beobachtungsposten eingenommen hatte, kamen die Nachrichten.

Dramen, die mich früher kaum tangierten, nahmen seit ein paar Tagen jetzt beim Frühstück neben mir Platz, weil ich mir neuerdings angewöhnt hatte, Nachrichten zu hören. Was in diesen mitgeteilt wurde, reichte für jegliche Steigerungen der Unlust am Leben. Eingebettet von einer viel zu optimistischen Prognose für das zweite Halbjahr der spanischen Wirtschaft und einigen Sportmeldungen hörte der, der es wollte, die Aufzählung der Krisen und Kriege. Auch die kleinen Radiosender in unserer Stadt brachten auf allen Frequenzen Nachrichten, die alles andere als erfreuten. Trotzdem lauschte ich. Vielleicht suchte ich heute in ihnen die Inspiration, einen Lösungsansatz für unseren Fall zu finden.

Ich nippte an der Tasse, als sie von hinten beleuchtet wieder in das Zimmer trat. Ein Handtuch war wie ein Turban um ihren Kopf geschlungen, ein anderes hielt sie in den Händen. Sie zog den Vorhang noch ein Stück mehr zur Seite und kontrollierte mit einem weit nach vorne gebeugten Blick, ob man sie von unten sehen konnte. Allzu verständlich, denn sie war gänzlich nackt. Kurz sah ich dabei ihr Gesicht. Es war dieselbe Frau, die vor ein paar Tagen erschrocken die Gardine geschlossen hatte, als sie mich in meinem Fenster sah. Heute war ich ihr egal. Kein Blick zu mir hinauf. Zum Ausgleich lieferte sie mir das volle Programm. Denn sie stellte das linke Bein dicht neben der Bluse auf das Bett und begann es abzutrocknen. Anmutig, offenherzig und verwirrend. Geradeso als wüsste sie von meiner Beobachtung, die wenigstens sie zu irgendwas inspirierte. Ihre ganzen Gesten waren mit denen der blonden Schnalle von Peter-was-weiß-ich auf jeden Fall nicht zu vergleichen.

»... Ministerpräsident Zapatero machte noch einmal auf die schwerwiegenden Folgen aufmerksam ...«

Wie ich diese Frau, beobachtete Alvarez möglicherweise vor zehn Tagen Maria dabei, wie sie ihr Kleid über den Kopf zog und das helle Höschen über die Schenkel nach unten schob. Im dämmrigen Licht sahen ihre Sommersprossen wie Schokostreusel aus. Für jeden Mann verführerisch. Es war früh am Morgen. In nicht einmal drei Stunden würde die Sonne aufgehen. Auf der anderen Seite des Wassers gruben seine Kumpane längst ein Loch in die Explanada. Eine halbe Stunde zuvor saß er mit Maria noch oben an der Reling mit einem Glas Cava, Wein oder Gin, als man drüben schon in dem Puesto verschwunden war. Er verzog seinen Mund zu diesem bekloppten, überheblichen Lächeln, das er auch in seinem Büro draufhatte, tatschte ihre Hand und nickte ihr aufmunternd zu. Jetzt hatte er Zeit für *sein* Projekt und ging mit ihr hinunter. Eine Hand forschend auf ihrem Hintern deponiert.

»*... wurde ein manövrierunfähiges Boot mit 16 leblosen Körpern, darunter ein halbes Dutzend Kinder, vor der Küste südlich von Aguilas aufgebracht. Nachdem die Rettungskräfte an Bord gegangen waren, konnten nur noch 8 erwachsene Schwarzafrikaner und ein Kind lebend, aber stark dehydriert und zum Teil mit Verletzungen geborgen werden ...*«

Sie hatte den Turban gelockert und rollte ihn von ihrem Kopf herunter. Sorgfältig faltete sie anschließend das Handtuch zusammen und schüttelte, den Kopf in den Nacken gelegt, ihre Haare aus. Mein Blickwinkel war gut. Sie hatte eine schöne frauliche Figur mit wirklich sehr langen Beinen. Ihre Brüste schwangen leicht zu den Seiten. Für eine Handvoll Sekunden blieb sie so stehen. Dann schwang ihr Oberkörper nach vorne. Ihre Haare schleuderten über den Kopf und hingen ihr, wie bei Mónica am Strand, vor dem Gesicht. Mit den Fingern kämmte sie sie aus. Nach einigen Sekunden waren sie wohl aufgelockert genug und sie warf sie mit ihren Händen wieder auf den Rücken zurück, dann griff sie neben sich und hielt mit einem freudigen ¡hola! ein Handy an ihr Ohr. Sie drehte sich zur Tür und stand nackt wie sie war etwas breitbeinig in ihr. Ich kniff die Augen zusammen und sah Mónica. Denn ihre Pose am Strand war die gleiche gewesen. Und weil der Kopf der Frau mir gegenüber von einer schmalen Übergardine über ihr verdeckt wurde, fiel es mir noch leichter, mir Mónica vorzustellen. Unschlüssig geworden überlegte ich, ob ich das Fernglas holen sollte. Ließ es aber, da sie womöglich die Bewegung mitbekommen würde.

Maria war gerade dabei, ihren BH zu öffnen, als Alvarez noch einmal durch das Bullauge schaute. Sie lagen in der letzten belegten Box. Keine fünfzig Meter weg von der Kaimauer. Somit hatte er einen einigermaßen guten Blick zu den Puestos hinüber. Den von Duela konnte er aber nicht besonders gut einsehen. Das wussten wir von unserem Kontrollgang. Die Palmen und Büsche verdeckten in diesem Abschnitt doch einige Meter. Trotzdem sah er einen Schatten dicht an den Verkaufsbuden vorbeilaufen. Er ging mit dem Gesicht dicht an die Scheibe heran und spürte auf seinem Rücken die Lippen von Maria und an seinen Schenkeln ihre Hände. Er gluckste, fühlte die gewünschte Reaktion und zog sie neben sich. Seine Hand an unmissverständlicher Stelle ihres Körpers. Doch ohne sie anzusehen. Denn da drüben lief gerade unzweifelhaft Duela zu seinem Puesto.

»... ihnen eine Chance geben, meinte die Hilfsorganisation, die noch am Abend dafür sorgte, dass die verletzten Havarierten ärztliche Betreuung erhielten ...«

Die Frau hatte sich inzwischen neben ihre Kleider auf das Bett gelegt. Nun konnte ich ihren Körper nur noch etwa von den Rippen abwärts bis zu den Fußspitzen sehen. Und eine Hand, die zunächst den linken Oberschenkel und dann die Haut zwischen Nabel und Scham rieb. Erst jetzt merkte ich, dass von der Straße unten unpassende Geräusche zu mir nach oben gespült wurden. Ich hörte Marios Stimme und das Lachen seiner Frau heraus. Dazwischen das eher einem Glucksen ähnelnde Kichern Kios. Wahrscheinlich hatte er den beiden gerade ein mindestens hundertjähriges Leben vorausgesagt, wenn sie seiner Anweisung folgten und in Zukunft nie wieder an einen weißen Elefanten dachten. Während sie das rechte Bein aufstellte und es darauf wie eine gelesene Buchseite zur Seite fallen ließ.

»... herausstellte, waren 2 der Verletzten Algerier, die vor einigen Monaten bereits schon einmal ausgewiesen

worden waren ...«

Alvarez ließ Maria los und griff zu seinem Mobiltelefon. Gleichzeitig umarmte er sie und schob sie unter sich. Er war bereit. Aber die drei, vier Sekunden brauchte er noch. Am anderen Ende wurde mit einem frotzelnden Kommentar abgenommen. Er ging nicht darauf ein und sagte nur zwei Wörter in das kleine Micro: *Er kommt.* Dann drückte er die rote Taste. Das Telefon glitt klappernd auf den Boden und er mit seiner Hand wieder zwischen ihre Schenkel. An die gleiche Stelle wie die Frau mit ihrer auf der anderen Straßenseite.

Mittlerweile hatte ich schon den Hörer in der Hand.

„Sunny? Habt ihr auch Proben von der Vorderseite des Stands genommen?"

„Hältst du uns für blöd? Natürlich!"

„Sind die schon analysiert?"

„ – "

„Dann mach die so schnell wie möglich! – Alvarez war nicht *im* Puesto."

Ich nahm das ganze Durcheinander unserer Blätter, stieß die einzelnen Stapel mehrmals zusammen und legte sie übereinander neben mich. Aus dem letzten rutschte eine Zeitungsseite heraus und fiel zu Boden. Das Erscheinungsdatum war nicht allzu lange her. Sofort blieb ich an der Headline hängen und wunderte mich, dass ich die Nachricht nicht mitbekommen oder einfach missachtet hatte.

Condenado a 268 años
Joseba Troitiño por atentar
en dos hoteles de Alicante

Diesen ETA-Terroristen, der damals die halbe Innenstadt von Alicante in die Luft sprengen wollte, hatten sie schon länger hinter Schloss und Riegel gebracht. Wenigstens ein bisschen Gerechtigkeit, dachte ich immer wieder. In unserer Dienststelle waren wir über den dann laufenden und langwierigen Prozess an sich ständig informiert worden, das Urteil jedoch war demnach an mir vorbeigegangen. Zumindest das Maß der Strafe. Denn es war nicht der Schuldspruch, der mich stutzig machte, sondern die Anzahl der Jahre, die er aufgebrummt bekommen hatte, von vielen im Stillen bejubelte und für ihn unüberlebbare 268 Jahre. Diese Zahl kannte ich. In diesem Moment konnte ich sie nur nicht zuordnen. Ich legte den Stapel zur Seite und schob Primo den Artikel rüber.

„Was sagt dir das?"

„Was? Der Name?"

„Nein, die Zahl 268."

„Augenblick!" er stand auf und nahm eine Sichthülle aus eine der Schubladen und zog eine Kopie heraus. „Da! Hier! Ich habe das ganze Zeugs fotokopiert. Man weiß ja nie. Hab erst heute Morgen darin herumgeblättert. Es ist die Anzahl der Mosaiksteinchen auf der Explanada, die sie für das Loch entfernt haben, um ihn zu verbuddeln."

Ich ließ mich gegen die Rückenlehne fallen. Mein Gott, wie konnte ich es nur vergessen haben. Natürlich die herausgehackten Steine! 268. So eine Anzahl ist kein Zufall. Aber wir, nein, ich hatte es selber versiebt. Irgendjemand, Pablo, Ivan oder Sunny, vielleicht sogar Solana, weil sie immer die Presseartikel verteilte, wenn ihr etwas wichtig erschien, hatte mir den Zeitungsausschnitt auf die Unterlagen gelegt und ich hatte ihn einfach übersehen und weitere Blätter auf ihn gestapelt. Ich wurde wütend auf mich selbst und drosch meine Faust auf den Stoß vor mir.

„¡joder! So ein Mist, liegt sicher schon seit zwei Tagen da. Hab' ich vollkommen übersehen. Klar 268 Jahre, 268 Steine. Das ist sicher kein Zufall. Geh zu Alvarez und quetsch ihn aus! Bevor wir die ganzen Anwesenheitslisten an den Verhandlungstagen durchschauen und seine Beziehungen und was weiß ich durchforsten müssen, soll er endlich von seinen Freunden die Namen ausspucken. – Mir scheint, da wollte ein verdrehter Depp mit dem Anschlag diesen Troitiño gleich mit rächen und sein eigenes Süppchen kochen."

Primo kratzte sich am Kopf.

„Ein bisschen viel auf einmal!? – Ein frustrierter Sozialtyp, 'n ETA-Rächer und nächste Woche ein Terrorist, der aus lauter Frust Bomben in Alicante zündet, weil's in Madrid weniger Tote als in New York gab ..."

„Nä, mein Lieber, ich bleib dabei, 'n besserwisserischer Rentnerclub, der die spanische Welt vor dem Untergang retten wollte. – Ich glaub, ich weiß, wo ich noch ein paar andere Infos bekomme. Du Alvarez, ich die Schwarzen. ¡vamos!"

„*Akoi kīffayē da yawa nân?* Gibt es viele Fische hier?"

„*Á'à*, nein! Und schon gar keine, die schmecken."

Ohne mich umzudrehen und aufzuschauen erkannte ich Ndidis Stimme. Ich legte den angebissenen Bocadillo wieder in die Papierserviette eingehüllt neben mich auf die Bank und wischte mir mit einem Handrücken über den Mund. Ndidi stand schräg hinter mir und betrachtete, wie ich zuvor, das unruhige Wasser in der Marina. Ich hatte gehofft, dass sie mich hier sitzen sehen und rüberkommen würde. Denn das windige und schwüle Wetter sorgte für wenig Betrieb, ihre Zöpfchen mochte heute niemand haben, also hatte sie Zeit für mich. Meine Rechnung war aufgegangen. Gerade als ich mich ihr zuwenden wollte, spürte ich eine ihrer Hände auf meiner Schulter. Nicht so sehr als freundschaftliche Geste als vielmehr mit ihrem ganzen Gewicht.

„Mein Bein schmerzt heute fürchterlich", war ihr Kommentar.

„Dann setz dich doch. Ich wär nachher noch bei dir vorbeigekommen."

Aus dem polizeilichen Sie hatte ich einfach ein Du gemacht. Ndidi stützte sich weiter auf meiner Schulter ab und kurvte währenddessen mit kleinen, schleifenden Schritten um das Ende der Bank. Ich nahm den Bocadillo weg und sie ließ sich neben mich plumpsen. Hart schlug sie gegen die Rückenlehne. Das gelbe Kleid von gestern hatte sie heute gegen ein grünes gewechselt. Naiv gemalte Affen, Tiger und Giraffen guckten aufgedruckt vom Stoff in die Welt um uns herum. Ndidi aber nach wie vor in Richtung der Schiffe. Aufrecht, steif, die Hände auf die Schenkel gelegt. Selbst von der Seite waren in dem Weiß ihrer Augen viele rote Äderchen zu sehen. Der Schmerz war also nicht erst gerade eben in das Bein gefahren. Langsam drehte sie den Kopf. Ihre fast violetten, für uns übergroßen Lippen hatte sie aufeinandergepresst. Dadurch wirkte die ohnehin flache Nase noch breiter. Ein durch und durch afrikanisches Gesicht. Anziehend, ungewohnt und doch fremd, erst recht in diesem Abstand. Dann atmete sie tief ein und meinte:

„Za ni fáda ma ka, yáda a'nka yi.[14]"

Prüfend schaute sie mich an. Wartete ab, wie ich reagieren würde. Mein Hausa reichte natürlich nicht, um ihren Satz wörtlich zu übersetzen. Sie wusste es. Aber Kios Geschichten fingen auch so an. Jedes Mal. Dann

---

[14] Ich werde erzählen, wie es geschah.

folgte von ihm die weise Erklärung für all das, was er mir irgendwann einmal vorhergesagt hatte und das sich alsbald bewahrheitet hatte. Egal, ob es mit dem Wetter, den Verbrechern, die wir suchten, steigenden Preisen, meinem Schnupfen oder mit Mónica zu tun hatte. Dabei musste er in den meisten Fällen vorher nur die Zeitung aufmerksam gelesen oder Mario frech genug interviewt haben, um dann mit seinen Geschichten alles erklären zu können. Ndidi und Kio kannten sich also gut genug, sie somit auch diesen Satz, dass sie mich mit den Worten aus meinem Konzept gebracht hatte und stattdessen in ihrem Sinne testen konnte.

„Was willst du mir erklären", antwortete ich deshalb.

„*áá*, du hörst ihm also tatsächlich zu."

Fast ein wenig beleidigt verzog ich mein Gesicht.

„Na, ich lüg doch nicht."

„Na ja, du warst ja auch darüber verwundert, dass wir studiert haben."

„Das stimmt so nicht", entgegnete ich einge-schnappt.

„Brauchst dich nicht zu rechtfertigen. Weißt du, un-sereins wird vorsichtig, wir hören doppelt zu, wir sehen dreifach hin, wir laufen häufig genug viermal am Tag grundlos weg."

„Ihr seid immer auf der Flucht."

„Und nehmen sie nicht mehr als solche wahr. Es ge-hört zum Leben."

„Ich würde euch gern helfen, aber ..."

„... genau deswegen sitze ich hier. *Za ni fáda ma ka, yáda a'nka yi.* – Ein Arzt war das. Hier in Alicante."

„Ein Arzt war das", wiederholte ich im gleichen Ton-fall.

„Wir sehen dreifach hin", sie tippte sich mit einem Finger unter ein Auge, „und haben bemerkt, wie du Obinnas Hand betrachtet hast."

„Dann war das dein Bruder und er ist doch hier."

„Ich sagte ja, wir sind vorsichtig."

„Aber ich ..."

Ndidi legte kurz eine Hand auf meinen Schenkel. Ihr Gesicht war nun ein verständnisvolles Lächeln.

„Es tut mir leid, aber inzwischen weiß ich, dass du ein *nágari*, ein Guter bist. Kio kennt dich besser als du denkst."

„Und Primo?", gab ich leicht grinsend zurück.

„Ist dauernd verknallt, so sagt ihr doch, und tut sich schwer."

Ihr Lachen klang eher wie ein Scheppern.

„Gut recherchiert, sicher habt ihr ein paar Tipps für uns."

Ihr Blick wurde wieder ernst.

„Dieser Arzt ist ein alter Mann. Er hat eine Praxis hier in der Stadt und musste Obinna vor einiger Zeit behandeln, weil er von einem Polizisten hingebracht wurde. Dieser Arzt hat ihm das angetan. Mehr weiß ich nicht, auch Obinna nicht."

„*¿Que ...?* Wie? Er muss doch den Grund wissen."

„Den Grund, warum er ihm ein Messer in die Fingerkuppen gehackt hat? Während er ...", sie suchte nach dem richtigen Wort. Doch fiel es ihr nicht schnell genug ein, „... *magigi* war?"

„Magigi?"

„*I! Ee!* Ja doch! Obinna hatte Schmerzen. Man hatte ihn gefunden und dieser Quacksalber hat ihn dann betäubt und – wie sagt man? – gezeichnet. Mein Bruder kann mit dieser Hand kein guter Arzt werden. Deshalb ist er wertlos und muss zurück."

„Und dieser Arzt hat ihm nicht gesagt, was er gehabt hat, dass er ihn *magigi*, betäubt hat? – Das hast du damit gemeint?"

Ndidi nickte und eine Träne rollte über ihre Wange.

Eine, die sie sicher nicht provoziert hatte. Als sie von der Lippenkante tropfte, wendete Ndidi sich ab.

„*Gaafaràà!* Entschuldige! Tränen wirken wie Erpressungen. Genau das wollte ich nicht."

Ich griff nach ihrer Hand, die vorher noch auf meinem Schenkel gelegen hatte und schüttelte sie wie ein kleines Kind eine Rassel. Ein Trost. Ein Zeichen des Verständnisses. Eine von mir auch zärtlich gemeinte Geste.

„Quatsch! Ist schon gut. Wahrscheinlich hast du mir damit viel mehr geholfen, als ich mit meinen Fragen erfahren hätte."

„Warum? Was wolltest du von mir wissen?"

Ich antwortete nicht, sondern kramte daraufhin etwas umständlich in einer Hosentasche und zog ein kleines Plastiktütchen hervor, legte es auf meine Handfläche und schob sie zu ihr rüber. Natürlich erkannte sie den Inhalt. Den hölzernen Anhänger mit den zwei kleinen Vogelfedern. Ihr Geschenk von gestern. Ich bin kein Kettchentyp und laufe nicht mit so etwas um den Hals geschnallt in der Gegend herum. Das überlasse ich den Russen, die damit ihr goldiges Vermögen zur Schau stellen. Trotzdem war er mir wichtig und hatte ihn daher in die durchsichtige Hülle getan, um ihn mitnehmen zu können.

„Ein Arzt, ich werd ihn finden, ich versprech's dir", dafür werde ich auch bezahlt, „dieser Arzt hat eine Abreibung verdient."

Mit einem Mal ergab alles einen Sinn.

„Möchtest du nicht manchmal zurückgehen?"

„Zurück? Was verstehst du unter zurück?"

„*¿bueno?* Wieder nach Hause."

„Aus deinem Mund klingt das seltsam."

Sie wendete sich von mir ab, drehte ihren Kopf und schaute von ihrem Korbsessel aus in die Calle Mayor.

„Stimmt's? *¿esta bien?* Du wohnst da vorne, in dem grünen Haus?"

Ich nickte.

„Das sind, wenn's hoch kommt hundert Meter. Oder eineinhalb Minuten zu Fuß bis zu dir nach Hause, falls die Ampel rot ist. Für mich wäre der Weg zurück neun Jahre und über zwölf Millionen Meter lang. Nur hätte ich dort kein Daheim mehr. Kein Zimmer. Kein Bett."

Ihr Blick war wieder unnachgiebig auf meinem Gesicht gelandet, wie vor einigen Tagen am Verkaufsstand. Im gleichen Moment fiel von einem der riesigen australischen Ficusbäume ein abgestorbenes Blatt neben ihr auf den Boden.

„Denn was du mein Zuhause nennst, gibt es nicht mehr. Ein Vulkan, der *Nevado del Ruiz,* hat mir und meiner Familie die Heimat genommen, als ich gerade mal ein Jahr alt war. Das Städtchen *Armero,* in dem ich geboren worden bin, hat er verschluckt, einfach so, wie ein Erdloch eine Maus, innerhalb von ein paar Handvoll Minuten. Ich kenne es nur von Fotografien. Ein feines weißes Städtchen. Ihr kennt es höchstens durch ein Mädchen, deren Sterben und Tod von jeder Zeitung und Kamera damals festgehalten wurde, als sie in einem Loch voller Wasser und Schlamm eingeklemmt in die Linsen guckte. Alle Welt dachte, sie wäre das einzige Opfer im einzig kaputten Haus. Den Rest des Ortes hat doch keiner mitbekommen. So stark waren die Kameras auf das Mädchen gerichtet. Ein paar Wochen danach war sie außerhalb von Kolumbien vergessen und mit ihr das Leid. Aber so ist das immer. Irgendwo anders ist dann eine Pipeline geplatzt, ein Politiker entführt worden oder ein Bus verunglückt. All das ist dann wichtiger als das Leid ein paar Tage zuvor."

In die Oberlippe beißend schielte ich zu Primo rüber, ich hatte das Gefühl, er hatte mit dem vielleicht halben

Dutzend Sätze genauso völlig neue Sachen gehört. Oder Dinge, von denen er nicht wollte, dass sie bekannt würden. Trotzdem erwiderte ich, so beruhigend wie möglich:

„Primo hatte mir nur erzählt, du wärst aus Cartagena."

„Das war meine letzte Station in Kolumbien. Die Jahre davor habe ich mit dem Rest meiner Familie in Bogotá gelebt. Auf einem Hügel, in einem Stadtteil, der den schönen Namen *Ciudad Bolívar* trägt und nichts anderes ist als eine Pestbeule. – Rest meiner Familie sag ich nur deshalb, weil meine Schwester, Mónica, dort ums Leben kam. Das geschieht dort im Nebenbei. Wie in ihrem Fall, weil sie sich getraut hat, sich zu wehren. Gegen einen Kerl. Gegen einen besoffenen *Para* mit Gewehr. Gegen einen Halbstarken, der durch die Knarre zu 'nem richtigen Mann geworden war. Gegen dessen Trieb und seine Gier. – Weil sie nach der Arbeit in einer Blumenfabrik in der *Sabana* nicht ihn, sondern nur noch nach Hause wollte."

Mit einer Hand fuhr sie sich über ihr Gesicht und ihr Blick wanderte unruhig zwischen Primo, Tisch, Passanten und mir hin und her.

„Was ich dann nach dem Tod meines Vaters, den irgendwelche Drogenkuriere kurze Zeit später abgeschlachtet haben, weil er im Weg stand, erlebt habe, in der Zeit zwischen diesem beschissenen Hügel ohne Grün und Cartagena, möchte ich nicht mehr erzählen müssen, nicht hier, nicht ohne Not, nicht jetzt. Das ist Geschichte, meine Geschichte. Das war eine Flucht. Eine, wie sie George erlebt hatte. Und trotzdem hat sie mit dem, was ihr untersucht, nichts zu tun.[15]"

Ihr Tonfall verbat ein Nachhaken, ihr Blick Mitleid, ihre

---

[15] Cristinas Geschichte wird in dem Roman *Si vaci ce vrei* erzählt.

Haltung ein streichelndes Trösten. Selbst von Primo. Der stand aber auf, als sei er gerade im Begriff, vor so viel Leben zu flüchten und meinte: *Ich hol mal Nachschub* und verschwand nach innen. Ich sah ihm an, dass er litt und nicht wusste, wie er reagieren sollte. Dort an der Theke war es im Moment ungefährlicher, Riccardo hatte Dienst.

„Ich werde bald 27. Die letzten vier, fünf Jahre habe ich es gutgehabt. Dank Miguel, Antonios, also Sunnys Bruder. Er hat mir die Formulare und Stempel auf Mallorca besorgt, die man in Spanien braucht, um bleiben zu dürfen. Er hat mir diese Stadt empfohlen. Sunny weiß im Grunde über alles Bescheid, aber ich bin froh, dass ich nie auch noch seine Hilfe habe in Anspruch nehmen müssen."

„Sunny?"

„Ja, warum nicht? – Muss er euch etwa jede Kleinigkeit erzählen? Bis vor ein paar Tagen habt ihr mich ja nicht mal gekannt."

Ich hob beschwichtigend die Hände. Klar doch, keine Rechenschaften. War ja auch nicht Thema des Abends.

„Und hier hast du dann neu anfangen können?"

„Soll das ein Verhör werden?"

„Verdammte Scheiße, nein", ich beugte mich zu ihr vor und flüsterte mit einem Auge auf Primo, „aber dieser junge Mann da an der Theke hat sich ziemlich heftig in dich verknallt. Er spricht von keiner anderen mehr. Das ist neu. Ich glaub, er meint es zum ersten Mal in seinem Leben ernst und vielleicht würde er manchmal weniger blöd agieren, wenn er über alles Bescheid wüsste. Manchmal kann er einem sogar eine Hilfe sein", schloss ich grinsend ab, weil ich sah, dass er gleich wiederkommen würde. Cristina schaute hoch, als er die nächsten Getränke auf dem Tisch abstellte. Dabei guckte er mich mit verzogener Miene an.

„Brauchst nicht jeden mit deinen Fragen quälen."

„Ist schon gut", antwortete Cristina für mich, „im Grunde genommen habt ihr beide ja keine Ahnung. Und irgendwann sollte ich ja alles erzählen, oder?"
Sie linste zu Primo und schob eine Hand auf einen seiner Unterarme. Mehr als eine beschwichtigende Geste. Eine Art Antwort auf meine Feststellung.

„George war in der letzten Zeit der Einzige, der nie etwas verlangte. Lazaro und andere sehen in so was wie mir eine *presa fácil*, eine leichte Beute, also Freiwild. Für die habe ich nur zwei Daseinsberechtigungen, den Mist verkaufen und in ihrem Sinne *brav* sein. Das war schon in Bogotá und Cartagena so. Ich musste einfach brav und zu den Kerlen lieb sein. Dann hatte ich gute Chancen zu überleben. George hat mich davor bewahrt, Lazaro diesen Gefallen tun zu müssen, weil er ihm gegenüber konsequent meinen Freund spielte", sie hatte Primos Arm nicht losgelassen und schaute ihm nun in die Augen, „und manchmal ist man einsam und traurig genug. Wir waren es beide, deshalb haben wir uns manche Nacht geteilt. – Ich weiß, dass du *negros* zu ihnen sagst, dennoch kein Grund eifersüchtig oder eingeschnappt zu sein. Er hat mich nie bedrängt und schon gar nicht mir weh getan. Nicht ein Mal. Das haben meine eigenen Leute und genug Weiße doppelt und dreifach geschafft. Du kannst es mir glauben, hätte ich die Möglichkeit, eine andere Arbeit anzunehmen, würde ich den Kram nicht länger verkaufen."
Primo blickte betreten auf den Boden neben sich und holte tief Luft.

„Ich hasse die Schwarzen nicht, aber wenn sie ihre Geschäfte machen und dir den letzten Stuss fünf, sechs Mal am Tag dabei erzählen, können sie dir ganz schön auf den Wecker gehen – und dann bist du sie irgendwann mal leid. Dann sind dir auch alle von denen fremd und bleiben es. – Sieh dir nur die Berichte an, die unsere Kollegen von der local verfassen. Diese africanos gehen mit sich selber nicht gerade zimperlich um. Die prügeln sich hier an manchen Tagen wie daheim in ihrem Busch. Keiner gönnt dem anderen was. Und so sehen sie manchmal auch aus."

Die von einem aufgerissenen Sack nur noch teilweise umhüllte Leiche wurde in der Nähe von Alcoy gefunden. Unterhalb der CV-70, der Landstraße nach Guadalest, zwischen Benasau und Confrides, in einem steil abfallenden Waldstück. Vermutlich hatte man sie bei voller Fahrt aus einem Auto gestoßen oder geworfen. Zumindest ließen die postmortalen Verletzungen darauf schließen. Die Dekompositionsvorgänge, also die Veränderung der Knochen durch die Liegezeit, waren schon im vollen Gange. Das heiße und vor allem trockene Wetter beschleunigte die Skelettierung, zumal die felsige Umgebung am Fundort mit der über die letzten heißen Tage gespeicherten Hitze für ein zügiges Austrocknen des Körpers sorgten. Einige Knochen der Extremitäten wiesen trockene Brüche auf, eine Hämatombildung hat in den betreffenden Hautschichten darüber nicht stattgefunden, so dass darauf geschlossen werden kann, dass der Todeszeitpunkt in diesem Moment schon einige Stunden zurücklag und der Körper mehrmals entweder auf steinigen Untergrund oder gegen die Stämme der Bäume gestoßen war. Dadurch leichte Avulsion, Ablederung, der Haut an Rücken und Oberarmen. Auf Grund des Zustandes der noch vorhandenen Weichteile, besonders derer, die sich in Bodennähe befanden, ist von einer Liegezeit von maximal drei Wochen auszugehen. Singuläre Stellen weisen auf perimortale Effekte hin. Wir haben zwei Parierfrakturen im rechten Arm gefunden, deren Bruchstellen durch die noch vorhandene, in großen Teilen unzerstörte muskuläre Ummantelung allerdings vergleichsweise geringe bis keine Dekompositionsspuren aufweisen. Unter Berücksichtigung der Hautverfärbung, des Zustandes der todesverursachenden Wunde, doppelter Terrassenbruch am Hinterkopf, mit Eindringen des Tatwerkzeuges in die tieferen, lebenswichtigen und nicht nur in den Außenbereichen deformierten Schichten und den erdnahen Beeinflussungen auf den Körper durch Temperatur und schwach bis mittelstark ausgeprägter Erstbesiedlung durch Calliphoridae, ist allerdings von einem Todeszeitpunkt von vor mindestens zehn und höchstens vierzehn Tagen auszugehen.

Ich kann nicht behaupten, dass das Lesen von Sunnys Berichten, selbst der entschärften Versionen, wie ich nun eine erhalten hatte, Spaß macht. Die Kopie des offiziellen Berichts von nahezu acht Seiten sparte ich mir. Deshalb könnte ich es verstehen, wenn Sie auch jetzt darüber hinweglesen würden oder es sogar getan haben. Mich hatte die Lektüre leider auch nicht viel weitergebracht. Von dem, was ich erhofft hatte, stand nichts drin. Hätte Sunny sich auf um die zehn Tage festnageln lassen können, wäre ich mit der Leiche, als weitere „meine" Leiche einverstanden gewesen. Doch bei vierzehn Tagen könnte sich die Guardia Civil an ihr die Zähne ausbeißen und den betrogenen Ehemann suchen, der sich durch diese Tat an dem armen Kerl gerächt hatte. Der hätte mir dann nämlich nicht mehr in den Kram gepasst. Ich legte den Telefonhörer wieder auf. Auch auf mein wiederholtes Nachfragen kam er nur zu einer:

„... sechzig zu vierzig Entscheidung bezüglich einer vor circa zehn Tagen erfolgten Straftat. Warte doch bis ich die DNA-Chose und den anderen Kleinkram abgeschlossen habe, dann kannst du wieder mit vollem Elan an die Sache."

In diesen Momenten war seine sachlich neutrale Art nur nervend. Meine angeschlagene Laune gab daher Laura recht: *Manchmal ist er ein Schwätzer*. Damit ich nicht meine Begeisterung verlor, ging ich von diesen zehn Tagen aus. Denn in der Nacht zum Montag wurde Duela umgebracht, genauer am Montagmorgen zwischen eins und fünf. Jetzt hatten wir den zweiten Mittwoch danach. Wären es aber tatsächlich vierzehn Tage oder gar mehr, wäre einer der Beteiligten meiner Theorien am Freitag oder Samstag vor Duela erledigt worden. Das passte mir wirklich nicht. So aber konnte ich meine Geschichte weiterspinnen:

Nachdem das Holzgitter über die zugeschüttete und einigermaßen geglättete Grube geschoben und der Teppich wiederum über dieses gelegt worden war, zupft der Mann mit der Metallsäge, Ndidis Doktor, noch die Antenne für den Fernzünder zurecht. Bis drüben zum Boot sind es nämlich die angegebenen höchstens hundert Meter. Er will kein Risiko eingehen, wenn sie auf den Knopf drücken und das Ding nur deshalb außer Reichweite wäre, nur, weil die Antenne verbuddelt ist.

„*¡Venga!* Nun mach schon! Gleich ist es halb fünf und die von der Stadtreinigung sind unterwegs. Draußen wird's schon hell."

„*¡Bobada!* Quatsch! Red keinen Blödsinn. Erst wird der Strand gemacht, bevor sie die Explanada wienern. Jetzt fang bloß nicht an, dir in die Hose zu machen. Läuft doch fast alles nach Plan. Einer von uns schreibt jetzt noch mit dem Computer 'nen Zettel: *¡Hoy por el Noche del Foc cerrado! Wegen der Nit del foc heute ausnahmsweise geschlossen!* Der ist ja nicht von hier gewesen, da sieht der Schreibfehler gut aus."

„Hast du überhaupt den Brief dabei?"

„Was glaubst du denn!?"

Er holt den Brief aus seiner Gesäßtasche und wedelt mit diesem vor seiner Nase herum, bis der andere sagt:

„Hört jetzt auf und kommt mit! Kein unnötiges Risiko jetzt! Haltet euch an unsere Abmachungen, wenn wir jetzt rausgehen!"

Alle nicken mit den Köpfen und die ersten Beiden treten vor die Tür. Dort bewegen sie sich ganz normal, als sei nichts passiert, und drehen sich wieder zur Tür zurück. Der mit der Säge ruft in die Bude hinein:

„Also, alles klar! Viel Erfolg und satte Umsätze. Mach's gut und bis bald!"

Von drinnen hört man ein gedämpftes, aber klares:

„*Muchas gracias*, ich lad euch zur Belohnung mal ein."

Dann wird die Tür geschlossen und die zwei Männer gehen zu ihrem Wagen. Einer trägt einen unscheinbaren Werkzeugkoffer. Der andere zwei Eimer, die mit sauberen Tüchern zugedeckt sind. Der Aushub darin ist nicht zu erkennen. Keine fünf Minuten später fahren sie auf der Explanada Richtung Puerta del Mar. Auf Höhe der weißen Puestos verschaltet sich der Fahrer absichtlich und lässt dadurch den Motor aufheulen. Das Zeichen dafür, dass die Luft rein ist. Der andere Mann kommt nun auch aus dem Verkaufsstand heraus, schließt die Tür und hängt ein neues Vorhängeschloss ein. Auch er trägt zwei schwere Eimer und auf diesen das restliche Werkzeug. Er schlendert in die Lanuza, Valdés oder San Fernando und fährt weg. Keiner nimmt richtig Notiz von ihm. Lediglich zwei Männer der ersten Schicht im Hafen heben kurz grüßend die Hand.

Für ein paar Sekunden unterbrach ich mein Gedankenspiel. Nicht weil ich unsicher wurde, wer nun von den Männern in der Bude der Tote von der CV-70 sein könnte, sondern weil mir mal wieder Mónica durch mein geistiges Bild lief. Wieder hatte ich vergessen, sie zu fragen, wie das mit der Stadtreinigung in der Nähe des Plaza Canalejas funktionierte. Ich ließ Mónica weiterlaufen und überlegte, ob die Männer ungewöhnlich genug gewesen wären, um sie von ihrer Arbeit aufschauen zu lassen. Morgen früh würde ich versuchen, nicht nur diesen Fehler wettzumachen. Morgen würde ich sie endlich auch zum Kaffee oder zur Mittagspause einladen. Ich hörte mich sozusagen selbst denken und schalt mich, weil ich über die Situation mit ihr gerade mindestens genauso sachlich neutral gedacht hatte, wie Sunny über die fliegende Leiche.

„Hast du deinen Edelarchäologen mal die Fingerabdrücke untersuchen lassen", lästerte ich ins Telefon.

„Du brauchst gar nicht so rumtönen. Da ist so schnell nichts zu machen. Wenn Gewebe so ramponiert ist, müssen wir erst eine Art Regeneration durchführen, bevor überhaupt Fingerabdrücke genommen werden können, du Schlaumeier. Das dauert, denn dafür brauchen wir ein paar Chemikalien, um die Haut zu hydratisieren, erst dann können wir die digitalen Marken herausarbeiten."

Stunden später betrachtete ich das Display meines Handys, wartete darauf, dass es den erhofften Anruf zeigen würde oder die erlösende Nachricht von Sunny. Aber die Fläche blieb schwarz. Nach weiteren gut zehn Minuten drückte ich den Knopf, um das Verzeichnis mit den Telefonnummern aufzurufen und sah oben rechts die Uhrzeit, 23 Uhr 35. Ich brauchte nicht mehr länger zu warten und stand auf. Eher war er in der Stadt unterwegs, um Laura einzusammeln, damit sie zu so später Stunde keine Kerle mehr verrückt machte, als dass er Marken herausarbeitete.

Unschlüssig stand ich anschließend an der Ecke vor unserem Gebäude. Obwohl die Chance nicht besonders groß war, überlegte ich, ob ich wohl Ndidi unten an der

Explanada finden würde. Die Macht der Gewohnheit führte mich aber dann doch an der *26* vorbei und damit war die unausgegorene Planung für eine unüberlegte Nacht bereits zu Ende. Riccardo stellte vor mir das übliche Bier ab und ich schob das Glas vom Bierdeckel herunter. Auf dem Papprand machte ich mit meinem Kugelschreiber drei Striche. Je einen für Alvarez, den Arzt und die Leiche von der Landstraße. Wenn ich richtig gerechnet hatte, waren wir nun komplett. Nur das Arsenal der von der *científica* eingesammelten Tütchen weigerte sich noch, die passenden Informationen auszuspucken.

Donnerstag

Primo hatte einen Wust an Papieren, Heften und Ordnern auf seinem Tisch und wühlte darin herum. Zwischen Schulter und Ohr hatte er den Telefonhörer geklemmt. Auch am anderen Ende wurde etwas gesucht, denn er murmelte ein fast unverständliches *Ja, ich warte* ins Mikro. Ich nahm eines der dickeren Hefte und las *Ärzteverzeichnis.*

„Kannst du vergessen. Viel zu alt."

„Ich dachte, wir suchen 'nen alten Knacker?!", antwortete er, eine Hand vor die Muschel geschoben.

„Gestern hat mir Ndidi etwas über einen Arzt erzählt, der Typ praktiziert noch. Hat 'ne Klinik an der Puerta und entspricht ziemlich genau Sunnys Wunschkandidaten. Deine Tagesplanung wirfst du am besten über den Haufen. Den nehmen wir uns nämlich jetzt als ersten vor."

In seinem eigenen Wagen, einem verbeulten Ibiza, den Dienst-SEAT ließen wir stehen, hat Primo ein Navi, also so ein neumodisches Ding, um zielsicher von einem Ort zum anderen zu kommen. Die Marke kann ich Ihnen nicht nennen, denn für die nächsten Monate hätte ich eine lungernde Meute von Rechtsanwälten am Hals. Auf jeden Fall machte er sich anfänglich mit mir und den Kollegen den Spaß, unsere Dienststelle als Ziel einzugeben. Allerdings immer nur dann, wenn wir von Norden die San Juan Bautista entlangfuhren. Brav verkündete die Stimme kurz vor der passenden Ecke, fünfzig Meter vor der Cajamar, nun abbiegen zu müssen. Er jedoch missachtete den Vorschlag wie ein Schwerhöriger und fuhr schräg gegenüber in Richtung der Bahngeleise weiter, um die elektronische Tante zu ärgern. Prompt verstummte sie und überlegte. Erst bei der nächsten Gelegenheit bog er an der seidenweich kundgetanen Kreuzung ab und fuhr von da an, nach ihren Anweisungen, einen feinen Kreis im falschen Stadtgebiet, ohne auf dieser Runde jemals wieder auf das richtige Abbiegen aufmerksam gemacht worden zu sein. Aus irgendeinem Grund verschwieg das Mädchen bei den nächsten Malen die richtigen Abzweigungen und damit das eingegebene Ziel. Es hatte sich in unserem ausgeklügelten Einbahnstraßennetz verfahren. Erst irgendwann in den Vororten würde einem Ortsunkundigen der Fehler auffallen. Sollten also andere Autofahrer auch dieses Teil an der Windschutzscheibe kleben haben, würden sie häufig genug nicht bei uns ankommen. Die Polizei bleibt unauffindbar. ¡adios! Aufklärung.

Ich erzähle Ihnen das Ganze nur deshalb, weil wir gerade auf dem Weg zu dem besagten Arzt sind. Wieder mit Hilfe des Navis. Denn der Typ wohnte nicht zu Fuß erreichbar in einer betreuten Seniorenwohnanlage in der Innenstadt oder lief mit einem Sauerstoffwägelchen durch die Straßen. Gesundheitszustände und andere Details kannte dieser Apparat Gott sei Dank nicht. Schicksale sind nirgendwo einprogrammiert. Wüssten die Dinger auch noch solche Sachen, würde die halbe Welt, der Stimme nicht zuhören.

Auf dem Weg zum Auto hatte ich Primo den Lebenslauf des Typen bruchstückhaft mitgeteilt. Dieser und die dazugehörige Adresse versprachen einen entsprechenden Kandidaten. Und dieses Haus kannte das Navi natürlich. So bogen wir wie befohlen von der Caja de Ahorros Richtung Albufereta und San Juan ab. Die breiten Straßen gesäumt von verbarrikadierten, monströsen Wohnanlagen mit beschönigenden Namen wie Edificio Romeo y Juliet oder Residencia Paraíso. Eintritt fand man durch die überhohen Zäune und burgähnlichen Mauern nur, wenn man den passenden Code in den Türöffnungsmechanismus eintippte oder den strammstehenden Wachdienst umlegte. Eine herrliche Art für ungestörtes Vegetieren. Oder glaubte etwa jemand, man könnte damit Einbrecher abhalten? Okey, auch bei mir in der Altstadt wurden manche Eingänge der Gebäude von Porteros beaufsichtigt. Wie das Edificio Monaco zum Beispiel. Das Gebäude mit den vielen Wandmalereien, die Schiffe, Tiere und vielleicht Monster darstellten. Aber die meisten dieser Männer waren über das Alter hinaus, mit Pistolen oder Knüppeln in den Eingängen herumzufuchteln und unterhielten sich lieber mit denen, die hineinwollten. Mit dem alten Enric vom Monaco wechselte ich immer mehr als nur ein paar Worte.

San Juan da drüben war also das geeignete Stadtviertel für Petras und Fermíns Wasserleiche, dem toten Rechtsanwalt aus dem Buch, das ich gestern Nacht mit meinem fein alkoholisierten Kopf doch noch zu Ende gelesen hatte.

Eigentlich haben wir in Alicante genügend Strände, aber gleichzeitig auch, da war ich mir sicher, in einigen

Straßenzügen die größte Ansammlung von Swimming-pools in Spanien. Vor allem in San Juan, in den Straßen-schleifen entlang der Küste. Manche davon keine zehn Meter vom Meer entfernt. Reine Angeberei in meinen Augen. Neid vom Feinsten in deren, wenn sie meinen Kommentar dazu hören würden. Das Navi tat, als wenn es jeden Bewohner persönlich kenne und vermeldete brav jede Hausnummer, den Namen und häufig genug den Beruf. Rechtsanwälte waren natürlich auch dabei.

Das ist der Unterschied, außer in ein verdrecktes Waschbecken hatten wir in unserer Dienststelle keine Möglichkeit, größere Mengen Wasser fließen zu lassen. Auch wirkt die Berufsbezeichnung *comisario principal* an der letzten Tür im Flur eher abschreckend. *Unsere* Adresse in der Pérez war keinen Besuch wert. Neugierig werden da nur wenige. Kein Wunder, dass sich die Technik nicht dort, sondern hier besser auskannte. Somit lässt sie den Suchenden bei uns vorbeifahren. Dagegen wohnte der Junge hier wirklich nicht schlecht. Am Ende von San Juan. Fast schon auf den Felsen des Cabo de Huertas. Die Aussicht wäre nur noch durch Häuser draußen im Meer zu verbauen gewesen.

Primo stellte seinen verbeulten Ibiza zwischen einem dunkelgrünen Bentley Continental und einer weißen Mercedes S-Klasse ab. Anderes hätte hier auch nichts zu suchen gehabt. Dann überflog er die Notizen zu Ndidis Aussagen, nickte bei jedem Satz mit dem Kopf und steckte eins der Blätter und zwei Fotos ein. Anschließend stiegen wir jeder mit der gewichtigen Miene eines Rolls-Royce Fahrers aus und schoben die Sonnenbrillen zurecht. In Hollywood hätte man sich kaputtgelacht.

Am Pfosten neben der Eingangstür ein einfaches, aber teures Namensschild. Geätzte Kupferplatte. Vier Zeilen. Vom Navi bereits verkündet. Hausnummer,

Name, zwei Zeilen Beruf: 8, José Maria Gómez de la Peña, médico general, prosector[16]. Passt! Die Bimmel auch. Ein satter Gong, der jedem Tibetaner Freude bereitet hätte. Der Mann, der öffnete, dito. Weiß gekleidet von oben bis unten. Ganz oben und unten allerdings nackte Haut. Glatze und bloße Füße in Sandalen. Dazwischen ein Gesicht, das Begeisterung auslösen könnte, vorausgesetzt man hat Spaß am Einschlagen von Schaufensterscheiben oder ähnlichem. Freundlichkeit war auch als Spurenelement nicht darin zu finden.

„Haben die Herren ein Termin?"

Der Tonfall beinahe aggressiv. Ihn nur zerknirscht zu nennen, wäre zu liebenswürdig gewesen. Dabei sah es nicht einmal danach aus, als wenn wir ihn bei einem Stelldichein gestört hätten. Primo missachtete seinen Einwand und ging an ihm vorbei. Erst dann zog er aus der Tasche den Ausweis und hielt diesen dem médico keine zwei Millimeter entfernt unter die Nase.

„Primogénito de Madre, falls es Sie interessiert. Und das ist Inspector Xarneracomte, alles klar?"

Hinter der nächsten Tür der Raum, den Primo suchte. *¡Ah! Hier.* Büro und Behandlungszimmer in einem, genauso blendend weiß wie die Verkleidung des Arztes oder der Sand auf den Werbepostern der Malediven im Reisebüro bei mir um die Ecke. Weiße Wände, weiße Stühle, weiße Couch, weißer Schreibtisch mit einer weiß lasierten Holzplatte. Selbst die Kissen und eine wollene Decke, weiß. Durch die geschlossenen Lamellen eines Vorhangs schimmerte das Blau des Himmels und das Türkis des Meeres pastellfarben herein. Kein guter Raum für einen Mord. Nur ein schwarzer Hocker stand an der von der Feng-Shui-Beraterin vorgesehenen Stelle. Ich setzte meine Sonnenbrille wieder auf.

---

[16] Arzt der Obduktionen durchführt.

Der weiße Knabe schimpfte hinter unserem Rücken in üblen Satzkaskaden. Zitate an dieser Stelle unnötig. Primo nahm Platz auf dem ledernen Hocker und wies uns die Plätze zu. Ein köstliches Schauspiel. Der Arzneiverschreiber war zu verdattert, um zu widersprechen – und setzte sich ebenso. Bevor er nochmals loslegen konnte, war Primo an der Reihe:

„Was sagen Sie als Arzt, wenn Sie solche Verletzungen sehen?"

Mehr als ein kleines, kaum merkliches Zucken in seinem rechten Augenwinkel war in Gómez de la Peñas Gesichtszügen nicht zu entdecken. Der Rest aufgesetzte Langeweile. Schon sichtlich genervter musterte er daraufhin das Foto. Doch nicht mehr als beiläufig. Während er sich nämlich überlegte, was er seinem richterlichen Freund nachher über uns erzählen würde. Wir waren für ihn harmlose Jungs ohne Rechte. Unzivilisiert und undynamisch. Staatsgewalt und Macht lediglich durch angeberische Ausweise verliehen. Seine Reaktion beim Empfang an der Tür hatte uns nichts anderes zu verstehen gegeben. Kein Gruß, keine Hand, nicht einmal aus Höflichkeit ein *buenos dias*. Nur ein abschätziger Blick von oben, der ihm nicht besonders schwerfiel, da er sogar noch einen halben Kopf größer war als Primo. Ich nenne so ein Benehmen immer vorsorgliche Arroganz. Unfähigkeit würde er unseres gegenüber seinem Freund benennen. Ich beschloss langsam bis Hundert zu zählen und derweil teilnahmslos seine Visage zu betrachten.

„Der hat dummerweise eine Stromleitung zwischen den Fingern gehabt."

Der Weißkittel schnipste gegen den Rand des Bildes. *Nimm's endlich weg, was soll ich damit*, schien er damit sagen zu wollen. Wie erwartet überheblich und aalglatt.

Nicht nur weil sein braungebrannter Kopf kahlgeschoren war. Ohne auf die Bewegung seiner Finger einzugehen, starrte ich ihn hinter meinen dunklen Gläsern weiter an und zählte ohne die Miene zu verziehen weiter still die Sekunden. ...acht, neun, zehn...

„Was soll das? Erst rennen Sie mein Haus wie ein Spezialkommando ein und jetzt schlafen Sie hier ein? Ich bin zwar nicht mehr so jung wie Sie, trotzdem habe ich noch eine Menge anderer Dinge zu tun. – Oder gerade deswegen."

Was für ein origineller Scherz. Ohne uns abgesprochen zu haben, gingen wir auf das Geschwätz nicht ein. Wir schauten uns nicht einmal an. Primo griff in eine Hosentasche und kramte sein Messer hervor. Scharf, rot und aus der Schweiz. Klappte die Schneide aus und begann sich die Fingernägel zu reinigen. Den Mittelfinger im Licht des Fensters inspizierend, hob er kurz den Kopf. Die Haltung der Hand sah klasse aus.

„War kein Stromkabel."

„Warum fragen Sie, wenn Sie es wissen?"

Primo hob den Finger und blies gegen die Kuppe.

„Die Fragen stellen wir. Also?"

„Also was?"

„Was sagen Sie als Arzt, wenn Sie solche Verletzungen sehen?"

„Haben Sie was auf den Ohren?"

„Danke gleichfalls."

Primo klappte das Messer zusammen und schaute mich an. Ich war inzwischen bei neunundvierzig angekommen. Noch kein guter Wert. Primo aber kannte meine Taktik. Das Schwarz-Weiß-Bild verriet nicht unbedingt die Hautfarbe des Menschen, schon allein deswegen, weil ich die Hand mit Blitz auf schwarzem Karton fotografiert hatte.

„Kein Stromkabel", erwiderte Primo tonlos, „und

woher wissen Sie überhaupt, dass es ein Er ist?"

Siebenundfünfzig, achtundfünfzig ... Mein Gegenüber rutschte plötzlich auf seinem Sitz nach vorne und legte seine Hände auf die vollgekritzelte Unterlage des Schreibtisches. Gleich springt er uns an den Hals, dachte ich und schielte auf die Ansammlung von Nummern und Namen. Womöglich würde es sich lohnen, all das auszuwerten, was er nun zum Teil mit seinen Händen bedeckte. Ich steckte das Foto ohne Regung wieder ein.

Zweiundsechzig.

„Die Hand ist viel zu kräftig für eine Frau. Ich bin seit über vierzig Jahren Arzt, da werde ich das ja wohl noch auseinanderhalten können. Sonst noch was? Oder wollen Sie hier tatsächlich den Nachmittag verbringen? Ich habe wirklich noch etwas anderes zu tun."

„Sie wissen nicht zufällig, wer solche Finger hat?" Primos Geduld schien etwas zu früh zu Ende zu sein. Seine Stimme bebte.

Wieder ein Zucken im Augenwinkel. Wieder griff Primo in seine Hosentasche und legte nun das zweite Foto, ein Farbbild, auf den Schreibtisch.

Neunundsechzig.

„Und?"

Falls man für eine Antwort Anlauf braucht, war dies in dem Gesicht des alten Wichtigtuers plötzlich gut zu sehen. Überraschend deutlich war er auf Suche nach Worten. Vielleicht auch ein gewisser seniler Effekt. Manche Sachen sind einfach nicht mehr so parat. Das kannte ich von meinem Vater. *Warte, lass mich nachdenken. Wir reden von was anderem, dann fällt es mir gleich wieder ein.* Ich schaute unter den Brillengläsern auf unseren Aufschrieb. Immerhin war dieser hier schon fast sechsundsiebzig. Heutzutage zwar noch kein Alter, aber manches ist nicht mehr wie in jungen Jahren. Mein Blick fiel dabei unglücklicherweise auch auf meinen Bauch und ich seufzte leise. Tatsächlich, manches ist nicht mehr wie in jungen Jahren.

Die buschigen Augenbrauen des Arztes hoben sich. Drei Antworten konnten Primo und ich nun in seinem Gesicht lesen, aber unsere geschult eisigen Blicke, die wir ihm entgegneten, verbaten es, diese auch nur zu denken. *Wer soll das sein? – Muss ich dazu noch was sagen? – Mit diesem Klientel (vielleicht hätte er auch* gentuza*, Pack gedacht) habe ich nichts zu tun.* Er wusste, dass wir es wussten.

Achtundsiebzig. Neunundsiebzig.

Etwas zu schnell. Primo griff zu mir rüber und zupfte das Blatt aus meinen Händen. Nach kurzer Pause gab er einen Teil des Inhalts etwas angereichert und ausgeschmückt wieder.

„Er war am 26. März in Ihrer Klinik an der Puerta del Mar. Zwangsweise. Ist ja sonst nicht Ihr Publikum. Gefunden von einem der Rettungsschwimmer am Postiguet. Vom Strand aufgelesen also. Wegen einer angeblichen Magengeschichte, weil er sich wand und über Schmerzen klagte, steht alles hier in den Papieren. Der Polizist, der ihn dann bei Ihnen abgeliefert hat, meinte, *pumpen Sie ihm halt den Magen aus, hat sicher wieder zu viel von seinem Dschungel-Fusel getrunken.* Hat er uns heute Morgen selbst zu Protokoll gegeben. Sie haben allerdings sofort gesehen, das er auch äußerliche Verletzungen am Bauch hatte ...“

Fünfundachtzig. Sechsundachtzig. Primo unterbrach sich selber, um nicht die Ruhe zu verlieren. Griff dabei zum dritten Mal in eine Tasche. Diesmal in die Innentasche seines Blousons. Der Arzt stutzte. Vielleicht zählte er die noch möglichen Fundorte für Zettel in Primos Kleidung durch. Primo hielt ein weiteres zusammengefaltetes Blatt in der Hand. Langsam und nahezu andächtig befreite er das Papier von den Knicken. Behielt es in seiner Hand und tat, als wenn er es ausgiebig studierte, so dass Gómez de la Peña nur die weiße Rückseite zu sehen bekam. Ich hatte keine Ahnung welches Papier Primo nun hervorgezogen hatte. Eigentlich hatten wir außer Ndidis Aussage, einem Ausdruck über ihn und die beiden Fotos nichts eingepackt.

Fünfundneunzig. Sechsundneunzig.

Ja, ja, ja!

Mein Kumpel schlug leicht mit den Fingern gegen das Papier.

„... vielleicht sogar innere. Hervorgerufen durch Tritte und Schläge mit einem Knüppel. Sie betäubten ihn, machten Ihre Untersuchungen und ...“

Primo übertrieb nun wirklich. Seine freie Hand tauchte in die erste Tasche, zog wieder das Messer hervor und klappte es in aller Seelenruhe auseinander. Kurz musterte er die blinkende Klinge. Fast hatte ich den Eindruck, sie wäre ihm ein wenig zu kurz, denn er verzog ein wenig die Mundwinkel. Dann testete er die Schärfe, drehte es zwischen seinen Fingern und ließ die Schneide einrasten. Sie zeigte in Richtung Boden. Primo stand auf, als wolle er sich die Füße vertreten und machte einen halben Schritt nach vorne.

Neunundneunzig.

Hundert.

Endlich!

Und donnerte es mit der Spitze keine zehn Zentimeter von Gómez de la Peñas linker Hand entfernt in das Holz der Schreibtischoberfläche. Das Gesicht des Arztes wurde schlagartig weiß wie die Rückseite des Blattes. Wie die Wand, wie der Raum. Als sei er von einem Sack getroffen worden, schleuderte er in seinem Sessel nach hinten und starrte uns an, anscheinend einem Herzinfarkt nahe. Das Messer zitterte auf der Spitze stehend und zerteilte dabei eine Telefonnummer. Nochmal Hollywood.

„... brauchen Sie noch zusätzliche Erklärungen? Oder erzählen Sie uns endlich, warum Sie meinen, Menschen verstümmeln zu müssen?"
Endlich konnte ich meinen Satz loswerden. Mittlerweile hatte ich die Sonnenbrille abgenommen und war um den Tisch herumgegangen. Meinen Kopf hatte ich nach vorne gebeugt, er war nur eine Handspanne von Gómez de la Peñas blankem Schädel entfernt.

„Wird's bald oder wollen Sie den ganzen Nachmittag in Starre verbringen. Sie können uns natürlich auch gerne begleiten. Wie Sie wollen. Unsere Räumlichkeiten können locker mir Ihren mithalten. Wir haben nur andere Farben. Und unsere Verpflegung ist geradezu epochal."
Gerne hätte er mich wie eine lästige Fliege verscheucht, doch er konnte davon ausgehen, dass ich und Primo als Schwarm, also mit einem Haufen Leute zurückkehren und mit Freuden sein Haus auseinandernehmen und durchsuchen würden. Die Sache in Alvarez' Büro wird er sicher längst erfahren haben. Irgendeiner schwätzt immer. Möglicherweise dachte er daran, seinen Anwalt anzurufen, möglicherweise daran den nächsten Flieger zu nehmen oder uns einfach nur rauszuwerfen. Sicher aber wusste er, dass er uns trotz allem nicht loswerden konnte.

Er nahm die Hand, die schon auf dem Weg zum Telefon gewesen war, wieder zurück, richtete sich in seinem luxuriösen Bürosessel auf und fuhr sich mit der Hand über den Kahlkopf. Ein letzter rettender Gedanke verschob sich so in seinen Nacken und machte einem ächzenden Seufzer Platz. Aus dem Fenster zu springen, brächte auch nichts. Tief durchatmend meinte er dann:

„Ist schon gut. Ist sowieso alles danebengegangen. Ich hätte erst gar nicht aufmachen sollen oder schon längst weg sein müssen. Bin's selber schuld. Alvarez haben Sie ja auch schon, wenn ich richtig informiert bin."

War er. Primo und ich nickten bloß.

„Was passiert mit mir, wenn ich es erzähle?"

Nun klang er ein Stück weit resigniert, sogar kraftlos. Ja, er sackte sogar ein wenig in sich zusammen. Im Alter hatte man doch nicht die Kondition. Ein sentimentaler Nachmittag. Kondition und jugendliche Frische waren nicht unbedingt meine Stichwörter. Für einen Augenblick wurde ich nachdenklich. Kondition fehlte mir im entscheidenden Momenten vielleicht auch. Ich würde etwas tun müssen. Vermutlich deshalb wurde mein Ton eine Spur zu weich.

„Ich kann es Ihnen nicht einmal sagen. Praktizieren dürfen Sie sicher nicht mehr. Wenn man Ihnen einen Mord nachweist, vielleicht zehn bis fünfzehn Jahre. Das wird ganz schön knapp in Ihrem Alter. Selbst wenn Sie jetzt alle Aussagen verweigern, werden Sie Schwierigkeiten haben, nochmals in den Urlaub zu fliegen. Damit ist Schluss. Man wird genau hinsehen wollen, was Sie machen, während weitere Indizien zusammengetragen werden. Und ob unsere Methoden dafür Sie kalt lassen, stelle ich sehr in Frage. Sie werden unter Umständen neu streichen müssen. – Die nächsten zwei bis drei Jahre sind auf jeden Fall weg."

Gómez de la Peña hatte in seinem Leben genug mitgemacht, darüber stand einiges in unseren Unterlagen. Dschungelarzt, Kriegsbegleiter, von einem Krankenhaus rekrutierter Notfallchirurg damals, 2004 nach den Anschlägen in den Bahnhöfen Atocha, El Pozo und Santa Eugenia in Madrid. Nur stand da nicht ein Wort als Erklärung darüber, warum er sich selber zu so einer Metzelei hatte hinreißen lassen. Diese entscheidenden Teile seiner Biografie fehlten und damit eventuelle Gründe. Möglicherweise musste ich seinen Hass in Ndidis afrikanischer Heimat suchen. Andernfalls hätte ihm längst, nach Stand der lobhudelnden Dinge in den zusammengetragenen Schriftstücken, der Orden von Alcántara verliehen werden müssen.

„Sie können mir glauben, dass alles eigentlich ganz anders geplant war."

Klar, dachte ich und nickte. Ihr wolltet eigentlich nur 'ne Runde *Petanca* miteinander spielen und Duela der Doofkopp wollte nicht. Deshalb: *Guck nicht so, oder hast du eine bessere Idee.*

„Es war Javiers Einfall, es ein bisschen krachen zu lassen. Dass dieser Duela dazukommen würde, hat keiner von uns geahnt..."

„Duela? Sie kennen seinen Spitznamen? Kannten Sie ihn näher? Oder wie hab' ich das zu verstehen?"

Erstaunt schaute Gómez de la Peña zuerst mich und dann Primo an.

„Ich dachte, Sie wüssten alles, dass ... er hat den einen Brief ... deshalb kam Javier doch erst auf den Gedanken ... Alvarez nannte ihn auch so ... Alles lief glatt ... Maiz Jimeno hat dann nur noch das Zeugs besorgt."

Maiz Jimeno? War das etwa unser Toter von der CV-70? Ich schielte zu Primo. Primo schaute zu mir. Sein Blick verriet in etwa den gleichen Gedanken. Ich hätte Hellseher werden können. Jetzt bloß nicht das Stottern anfangen, ermahnte ich mich und verzog meinen Mund zu einem süffisanten Lächeln, gleichzeitig hielt ich die Sonnenbrille in meinen Händen und betrachtete sie ganz genau, während ich sie zusammenfaltete. Als ich sie mit einem Bügel in meinen Hemdkragen einhängte, erklärte ich in jovialem Ton:

„Ist aber schön, dass Sie es selber erwähnen. Solche Dinge machen sich immer schlecht, wenn man sie einem erst aus der Nase ziehen muss. Deshalb sind wir ja hier, weil Alvarez uns gestern im Grunde genommen schon alles fein säuberlich berichtet hat. Jetzt haben wir auf diese Weise sozusagen ein zweites Geständnis", ich sah ihm mit unveränderter Miene in die Augen, „davon darf ich doch ausgehen, oder? Leider kann Señor Maiz Jimeno dazu keine Auskunft mehr geben. Aber das wissen Sie sicher längst. Aber es bleiben ja wirklich nicht mehr viele Möglichkeiten übrig."

Plötzlich kam unübersehbar eine enorme Wut in ihm hoch und er stand zackig wie ein Soldat auf. Mit beiden Fäusten schlug er auf den Schreibtisch.

„Maiz? Ja? Dieser Baske. Dieser … ", er rang nach Worten, „Wirrkopf … Javier und ich hätten es alleine machen sollen. Wir zwei. Waffen und Munition hätten wir schon irgendwoher bekommen. Aber nein, man hat ja Connections. Dabei reichte es schon, dass wir auch noch diesen Fummler Lazaro mit ins Boot nehmen mussten. Nur weil dieser negro seine Cristina mit nach Hause genommen hat. Mein Gott, wie primitiv und dumm. Eifersucht ist eine verdammt schlechte Motivation für einen Anschlag. Das können Sie mir glauben, darin habe ich leider Erfahrung. Ich war in über einem halben Dutzend Kriegsgebieten. Sind die Schlachten vorbei, stirbt man durch Neid und Eifersucht. Der eine hat zu fressen, der andere eine Frau. Das war der Punkt. Javier erfuhr davon, als er die Unterlagen bei Duela holte. Ein paar Tage später kamen er und Lazaro ins Gespräch. *Diese schwarzen Schwänze würde ich am liebsten im Meer versenken*, hat er gepoltert. Und *Zack* hatten wir Nummer vier an Bord. *Der kann uns sicher helfen. Der ist auf unserer Seite*. So ein Quatsch!"

Gómez de la Peña atmete tief ein und ging ans Fenster. Die Lamellen des Vorhangs mit Daumen und Zeigefinger auseinanderschiebend schaute er nach draußen. Von hier hatte er an so klaren Tagen wie heute einen fantastischen Blick entlang der Küste, einschließlich des Strandes bis weit hinter Campello, ja vielleicht bis Benidorm. Nach oben abgeschlossen durch die Krone der langgezogenen Höhe der Serra Aitana und der schroffen Spitze des Puig Campana, an manchen Morgen verhüllt von Wolken und Dunst. Kitschpanorama wann immer man wollte. Selbst an Regentagen ein gigantisches Bild. Die Sekunden verstrichen regungslos, als hätte jemand die Pausetaste gedrückt. Zeit genug für Primo, mich wie ein lebendes Fragezeichen anzuschauen und mit den Lippen ohne Ton *Lazaro?* zu sagen und ungläubig den Kopf zu schütteln. Mir blieb nur ein Schulterzucken und mit den Händen *Abwarten!* zu signalisieren. Ich hoffte, dass er sich noch zurückhalten konnte.

„Vier Mann sind für solche Unternehmungen einfach zu viel. Und dann schlägt dieser Idiot Maiz auch noch zu, sonst wäre alles ganz anders gelaufen. Er war es, der plötzlich mit einem Teppichmesser in die Schultern von diesem Duela stach und wie ein Rasender mit einem Schnitt durch die Achseln Haut und Sehnen durchtrennte. *Ja was glaubt ihr wie viel Zeit wir haben, auf du bist Arzt, mach die Beine ab, oder wie wollen wir ihn in das Loch kriegen.* Lazaro war gerade draußen, weil er dachte, Geräusche gehört zu haben und Javier schon auf dem Boot", unversehens huschte ein Lächeln über sein Gesicht, „der hatte Damenbesuch. Eine Kollegin, schöne Frau, kann ich da nur sagen. Wir drei hatten am Abend davor zusammen gegessen."

Jetzt schüttelte er den Kopf. Chaos in meinem Kopf war ich durch die letzten Tage gewöhnt. Jetzt kam auch noch ein Packen unerwarteter Zufälle dazu. Im nächsten Leben als Polizist würde ich mich einfach auf eine Bank setzen und warten, ob sich nicht wieder alles von alleine aufklärt. Denn die Namen der Beteiligten hatten wir nun zusammen. Nur, wer von ihnen hatte Duela und Maiz umgebracht? Der Arzt vor uns war nur für Duela gut, so gut konnte er sich nicht verstellt haben. Gerade wollte ich fragen, als Gómez de la Peña mit seinen Ausführungen weitermachte.

„Viel Zeit hatte er also nicht zum Helfen, aber sie kam uns gelegen, mit ihr wollten wir uns ein sauberes Alibi verschaffen. Hätte fast geklappt, wenn dieser Maiz nicht ausgerastet wäre. – Mein Gott wir hätten diesen Duela doch abtransportieren sollen. In einer Decke oder dem Teppich aus der Bude. Und dann ab ins Meer. Dahin wo die alle herkommen. Hätte keinen interessiert. Aber nein, weil er unter der Theke störte, säbelt dieser Vollidiot dem schon fast die Arme ab, während ich in dem Loch Schnüre und Kanister verband. – Ich hab' zwar das Würgen gehört und dann noch das Blut spritzen sehen, konnte aber nichts mehr machen. Maiz hatte schon auf beiden Seiten die Venen zerschnitten. Er hat ausgesehen wie ein Metzger. Und mit dem vielen Blut konnten wir ihn in nicht in den Teppich wickeln. Wir hätten einen großen Plastiksack gebraucht, aber ..."
Ich schaute auf das Taschenmesser in der Tischplatte und stellte mir die Klinge in meiner Achsel vor, wie Maiz mit ihr das Gelenk freilegt.

„Wir *mussten* ihn ins Loch legen. Wissen Sie wie lang es dauert bis ein Körper seine sechs Liter Blut verliert? – Lazaro hat dann eine Säge bei Alvarez auf dem Boot organisiert. Und ihm alles auch noch detailgetreu erzählt. Der Trottel ist sogar mit dem Auto hingefahren, obwohl ich's nicht wollte. *Reg dich ab, nachts pennen die*

Bullen wie du und Javier – nämlich nackt neben 'ner Frau. Er machte sich noch darüber lustig, wie er Alvarez angetroffen hat. – Den Rest wissen Sie ja."

Der Arzt verfolgte einen Jetski, der nah vor uns an der Küste vorbeizischte und dabei nicht nur eine Wasserfontäne, sondern auch ein unglaubliches Getöse hinter sich herzog. Eine unverständliche Verwünschung murmelnd drehte er seinen Kopf zu uns.

„Ich war im Sudan und im Kongo. Mitten in diesen unvorstellbaren Bürgerkriegen und habe dort unzählige Verletzte behandelt, Beine und Arme abnehmen müssen und Dutzende Sterbende in den Armen gehalten. All die flüchten nicht. Abgesehen von ihren Zuständen könnten sie es sich auch gar nicht leisten. Können Sie sich vorstellen, wie das ist, Kindern ihre Beine oder Arme abnehmen zu müssen? Viele waren am Tag zuvor noch an den Körpern von Jungen, die Fußball gespielt hatten oder Mädchen, die mit ihren kleinen Fingern die Hände ihrer Mütter oder Geschwister gehalten haben. Das sind arme Teufel. Die kommen nicht einmal auf die Idee, irgendeine Grenze zu überschreiten. Die werden in Lager gepfercht. Das sind Spielbälle von ein paar Größenwahnsinnigen, Irren mit einer unstillbaren Geldgier. Denn um nichts anderes geht es in diesen Kriegen. – Geld."

Er drehte sich ganz um und setzte sich auf einen Hocker, der neben ihm an der Wand stand. Die Summe der Weißtöne schien ihn zu verschlucken. Nur der Kopf schwebte deutlich sichtbar vor der Wand. Trotzdem glich seine Körperhaltung einem reuigen Sünder, nun im Beichtstuhl sitzend. Zusammengesunken, klein und seiner ursprünglichen Größe beraubt. Wieder verstrichen viele stille Sekunden, in denen wir auf eine schlüssige Erklärung warteten. Doch es sollte dauern.

„Geld. Geld. Geld. Und nochmals Geld. Das Mehr an

Macht ist doch nur für die ganz oben interessant. Abgeschlachtet haben deren Schergen für Geld. Geld, das sie nehmen, um neue Waffen zu kaufen, um sich in Alicante oder sonst wo über den Haufen zu schießen. – Glauben Sie nicht dem Gefasel der Zeitungen und Besserwisser. Die hier ankommen, werden geschleust. Oder können es sich leisten. Die kommen, um uns für billigstes Geld die Jobs wegzunehmen und das, was sie verdienen nach Hause zu schicken. Danach haben sie Narrenfreiheit, plündern uns aus und berauben sich noch gegenseitig."

Plötzlich war sein Stammtischgeplärre zu Ende. Wie aus einer anderen Welt kommend, blickte er zu uns herüber, ohne uns zu sehen. Er schien sogar zusammenzuzucken, als er bemerkte, dass er nicht alleine war. Zum dritten Mal eine unendlich lang wirkende Stille. Dann:

„Es ist ein beruhigendes Gefühl für mich, wenn ich weiß, dass diese Schwarzen beim sonntäglichen Spaziergang nicht mehr mit ihren Fingern auf mich zeigen können. Wenn sie beim Bohren in der Nase immer an mich denken müssen oder beim Putzen ihres Arsches. Wenn ich weiß, dass sie ihre Frauen mit diesen verkrüppelten Kuppen nicht mehr richtig spüren und sie Schwierigkeiten haben, den Abzug eines Gewehres treffsicher genug zu betätigen."

Seufzend machte er eine kleine Pause. In seinem Kopf lief unübersehbar ein Film, dessen restlichen Inhalt er uns auch noch mitteilen wollte. Duela, Maiz und die anderen mussten noch warten.

„Eines Tages stürmte eine martialisch gekleidete Truppe unser Lazarett. Plötzlich aus dem Nichts aufgetaucht. Ich behandelte gerade mit einem Kollegen gleichzeitig zwei oder drei Opfer mit Schusswunden, als sie sich im Zelt verteilten und uns Ärzte, alles

Weiße, schlugen und nach draußen zerrten. – Das waren Schwarze, verstanden? Schwarz wie der vor mir auf dem Tisch. Aber denen war egal, ob der, dem ich bei fast vollem Bewusstsein Kugeln aus dem Leib schnitt, sterben würde. Selbst wenn es der Bruder oder die eigene Mutter gewesen wäre. Sie hatten es auf uns abgesehen, prügelten mit ihren Gewehren auf uns ein und schubsten uns vor sich her. Stellten uns Männer draußen vor ein paar Bäumen auf die eine Seite und Helferinnen und Krankenschwestern auf die andere. Dann schauten sie auf unsere Schilder, die uns legitimierten und der einzige unbewaffnete Typ schrie plötzlich *tous les deux*", abrupt unterbrach sich Gómez de la Peña selbst und schaute uns herausfordernd an, „können Sie Mathematik?", keifte er, „hilft es Ihnen, wenn ich sage, dass ich der Mittlere war? Kennen Sie das Gefühl, wenn links und rechts von Ihnen ein Magazin leer geschossen wird? Wenn alles um Sie herum schreit, bebt und explodiert? Bin ich dafür Arzt geworden? Damit diese Arschlöcher jede Hilfe zunichtemachen, damit ihre Präsidenten ungestört schmutzige Geschäfte machen und Wochen später mit dem geklauten Geld versuchen, in unser Land zu kommen?"

Gómez de la Peña hieb eine Faust gegen die Wand. Nach einer Sekunde wieder. Dann drosch er auf sie ein, als sei sie der verhasste Gegner.

„Meine Familie stammt aus Badajoz. Aus der Stadt, die zu Beginn des Bürgerkrieges zusammengeschossen wurde. Aus der Stadt, in der mein Vater und dessen Vater am 14. August 1936 in der Stierkampfarena zusammen mit tausenden Menschen erschossen wurde. Aus der Stadt, in der meine, mit mir schwangere Mutter, von einem blöde grinsenden Marroc vor den Augen der restlichen Familie vergewaltigt wurde. Aus der Stadt,

die nur deshalb erobert werden konnte, weil marokka-
nische Söldner-Truppen ungestört durch Salazars Por-
tugal marschierten, bevor sie in Badajoz marodierten,
brandschatzten und mordeten. – Wegen all dieser
Dinge, wegen all dieser Schweinereien bin ich bis zum
heutigen Tag Arzt geblieben, weil ich mir geschworen
habe, jeden dieser Schwarzen hier, der mir, egal aus
welchem Grund, über den Weg läuft, mit einem ewigen
Andenken zu versehen. Und jeden, der mit ihnen zusammenarbeitet. Deshalb hat dieser Nigerianer gespal-
tene Fingerkuppen. Wir brauchen hier niemanden, der
Arzt werden will, der unsere Autos baut, wir brauchen
niemanden, der unsere Frauen schwängert oder für unsere Männer hurt. Sie können von mir aus unsere
Scheiße wegputzen, auf Knien, den ganzen Tag lang,
rund um die Uhr, die Straßen säubern, mir völlig egal.
Aber unsere Wirtschaft braucht keine Hungerleider, die
Amnestien und Geld einstreichen, um damit hinten-
herum Waffen zu kaufen, damit sie uns über den Haufen schießen können."
Er deutete mit einem Zeigefinger in Richtung seines
Schreibtisches.

„Leider sind nicht besonders viel zusammengekom-
men. Aber ...", seine Hand wurde wieder eine Faust, die
er mit einem tiefen Einatmen auf seinen Mund legte,
„ein paar haben wir dann doch im Meer versenkt, in die
Wüste geschickt und von den Lastern geschubst, nachdem sie genug Dollar gezahlt haben und bevor sie uns
hier die Arbeit wegnehmen."

Manchmal ist es seltsam, wie sich Menschen zusam-
menfinden und gegenseitig aufstacheln, um im Grunde
egoistische und daher indifferente Rachegelüste zu stillen. Werden die Gründe dafür zusammen in einen Topf
geschmissen, kann nichts anderes als ein widerlicher

Krieg dabei herauskommen. Und der hat dann doch nichts mit Geld und Macht zu tun. Nichts mit Neid und Eifersucht, sondern schlichtweg mit dem schlimmsten und niedrigsten aller Gefühle, nämlich mit Rache. Die schlimmste und zerstörendste Triebfeder für den Egoismus des eigenen Lebens. Die Spirale nach unten heißt dann Blutrausch. Und diese Vier hatten folglich in ihm einen Kompromiss gefunden. Alvarez versuchte, seine Schlacht gegen das Ausnutzen der Sozialsysteme zu gewinnen, als wenn er fähig gewesen wäre, die verschiedensten, gerechterweise relativierenden Gründe für bestimmte individuelle Zuteilungen neutralisieren zu können. Deshalb versuchte er nichts anderes, als das Mittelmeer mit einem Rachefilter zu versehen, damit die Flüchtlinge aus Afrika bloß keine Chance hatten, hier Fuß zu fassen. Und wenn sie doch herüberkamen, sie durch das Vernichten ihrer Akten faktisch vogelfrei zu machen. Maiz Jimeno meinte, mit seinem Einsatz im an sich fernen Alicante, wenn nicht die Basken aus der Unrechtsherrschaft, wenigstens den loyalen Kämpfer gegen diese aus der Haft herauszupressen oder wenigsten auf ein Denkmal zu heben. Und dieser im Grunde genial veranlagte Chirurg, Lebensretter von Dutzenden und Aberdutzenden von Verletzten auf der ganzen Welt, hatte sich in seinen kruden Auffassungen verloren und mochte keine Afrikaner. Obwohl er sie operierte. Welch ein Widerspruch. Jetzt fehlte nur noch der Vierte. Dessen Namen kannten wir nun. Über dessen Gründe hatten Primo und ich inzwischen schon unsere eigenen Vorstellungen. Und ich würde es deshalb Primo überlassen, für klare Verhältnisse zu sorgen.

„Und wer von euch hat Maiz auf dem Gewissen?"

„Auf dem Gewissen?", fragte er wie ein Schwerhöriger nach.

„Ich wüsste nicht, wie ich es anders sagen sollte, wenn ich von einem Toten spreche."

„Maiz ist tot? Wie soll das denn gegangen sein."

„*Gegangen* sein? Tolle Umschreibung! – Ich denke, da können Sie mir mehr dazu sagen."

„*¡con la mejor de las intenciones! ¡no!* Das lass ich mir nicht in die Schuhe schieben. Duela, okey! Maiz und ich zusammen. Aber an diesem Trottel habe ich mir nicht die Finger schmutzig gemacht. Vielleicht war das einer seiner alten Mitstreiter. Wenn der Baske war, ist er vielleicht bei der ETA zur Schule gegangen."

„Klar doch, wir holen jetzt alle politischen Gruppierungen ins Boot und machen einen ganz komplizierten Fall draus. Und Ihre Idee war dabei eine ganz einfache: wir werden Spanien retten."

„Sie haben doch keinen blassen Schimmer, was wissen Sie ..."

„Aber Sie wissen, dass die Typen in Madrid aus Tunesien, Syrien und Ägypten stammen, dass diese Schwachköpfe zum Teil spanische Staatsbürger waren, dass Ayanna von einem von uns, also wiederum von einem Spanier, vergewaltigt wurde. Und dass Ndidis Schänder ein Franzose war. Dass der besoffene Fahrer des Lasters, der drei ihrer Gefährten auf dem Gewissen hat, weil er sie ungebremst mit dem tonnenschweren Truck zermalmte, aus Angola stammte. Dass Obinna, der durch sie verstümmelte Nigerianer, gerade durch seinen Einsatz nicht Menschen umgebracht, sondern viele auf dem Boot gerettet hatte. Dass er und sein Freund Goma Arzt werden wollten, so einer wie Sie, um später bei sich zu Hause helfen zu können und dass Obinna nicht, laut Ihrem Geschwafel, *nur* verprügelt wurde, sondern ein Duodenalgeschwür, wie Sie ein Zwölffingerdarmgeschwür nennen würden, hatte. Es war Alvarez' Einfluss zu verdanken, dass sein Beruf nicht bekannt wurde. Vielleicht hätte er sonst eine Chance gehabt. Es war Ihrer, dass es schwer für ihn wird, jemals praktizieren zu können. Und weil Sie vorhin über Geld geredet haben: für Geld werden Ausgehungerte auf schrottreifen Lastwagen durch die Wüste gefahren. Für Geld kriegen sie alte Fladen und stinkendes Wasser. Für Geld werden löchrige Boote mit entkräfteten Menschen vollgeladen. Für Geld werden viele, viel zu viele bei der Guardia verpfiffen, wenn sie sich in den rostigen Kähnen auf den Weg machen. Für Geld lässt unser Europa sie dann im Mittelmeer ersaufen. Für Geld werden die Stärksten irgendwo zwischen Adra und Motril aufgesammelt. In Viehwägen verfrachtet und nach Almería gekarrt. Für einen halben Euro in der Stunde dürfen die dann unsere Tomaten, Gurken und Paprikas ernten, bevor sie wieder zurückgeflogen werden. Und wer nicht spurt, stirbt ohnehin vorher an Entkräftung. Es gibt Länder im Norden dieses Afrikas und Firmen hier, die unvorstellbare Mengen Geld mit diesen Abmachungen verdienen ...“

Ich holte Luft und vollendete meinen Wutausbruch:

„... und für Geld, das Sie mit den Behörden abrechnen, behandeln Sie negros, um sie auch noch auf Staatskosten zu verstümmeln. Das kann Ihr Scheißgeld also auch. Hauptsache, jeder hat was verdient.“

Es hatte nur ein paar Sätze gebraucht, dass ich in Rage war. Ndidi und andere hatten mir genug erzählt. Über die Wege des Geldes wusste ich Bescheid. Gómez de la Peña stülpte kurz seine Lippen und blieb stumm. Stierte zur Seitenscheibe hinaus und fixierte irgendeinen Punkt zwischen den Grundstücken. Primo ließ den Wagen langsam rückwärts rollen und sah auf den weißen Mercedes. Mit einem Daumen deutete er nach hinten. *Wohl seiner.* Ich zuckte mit den Schultern. Als ich mich umdrehte und fragen wollte, hatte der Arzt seine Sprache wiedergefunden.

„Und wenn schon. Auch als bester Arzt der Welt könnte dieser Obinna mein Leben nicht mehr retten. – Ich habe ein Pankreaskarzinom im Endstadium. Ich weiß es seit zwei Tagen und weiß, was es bedeutet. Glauben Sie etwa, ich hätte sonst alles so ohne Umschweife erzählt? Ich wollte jetzt nur noch meine Ruhe haben."

Schwachköpfe, Verbrecher und Mörder wie er hatten keine Chance auf Mitleid. Im Gegenteil, ich bedauerte, dass diese Diagnose eine lange und schmerzliche Strafe auszuschließen schien.

„Und wenn schon", äffte ich ihn seinen Tonfall nach, „glauben Sie etwa, wir hätten es deshalb bei diesem Besuch belassen? Och, der arme Kerl ist ja so krank, den lassen wir mal in Ruhe?! Neid und Eifersucht sind vielleicht die Kinder der Kriege, aber Arroganz ist die Mutter der Niederlage. Und die dürfen Sie nun voll und ganz genießen."

Primo übernahm im Exprimidor freiwillig den Rest des Verhörs und hielt, damit Solana nicht arbeitslos würde, alles mit einem Tonband fest. Die abgetippten Ergüsse könnte ich mir also irgendwann später einmal zu Gemüt führen. Vorzugsweise zu Hause. Nur wusste ich jetzt schon, dass es keinen Spaß machen würde. Meine Laune war deswegen nicht unbedingt besser geworden, obwohl wir nun eine weitere Kanaille eingefangen hatten, die sogar alles unerwartet leutselig preisgab. Arzt sein und gleichzeitig den ausgebufften Mörder spielen, klappte nur im Kino. Dafür waren dort die Storys zwar kurz und spannend, aber auch zumeist erheblich dünner. Unsere aber war so originell, die konnte kein Drehbuchautor erfunden haben. Jetzt mussten wir nur noch das Netz nach Lazaro auswerfen. Und Sunnys Stunden schlagen. Den Hörer hatte ich schon in der Hand und er eine Sekunde später auf das Display geschaut.

„Was ist los alter Freund? Willst du dich wieder mit Laura treffen?"

„Mein Gott, lass mich doch mit deiner väterlichen Eifersüchtelei in Ruhe. Hast du endlich mal ein paar Ergebnisse, mit denen wir was anfangen können? Zum Beispiel mit dem Armband?"

„Ui, Sturmwarnung heute? Hat dein Chef sich den Zeitungen angeschlossen und eure Arbeit moniert?"

„Wann kann ich Laura sehen?", giftete ich zurück.

„Was? Du hast sie wohl nicht alle?"

„Also, was machen deine Untersuchungen, sonst geh ich bei dir zuhause vorbei."

„Fast hätte ich gesagt, komm lass uns 'nen Kaffee trinken, aber da verbrenn ich mir ja wieder die Zunge. – Dein Armband hat Duela dem Toten von der CV-70 abgerissen. Ich wollte dir das heute noch als Überraschung mitteilen. Aber jetzt kriegst du sie halt weniger feierlich kundgetan."

„Dafür kann ich den passenden Namen liefern. Maiz Jimeno. Ramón mit Vornamen. 53 Jahre alt aus Aretxabaleta. Habe gerade seine Akte vor mir liegen. Hat in jungen Jahren gemeint, er müsse für Radau sorgen. Wurde dann verhaftet und hat sich wohl über die Konsequenzen gewundert. Dann wurde er still und nun hat man ihn ausgeschaltet, weil er … tja, das weiß ich noch nicht so genau. Wir haben deinen Arzt gefunden und der erzählt gerade Primo hoffentlich keine Märchen. – Alvarez, Maiz Jimeno, Gómez de la Peña, der Arzt und Lazaro sind die gesuchten Leute. Das ganze Wie und Warum muss ich dir leider nachliefern. Wir brauchen von dir nur noch die passenden Analysen. OK?"

„Meinst du etwa, ich hab mir das ausgesucht?"
Mónica schaute mich mit einem erschreckend neutralen Blick an. Sogar fast abwehrend. Dabei hatte ich geglaubt, eine unverfängliche Frage gestellt zu haben, die wohl dann doch wie bei einem Verhör herausgerutscht war. Ich schob mein Verhalten auf die Tageslaune, zog die Augenbrauen hoch und blickte nicht sie, sondern meinen leeren Teller an.

Wir saßen in einer der Bars im Barrio. Eine Stunde zuvor hatte ich sie im Supermarkt getroffen und meinen ganzen Mut zusammengenommen, um sie endlich auf mehr als einen Kaffee, also zum Essen einzuladen. Wenn ich ehrlich bin, war ich ihr nachgegangen, denn Minuten vorher hatte ich sie auf der Núñez gesehen. Kurzerhand brach ich mein Vorhaben ab, nochmal Ndidi aufzusuchen, obwohl sie ein Recht darauf gehabt hätte, von unserem Fang zu erfahren. Aber als Mónica auf der anderen Straßenseite auftauchte, musste ich meinen Plan ändern und zweimal hinsehen, damit ich sie ohne ihre sonst übliche Kluft erkannte. Mit schnellem Schritt war sie in Richtung des Mercado unterwegs und zog mich mit ihrem kurzen dunkelblauen Kleid und der dünnen, noch dunkleren, blauen Strumpfhose darunter hinter sich her. Die kurze Ausbildung beim Personenschutz für eine unerkannte Verfolgung hatte sich gelohnt. Ich könnte Ihnen natürlich jetzt noch die Fantasien meines plötzlich zurückgekehrten, jugendlichen Egos schildern, während ich sie von hinten betrachtete und unter dem dünnen Stoff der Strumpfhose ihre Haut wahrnahm. Aber ich denke, Sie liegen auch so in Ihren Annahmen richtig.

Ich spürte ihren Blick und hob meinen Kopf. Es war wie eine Aufforderung für sie.

„Im Oktober 2007 stand ich plötzlich auf der Straße. Das Bauunternehmen, in dem ich gearbeitet hatte, war pleitegegangen. Still und heimlich. Wir merkten es erst, als unser Lohn nicht auf dem Konto und der Idiot, dem der Laden gehörte, da schon seit einer Woche abgehauen war. *Den* habt ihr bis heute nicht gefunden."

In ihrem Blick ein kurzes höhnisches Lächeln, wieder ließ ich meinen Kopf sinken und stierte auf den Teller vor mir. Auch im Nietenziehen war ich heute spitze. Aber wie zum Trotz ballte ich unter dem Tisch eine Faust und beschloss, mich um den Scheißkerl zu kümmern. Kurz abgelenkt, weil ich natürlich noch nicht wusste, wie und darüber grübelte und deshalb nichts erwiderte, fuhr sie fort:

„Wer stellt in so einer Zeit neue Leute ein? Die Baufirmen hatten alle damit zu tun, durch die ach so unversehens entstehende Krise zu kommen und in den anderen Branchen sieht es zu dieser Jahreszeit eh mau aus. Erntehelfer braucht man höchstens noch für Orangen und Zitronen, dann ist auch da, nach vier oder fünf Wochen, alles vorbei. Kneipen oder Bars brauchen im Winter auch niemanden. Da war ich froh, eine Saisonstelle als Stundenkraft beim Ayuntamiento zu bekommen. Mein Freund und ich hatten uns ein Vierteljahr vorher eine Wohnung gekauft, gutgläubig und schlecht beraten. Nun brauchten wir jeden Cent. So hatte ich keine Zeit gehabt, nach einer anderen Stelle zu suchen. Aber ..."

Schulterzucken und tiefes Einatmen. Sie griff neben sich, zerrte ihre Handtasche auf den Schoß und zog aus deren Tiefe eine Sonnenbrille hervor. Ihr Mund wurde ein faltenloses Lächeln.

„¡Qué va! Ach Quatsch, was langweile ich dich mit diesem Mist. Ich bin ja total bescheuert. Dafür lädst du mich ja nicht ein."

Nun, an dieser Stelle war er also vorbei, mein Traum. Sie hatte einen Freund und sogar eine Wohnung. Und damit ich auch ja nicht auf zu dumme Gedanken kam, hatte sie ihre Schilderung abgebrochen und sich diese riesige Sonnenbrille aufgesetzt. Abwehrmaßnahme Nummer eins. Wirkungsvoller als jeder Stacheldrahtzaun mit Starkstromanschluss. Achtung! Privatgelände der Residencia Paraíso. Bis hierher, mein Lieber, und kein Schritt weiter! Danke für den Kaffee. So konnte sie mich und meine Reaktionen noch sehen und ich hatte mit einem Mal keine Ahnung von dem, was sie nun noch bewegen könnte. Der Blickkontakt, sofern sie überhaupt Wert darauf gelegt hatte, war einseitig geworden. Ich suchte in meinem Kopf nach einem anständigen Satz, nach einem passenden, alles erklärenden, nach einem, der die quellende Enttäuschung und das wachsende Fiasko in mir nicht verriet. Eine Handvoll sinnloser Satzanfänge waren mir eingefallen, aber ich war zu unkonzentriert und suchte einfach zu lang.

Sie warf indes ihren Plan über den Haufen und erzählte doch weiter:

„Er behauptete, die Tour solle die letzte werden, dann wolle er die Maschine verkaufen. Mit dem Geld wären vielleicht zwei oder sogar drei Raten bezahlt gewesen. Unterhalb von *Penya Redona* nördlich von *Jijona* in der Serpentine, hinter der Tankstelle, hat er einen Wagen kurz vor einer der scharfen Kurven überholt, als ihm ein anderer entgegenkam. Die Polizei sagte, er hätte keine Chance gehabt. Durch einen Regenguss in der Woche zuvor war feiner Sand vom Hang auf die Fahrbahn gespült worden. Auf diesem seifenglatten Untergrund war er ausgerutscht und gegen die Leitplanke geschleudert. Das Motorrad überschlug sich beim Aufprall und warf ihn wie ein Katapult gegen eines der Kurvenschilder. Die Wucht hat die Metallplatte vollkommen demoliert, ihn aber nicht bremsen können.

Er krachte an den einzigen Baum, der in dieser verfluchten Kurve steht. Der Ast, den er abbrach, hat wiederum ihm das Genick gebrochen. Seit ich mir den Unfall habe genau schildern lassen, kann ich wieder gut schlafen, weil ich weiß, dass er nicht gelitten hat und weil ich seitdem auch weiß, dass er ein Idiot war, der größte, den man sich vorstellen kann. Denn bevor ich an der Unfallstelle eintreffen konnte, stand längst eine andere Frau neben seinem zerschmetterten Körper."

Mónica drehte ihren Kopf zur Seite. Auf ihrem Schoß stand immer noch die halb geöffnete Handtasche, ein groteskes und gleichzeitig hilflos wirkendes Bild. Es glich einem Maul, das sie verschlingen könnte.

„Kannst du dir das vorstellen, du fährst wie durchgedreht, mit einem Kopf voll Schaumgummi, tausender möglicher Bilder, die dich erwarten könnten, da hoch, versuchst die Wörter aus dem Telefonhörer, entgegen aller Vernunft dir besser, das heißt so harmlos wie möglich zu machen. Wird schon nicht so schlimm gewesen sein. *Ihr Bekannter hatte einen sehr schweren Unfall gehabt, es wäre ratsam, wenn jemand hierherkäme.* Erst im Nachhinein fiel mir dieses dämliche Wort auf, Bekannter. Aber nach einer knappen halben Stunde war ich da. Ich fuhr rechts ran, sah Polizisten und Sanitäter und blieb noch eine Weile sitzen. Ich hatte Angst vor dem, was mich erwarten könnte. Als ich ausgestiegen war und hinüberlief, stand da plötzlich ein Weib, ein anderes Wort fällt mir nicht ein, den oberen Teil ihrer Bikerklamotten bis auf den Hintern heruntergeschoben, nur noch ein strahlend weißes, unanständig knappes Shirt über einem schamlos schlanken Körper und der Haut, ich brauchte nur diesen kurzen Moment, diese eine Sekunde und hatte schon alles kapiert, gehe den letzten Schritt auf Enrique zu, der nur zu schlafen schien und sie schaut mich mit ihrem zwar verheulten, aber unglaublich schönen, unverschämt schönen Gesicht an, in dem ein paar schwarze Haare ihrer langen Mähne klebten und sagt: *Danke, aber wir brauchen leider keine Hilfe mehr.*"

Nun sah Mónica durch die Sonnenbrille wieder in meine Richtung. Auch ihre Augen waren jetzt sicher voller Tränen, aber die viel zu dunklen Gläser verrieten nichts. Gefühlsregungen kannte ich aus den letzten Jahren nur aus Verhören. Die Gegenüber schrien, weinten oder waren stumm wie Fische. Manche tobten herum, rasteten aus oder sahen mich dabei mit einer unvorstellbar arroganten Überheblichkeit an. *Wie können Sie so etwas behaupten, er war doch gar nicht schuld.* All das war mir in solchen Minuten herzlich egal. Da wusste ich, wie ich zu reagieren hatte. Bislang. Denn ansonsten waren mir Emotionen eigentlich unbekannt. Aber nun spürte ich durch die dunklen Gläser hindurch ihren stummen Blick. Fragend. Prüfend. Und vielleicht auf Trost hoffend.

Meine Mutter, obwohl sie inzwischen langsam auf den Beinen ist und deshalb nur einen kleinen Aktionsradius hat, weil ihre Gelenke eher Schleifscheiben ähneln und bei jedem Schritt Schmerzen bereiten, lacht meistens. *Mein Junge, ist alles nur mechanisch*, sagt sie dann mit einem Lachen in ihrem Gesicht – und meinen Vater sehe ich zu selten, als dass dann schlechte Laune Platz hätte. Doch, was ich in den letzten Jahren verlernt hatte, war, jemanden trösten oder auf extreme Probleme eingehen zu können. Primo oder Sunny hatten derlei Zuwendungen, wie ich es bis gerade eben noch genannt hätte, nie nötig gehabt. So biss ich mir auf die Unterlippe und sagte – nichts.

„Seit zwei Jahren waren sie schon zusammen und ich blöde Kuh habe nie etwas gemerkt. Mein *Bekannter* machte abends halt seine Ausfahrten und an manchen Wochenenden den ganzen Tag. Er ist ja ein Kerl und braucht nach der Scheißarbeit seine Ruhe. Seinen Ausgleich. Aber nicht bei mir oder mit mir. – Nein! – Sondern zusammen mit dieser Judit. Alle seine Kumpels haben es gesehen und gewusst. Alle. – Aber auch sie, Judit, hat er verarscht, auch sie wusste nichts von mir. Ihr hatte er gesagt, dass er das Geld für eine gemeinsame Wohnung nehmen würde, wenn alles andere geregelt wäre. – Dass die Typen von der Guardia mich überhaupt noch angerufen haben, lag an seinem Ausweis und einem Zettel mit unserer Telefonnummer und Adresse, den er hinter ihn gesteckt hatte. Beide Adressen, seine im Ausweis und die auf dem Zettel, waren halt die gleichen."

Sie strich sich eine Strähne aus dem Gesicht und wartete einen Moment. Für den nächsten Satz war es wohl an der Zeit, die Brille abzunehmen. Ihr ungeschminktes Gesicht war blass und tränenlos geworden. In dem Blick lag sogar etwas Verächtliches.

„Verarschst du deine Frau auch so?", polterte es aus ihr heraus.

Nun an Sie die Frage: was antwortet man in einer solchen Situation? Was würden Sie sagen? Gingen Sie auch davon aus, sie wüsste, dass ich alleine lebe? Wären Sie beleidigt, weil es wie eine Unterstellung geklungen hatte? Weil es eine sein könnte? Oder beleidigt gewesen, weil es unter Umständen Desinteresse bewies? Da sie sich nicht bei Mario oder wem auch immer erkundigt hat. Oder würden Sie nach all dem Erzählten überhaupt so eine Frage verstehen? Mir fiel auf jeden Fall nur die simpelste Antwort ein, allein schon deshalb, weil ich glaubte, zu lange zu überlegen:

„Ich habe doch keine. Die – wie sagt man? – letzte Beziehung ist über 25 Jahre her."

Mindestens eine wortlose Minute verstrich. Dann warf sie ihren Kopf nach hinten und wackelte mit dem Kopf.

„Jetzt verarschst du mich aber wirklich, oder?"

„Nein!", entgegnete ich mit gedämpfter Stimme und drehte die leere Tasse, in die ich verlegen hineinstierte, in meinen Händen. Wortlos musterte sie mich, vielleicht hätte sie mich auch noch gerne gefragt, ob ich etwa schwul oder in psychiatrischer Behandlung oder von einem anderen Stern sei oder sah in mir nun den größten Umstandskrämer aller Zeiten.

„Ich dachte, du wüsstest es."

„Spionage ist nicht mein Fachgebiet. Ich habe mich nur immer über ... ach egal."

Ein leichtes Lächeln huschte über ihr Gesicht. *Ich hab mich immer nur über,* wollte sie etwa *deine Zurückhaltung gewundert,* sagen. Ich hätte es aufklären können. Doch hatte es mir die Sprache verschlagen.

So sprachen wir, ohne weiter darauf eingegangen zu sein, über Judit, den Verkauf der Wohnung und ihren Job. Primo im Exprimidor war in diesem Moment in weite Ferne gerückt. Oder doch nicht? Ich bekam ein schlechtes Gewissen und schaute heimlich auf das Display meines Nokias. Kein Anruf. Keine SMS. Ich hoffte, ein gutes Zeichen. Dann drang wieder Mónicas Stimme durch.

Schon wenige Tage später hatte sie mit Judit, dieser *tiá buena,* dem Klasseweib, wie sie sie nannte, Frieden geschlossen und hatte nach den Trauerfeierlichkeiten auch versprochen, sie mal wieder treffen zu wollen, aber es war, wie so oft, bei diesen Worthülsen geblieben. Der Verkauf der Wohnung brachte ihr natürlich lange nicht das Geld ein, das nötig gewesen wäre, um sauber aus dem Kredit herauszukommen. Die Zeiten, Immobilien zu einem guten Preis an den Mann zu bekommen, hatten sich innerhalb weniger Wochen dramatisch geändert. Aber schlussendlich war sie froh, diesen Ballast losgeworden zu sein. Seitdem wohnte sie bei ihren Eltern und kam sich mehr und mehr wie eine alte Jungfer vor. Somit unterschied sie sich kaum von mir oder Maria. Meine Handvoll beschwichtigende Sätze kamen nicht so richtig an. Ein Satz wie, *Es wird schon wieder*, ist beim besten Willen auch nicht so gut wie zum Beispiel *Ich würd' dir gerne helfen* oder *Vertrau mir, das kriegen wir hin*. Fragen stellen kann ich, zuhören auch, aber auf solche Dinge eingehen, Fehlanzeige. Siehe Wortlaut.

„Ich hatte keine Lust, in die Hände von kontrollierenden Gesundheitsinspektoren zu geraten, nur, weil ich nach einiger Zeit keinen Job angenommen hab oder ich nicht erfolgreich vermittelt werden konnte. So blieb ich bei der Stadt. Dreineunundachtzig die Stunde. Immer wieder für ein weiteres halbes Jahr. Und dieses Jahr haben sie meinen Arbeitsvertrag aufgestockt. Ab November oder Dezember möchte ich mir wieder die Miete einer kleinen Wohnung leisten, allein schon deswegen, damit meine Eltern wieder zur Ruhe kommen. Der Rest von diesem unsäglichen Kredit wird auch bezahlbarer."

Ihre Definition von *nachher* war hoffentlich großzügig auszulegen, als sie mir kurz nach meiner Pause mit Mónica zufällig begegnete und sie ihren Wunsch geäußert hatte, mich noch einmal zu sprechen. Somit saß ich erst gute zwei Stunden später auf derselben Bank wie gestern. Einige Meter vor mir einer der Schwarzen, Bruder, Onkel, Neffe, Cousin, Schwager und drei Freunde, ich konnte es mir aussuchen, an eine Palme gelehnt. Zuvor war ich drüben auf der anderen Straßenseite an einem weiteren vorbeigegangen, der sich so auf einen

Begrenzungsstein der Blumenrabatte gesetzt hatte, dass er meine Bank gut beobachten konnte. Dieses Mal war keine Skepsis oder Unbehagen in ihren Blicken zu sehen. Im Gegenteil, der vor mir hob grüßend und mit einem freundschaftlichen Lächeln eine Hand. Es wirkte nicht aufgesetzt. Die Schutzmannschaft war anwesend. Sie würde also trotzdem noch kommen.

In der Marina funkelte die Sonne auf den leicht bewegten Wellen. Nach zwei, drei Minuten fühlte ich mich von ihnen hypnotisiert. Ich war nach diesem Tag wohl hinreichend müde. Dann ihre Hände auf meinen Schultern. Mit sanftem Druck. Dieses Mal eine liebevolle Geste.

„Obinna und Goma sind heute Morgen über die Grenze."

„Obinna und Goma sind heute Morgen über die Grenze", wiederholte ich dümmlich statt einer Begrüßung.

Ihre Daumen massierten auf meinem Rücken treffsicher verhärtete Stellen neben den oberen Wirbeln. Ich bekam eine Gänsehaut und streckte mich ihren Händen entgegen. Sie spürte meine Reaktion und drückte weiter ihre Finger in mein Fleisch. Nach einigen, viel zu kurzen Minuten schlurfte sie jedoch um die Bank herum und setzte sich neben mich. Dieses Mal ohne ein Plumpsen. Kein gelbes oder grünes Kleid, sondern eine weiße, luftige Bluse mit einem Muster aus drei, vier übertrieben großen Blumen und ein verblüffend kurzer Jeansrock. Darunter ihre nackten Beine. Wirklich ungewöhnlich. Oder war das die andere Arbeitskleidung? Die sie doch nicht mehr nötig hatte. Sie wollte, dass ich hinsah. Der eine Unterschenkel, nun so nackt, sah aus wie ein verbogener Stab. Er war nur halb so dick wie der andere. Die breiten Narben in ihm glichen in dem schwachen Licht silbrigen Tälern. Die Beine ansonsten kräftig und fest, doch auch auf den Oberschenkeln vereinzelte Narben. Ihre dunkle Haut schimmerte wie die Rückseite einer Schokoladentafel. Sie hatte recht, die Männer, von denen sie gesprochen hatte, würden sich nicht an den Fehlern stören. Die übrige Exotik verführte genug. Auch mit den üppigen Brüsten, die unter der Bluse, dank der entblößenden Knopfleiste zu erahnen waren und dem Haarband, das ihr unverletztes Gesicht zur Geltung brachte. Fremdartig und verlockend. Ein paar ihrer bunten Zöpfchen hingen zur Zierde über der Schläfe.

„*Za ni fáda ma ka, yáda a'nka yi.*"

Ihre linke Hand berührte leicht meinen Oberschenkel. Diesmal keine flüchtige Geste. Wieder Gänsehaut. Was hatte sie vor? Kopf verdrehen mit zwei Zeugen und dann auf mich mit Gebrüll? Denn ihr Daumen glitt auf dem Stoff meiner Hose ein wenig auf und ab. Ich hatte noch nichts Alkoholisierendes getrunken und war dennoch kurz davor, weich zu werden. Alvarez hatte es so bei Maria geschafft.

„Ich glaube, ich versteh nicht ganz?", antwortete ich deshalb etwas unruhig, aber auch ehrlich.

„Es ist nicht einfach für mich!"

Ihr Blick ruhte auf dem schwarzen Begleiter vor uns an der Palme und der Daumen legte eine Pause ein.

„Auf was willst du hinaus?", ich drehte mich zu ihr und hockte etwas schief auf der Bank, damit die Hand liegen bleiben konnte. Sie wendete ihren Kopf, zog die Hand zurück und schaute mich mit feuchten Augen an. Im flirrenden Schatten der Palmblätter leuchtete das Weiß ihrer Augen wie eine Neonröhre. Auch dieses Bild war ausreichend exotisch, mitsamt der Traurigkeit, die ich in ihm erkennen konnte.

„Die beiden haben einen schweren Fehler gemacht."

„ – "

„Als du vor ein paar Tagen Obinnas Hand angesehen hast, dachten sie, sie seien aufgeflogen."

„Sie seien aufgeflogen?", wieder klang ich wie ein Echo. Ich ahnte langsam, worauf sie hinauswollte und glaubte, die richtige Antwort zu haben, „der Arzt hat doch alles zugegeben?! Ich versteh immer noch nicht."

„Es geht nicht um den Arzt. Die zwei haben jemanden ... vielmehr Obinna hat jemanden nicht richtig ...", plötzlich liefen Tränen über ihr Gesicht und ihr Kopf kippte auf meinen Arm, den ich auf der Rückenlehne abgelegt hatte. Ich war versucht ihr mit der anderen Hand über die Haare zu streicheln. Hielt mich aber mitten in der Bewegung zurück und verharrte. Ndidis Körper zitterte leicht, schien eine Art Trost zu erwarten. Somit wirkte meine Geste etwas eckig, als ich ihr doch über die Wange strich. Ihre Haut war wider Erwarten zart und weich.

„Ndidi, was ist los? Der Fall ist so gut wie abgeschlossen. Vier frustrierte, durchgeknallte, total bescheuerte Idioten, oder wie wir das nennen wollen, dazu auch noch Spanier, haben Duela auf dem Gewissen. Was sollen Obinna und Goma damit zu tun haben?"

„Die zweite Leiche waren sie."

Meine Hand sackte von ihrem Gesicht und streifte kurz, aber lange genug ihren Oberschenkel, denn sie klemmte sie sofort mit einer Hand an dieser Stelle fest.

„Ich wünschte, ich könnte alles ungeschehen machen."

Ndidi schob meine Hand über ihre nackte Haut. Dort genauso zart und gleichzeitig fest. Ich zog sie weg. Dieses Gefühl könnte mich sonst binnen Millisekunden überfordern. Es war die reinste Verführung.

„Was – ist – los?", wahrscheinlich klang ich vor lauter Aufregung nicht besonders freundlich.

„Rubabe-n-hákōrī ya fi bākī wófī."

Sie sprach in Rätseln. Diesen Satz hatte mir Kio nicht beigebracht. Auch mein Gesichtsausdruck war mehr als ein mimisches Fragezeichen, sondern wohl ein wenig genervt. Sie versuchte wieder, eine Hand von mir zu ergreifen, aber ich gab nicht nach. Die Ndidi vor mir hatte nichts mit der zu tun, die ich kennengelernt hatte. Sie war aufgeregt und fahrig. Die distanzierte Frau mimte nun ein leichtes Mädchen. Wenngleich meine heute durchgewalkten Gefühle mich dafür gefährlich schwach werden ließen. Gleichzeitig erklärte sie:

„Verdorbene Zähne sind besser als ein leerer Mund, oder wie man bei euch sagen würde: Lieber eine hässliche Frau als keine."

„Ndidi, ich habe nicht die leiseste Ahnung, warum du dich mir anbieten willst. Dazu gibt es keinen Grund. Duela wurde von dem Arzt und einem Kompagnon umgebracht. Einer von denen wiederum wurde nach unseren Recherchen von einem der anderen ermordet. Was bitteschön soll ..."

„Obinna und Goma haben letzte Woche in einer Nacht etwas gesucht, etwas von dem sie glaubten, es verloren zu haben. Eine kleine, unscheinbare Hülle mit einem wichtigen Papier. Das einzige Dokument, das Goma noch besaß. Es war die Nacht von Sonntag auf Montag. Doch sie fanden es nicht. Als sie auch bei den Verkaufsständen nachsehen wollten, weil wir ja ab und zu auch in deren Nähe sitzen, sahen sie zwei Männer aus dem Puesto von Duela kommen. Es war aber zu dunkel, um sie zu erkennen. Sie hörten nur, wie die Männer etwas wie *dann noch gute Geschäfte und bis bald* hineinriefen. Deshalb dachten sie, Duela wäre da und wollten ihn fragen, ob er vielleicht etwas gefunden hatte. Goma sagte zu Obinna, dass er mal zu ihm hingehen wolle. Doch in dem Moment kam noch ein fremder Mann heraus und verschloss die Tür. Die beiden versteckten sich und hörten ihn mit sich selber reden. Dann lachte er und rief *Adios, du Arschloch und gute Reise.* Immer noch lachend und feixend lief er dann weg. Goma ist ihm hinterher und Obinna hat versucht, in die Bude zu kommen, aber die war zu und von innen war nichts zu hören ...'

Ndidi machte eine Pause, wendete sich etwas ab und setzte sich gerade, um nicht zu sagen steif hin. Ihre Hände bedeckten die nackte Haut der Oberschenkel unterhalb des hochgerutschten Saums des Rocks. So, als ob sie sich nun doch ihrer Nacktheit darunter schämte. Sie schob sich gegen die Lehne und seufzte. Der Schwarze vor uns hatte sich erhoben, ein Handy am Ohr und lehnte sich seitlich an die Palme. Sichtlich sprungbereiter. Vielleicht dachte er, in den nächsten Minuten eingreifen zu müssen, obwohl wir meines Erachtens dafür keinen Anhaltspunkt lieferten. Oder war mein Einwand vorher lauter gewesen, als ich dachte? Ich schaute ihre Beine an. Erst jetzt fielen mir ihre Sandalen auf, die nichts Weiteres waren als dünne Sohlen, von noch dünneren Schnüren unter den Füßen gehalten. Doch entscheidender war, dass an ihrem ohnehin in Mitleidenschaft gezogenem Bein der kleine Zeh fehlte und die nächsten beiden verstümmelt waren. War das auch dieser Gómez de la Peña gewesen? Oder diese Kanaille in Niger? Was hatte man nur mit ihr angestellt? Was verschwieg sie noch? Als ich danach fragen wollte, redete sie unvermittelt weiter:

„Inzwischen war der Typ schon fast da drüben in der Lanuza angekommen", sie deutete mit einer Hand hinter sich, „Goma hatte sich hinter einem Auto versteckt, um ihn zu beobachten, da ist aber mein Bruder schon auf den Typ zugerannt und hat ihn umgerissen. Eigentlich wollte er ihn nur zur Rede stellen und fragen, was mit Duela passiert ist, weil er einen Verdacht hatte. Aber da hat der Kerl schon angefangen, nach ihm zu treten und mit einem Werkzeug um sich zu schlagen." Wieder eine Pause. Ndidi drehte sich wieder zu mir. Ein Bein angewinkelt auf die Sitzfläche geschoben, so dass der Rock nach oben glitt. Ein weiterer optischer Bestechungsversuch. Als ich einen männlichen Blick zwischen ihre Schenkel riskierte, legte sie dann doch wie zufällig eine Hand vor die entstandene und einsehbare Lücke.

„Glaub mir, er hat es nicht gewollt, aber es ging alles so schnell. Plötzlich traf ein Schlag von ihm den Kopf dieses Mannes und der knallte gegen eine Kante eines Autos. Dabei fiel ein Schlüssel zu Boden. Obinna war inzwischen da und hob ihn auf. Der Mann war benommen, rollte zur Seite und versuchte aufzustehen. Wie ein Pferd trat er nach hinten und traf Gomas Unterleib. Der griff nach dem Werkzeug und schlug auf den Hinterkopf des Mannes, weil er nämlich ein Geräusch gehört hatte. Mein Bruder steckte den Schlüssel in die Autotür. Den Rest wisst ihr ja, sie haben den Wagen benutzt ..."

„... den man zusammen mit ihm loswerden musste." Ndidi schüttelte schluchzend und tränenüberströmt den Kopf.

„Nein, das Auto steht wieder in der Lanuza. Sie haben ihn irgendwo hinter Alcoy einen Abhang hinuntergeworfen ..."

„Nachdem sie ihm den Schädel eingeschlagen haben. Das ist Mord, Ndidi. Ein Richter würde sogar von eiskaltem - vorsätzlichen Mord sprechen. – Aber ..." Ich sah in ihr erschrecktes Gesicht. Wieder einmal war mein Ton unabsichtlich scharf geworden und hatte ihre

Hand, die auf der Suche nach einer von mir war, auf halben Wege innehalten lassen. Meine Gedanken fuhren Karussell. Mit einem Mal saß eine Mittäterin vor mir. Und es war genau dieser Gedanke daran, der mich überforderte und nicht die angedeutete Verführung. Ich betrachtete ihr Gesicht, rätselte darüber, wie alt sie sein mochte, weil wir tatsächlich noch nie über ihr Alter gesprochen hatten. Hörte plötzlich hinter mir das blubbernde Beschleunigen eines Achtzylinders. Ich schaute automatisch zur Straße und sah einen dieser riesigen und in meinen Augen nutzlosen Geländewagen. Sofort musste ich an den Franzosen denken. An das, was Ndidi und ihre Freunde, was Duela und Ayanna erlebt hatten. An die Toten im Mittelmeer, an den Rachefeldzug von Alvarez und seinen Konsorten. Durch meinen Kopf schoss eine spontane Lösung. Die ich bejubelte wie jeden getöteten Bösewicht in Kinofilmen. Impulsiv und mit einer stillen Freude. Ich musste grinsen und legte nun doch meine Hand auf ihr angewinkeltes Knie vor mir, streichelte es zusammen mit dem Schenkel und beendete meinen Satz mit einem gütigeren Tonfall:

„... es ist mir vollkommen egal."

Sie starrte mich ungläubig an. Glaubte möglicherweise, sich verhört zu haben. Die Sekunden verstrichen wortlos. Aber ich hatte eine Entscheidung getroffen. Was ich gesagt hatte, bedeutete sicherlich etwas ganz anderes. *Vollkommen egal* gab es nicht in ihrem verfolgten Leben. Seit mindestens sieben Jahren war in ihrem Leben nichts einerlei, gleichgültig oder egal. Sie hatte jenes zu tun, da sonst dieses passiert. Und trotzdem passierte es hundert Mal. Nur die Art des Todes, wenn er unausweichlich wurde, war gleichgültig. Aber ich hatte nicht gelogen. Mir war es tatsächlich vollkommen schnurz. Wünschte sogar, dass dieser durchgedrehte Lazaro, den wir seit Stunden erfolglos suchten, ebenso irgendwo herumläge und anfinge zu schimmeln.

Sie schob sich dichter an mich heran, ergriff meine Hand auf ihrem Knie und hielt sie so fest, als müsste sie sich daran an einer rettenden Wand hinaufziehen. Dann hob sie sie an ihr Gesicht und küsste die Innenseite. Wieder und wieder. Tränen tropften dabei von ihren Wangen. Mit einem Schluchzen holperten zunächst unverständliche Worte über ihre Lippen. Ein letzter Kuss in meine Hand und sie rutschte dichter an mich heran. Wollte mich umarmen und zwängte meine Hand wieder zwischen ihre Schenkel. In meinem Kopf polterte alles durcheinander und schon hielt sich mein Daumen wieder an keine Abmachung. Ich war niemandem verpflichtet. Um dies zu bestätigen, sagte sie:

„Ich werde es wieder gut machen. Ich verspreche es dir. Ich bin eine gute Frau. Ich ...‟

„Ndidi‟, langsam zog ich meine Hand zurück, „Ndidi, du brauchst nichts gut zu machen. Außer uns zwei, nun ja, vier‟, ich schaute erst zu dem Schwarzen an der Palme, dann zu dem auf dem Stein, „weiß keiner etwas. Und dabei bleibt es auch. – Der Fall ist abgeschlossen.‟
Damit stand ich langsam auf und trat einen Schritt zurück. Es war nur ein Reflex, aber weil ihr Rock durch meine Hand noch weiter nach oben verrückt war, sah ich ihr zwischen die Schenkel und wusste im selben Moment, dass sie alles getan hätte, um mich notfalls umzustimmen. So hatte man es ihr beigebracht, so macht man Sachen gut, gibt es keine Probleme, keine Gewalt und keine Strafe. Man gibt sein Leben für ein anderes. Die meisten der letzten sieben Jahre in der vermeintlichen Freiheit waren deshalb eher eine Folter für sie gewesen. Sich nun einem Polizisten zu schenken, war wohl gleichbedeutend mit dem Himmel. Ich reichte

ihr eine Hand und sie zog sich tatsächlich an ihr hoch.

„Das heißt, du wirst nichts unternehmen?"

„Das heißt, ich werde nichts unternehmen! – Wenn du magst, lade ich dich einmal zu einem Kaffee ein. – Oder du sagst mir, wo wir alle gut essen können. Natürlich afrikanisch."

Sie hielt sich beide Hände vor das Gesicht und weinte. Dieses Mal konnte ich aber durch die Finger Augen sehen, die nicht verzweifelt, sondern fassungslos erleichtert waren.

„¡muchas gracias! ¡muchas gracias! ¡muchas gracias!", wiederholte sie unzählige Male, „¡muchas gracias!"

„Ist schon gut!", entgegnete ich, dachte an unschuldige Opfer. An ETA, al-Qaida und Kriege. An den Arzt, Alvarez, Maiz und Lazaro. An die kleine Rache, die ich mit meiner Entscheidung nehmen würde, und umarmte sie kurz, „Obinna und Goma haben ihre Strafen schon lange vorab erhalten. Ich hoffe, sie werden nun ihren Frieden und etwas Glück finden. Sag es ihnen. – Sehen wir uns auf einen Kaffee mal wieder?"

Ihre Antwort war ein bloßes Nicken, dann umfasste sie meinen Kopf, betrachtete mein Gesicht und küsste mich kurz darauf auf den Mund. Ich glaube, eine afrikanische Frau tut dies unter normalen Umständen nicht. Nicht so. Aber ihr Blick war wieder die alte Ndidi. Deshalb weiß ich, dass dieser Kuss eine Ehre war. Deswegen werde ich die Erinnerung an ihn immer wie einen Orden tragen.

Primo war ein strenger Richter und hatte Alvarez in die Zange genommen. Doch nach Stand der Dinge wusste dieser, trotz heftigen Zusetzens, dass er lediglich mit einem dreifach blauen Auge davonkommen würde, egal wie sehr ihn Gómez de la Peña später in einem Prozess belasten würde. Die gefundenen, vielmehr nicht gefundenen Spuren entlasteten ihn bezüglich einer direkten Beteiligung genug. Egal, wie Sunny suchte, von dem Arzt fand er Fingerabdrücke, ein Haupthaar, zwei Härchen der Augenbrauen und sogar etwas Speichel in dem Sammelsurium der Tütchen, von Alvarez hingegen nichts. Der war natürlich auch nicht einverstanden, als wir ein wenig an seiner Frisur schnippeln wollten, um aus Indizien Beweise zu machen. Auf diese Weise nutzte er sein Wissen als Rechtsanwalt über das *Ley de Enjuiciamiento Criminal*[17] entsprechend aus. Denn eine sogenannte *Entnahme* war uns nicht erlaubt. Und seine Hinterlassenschaften auf dem Boot und in Maria waren nicht tatrelevant. Ihm blieb somit die Rolle als Ideengeber und Organisator im Hintergrund. Das reichte höchstens für zwei Jahre. Danach würde er wieder Oberschenkel in live betatschen dürfen.

Derweil hatte ich mit Sunny ein Geschäft gemacht. Er verschwieg dauerhaft, dass er durch mich wusste, wie die Leiche hieß, der das Armband gehört hatte. Es konnte also noch einige Zeit dauern, bis die Computer oder Karteien auf dem üblichen Weg den Namen ausspucken würden. Bis dahin hatte die Presse aller Wahrscheinlichkeit nach das Interesse vollständig verloren. Mir sollte es recht sein. Denn bis dahin war ja nur mir bekannt, wie Maiz Jimeno ums Leben gekommen war. Die kaum gefüllte Heftmappe mit den Unterlagen darüber schob ich bei Solana durch den Reißwolf, als sie mit ihrem viel zu breiten Hintern in Richtung der Klos unterwegs war. An der Auflösung durfte sich von nun an ruhig die Guardia die Zähne ausbeißen und dann die passenden Interviews geben. Stattdessen legte ich ihr drei Blätter, einen fünf Jahre alten Brief von Mónicas

---

[17] Spanische Strafprozessordnung

entfleuchtem Chef, in einer roten Einsteckhülle auf den Platz. Auf dieser ein Post-it mit der Bitte, sie möge die Blätter doch bitte zu Tulio nach Madrid faxen. Mich würde der Verbleib des Unterzeichneten, Riccardo Potras Riquerde, interessieren. Solana würde nicht weiter nachfragen, sie kannte meine nicht immer echte Technikängstlichkeit.

Für Primo war nach dem dreistündigen Verhör Alvarez' die Suche nach Lazaro angesagt. Ich nutzte die Zeit, unserem Chef einen kleinen Bericht zu erstatten und diesen anschließend auf einem Vordruck in Stichworten festzuhalten. Dafür ging ich ein zweites Mal zu Solana ins Büro und klimperte mit den Augen. Sie indes verdrehte ihre und stöhnte:

„Es kann doch wirklich nicht so schwer sein, die paar Zeilen am Computer einzutragen, die Formulare erklären sich doch wirklich von selbst."

„Du solltest öfter so etwas mit Ringeln anziehen. Das sieht richtig klasse aus", war meine überzeugend klingende Antwort, während sie die Seiten aus der Einsteckhülle gerade durch das Fax laufen ließ.

„Findest du? Ich dachte heute Morgen, es würde mich zu dick machen."

„¡de verdad! Ungelogen! Ehrlich! Weißt du was, ich organisier uns 'nen Kaffee und was zu futtern."
Und schon war ich davongerauscht und nach der richtigen Anzahl von Minuten, ich hatte ja Erfahrung, mit einer Handvoll *mantecados*, Mandelgebäck und einem Kaffee zurückgekommen. Solana zupfte die Ringel zurecht und setzte sich extra grade hin. Sie nahm zwei *mantecados* auf einmal, fuhr sich danach mit der Zunge über die Lippen und meinte:

„Ehrlich?"
Ich war mir nicht sicher, wie gefährlich es werden könnte, wenn ich auch zukünftig ihr gegenüber solche

Dinge behaupten würde.

Kio erwartete mich bereits vor der Haustüre. Er musste schon seit Stunden auf- und abgegangen sein, denn kaum hatte er mich erblickt, kam er auf mich zugeeilt. Den Zylinder vom Kopf reißend stand er vor mir. Gebeugt. Als wolle er sich hinknien.

„Dein *hàtsàbiibii* wartet schon lange. Ich wusste die ganze Zeit, dass du ein guter Mensch bist. Die Geister und Götter werden dir immer helfen."
Ich grinste ihn an, zog ihn an der Schulter hoch und suchte nach den Bestandteilen des Satzes, den er mir gestern Nacht beigebracht hatte, dann sagte ich schulterzuckend und etwas holprig:

„*Kòwa yi kèta ka-n-sa*[18], war ganz einfach und geschieht denen recht."

Freitag

„Monate später versuchte ich, diese widerlich an mir klebende Vergangenheit in meinem Leben loszuwerden und forderte die Lösung dazu in einer einzigen Nacht heraus. Ich wollte Gefühle beweisen. Aber in dieser Nacht passierte nichts anderes, nichts besseres als ein schneller und ...", sie schaute zur Seite und begann wieder in ihrer Tasche herumzukramen. Ich glaubte zu wissen, was sie suchte und schob ihr die bereits auf dem Tisch abgelegte Sonnenbrille hinüber. Die Knopfleiste an ihrer Bluse war an einer Stelle nicht verschlossen und gab daher ein Stück der Haut ihres Busens frei. Reizvoll und hell. Nicht von der Sonne gebräunt wie bei Maria. Nachdem, was ich alles über sie erfahren hatte,

---

[18]   Wer andern eine Grube gräbt, fällt selbst hinein.

hätte es auch nicht gepasst. Mit zusammengekniffenen Augen schaute sie mich wie aus einer fernen Welt kommend an und fuhr, ohne auf meine Geste und Entdeckung eingegangen zu sein, einfach fort, „... schmerzhafter Fick. Die Härte und Rohheit hat mich so erschrecken und in Panik geraten lassen, dass ich seitdem keinen Mann mehr hatte."

Nun glich mein Blick ihrem. Nicht, weil ich eifersüchtig war, sondern weil ich glaubte, ihre Verletzlichkeit und Enttäuschung zu spüren. Und den Frust, den sie haben musste, um so darüber zu reden. Ein schmerzhafter Fick. Ich hatte keine Ahnung, wie die Not aussehen musste, um so etwas zu erdulden und wie die selbsternannten sexuell Aufgeklärten es heutzutage nannten. Falls ich jemals mit Mónica in einem Bett zusammen sein würde, würde ich, sowieso, damit jeder Schmerz ausbliebe, genau das tun, wovor die Ratgeber in allen Zeitungen warnten, nämlich fragen: ist es so gut? Tu ich dir weh? Mach ich es richtig?

„In den letzten Monaten hast du dich, hat sich unsere Beziehung irgendwie verändert. Ich kann nicht einmal genau beschreiben, wie. Aber wenn du öfter an meinem Leben teilhaben willst, nimmst du auch all diese Geschichten mit, mit all ihren Unzulänglichkeiten. Daran müssten wir uns beide gewöhnen, dafür brauche ich Zeit. – Ich muss dich darum bitten, sie mir zu geben. Ich weiß, es klingt nicht besonders bezaubernd, aber ...", nun schaute sie auf, ohne die Brille aufgesetzt zu haben und blickte Ndidi nach, die gerade in ihrem kurzen Rock an unserem Tisch vorbeigegangen war. Wie ich, sah sie diese ungewöhnliche Verpackung und zögerte eine weitere Sekunde mit ihrer Antwort, bis sie mir wieder mit einem unerwarteten Lächeln in die Augen sah und meinte, „... ich bin nicht weit von deinen Gefühlen entfernt."

Ich weiß, Sie glauben nicht, dass man so etwas so deutlich träumen kann, aber Sie täuschen sich. Ich kann. Ich hab's getan. Wieder mal. Überdeutlich sogar. So deutlich, dass ich ihr im Nachhinein sogar die Brille aus der Hand genommen hätte, wenn sie diese wieder hätte aufsetzen wollen und sie tatsächlich in der Hand halten würde. So deutlich, dass ich Ndidis schwingenden und üppigen Po immer noch vor Augen habe. Aber jedes Mal, wenn ich aufwache, ist Mónica mit ihren Gefühlen mindestens drei Stockwerke und viele Meter von mir entfernt und beginnt vor der Nicolás an der Ecke zur San Isidro mit ihrem Dienst.

Dort hat einer mit einem dicken Stift einige wenige Zeilen eines Gedichts von Miguel Hernández an die Wand geschrieben, welche sie sicher jedes Mal, liest, ehe sie beginnt: *por eso las estaciones saben a muerte y los puertos*[19]... Vielleicht weiß sie, dass er in Alicante ums Leben kam, krank und einsam, in einem Gefängnis, weil Franco es so wollte. Vielleicht kann sie sich vorstellen, dass ich ihn verehre. Vielleicht auch Sie, nach all dem, was in letzter Zeit, in den letzten wenigen Tagen passiert ist, wenn Sie wüssten, was der arme Kerl auszuhalten hatte. Es war so wenig weit weg von dem, was Duela hinter sich und Ndidi mir erzählt hatte.

Mein Kopf versuchte, sich zurechtzufinden. Sammelte die Bruchstücke des Traums und meiner morgendlichen Gedanken ein. Je wacher ich wurde, um so verrückter ging es da oben zu. Fantasie und Wunsch drehten durch. Bis ich nach einem kurzen weiteren Abstecher zu Ndidi und ihren Schenkeln wieder bei denen von Mónica angekommen war. Langsam kam ich zu mir. Denkbar, dass sie gerade auch vom Plaza de Santa

---

[19] Aus Cancionero y romancero de ausencias, Gedichte 1938 - '41

María kommt und schon die Mayor entlanglief, während ich mit meiner falschen Männlichkeit im Bett liege und überlege, wie ich es schaffen könnte, dass sie mir den letzten Satz meines Traumes tatsächlich einmal sagt.

Aber wie immer in den letzten Tagen kommt nichts dabei heraus. Ich stehe auf und fühle mich arbeitslos, wenn ich in diesem Moment das Schreiben des blöden Abschlussberichtes nicht dazu zählen würde. Denn seit gestern quälte ich mich mit den Formulierungen. Mein Wissen über das Wie von Maiz Jimenos Tod durfte nicht lesbar sein.

In der Nacht musste ein Windstoß das Fenster zugeweht haben. Ich nahm das Buch, das ich gestern Nacht noch fertiggelesen hatte und klemmte es zwischen Rahmen und Fensterflügel. Plötzlich konnte ich Comisario Lascano darin besser verstehen. Auch ihm *erschien die Bettkante an manchen Tagen wie ein unüberwindbarer Abgrund*[20]. Ich hatte zwar nicht wie er den Tod einer Frau zu überwinden, aber immerhin erlaubte mir mein Selbstmitleid eine mögliche Absage von Mónica, diese wie einen solchen zu betrachten. Eine Sekunde dachte ich wie Primo und deshalb wieder an Ndidi. Sie hätte es gern für mich gemacht. Mein Gott, war ich blöd.

Ich war von der Rolle und davon so ergriffen, dass mir Señorita Wet-T-Shirt gegenüber fast nicht aufgefallen wäre. Erst, als sie etwas lauter flüsternd meinen Namen vom linken Balkon herüber raunte, nahm ich sie wahr und das Durcheinander in meinem Oberstübchen war beendet.

„Hallo Alex!", Himmelherrgott, da fällt mir ein, ich muss mich nochmal mit meiner Mutter unterhalten, da-

---

[20] Ernesto Mallo, Der Tote von der Plaza Onze

mit ich endlich weiß, wodurch man an sich selber Alzheimer erkennen kann. Sie hat da nämlich so ein paar Theorien. Denn ich hatte keine Ahnung, wann oder in welcher Situation ich dem Mädel dort drüben meinen Vornamen genannt hatte, „ist aber schon ziemlich spät heute. Oder hast du frei?"

Du hast echt 'nen feinen Job, kannst immer ausschlafen. Ich bückte mich und schob mich auf mein breites Fensterbrett. Als mein Kopf an das Gitter anstieß, war sie keine sechs Meter von mir entfernt. Ein Windhauch wirbelte nicht nur Marios Kaffeeduft von unten hoch, sondern auch die fehlenden Gehirnzellen in die richtigen Lücken. So nah war sie mir seit der nit del foc nicht mehr gekommen. Wenn ich jetzt zwanzig Jahre jünger und gleichzeitig zwanzig Kilo leichter gewesen wäre, hätte ich das Gitter aus der Halterung getreten, ein Seil genommen und sie mit einem gekonnten Schwung dort drüben besucht. So weit hatte mich mein Alter bereits gebracht, dass ich innerhalb weniger Tage daran dachte, junge Mädchen durch einen Zeitsprung zu erobern. Aber allein, weil das Gitter jemandem auf den Kopf fallen könnte, verwarf ich den futuristischen Gedanken dann doch und begnügte mich mit einem Lächeln.

„Nein, frei hab' ich nicht. Ich nehm' mir nur ein paar Stunden Auszeit. Verbrecher geschnappt. Fall gelöst. Die nächsten müssen jetzt bis morgen warten."

Ich hatte meine Antwort genutzt, um sie ausgiebig zu begucken. Ihr Freund wusste hoffentlich, was für einen tollen Fang er mit ihr gemacht hatte. Sie war ein hübsches Ding. Zweifellos. Und wie mir schien, nicht auf den Kopf gefallen. Überhaupt Kopf. Irgendetwas glitzerte in ihrem Haar und schien es zugleich zu bändigen. Fand ich todschick. Wenn schon nicht mit einem Seil hinüberschwingen, dann wenigstens jetzt keine Zeit verlieren.

„Du, entschuldige, blöde Frage", ich kicherte absichtlich etwas blöde, „das da in deinem Haar, was ist das?"

„Hä? 'n Haarreif natürlich."

„Haarreif. Klar doch. Wirklich blöde Frage. Sieht echt klasse aus."

„Findest du?"
Ich nickte.

„Ich kann dir einen besorgen."

„Das wäre nicht schlecht. – Wie komm ich an den?"

„Ich glaub, ich weiß, wo du wohnst", lachte sie so laut, dass Mario von unten hochschaute.

„Ey! Alex! Lass die jungen Mädchen in Ruhe. Isabel ist viel zu jung für dich. Mach dich nicht unglücklich. Komm lieber endlich runter und trink deinen Kaffee."
Ich musste lachen und schüttelte den Kopf.

„Wie du siehst, lebe ich hier unter Beobachtung und raus darf ich auch nicht", ich rüttelte an den Gitterstäben, „kommste mit? Ich lad dich ein."

„Lieber nicht, was machst du, wenn Mónica uns sieht?"

Der Fall war abgeschlossen. Die Täter und ihre Gründe teilweise bekannt. Allesamt primitiv und dumm. Hätten zu einem Haufen hirnverbrannter Rechtsradikaler gepasst. Aber die hier waren gebildet. Alle vier hatten studiert und vertraten doch nur des Volkes dumpfe Stimme. *Sonst kümmert sich ja keiner*. Nichts Besonderes. Vor allem nicht besonders genug, um Nachrichten und Zeitungen tagelang zu ernähren. So wurde es nur ein kleiner Artikel auf Seite 10 im Lokalteil unten links. Dreizehn Zeilen. Schnell überflogen und gleich darauf vergessen. Sie hatten sich nicht einmal die Mühe gemacht, falsche oder abgekürzte Namen zu verwenden, sondern nur von Männern geschrieben. Denn man verschweigt gerne die vermeintlich Großen der Stadt, außer es wären korrupte Politiker und Immobilienhaie. Diese beiden Professionen wären zurzeit „in" gewesen. Die hätte man bloßstellen können. Aber einen verdienten Arzt und einen ehrlichen Staatsdiener, der endlich mal die Interessen der Leute vertritt, verrät man nicht. Da wartet man lieber ab und macht in einigen Wochen bei passender Gelegenheit sogar noch Märtyrer aus ihnen. Die anderen beiden spielten sowieso keine Rolle. So wurde aus dem Arzt lediglich ein älterer Mann, sie hätten auch verwirrt schreiben können, und aus Alvarez einer, der nicht aus Alicante war. Damit war er schon ein halber Ausländer.

Und trotzdem bekam der Fall im Laufe des Tages eine weitere stille Wendung, die dann in keiner Zeitung mehr Platz fand. Maiz Jimenos Wagen wurde ohne mein Zutun von einer Streife in der Lanuza gefunden. Aber auch nur deshalb, weil ein anderer Fahrer beim Einparken nicht nur einen Kratzer an ihm hinterlassen hätte, sondern bei dem ganzen Manöver sich mit der Stoßstange in seine verkeilte. Passanten beobachteten seinen Versuch, mit brachialen Mitteln unerkannt davonkommen zu wollen und versperrten ihm, zusammen mit einer zufällig vorbeifahrenden Polizeistreife, den Weg. Dank der Computer war der Halter des beschädigten Fahrzeugs schnell ausfindig gemacht und der Name verdächtig genug. So schrillten nur Minuten später bei uns die Alarmglocken. Bevor der Parksünder die Chance hatte, sich glimpflich aus der Affäre zu ziehen, wurde die Straße abgesperrt und der arme Unfallverursacher durfte wie ein Schwerverbrecher fernab vom Geschehen in einem Polizeiauto warten. Ich konnte seine Reaktion, *ist das nicht ein bisschen übertrieben, was ihr da für einen Scheißzirkus veranstaltet?*, gut verstehen, denn er hatte ja keine Vorstellung davon, was wir gefunden hatten.

Vorsorglich ließen wir ein Zelt über dem Wagen errichten. Zwanzig Minuten später hatte meine Befürchtung, nein, mein Hoffen, eine Bestätigung erhalten. Im Kofferraum lag wie bestellt Lazaros Leiche und damit ein neuer Fall vor unseren Füßen. Auf ihm eine kleine, unscheinbare Plastikhülle mit einem unspektakulär erscheinenden Papier. Ohne mich mit Sunny oder seinem Grabungsdoktor abzusprechen, die noch darüber berieten, wie sie vorgehen wollten, stülpte ich mir Baumwollhandschuhe über die Finger, nahm das Teil im einzigen unbeobachteten Moment und zog das zusammengefaltete Blatt abgewandt von ihnen aus dem durchsichtigen Umschlag. Es war eine *permiso de residencia*, eine Aufenthaltsgenehmigung, ausgestellt vor nicht einmal drei Wochen. Hier in Alicante. Auf den Namen Goma Okoye. Obinnas Freund. Er hätte sie nun gut brauchen können oder auch nicht. Dort, auf Lazaro, lag sie als falsche Beschuldigung. Absichtlich.

Zu Hause lag immer noch der Cobre-Bericht, Alvarez' Aktenordner und eine ganze Anzahl von Duelas Schriftstücken. Also konnten ruhig noch weitere Dokumente eingelagert werden. Ich ging ein paar Schritte zur Seite, griff in eine meiner Gesäßtaschen und zog aus ihr einen Kassenbon, eine Fahrkarte nach Campello und eine Visitenkarte von Alvarez heraus, die ich in seinem Büro hatte mitgehen lassen. Nochmals zwei Schritte weiter tauschte ich den Inhalt der Hülle damit aus, während sich die Geier der Spurensicherung über den Kofferraum beugten. Keiner hatte einen Blick für mich. Erst als ich das Plastikding mit einem Schulterzucken und *weiß auch nicht* Sunny in die Hand drückte, war ich wieder im Untersuchungsteam aufgenommen.

Am selben Tag traf mich Stunden später mein Chef

auf der Treppe und hob kurz die Hand zum Gruß. Sein Nicken war freundlich genug – es würde uns für die nächste Zeit den Rücken freihalten und galt als Dank für den Ruhm, den er nun erhalten hatte. Stehen bleiben konnte er nicht. Keine Zeit. Denn ein anstehendes Treffen mit der Guardia hatte Priorität. Ich winkte zurück und mimte den Verständnisvollen. Alles nicht der Rede wert, sagte ich dadurch. Er würde es bis zur nächsten Woche allemal vergessen haben. Wie diese Begegnung. Den Grund seiner Freundlichkeit. Den Fall.

Stunden später streifte ich durch die Stadt, erstens, um einen klaren Kopf zu bekommen und zweitens, um Ndidi zu finden. Doch hatte ich heute für beide Vorhaben nicht das richtige Glück. Am Postiguet traf ich Kio. Wie immer in bester Laune. Er stand mit drei anderen Männern zusammen, deren Hautfarbe für die Tiefen Afrikas nicht schwarz genug war. Er lachte immer wieder. Etwas viel und etwas laut. Als er mich sah, klopfte er sich auf die Schenkel und dem Mann direkt neben sich auf die Schulter. Die Typen gefielen mir nicht. Was hatte er mit solchen Kerlen zu tun?

„Gàmzoo, gàmzoo. Ganz Afrika spricht von dir." Ich grinste blöde zurück und verstand nichts. Wie immer. Die neben ihm konnte er unmöglich meinen. Hoffte ich. Ohne diese zu beachten und, ohne sie gleichzeitig zu mustern, zog ich ihn etwas zur Seite und fragte kaum vernehmlich:

„Weißt du, wo sie ist?" Schlagartig wurde sein Blick ernst. Er bedeutete den anderen mit seiner Hand, kurz auf ihn zu warten und ging, mich am Ellenbogen schiebend, einige Schritte weiter:

„Wir möchten dir alle danken für das, was du für uns getan hast oder besser: NICHT getan hast", quasselte er dabei im üblichen lauten Tonfall, dann mit leiser Stimme dicht an meinem Ohr: „du weißt es nicht?"

Natürlich wusste ich nicht. Er schaute mich an, forschte in meinem Gesicht herum und wackelte mit dem Kopf.

„Du weißt es nicht", stellte er daher fest, „sie ist untergetaucht. Ihre beiden Freunde wurden heute Morgen mitgenommen. Sie sollen abgeschoben werden. Der Tschad ist zwar arm, aber nicht unsicher genug. Obinna und Goma sind über die Grenze. Nun hat sie niemanden mehr. Und aus Tarifa sind gestern die Typen eingetroffen, die sie ... na du weißt schon. Die hatten einen Tipp bekommen. Angeblich schuldet sie denen Geld."

Sofort spürte ich meinen Puls beschleunigen. Diese Trottel kamen mir gerade recht. Mit solchen hatte ich noch mehrere Hühnchen zu rupfen.

„Wo sind diese Idioten?"

Kio blieb stehen und zeigte mit einem Finger, verdeckt von seinem Körper, hinter sich.

„Die? Und du sprichst mit ihnen?", fauchte ich.

„Pscht! Nicht so laut! Sie sprechen mit *mir* und ich lüge sie an. Gott sei Dank haben sie selber herausgefunden, dass die zwei Jungs sich abgesetzt haben, also ist Ndidi mit ihnen mit. – So rum. Hast du kapiert?"

Natürlich hatte ich kapiert – und drehte mich um.

„Komm abends mal bei mir vorbei, ich muss ihr was geben", zischte ich ihm leise mit einem künstlichen Grinsen zu, anschließend musterte ich die drei Typen genauer, während ich immer lauter irgendeinen Stuss erzählte:

„Ist wirklich gerne geschehen. Wenn deine Freunde da Hilfe brauchen, du weißt ja, alles kein Problem, du hast ja auch schon viel für mich ...", wir waren inzwischen wieder bei ihnen angelangt und ich reichte ihnen mit einer nahezu unterwürfigen Bewegung die Hand. Es sollte das letzte Mal gewesen sein, dass sie mein Gesicht freundlich lächeln sahen.

Aber das ist, wie gesagt, dann eine andere Geschichte.

Heute hatte Melina wieder Dienst. Ausdrücke wie gut-aussehend, hübsch und zum Anbeißen beschreiben ihr Aussehen wirklich nur unzulänglich. Mir fallen da nur, wie dem letzten Macho, platt klingende Dinge ein, wie *gefährlich* oder *Achtung Feuer* oder ein Geschoss auf zwei Beinen, das bisher noch bei keinem eingeschlagen war. Doch hinterließ sie nicht den Eindruck, darüber enttäuscht zu sein. Die notwendigen männlichen Gegenüber entsprachen halt bisher nicht ihrer Vorstellung. Hatte sie uns ja unlängst angedeutet. Sie stellt nun mal Ansprüche. Kein Wunder, bei der Optik. Allerdings so gut wie unerfüllbar. Und wie manch anderes perfektes Gesamtkunstwerk findet sie deshalb keinen Abnehmer. Weil die andere Seite sich überfordert fühlt. Denn um etwas mehr als bloße Beachtung bei ihr zu finden, sollte man nicht nur hecheln und Sport treiben können, sondern auch eine gehörige Portion Selbstbewusstsein haben, sonst wird man lediglich mit einem kühl lächelnden Gesicht bedient, oder treffender: sehr schnell abserviert. Und wer besitzt schon solch konträre Eigenschaften in harmonischen Anteilen. Selbst Primo hatte bei ihr keine Chance auf eine bessere Zuwendung. Manchmal versucht er es auch etwas zu plump.

Ich habe daher keine Ahnung, warum ich seit einigen Monaten einen gewissen Sonderstatus habe. Ich schob es auf meine Optik. Sie ließ mich aus der Kollektion potentieller Bieter von vornherein herausfallen. Aber immerhin kann ich mir erlauben, sie mittlerweile mit einem Wangenküsschen zu begrüßen. Daran war heute jedoch nicht zu denken. Sie stand vor der Tür und rauchte. Hatte sie sonst ein Haarband um den Kopf, das die Pracht in den Nacken bändigte, flossen ihre langen Haare heute offen wie ein wilder Wasserfall von ihrem

Kopf und dazu war ihr Blick angriffslustig. Alles zusammen das Signal für *Pass auf was du sagst!* Also kein *abrazo y beso,* keine Umarmung und Kuss. Ich hob daher nur mit einem verschobenen Lächeln kurz eine Hand zum Gruß und setzte mich in die zweite Reihe. Melina nickte vollkommen ungerührt mit dem Kopf, als wenn sie mich noch nie gesehen hätte, inhalierte noch einen tiefen Zug und legte die Zigarette zwischen Wand und Regenrohr auf einen Abstandshalter. Dann verschwand sie mit ihrem schwingenden Shakira-Hintern nach innen. Eine Naht oder ein Saum war unter der wie immer engen Hose nicht zu sehen. So lange ich sie kannte, immerhin zwei Jahre, trug sie diese gefährlich enge Kleidung auf ihrem vollendet geformten Körper. Ich zog vor lauter Hochachtung meine Augenbrauen hoch. Mensch Melina! Ich grinste genüsslich. Durch die große Scheibe konnte ich sie hinter dem Tresen beobachten, an dem zwei Halbwüchsige saßen und ihr Gespräch sofort unterbrachen, als sie auch den rutschenden Stoff bemerkten. Ihr war es schnuppe, sie hatte Gefallen daran, solche Jungs mit diesem Outfit zu provozieren und war sich sicher, dass nichts passieren würde.

Ich fiel ja aus dem Altersschema heraus, dem sie gerne mit solchen Prüfungen den Kopf verdrehte. Sie hätte schon eher meine Tochter sein können, wenn Ainhoa damals in der Nacht zu ihrem siebzehnten Geburtstag schwanger geworden wäre. Denn Melina war sicher nicht mal Mitte zwanzig. Beim Ergreifen einer Flasche auf dem obersten Brett des Regals hinter sich, rutschte das ohnehin knappe und knallrote Shirt ihren Bauch hinauf und deckte bis zum Bund der Hose bald drei Handbreit nackten Bauch auf. Ich fragte mich, wann sie Zeit hatte, Wirtschaftswissenschaften zu studieren, was sie angeblich tat. Irgendwelche Hefte oder Bücher, in die sie einen Blick warf, hatte ich zumindest noch nie gesehen. Das Fach Sport wäre da schon angebrachter, sie bräuchte nicht viel zu tun. Aber den machte sie angeblich beiläufig und das war, neben der Arbeit hier in der *26*, anscheinend die einzige andere Betätigung. Von oben bis unten bis zur letzten Sehne trainiert. Wie sonst erhält man eine solche Figur? Für derlei Betätigungen hatte ich absolut keine Zeit. Ohne das Shirt zurechtzurücken kam sie mit einem gefüllten Tablett heraus und verteilte einige Gläser auf Nachbartische. Alle Kerls schauten verstohlen hin und fielen durch die gleiche Prüfung. Dann kam sie zu mir. Bevor ich ein *canya*, ein Bier, sagen konnte, setzte sie sich neben mich und stellte ein Glas vor mich ab.

„¡salud!“, sagte sie. Ihr Blick war kein Deut freundlicher.

Ich zeigte auf das Glas mit der gelben Flüssigkeit, machte eine Schnute und fragte:

„Äh, was ist das?“

„Orangensaft. Sogar frisch gepresster. – Trinkst du jeden Morgen.“

Melina lehnte sich in dem Korbsessel nach hinten und ich konnte nicht anders und schaute auf ihren immer noch ziemlich entblößten Bauch. Hobelbank. Durchtrainiert, sagte ich schon. Und mittendrin ein Nabel. Wissen Sie was? Es gibt fürchterlich normale Nabel, nichts anderes als Löcher im Bauch, wie bei mir. Reingedrückt mit 'nem Finger in Kuchenteig. Oder sauber mit einem Nietenstecher ausgestanzt. Und es gibt schöne Nabel, Mónica hat einen. Süße, Babys haben solche und sensationelle Nabel. Melinas war schlichtweg sensationell. Ich nahm mir die Freiheit und musterte ihn frech. Nebenbei zählte ich die übrigen Kleidungsstücke von ihr ab. Allein ihre nur von dem roten Stoff frech verpackten Brüste bewiesen, dass ich beim Auf-

zählen keine fünf Finger dafür brauchen würde. So beiläufig wie möglich fragte ich:

„Warum?"

„Du bekommst von mir kein Bier mehr."

„ – "

„Menschenskind, Alex, du musst was tun. Sieh dich
an. Du verkommst! Auch da oben. Allein wie du mich
anguckst. Hoffst du etwa aufen Stripp von mir? Vor
zwei Jahren hast du noch anders ausgesehen, aber jetzt?
Mensch Kerl, so nimmt dich keine. Oder glaubst du, ich
würde weich bei dir?", sie zeigte auf das Glas, „und es
wird langsam Zeit. Du gehst auf die Fünfzig zu."

„Mario hat geplaudert. Stimmts?"

„Ich dachte, sie gefällt dir?"

„Unerreichbar."

„Wenn du so bleibst, glaub ich's auch. – Da drüben
sitzt einer mit 'nem weißen Hemd, und 'nem Bauch hart
wie die Felsen am Cabo de Huertas. Der ist solo seit ein
paar Wochen, frisch gewaschen und geföhnt, der hätte
nicht nur 'nen Six-Pack, sondern sogar Geld. – Und
trotzdem ..."

„Hmm?"

„Trotzdem würde ich ihn nicht nehmen, da müsste
der schon 'n bisschen mehr leisten. Weißt du mit dem
Kopf und dem", sie tippte sich knapp unter dem
verrutschten Shirt an die Stelle unter der ziemlich genau das Herz ist, „¡Hombre! Sei nicht so umständlich.
Kopf haste genug und Herz doch auch. Du bist doch so
ganz nett, mach was draus und dann sage es ihr! Was
soll daran so schwierig sein?"

Ich schaute sie an wie vom Schlag getroffen, fuhr mir
mit einer Hand zwischen Hemd und Nacken und knetete dort meine Haut. Übersprungshandlung. Dann
meinte ich:

„Wenn das alles nur so einfach wäre."

„Sag mir was Schönes! Du kannst jederzeit bei mir üben. Ist so gut wie ungefährlich für mich. Und wenn du frech wirst, petze ich."

Melina stand auf, drückte ihren ausgestreckten Zeigefinger in meinen forschenden Blick und fügte hinzu:

„Üben. Kapiert? Nur üben."

Beinahe drei Wochen später

Danke, dass Sie durchgehalten haben. Die Geschichte hätte in manchen Belangen ruhig anders laufen können. Stellenweise war sie ein großes Durcheinander. Wie das Leben. Du kommst an tausende Kreuzungen, die du aber im Prinzip nur einmal nutzen kannst. Sonst bist du im Kreis gelaufen. Aber Wege entstehen nun mal im Gehen. Also nehme ich für meinen Teil auch ein paar Kreise in Anspruch. Obwohl, jeder sieht das ja für sich auch ein wenig anders. Wie Maria zum Beispiel. Sie war auf eine eigene Art gradliniger.

Durch die vergangenen Wochen, in denen andere Mädchen eine viel größere und im Nachhinein auch viel wichtigere Rolle gespielt haben, war sie zu einer eher blassen Erinnerung geworden, die mich nur noch ab und zu schmunzeln ließ. Trotzdem war mir wieder eingefallen, dass sie möglicherweise anrufen könnte. Und prompt wurde ich unsicher, denn ich hatte mich doch schon längst anders entschieden. Eine wie Maria hätte mich auf Dauer aufgefressen. Während der in Frage kommenden Tage lief ich wie eine Billardkugel durch die Stadt und überlegte meine Antworten, für den Fall, dass sie mich am Flughafen erwarten würde. Doch ich kann die Geschichte abkürzen, der befürchtete Anruf blieb aus. Bis heute. Eigentlich logischerweise, aber wie kann man sich da sicher sein. Auch bei noch so viel Gradlinigkeit. So blieben mir die Übungen mit Melina und die für unseren Fall viel wichtigeren und nachhaltigen Schilderungen von Ndidi.

Apropos Ndidi. Kio kam dann ein, zwei Abende später bei mir vorbei. Ohne Zylinder, ohne seine Kettchen, ohne dem sonst üblichen Gedöns. Mir war sofort klar, was er wollte und ich zog ihn in Marios Restaurant. Wir setzten uns links an die Wand. Ins letzte Eck. Beide mit Blick auf die Straße. Er legte drei Bilder vor mir ab und ich die kleine Hülle. Nun hatte jeder von uns eine Aufgabe zu erfüllen. Meinen Part würde ich an Ivan und seine Einsatztruppe weitergeben, er an Ndidi seinen. Dazu brauchten wir keine Worte. Schweigend saßen wir so einige Minuten beieinander. Mario brachte Wasser und Pasta mit Hühnerfleisch, mit samt einer Batterie Flaschen, die einen scharfen Inhalt versprachen.

„Sie mag Dich. Sie hätte es gern für dich *und* die zwei Jungs gemacht."
Kio legte das Besteck auf den Teller und zupfte mich am Ärmel.

„So wie du, ist noch kein *madero*, kein Bulle mit uns umgegangen. Alle haben sie nur irgendeinen Mist verlangt, von dem sie wussten, dass wir ihn nicht haben konnten."

„Trotzdem Kio, es wäre zumindest Totschlag und den kann man nicht mit ...", ich zögerte *Liebe machen* oder so was zu sagen und war froh das Kio mich unterbrach.

„... und was die veranstaltet haben?"

„Mord. Und den kriegen sie ganz dick aufs Brot geschmiert. Inklusive den an Obinnas und Gomas Mann." Ich machte eine Pause und dachte an Ndidi. Dann blickte ich auf und kombinierte:

„... und in Tarifa hat sie so ihren Aufenthalt bewilligt bekommen?"

Kio nickte betreten und fuhr mit einem Finger an der Tischkante entlang. Zweimal schaute er hoch und klappte ohne einen Ton nur den Mund auf und zu. Dann wischte er sich mit den Händen übers Gesicht.

„Weißt du, gàmzoo, unser Fehler ist es, auf der Welt zu sein. Ab dem Moment, in dem wir Heimat suchen, sind wir überall unerwünscht. Aber mit dem ersten Schritt, den du machst, hast du deine Heimat schon verloren. *Dâ maa!* So war das schon immer! Mit dem ersten gezahlten Dollar auf der Flucht verkaufst du deine Seele. Nach dem lächelnden Blick eines Kerls, der angeblich weiterhelfen kann, handele ich mit verbotenen Sachen und eine Frau verramscht ihren Körper. Auch an einen madero. Dann verlierst du Stück für Stück dein Leben, deine Identität, deinen Stolz. Sobald du hier an Land gehst und die Gesichter des vielgepriesenen Europas siehst, verlierst du auch noch die Hoffnung, nach wenigen Tagen ist dir sogar die Angst egal. Ihr habt eure Länder so abgeschottet, dass vielen von uns nur das Sterben bleibt. Und bei diesem schaut ihr zu. Auf allen Kanälen. Ihr verschüttet Tränen über unsere Leichen im Wohnzimmer und habt dabei Mitleid zwischen einem Bier und einer Tüte Chips. Und weil Europa gnädig ist, gibt es uns einen Schluck Wasser, wenn wir es doch schaffen an Land zu kommen und bevor man uns zurückschickt. Man hat uns ausgebeutet, die Ernten genommen, die Fische geraubt. Ihr lasst eure Geheimdienste schmutzige Arbeit machen, nennt den Hunger Krieg der Religionen und zerstört mit dem Dreck, den ihr hinterlassen habt, unsere Umwelt. Sieh dir nur die verrottenden Ölfelder bei uns daheim an. Wo dürfen wir leben? Ich sage es dir, wenn es nach Europa ginge, immer in seiner Scheiße. – Du bist der erste Kerl, der uns nicht angemacht hat, der nicht hinter uns hergerannt ist oder an Ndidis Arm zerrte, sie verscheuchte, anschrie und mit dieser Gewalt missbrauchte. – Glaub mir! Sie hat sich über sich selber geärgert, denn ausgerechnet dir erzählte sie diese Geschichten, ausgerechnet dir musste sie sagen, dass ihr Bruder Obinna und sein bester Freund Goma einen Fehler gemacht haben. Der eigene Bruder. Ein Makel für den Rest ihres Lebens. Sie hat jede Nacht geweint. Jede Nacht gebetet. Sie war für jedes Opfer bereit. Gott sei Dank wärst du es gewesen, dem sie dafür hätte Zärtlichkeit schenken können. Und du, der in ihr vielleicht wieder die alte Ndidi entdeckt hätte, denn die gibt es seit Jahren nur als Hülle. Wie wir nur als Hülle unserer gestorbenen Träume in unseren Löchern hausen. Das Innere ist mit dem ersten Schritt, den wir aus unserem Haus gemacht haben, ausgetauscht worden. In einem Leben gibt es verdammt wenige Schicksale, die um dein Einverständnis bitten."

„Ich hab' also eine Prüfung gleich mehrfach bestanden."

Wieder sein Nicken, zugleich mit einem Stich in mein Herz verbunden. Mir fiel das Sprichwort ein, das Ndidi einmal gesagt hatte: Wer gegessen hat, wird für den Hungrigen kein Feuer machen.

„Auf wen sollte ich stolzer sein? Auf mich, weil ich kein *madero* aus Tarifa bin oder auf sie, weil sie es *gern* für mich gemacht hätte?"

Kein Nicken, sondern nur noch betretendes Schweigen. Nach einer Weile dann doch die zwei Wörter, die alles erklären sollten:

„*saboda háka!* Gerade deswegen!"

Nach einigen Sekunden purzelnder Bilder in meinem Kopf sah ich ihn lächelnd an und er lächelte erleichtert zurück.

„Ich mag sie ja auch, aber ..."

Aber es ist einfach zu viel dazwischengekommen und vorher schon passiert. Und es zählt ja auch nicht nur das eine. Denn ein paar Wochen später sollte man sich auch noch anschauen können und Jahre danach möglichst noch das Selbe füreinander empfinden. Die Neugier auf Exotik war für einen solch langen Weg dann doch nicht genug.

Es ist an der Zeit, dass ich endlich erwachsen werde.

Was ich also eigentlich die ganze Zeit erzählen will, während ich hier zwei Gläser und zwei Teller, alles mit passendem Besteck und dazugehörigen Servietten auf eine schöne Decke meiner Mutter hinlege und auf dem Herd ein einfaches, aber hoffentlich leckeres Essen vor sich hin köchelt und von der Küchenzeile herüberduftet, das Rezept dazu habe ich auch von ihr, ist, in nicht einmal zwanzig Minuten wird es klingeln. Und wenn sie den Termin oder gar mich nicht vergessen haben sollte, wird Mónica vor der Tür stehen. Ich bin recht optimistisch, habe auch dabei an meine Mutter gedacht und darauf geachtet, den Tisch nicht vor dem Kochen zu decken.

In den letzten drei Wochen habe ich schon fast fünf Kilo abgenommen und wiege somit nur noch etwas mehr als 79 Kilo. Vor dem Spiegel stehend finde ich mich ganz manierlich. Wenn's klappt, gehe ich dreimal in der Woche am Paseo etwas joggen, wenigstens aber zweimal. Hat Primo Zeit, läuft er mit und treibt mich an. Danach sorgt er dafür, dass Bier und anderes nicht in meine Hände gelangt. Am Strand traue ich mich auf jeden Fall ohne eingezogenen Bauch im Sand zu sitzen. Vielleicht hat sie diese in meinen Augen positive Veränderung an mir schon einmal bemerkt. Vielleicht als wir letzte Woche bei starkem Wind bis zur Gischt der sich überschlagenden Wellen vorgingen oder als wir einen Kaffee tranken und ich nicht mehr rot wurde.

Melina hat recht. Für sein Leben sollte man etwas tun. Man hat nur dieses und auch nur in diesem Moment. Mit Klugscheißen, Zeitunglesen und Blicken aus dem Fenster kannst du keines gestalten. Und das Leben als Hefegebäck ist recht kurz, so wollte ich dann doch nicht enden. Denn falls Mónica heute oder nächste Woche oder irgendwann nach meiner Frage, Kios Frage, den Kopf schütteln sollte, dann möchte ich diesen möglichen Makel als Grund ausgeschlossen wissen.

Gerade läuft die CD von Pablo Alboran im Hintergrund. Der Junge hat eine gute Stimme. Primo würde mich schief angucken, wenn er die Musik bei mir hörte, aber mir gefällt sie. Sie trifft meine Stimmung und sicher Mónicas Geschmack. Davon bin ich überzeugt. Dabei schaue ich wieder aus dem Fenster heraus. Drüben auf der anderen Seite sind die Lichter in den drei Zimmern in dem Hotel aus und die Gardinen zugezogen. Ich sehe nichts, keiner scheint herüber zu schauen. Folglich würde uns keiner beobachten. Wir hätten unsere Ruhe. Außer Isabel lugt hinter den Vorhängen, quasi zu Kontrolle. Immerhin hat sie Wort gehalten und mir den Haarreif besorgt, der nun auf einem der Teller funkelt. Und vielleicht können *Sie* mich ja gerade sehen, wie ich deswegen lächle und mich vor lauter Vorfreude immer noch wie ein endpubertierender Siebzehnjähriger benehme, dem das erste ernsthafte Rendezvous bevorsteht und deshalb die ganzen Dinge auf dem Tisch wieder und wieder zurechtrückt und zur Küchenzeile geht, den Deckel des Topfes hebt und nebenher den Refrain *navego entre las olas de tu voz y ... tú y tú y tú y solamente tú* mitsummt, und wie Mónica von der San Nicolas von ihrem kurzen dunkelblauen Kleid und den feinen, noch dunkleren Leggins darunter umschmeichelt ... (Sie erinnern sich vielleicht, sie hatte das neulich auf dem Weg zum neuen Supermarkt, oben an der Ecke *Núñez, el Sabio* an, und Sie müssen zugeben, dass das klasse aussieht, oder?) ... in die Calle Mayor hineinläuft und nicht zu Mario hinter der Theke schaut und nach wenigen Metern vor der Haustür steht, kurz wartet, die Straße zu den riesigen australischen Ficusbäumen drüben am Portal de Elche hinübersieht, sich besinnt, schließlich doch den Arm hebt und den Klingelknopf sucht und diesen nun drückt ...

Danke!

Jedes Buch, das ich bisher geschrieben habe, hat einen anderen Werdegang hinter sich. Manchmal war zuerst das Thema da, manchmal eine Person mit ihrem Schicksal. Manchmal klopfte mir nachts beim Schreiben einer der späteren Protagonisten auf die Schultern und bat um Aufnahme ins Geschehen. Hatte ich alle Stimmen gehört, alle Fäden recherchiert und alle Storys festgehalten, mochte mir das Geschriebene gefallen.

Aber das *Ich* ist ein denkbar schlechter Kritiker.

Daher gilt mein größter Dank meiner Erstleserin Nicole Reichl und meiner Zweitleserin Mine Dalkılıç, die mir zwar Dutzende von Post-its mit Fragezeichen ins Manuskript klebten, den Inhalt aber trotzdem nicht für Blödsinn hielten.

Sie haben mir den entscheidenden Mut gemacht.

Danke natürlich auch an meine Frau, der ich immer wieder beim Schreiben, Ausschnitte aus den werdenden Büchern vorlese, die sie sich geduldig und kritisch anhört.

Ganz großen Dank an Werner Deininger, der mir bei der Neuauflage des Buches geholfen hat, endlich den Text von Fehlern zu befreien und diesen dabei auch behutsam lektorierte.

Und last, but not least: an Dr. Enrico Furlan, für seinen berichtigenden Blick über die medizinischen Details, den Archivos Municipales de Alicante, für die Einblicke in vielerlei Unterlagen und Antonio Corzar, für die Erklärung des spanischen Rechts.